Là où la vie nous emporte

DÉJÀ PARUS DU MÊME AUTEUR

DANS LA SÉRIE LAC DES SAULES

Un été au Lac des Saules
Le pavillon d'hiver
Retour au Lac des Saules
Neige sur le Lac des Saules
Le refuge du Lac des Saules
Un jour de neige
L'été des secrets
Là où la vie nous emporte
Avec vue sur le lac

DANS LA SÉRIE LA ROSE DES TUDOR

L'héritière des Romanov
Les amants rebelles
Sous l'emprise du destin

Autres publications

La maison du Pacifique
La rebelle de Longwood
Les amants de l'été
Le rêve de Leah
Les amants du Pacifique
Un printemps en Virginie
La promesse d'un été
La rebelle irlandaise
Le tourbillon des jours

SUSAN WIGGS

Là où la vie nous emporte

Collection : BEST-SELLERS

Titre original : MARRYING DAISY BELLAMY
Publié par MIRA®

Traduction française de KARINE XARAGAI

HARLEQUIN®
est une marque déposée par le Groupe Harlequin
BEST-SELLERS®
est une marque déposée par Harlequin S.A.

Si vous achetez ce livre privé de tout ou partie de sa couverture, nous vous signalons qu'il est en vente irrégulière. Il est considéré comme « invendu » et l'éditeur comme l'auteur n'ont reçu aucun paiement pour ce livre « détérioré ».

Toute représentation ou reproduction, par quelque procédé que ce soit, constituerait une contrefaçon sanctionnée par les articles 425 et suivants du Code pénal.

© 2011, Susan Wiggs.
© 2014, Harlequin S.A.

Tous droits réservés, y compris le droit de reproduction de tout ou partie de l'ouvrage, sous quelque forme que ce soit.
Ce livre est publié avec l'autorisation de HARLEQUIN BOOKS S.A.

Cette œuvre est une œuvre de fiction. Les noms propres, les personnages, les lieux, les intrigues, sont soit le fruit de l'imagination de l'auteur, soit utilisés dans le cadre d'une œuvre de fiction. Toute ressemblance avec des personnes réelles, vivantes ou décédées, des entreprises, des événements ou des lieux, serait une pure coïncidence.

HARLEQUIN, ainsi que H et le logo en forme de losange, appartiennent à Harlequin Enterprises Limited ou à ses filiales, et sont utilisés par d'autres sous licence.

Le visuel de couverture est reproduit avec l'autorisation de :
Femme : © PLAINPICTURE/AMANAIMAGES/ROYALTY FREE
Réalisation graphique couverture : DP. COM

Tous droits réservés.

ÉDITIONS HARLEQUIN
83-85, boulevard Vincent Auriol, 75646 PARIS CEDEX 13.
Service Lectrices — Tél. : 01 45 82 47 47
www.harlequin.fr
ISBN 978-2-2803-0926-4 — ISSN 1248-511X

Je dédie cet ouvrage à mes lectrices.

PREMIÈRE PARTIE

1

Le marié était si beau qu'à sa vue Daisy Bellamy se sentit à deux doigts de fondre.

S'il vous plaît..., supplia-t-elle intérieurement. *Oh! s'il vous plaît, faites que cette fois soit la bonne!*

L'homme lui adressa un petit sourire nerveux.

— Allez, murmura-t-elle dans un souffle, recommencez, en y mettant du sentiment. Dites « Je t'aime » et pensez-le. Montrez-moi ce que vous éprouvez.

Coiffure impeccable et smoking gris perle à queue-de-pie, le marié avait tout du prince charmant; tout son être irradiait l'adoration. Plongeant un regard intense dans celui de Daisy, il déclara d'une voix étranglée par la sincérité :

— Je t'aime.

— *Oui*! lui murmura Daisy en retour. C'est dans la boîte!

Elle écarta l'appareil de son visage.

— C'est ce que je cherchais à avoir. Bien joué, Brian.

Zach Alger, le vidéaste, s'avança pour capter la réaction de la toute nouvelle mariée, Andrea Hubble, jolie jeune femme aux joues rosies par l'émotion. Caméscope au poing, il amena habilement le couple à lui confier son amour, ses espoirs, ses rêves et son bonheur en ce jour unique.

Les mariés se penchèrent l'un vers l'autre pour s'embrasser et Daisy en profita pour les prendre en photo. En arrière-plan, un plongeon huard s'envolait à tire-d'aile du lac des Saules, projetant une gerbe de gouttelettes qui étincelèrent comme autant d'étoiles aux premiers feux du crépuscule. La splendeur de la nature conférait un éclat supplémentaire au romantisme du moment. Daisy excellait à saisir l'amour dans le cadre de son objectif. Dans la vie… c'était nettement moins le cas.

Elle aspirait ardemment à éprouver la joie qu'elle lisait sur le visage de ses clients, mais jusqu'ici, sa vie sentimentale se résumait à une succession d'erreurs et d'occasions manquées. Une ratée, voilà ce qu'elle était, une ratée qui s'efforçait de redresser la barre de son existence. Elle avait un petit garçon qui ne mesurait pas encore la nullité de sa mère, un métier à responsabilités, et le désir inavoué d'une chose pour elle inaccessible : cet amour resplendissant qu'épiait l'objectif de son appareil photo.

Zach jeta un coup d'œil à sa montre :

— Bon, je crois qu'on a fini, ici. Quant à vous, les amoureux, une grande fête vous attend.

Les jeunes mariés se pressèrent les doigts, le visage radieux. Daisy sentait les ondes d'exaltation émanant d'eux.

— La plus belle fête de notre vie, renchérit Andréa. Et je veux que tout soit parfait.

Souhait totalement illusoire, songea Daisy, qui gardait son appareil prêt à être déclenché. Les meilleurs clichés s'obtenaient parfois de manière aléatoire, dans l'improvisation du moment. Les impondérables, voilà ce qui donne à un mariage son caractère unique et mémorable. La gloire de l'imperfection lui avait été révélée du temps où elle faisait ses premières armes dans la photographie de mariage. Aucun événement n'échappe aux accrocs, et ce quels qu'aient été les soins minutieux apportés à son organisation. Il y avait toujours un témoin pour finir la tête dans le saladier de punch, une marquise en toile qui menaçait de s'effondrer, une invitée qui mettait le feu à ses cheveux en s'approchant trop près des bougies, une tante obèse victime d'un évanouissement, un petit bébé vagissant à pleins poumons.

Ce sont ces détails qui font le sel de la vie. En tant que mère célibataire, Daisy avait appris à apprécier l'imprévu. Dans sa vie, les plus beaux instants survenaient parfois au moment où elle s'y attendait le moins : les menottes de son fils s'agrippant à elle, l'ancrant au sol avec une force supérieure à celle de la gravité. Les pires aussi : un train quittant une gare et la laissant sur le quai, seule avec ses rêves — mais elle s'efforçait de ne pas s'appesantir là-dessus.

Elle suggéra aux mariés de traverser main dans la main un vaste champ immaculé en bordure du lac des Saules. Durant la Seconde Guerre mondiale, ce champ avait été le site d'un jardin de la Victoire, ces potagers destinés à lutter contre la pénurie alimentaire. A présent, il comptait au nombre de ses cadres de prédilection, surtout à cette heure dorée du jour, quand la lumière hésitait encore entre l'après-midi et le soir.

Le champ était baigné par les derniers rayons rose et ambre de la journée. Pour Brian et Andrea, ce moment-là incarnait la perfection absolue. Précédant légèrement son tout nouvel époux, la mariée conduisait la marche, le menton levé. L'attitude du marié se voulait protectrice, mais toute sa démarche irradiait le bonheur. La brise souleva la robe de la mariée, de sorte que le couple se trouva uni par un jeu d'ombres arachnéen — tableau impromptu, né d'un mouvement coïncidant avec l'ouverture de l'obturateur.

Daisy contrôla le viseur de son appareil ; elle tenait peut-être là une photo emblématique pour le couple.

Sauf que... Elle zooma sur un petit point à l'horizon.

— Zut, marmonna-t-elle.

— Quoi ?

Zach tendit le cou pour apercevoir l'image par-dessus son épaule.

— Jake, le chien des Fritchman. Il s'est encore échappé.

Et voici que sa silhouette se découpait sur le ciel immense, en train de faire une crotte dans toute la splendeur de la haute résolution.

— Classique, lâcha Zach, qui retourna à la tâche qui l'occupait.

Il enroulait des câbles et préparait tout son attirail vidéo en vue de filmer la noce.

Appuyant sur un bouton, Daisy cocha la photo pour la retoucher ultérieurement, puis elle se tourna vers Zach.

— Prêt ?
— Que la fête continue !

Ils suivirent les jeunes mariés sur le chemin qui longeait le lac jusqu'au pavillon principal du camp Kioga, où devait se tenir la réception. Le couple effectua un arrêt aux stands afin de se rafraîchir avant de faire son entrée majestueuse, et Daisy se prépara à immortaliser les festivités.

Elle s'était spontanément prise de sympathie pour la mariée et, depuis toujours, elle adorait le cadre du camp Kioga. Situé au bord du lac des Saules, le village de vacances constituait un repère historique à l'ambiance sereine, et de plus il appartenait à ses grands-parents. Niché dans le coin le plus sauvage du comté d'Ulster, non loin de la petite ville d'Avalon, le camp Kioga avait été fondé à l'origine pour le but de procurer un refuge à l'élite new-yorkaise ; c'était alors un havre de paix où les nantis pouvaient échapper à la fournaise estivale.

Aujourd'hui, le camp avait été transformé en résidence de luxe par Olivia, la cousine de Daisy, qui en avait revisité le concept. L'année dernière, le camp Kioga avait été cité comme cadre idéal pour l'organisation de mariages sur un blog, et les réservations affluaient.

Pour Daisy, le camp Kioga représentait bien plus qu'un cadre magnifique. Elle y avait passé les moments les plus heureux — mais aussi d'autres plus pénibles — de son existence, et le paysage tout entier avait façonné son sens esthétique en photographie.

Les Mariages de Wendela, l'entreprise qui l'employait depuis la fin de ses études, faisait figure d'institution locale et, pour Daisy, cet emploi représentait une réelle aubaine. Les commandes étaient régulières, les horaires démentiels et, à défaut d'être lucrative, cette activité lui procurait un revenu suffisant. Il ne manquerait jamais de gens désireux de convoler en justes noces, même si, à la vérité, Daisy aspirait à s'affranchir des mariages et des portraits pour assouvir sa vraie passion, qu'elle définissait comme « une narration photographique de la nature. »

De fait, elle avait l'âme d'une conteuse. Par le biais de son objectif, elle proposait du monde un aperçu intimiste. Le don qu'elle avait de saisir le caractère éphémère et fragile de son environnement lui permettait de susciter de profondes émotions à partir de la grâce d'un arbre laissant traîner ses branches dans l'eau, de l'opulence d'une forêt ombrée d'un vert printanier ou de la forme des rocs de granit en aplomb d'une gorge. Durant ses études, les dates de remise pesaient sur sa tête comme une épée de Damoclès, l'obligeant à travailler sous pression, ses sujets ne souffrant pas d'être brusqués — la métamorphose des têtards, un faon se frayant un chemin à travers champ, l'immobilité d'un héron attendant son prochain repas dans les eaux peu profondes d'une étendue marécageuse.

La photographie lui avait permis d'exprimer son sens artistique et sa passion pour l'œuvre obtenue. A l'origine de sa fascination, il y avait eu l'appareil Kodak qu'on lui avait offert pour son huitième anniversaire. Ce jour-là, elle avait capturé dans son objectif sa grand-mère Bellamy s'essayant au hula hoop, exploit qui lui avait procuré une satisfaction si intense qu'elle l'avait reçue comme une grâce. Cet instant qui jamais ne se reproduirait, elle l'avait figé dans le temps et les mémoires et, même s'il représentait sa propre grand-mère, le cliché était porteur d'un sentiment universel, susceptible de trouver un écho chez tout le monde.

Ce jour-là, elle avait découvert le pouvoir de la photographie. Elle déplorait souvent de ne pas avoir plus de temps pour réaliser des œuvres d'art sophistiquées, mais même les artistes les plus raffinés — ainsi que leurs petits garçons — sont dans l'obligation de se nourrir. Pour une mère célibataire, un emploi stable l'emporte sur l'Art avec un grand A. En outre, les snobinards de la photo s'obstinaient à négliger un point essentiel. Au cours d'une noce, les occasions abondent de trouver un moment transcendant. Un bon photographe sait où diriger son regard pour les voir, et il possède le don de les saisir au vol. Un mariage est souvent l'occasion de découvrir les gens au plus près de leur authenticité. La même histoire se décline d'innombrables manières, dans une palette infinie, et pour Daisy, ce phénomène était à la source d'une certaine fascination.

Elle était intriguée par la mystérieuse alchimie qui attire deux êtres l'un vers l'autre et les incite à s'embarquer ensemble sur le grand fleuve de la vie. Entre des mains expertes, un appareil photo devient un outil de narration capable de renouveler indéfiniment une histoire, dans toutes ses manifestations.

Peut-être fallait-il voir là le désir de Daisy de comprendre cette alchimie pour son propre bénéfice. En devenant une experte de renommée mondiale dans l'art de saisir les instants de bonheur des autres, peut-être parviendrait-elle à saisir les siens.

La noce ne fut pas parfaite. Au beau milieu du toast qu'elle portait, la mère d'Andrea Hubble s'interrompit net et fondit en larmes. Dès la première heure, le bar se trouva à court de champagne et le DJ massacra un haut-parleur. Une allergie alimentaire provoqua des plaques d'urticaire chez une demoiselle d'honneur, et l'enfant de cinq ans chargé de porter les alliances disparut un bon moment avant d'être retrouvé profondément endormi sous une table du banquet.

Daisy savait que, dans quelques heures, toutes ces péripéties redeviendraient des événements sans importance. Tandis que le DJ démontait sa sono et que les employés du camp désassemblaient les tables, le couple euphorique partit dans la nuit pour le Refuge d'été, le bungalow le plus éloigné de la résidence de vacances. La dernière photo qu'elle prit, à la lumière de la lune et de son flash stroboscopique préféré, les montrait sur le sentier menant au bungalow, le marié faisant tournoyer la mariée sous son bras levé. Pour eux, la nuit ne pouvait qu'être belle, pensa Daisy, qui rangea son matériel avec un soupir de frustration.

Les invités de la noce occupaient les autres hébergements du camp Kioga — d'anciens chalets-dortoirs, des petits chalets au toit pentu ou des chambres luxueuses aménagées dans le pavillon principal.

Sur le trajet du retour, Zach décapsula une canette d'Utica Club dérobée au bar, et la tendit à Daisy, qui conduisait leur camionnette professionnelle.

Elle refusa d'un signe de la tête :

— Non, merci. Tu peux la boire en entier.

Contrairement à sa classe d'âge — les jeunes diplômés —, elle n'était pas très portée sur la boisson. A vrai dire, boire ne lui avait jamais été profitable. En fait, si elle était devenue mère à dix-neuf ans, c'était entièrement à mettre au compte de l'alcool. Le jour où Charlie lui demanderait comment on fait les bébés, elle devrait trouver les mots pour lui expliquer qu'il était le fruit d'un excès de punch Everclear et d'un week-end marqué par une monumentale erreur de jugement.

— Alors, à la tienne ! lança Zach. Et à monsieur et madame les Heureux Mariés ! Puissent-ils rester ensemble assez longtemps pour rembourser le prix de la noce…

— Ne sois pas aussi cynique !

A sa façon, Zach, lui aussi, avait été passablement malmené par la vie. Pourtant, en dépit de leurs vicissitudes respectives, ils formaient une bonne équipe. Pour elle, il était bien plus qu'un assistant vidéaste. Avec ses traits anguleux aux méplats accusés et sa blondeur scandinave peu commune, si pâle qu'on le prenait parfois pour un albinos, Zach comptait parmi ses modèles préférés — un modèle toutefois récalcitrant. Il était complexé par ses cheveux d'un blond presque blanc, le genre de teinte qui semble absorber la couleur provenant d'autres sources. Daisy, au contraire, avait toujours trouvé cette particularité physique intéressante. Certaines de ses photos de Zach s'étaient très bien vendues. Apparemment, son physique singulier — teint et cheveux pâles alliés à un regard bleu glacier — remportait un franc succès au Japon et en Corée du Sud, et, quelque part en Extrême-Orient, son visage servait de support publicitaire à une eau de Cologne masculine, ainsi qu'à des forfaits de téléphonie mobile.

Toutefois, cela ne suffisait pas à payer leurs factures.

Zach, lui aussi fraîchement émoulu de la fac, était expert en médias de haute technologie. Ce qu'elle préférait chez lui, c'était la qualité de son amitié : il ne la jugeait pas, et prêtait une oreille attentive à ses confidences.

— Je disais simplement que…

— Ne te tracasse pas pour ça, l'interrompit Daisy. Qu'est-ce que tu peux être anxieux…

— Ah ! Parce que tu n'es pas anxieuse, peut-être ?

Là, il marquait un point. Mais comment aurait-elle pu ne pas être anxieuse, avec un enfant ?

— Tu sais quoi ? On devrait mettre tous nos soucis en commun, ils produiraient peut-être assez d'énergie pour alimenter la camionnette…

— Moi, tout ce que je demande, c'est d'en avoir assez pour arriver à la fin du mois.

Zach siffla sa bière, lâcha un rot et s'abîma dans la contemplation silencieuse de la petite ville qui, à cette heure tardive de la nuit, incarnait le néant absolu. Les habitants du coin prétendaient en guise de boutade que, passé 21 heures, la vie s'arrêtait à Avalon, mais c'était exagéré de leur part. 20 heures aurait été plus juste.

Zach et Daisy ne ressentaient pas le besoin de combler le silence par des bavardages. Amis depuis les bancs du lycée, tous deux avaient eu leur compte d'épreuves. A l'époque où Daisy devenait mère, Zach devait faire face à la déconfiture financière de son père, suivie par l'incarcération de ce dernier pour corruption. Pas vraiment le passeport pour la sérénité.

Pourtant, cahin-caha, ils avaient plus ou moins réussi à s'en sortir, un peu amochés, certes, mais toujours debout. Par son travail, Zach s'employait consciencieusement à rembourser une montagne de prêts étudiants. Daisy, elle, avait aligné toute une série de mauvais choix. En commençant par la maternité au sortir de l'adolescence, elle avait eu le sentiment de vivre sa vie à rebours. Puis était venu le temps des études et de l'activité professionnelle et, peu à peu, les éléments de son existence avaient fini par atteindre un certain point d'équilibre. Néanmoins, quelque chose se dérobait toujours à elle. Cette chose que Zach et elle photographiaient presque tous les week-ends, cette chose que célébraient ses multiples clients en levant leur flûte de champagne. L'amour. Le mariage. Elle avait tort d'y attacher autant d'importance. Si seulement elle avait pu croire que sa vie la comblait telle qu'elle était... Mais ç'aurait été se mentir.

Pour Daisy, se pencher sur le passé sans verser dans les regrets ou l'autocritique rétrospective tenait du défi. Elle aurait pu s'essayer à la vie conjugale — une demande en mariage lui était quasiment tombée du ciel sur la tête. Mais, sur le moment, la soudaineté des circonstances lui avait donné le vertige. Aujourd'hui encore, plusieurs mois après les faits, cette seule pensée la plongeait dans l'hyperventilation. Tandis qu'elle repensait au soir qui aurait pu changer le cours de sa vie, ses mains se crispèrent sur le volant. *Ai-je pris la bonne décision ? Ou ai-je fui la seule chose qui aurait pu me sauver ?*

Zach rompit le silence :

— Alors, Charlie dort chez son père, ce soir ?

— Oui. Ils forment un duo de choc, tous les deux.

Elle ralentit pour éviter une petite famille de ratons laveurs. Le plus gros des trois marqua un temps d'arrêt, et tourna vers les phares des yeux brillants avant de mener les deux petits à l'intérieur du fossé.

Le père de Charlie, Logan O'Donnell, avait été un adolescent tout aussi perturbé et insouciant que Daisy. Mais, comme elle, il avait été transformé par la parentalité. Et quand elle avait besoin qu'il garde Charlie pour la nuit, il s'exécutait avec joie.

— Et à propos de duo de choc, s'enquit Zach, Logan et toi, vous en êtes où ?

Daisy renifla.

— S'il y a quoi que soit de nouveau, tu seras le premier informé.

Entre Logan et elle, les choses étaient compliquées. C'était le seul terme qui lui venait à l'esprit pour décrire leur situation. Compliquée.

— Mais…
— Mais rien.

Elle tourna à l'angle d'une rue et déboucha sur la place d'Avalon. A cette heure-ci, il n'y avait pas âme qui vive. Zach habitait un petit appartement dans un immeuble d'époque sans ascenseur, au-dessus de la boulangerie Sky River, un endroit qu'ils connaissaient bien pour y avoir tous les deux travaillé, à l'adolescence. A présent, c'était au tour d'une nouvelle génération de jeunes d'actionner les pétrins géants et les étuves de fermentation aux premières heures du jour.

Elle s'engagea sur une place de parking.

— Je serai au studio à 10 heures, demain. J'ai promis à Andrea de lui donner un petit aperçu de la noce d'ici samedi.

Zach poussa un gémissement.

— Bonté divine, Daisy! Tu sais combien d'heures j'ai filmées?

— Evidemment, j'y étais. Encore une fois, il ne s'agit que d'un petit aperçu. J'aime bien cette fille, Zach. Je veux la rendre heureuse.

— N'est-ce pas le devoir du marié?

— Elle a quatre petites sœurs.

— Ça, je le sais! Je n'arrivais pas à les décoller de mon Caméscope.

D'un coup d'épaule, il ouvrit la portière côté passager et descendit de la camionnette. La lumière des réverbères teinta ses cheveux en orange.

— C'est peut-être de toi qu'elles n'arrivaient pas à se décoller, insinua Daisy.

— Mais oui, c'est ça…

Il avait sûrement rougi mais, dans cette lumière, elle n'aurait pu l'affirmer. Zach n'avait jamais eu une vie sentimentale trépidante. Pour rien au monde il ne l'aurait avoué mais, depuis la maternelle, il nourrissait un certain penchant pour Sonnet, la demi-sœur de Daisy.

— Bonne nuit, Zach.

— A demain. Ne veille pas trop tard.

Il la connaissait bien. Après un mariage, elle était généralement assez excitée et ne pouvait résister à l'envie de télécharger les fichiers bruts. Elle aimait poster un cliché sur son blog afin de donner à la mariée un avant-goût du résultat final.

Daisy habitait une petite maison sans prétention dans Oak Street. Elle prit tout son temps pour entrer. Son fils lui manquait terriblement quand il était chez son père, et c'était un des aspects les plus pénibles de la garde partagée.

Elle referma la porte à clé, et la chape de silence qui s'abattit sur elle lui coupa le souffle. Ce phénomène l'amena à cogiter sérieusement, et quand elle cogitait trop, elle se faisait du souci. Et quand elle se faisait du souci, elle perdait les pédales. Et quand elle perdait les pédales, elle devenait une mauvaise mère. C'était un cercle vicieux.

Peut-être devrait-elle prendre un chien. Mais oui, c'était ça la solution ! Un chien affectueux et bondissant qui l'accueillerait à la porte avec force caresses et jappements de joie. Un chien rigolo, qui ne la jugerait pas et qui, détournerait l'esprit des pensées importunes.

— Un chien, dit-elle, testant l'idée à voix haute. Une idée de génie !

Se dirigeant vers le coin bureau, elle sortit le petit jeu de cartes mémoire contenant les photos du mariage et regarda les images se télécharger, une par une. On retrouvait là les grands classiques, les clichés qu'elle prenait systématiquement parce que c'était ce qu'on attendait d'elle : la première danse avec le couple se découpant de façon théâtrale sur fond de ciel nocturne, les parents des mariés trinquant tous ensemble...

D'autres images étaient uniques : il s'agissait d'une pose ou d'un regard inédits. Elle avait saisi dans son objectif la grand-mère de la mariée en train de loucher en avalant une huître, l'oncle du marié écoutant une chanson avec un air extatique, une demoiselle d'honneur s'esquivant dans le dessein manifeste de ne pas attraper le bouquet de la mariée. Et puis il y avait ce cliché, celui qu'elle attendait, et qui s'avéra sublime.

C'était la photo qu'elle avait prise à la toute dernière

minute, celle où les mariés traversaient le champ. Cette photo racontait leur histoire, elle parlait d'eux, les exprimait en tant que couple. Ils marchaient main dans la main, leur union symbolisée par ce geste éternel.

A condition de supprimer Jake, se rappela-t-elle en lançant le logiciel de retouche. Le chien en train de faire sa crotte ne pouvait pas rester dans l'arrière-plan. Tout en l'éliminant de la photo, elle étudiait l'éclat de la lumière sur les herbes inclinées, le reflet déformé du couple à la surface de l'eau, l'émotion qui émanait de la mariée et la joie qui transfigurait le marié. C'était une excellente photo. Digne d'être présentée à un concours.

Comme l'idée lui traversait l'esprit, son regard voleta vers la chemise couchée dans la corbeille à courrier. C'était là-dedans qu'elle était censée classer ses clichés de candidature au concours de photographie organisé par le musée d'Art moderne de New York. Chaque année, les meilleures photos étaient exposées dans la section consacrée aux artistes émergents. La compétition était la plus féroce de la filière, car être sélectionné ouvrait des portes et lançait des carrières. Daisy mourait d'envie de soumettre son travail à l'appréciation du MoMA.

Toutefois, la corbeille à courrier était cruellement vide, et le dossier ressemblait à une porte à peine assez entrebâillée pour révéler le néant qui l'habitait. Les meilleures intentions du monde alliées aux ambitions les plus élevées ne pouvaient fournir à Daisy la seule chose qui lui manquait pour mener à bien son projet et proposer ses œuvres : du temps. Quand pourrait-elle donc enfin s'approprier sa vie ? Elle se surprenait parfois à se poser la question.

Chassant ces pensées frustrantes de son esprit, elle reporta son attention sur la photo de mariage et la posta sans tarder sur le blog de la société Wendela, intitulant l'entrée « Petit aperçu de Brian et Andrea ». Elle se cala contre le dossier de la chaise et, les yeux rivés à l'image, elle s'autorisa quelques larmes en privé. Elle ne voulait pas qu'on sache que la vue d'un couple heureux la faisait pleurer. Elle ne voulait pas qu'on voie son manque, son désir, son besoin aigu. Dans la solitude des premières heures du matin, elle pleura. Puis elle referma son ordinateur.

Il était déjà 1 heure du matin, et elle avait besoin de sommeil. Comme elle faisait le tour de la maison pour éteindre les lumières, elle remarqua quelques enveloppes par terre, près de la fente de la boîte aux lettres intégrée à la porte d'entrée. Elle se baissa pour les ramasser et feuilleta la petite liasse de courrier. Des prospectus et des publicités indésirables. Des sollicitations, des renseignements concernant des réunions de quartier. Des bons de réduction dont elle ne profiterait jamais. Et… une enveloppe couleur crème, qui lui était adressée, d'une écriture éminemment familière.

Son cœur cessa momentanément de battre. Elle déchira le rabat de papier épais.

« Vous êtes invitée par la présente à la nomination de Julian Maurice Gastineaux au grade de sous-lieutenant du corps des officiers réservistes de l'armée de l'air des Etats-Unis, détachement 520. La cérémonie aura lieu à l'université Cornell, samedi 14 mai, à 13 heures, à l'auditorium Statler. »

Au dos du carton, la même main avait griffonné d'une écriture affirmée : « J'espère que tu viendras. Il faut vraiment que je te parle. J. »

Envolé, le sommeil.

Incroyable comme un simple nom sur un bout de papier avait le pouvoir de la rejeter dans un passé semé d'hypothèses et balisé de chemins qu'elle avait choisi de ne pas prendre. Car Julian Gastineaux, le futur sous-lieutenant Julian Gastineaux, était la voie que son cœur avait refusé de suivre.

2

Camp Kioga, comté d'Ulster, New York
Cinq ans plus tôt

Jamais Daisy n'aurait choisi de passer l'été précédant sa rentrée en terminale entre son père et son petit frère Max, dans les relents de moisi d'un chalet en bord de lac. Pourtant, elle y était obligée. A cause d'eux.

Malgré le relatif silence radio de ses parents, elle voyait bien que la famille était en train de se disloquer. Son père et sa mère ne pouvaient plus décemment prétendre qu'ils formaient un couple heureux, même s'ils s'y étaient efforcés durant des années. La solution de son père avait été de fuir leur maison de l'Upper East Side pour se réfugier dans la propriété de la famille Bellamy, l'historique camp Kioga, construit en bordure du lac des Saules, et de faire comme si tout était génial.

Sauf que ça n'était pas génial du tout, et Daisy était bien décidée à le leur prouver. Elle avait emporté dans sa valise la quantité de soins capillaires nécessaire à tout un été, son iPod et un appareil photo reflex à un objectif, le tout assorti d'une considérable provision d'herbe et de cigarettes.

Résolue à ignorer la fascinante splendeur du camp en bord de lac, elle n'en était pas moins déstabilisée par l'isolement intense, le calme pénétrant et les panoramas d'une beauté obsédante.

Elle s'attendait à tout, sauf à rencontrer quelqu'un, dans

ce coin perdu au milieu de nulle part. Pourtant, il s'avéra qu'un garçon de son âge avait lui aussi été condamné à séjourner au camp d'été, quoique pour des motifs entièrement différents des siens.

Lorsqu'il franchit pour la première fois le seuil du pavillon principal, à l'heure du dîner, Daisy sentit une étrange chaleur envahir tout son corps. L'été ne serait peut-être pas aussi mortel que prévu, tout compte fait.

Ce garçon semblait à lui seul incarner tous les dangers contre lesquels les adultes l'avaient mise en garde. Grand, mince, musclé, son maintien irradiait la confiance en soi, voire l'arrogance. Il était métis, arborait des tatouages sur sa peau café au lait, des piercings à ses oreilles et de longues dreadlocks.

Il alla d'un pas nonchalant jusqu'au buffet où elle se tenait, comme attiré par l'onde de chaleur invisible qui la parcourait tout entière.

— Pour ton info, lâcha-t-il de toute sa hauteur, jamais je n'aurais choisi de passer l'été dans un endroit pareil.

— Pour ton info, répliqua-t-elle d'un ton qui se voulait aussi dégagé que le sien, ça n'était pas mon idée non plus. Qu'est-ce que tu fais ici, alors ?

— C'était soit ça — bosser dans ce trou paumé avec mon frère Connor —, soit un petit séjour en centre pour mineurs délinquants.

« Centre pour mineurs délinquants ». Il avait jeté ces mots-là avec désinvolture, présumant de toute évidence que cette notion lui était familière. Or, il n'en était rien. La détention juvénile était un genre de mésaventure réservée aux jeunes des ghettos.

— Tu es le frère de Connor ?
— Ouais.
— Vous ne vous ressemblez pas.

Connor était très soigné d'allure, le Blanc anglo-saxon typique, genre bûcheron du fin fond des contrées du Nord, alors que Julian avait la peau foncée et... l'air dangereux. Le jour et la nuit.

— On est demi-frères, précisa-t-il avec nonchalance. De pères différents. Connor ne voulait pas que je vienne ici, mais notre mère l'a forcé à s'occuper de moi.

Connor Davis était l'entrepreneur chargé de rénover le camp Kioga à temps pour fêter le cinquantième anniversaire de mariage des grands-parents de Daisy. En théorie, tout le monde était censé retrousser ses manches, mais Daisy ne s'attendait pas à rencontrer quelqu'un comme *ça*. Avant même de connaître son nom, elle pressentait chez ce garçon une donnée fondamentale. Par des voies qui lui étaient totalement impénétrables, elle devinait qu'il était appelé à jouer un rôle essentiel dans sa vie.

Il s'appelait Julian Gastineaux et, comme elle, il s'apprêtait à intégrer la terminale à la rentrée. En dehors de ce point, ils n'avaient rien en commun. Elle était de l'Upper Easter Side de New York, pur produit d'une famille privilégiée mais désunie et d'un lycée chic. Lui venait d'un quartier défavorisé de Chino, ville californienne dominée par l'industrie laitière, coincée entre bretelles d'autoroute et troupeaux de bétail.

Tels des papillons de nuit attirés par la flamme, ils se tournèrent autour durant tout le dîner ; plus tard, ils se retrouvèrent tous deux assignés à la plonge. Pour une fois, Daisy s'abstint d'élever ses objections habituelles à l'encontre du travail manuel, et de leur corvée commune naquit une complicité fondée sur la camaraderie. Daisy était fascinée par la force noueuse des avant-bras de Julian ainsi que par la robustesse de ses larges mains. Comme ils accrochaient chacun leur torchon, leurs épaules s'effleurèrent, et Daisy sentit tout son corps s'électriser à ce bref contact. Elle n'en était pas à son premier garçon, mais cette sensation était d'une nature totalement différente, d'une force inouïe. Etrangement, elle avait l'impression de l'avoir « reconnu », sentiment tout à la fois troublant et excitant.

— Il y a un foyer pour faire du feu, près du lac.

Elle prononça ces mots en scrutant ses yeux étranges, couleur whisky, pour voir si lui aussi éprouvait quelque chose, mais c'était impossible à dire. Ils se connaissaient depuis trop peu de temps.

— Super… On pourra chanter *Kumbaya* en se tenant la main…

— Rigole ! Après deux soirs sans télé ni internet, tu pleureras pour chanter *Kumbaya*.

— T'as raison.

L'insolence de son sourire se mua naturellement en gentillesse. En avait-il conscience ?

Daisy tomba sur son père alors qu'il quittait la salle à manger.

— On peut aller faire un feu sur la plage ?

— Julian et toi ?

Son regard soupçonneux passa rapidement de sa fille au jeune échalas qui l'accompagnait.

— Ben, ouais, quoi… Julian et moi.

Elle s'efforçait de conserver son attitude maussade. Elle ne voulait pas que son père s'imagine qu'elle commençait à se plaire ici, coincée dans ce camp rustique des Catskills pendant que tous ses amis faisaient la fête sur les plages des Hamptons.

A sa grande surprise, Julian prit la parole :

— Je vous promets de me tenir correctement, monsieur.

Daisy lui en fut reconnaissante pour le spectacle que lui offrit son père. Ce dernier haussa les sourcils d'étonnement, visiblement stupéfait qu'un jeune à dreadlocks lui donne du « monsieur ».

— Je m'en porte garant, renchérit Connor Davis, qui venait de les rejoindre.

Il fixa Julian d'un air éloquent. L'insistance de son regard indiquait de façon claire quel frère avait l'ascendant sur l'autre.

— Ma foi, je n'y vois pas d'inconvénient, dit le père de Daisy.

Il devait avoir senti que Connor n'hésiterait pas à botter les fesses de Julian si jamais ce dernier franchissait la ligne blanche.

— Je passerai peut-être vous voir tout à l'heure.

— Pas de problème, papa, répliqua Daisy avec une gaieté forcée. Ce sera sympa.

Julian et elle se révélèrent assez peu doués pour allumer un feu. Ils épuisèrent toute une boîte d'allumettes avant que le tas de petit bois s'embrase enfin, mais Daisy n'en avait cure. Lorsque la brise orienta la fumée dans sa direction, elle se blottit avec empressement contre Julian. Il n'en profita pas, mais ne la repoussa pas non plus. En fait, cette proximité procurait à Daisy une sensation extraordinaire ; rien à voir avec ses flirts avec les garçons du lycée sous les gradins du terrain de sport ou dans les soirées de Columbia, quand elle trichait sur son âge afin d'être admise.

Lorsque les flammes dansèrent joliment dans le foyer, elle s'aperçut que Julian contemplait leur reflet qui s'étalait à la surface noire du lac.

— Je suis déjà venu ici, dit-il. Quand j'avais huit ans.

— Sans blague ? En colo ?

Il eut un petit rire.

— Je n'avais pas le choix, figure-toi. Connor était mono cette année-là, et il a dû s'occuper de moi pendant tout l'été.

Daisy attendit de plus amples explications, qui ne vinrent pas. Elle décida de l'encourager à poursuivre :

— Et pourquoi ça ?

Le sourire de Julian s'évanouit.

— Parce qu'il n'y avait personne d'autre pour le faire.

Elle fut touchée en plein cœur par la solitude contenue dans ses paroles et par la pensée de cet enfant qui n'avait qu'un demi-frère au monde. Mieux valait ne pas insister, mais... tant pis ! Elle souhaitait en savoir plus sur ce garçon.

— Et aujourd'hui, alors, c'est quoi le topo ?

— Ma mère est artiste au chômage : elle chante, danse et joue la comédie.

Quoi, il ne s'imaginait quand même pas qu'elle allait le laisser s'en tirer à si bon compte ?

— Ça, c'est l'histoire de ta mère. Ce qui m'intéresse, c'est la tienne.

— J'ai eu des problèmes avec la police, au mois de mai.

Alors, ça, c'était passionnant. Fascinant. *Dangereux*. Elle se pressa encore plus contre lui.

— Et c'était quoi, ton problème ? Tu as piqué une voiture ? Tu as vendu de la drogue ?

A l'instant où elle prononça ces mots, elle se mordit la langue. L'idiote ! Il allait la prendre pour une raciste prompte au délit de sale gueule.

— Non, j'ai juste violé une fille. Trois, peut-être...

— O.K., celle-là, je l'ai pas volée. Mais je sais que tu mens.

Elle ramena les genoux à sa poitrine et les entoura de ses bras.

Julian garda le silence quelques secondes, comme s'il hésitait à se formaliser ou non de sa réaction.

— Bon... Je me suis fait choper une nuit en train de sauter du grand plongeoir de la piscine municipale, une autre fois quand j'ai descendu en skate-board une rampe de parking souterrain... des trucs comme ça. Il y a quinze jours, je me suis fait prendre alors que je faisais du saut à l'élastique depuis un pont d'autoroute avec du matos maison. Le juge m'a ordonné un changement de décor pour l'été, avec obligation de faire quelque chose de constructif. Crois-moi, retaper un camp d'été dans les Catskills, c'est vraiment pas mon truc.

Daisy opéra un revirement complet dans l'image qu'elle s'était forgée de lui.

— Pourquoi tu voulais sauter d'un pont à l'élastique ?

— Et *toi*, pourquoi tu n'essaies pas ?

— Oh ! disons que... On risque la fracture à l'arrivée. La paralysie. La mort cérébrale. La mort tout court.

— Des gens meurent tous les jours, je te signale.

— C'est clair, mais sauter d'un pont, ça tend à précipiter le processus.

A cette idée, elle frissonna.

Julian revint à la charge :

— Pourtant, c'était géant, comme sensation. Si je pouvais, je recommencerais tout de suite. J'ai toujours aimé voler.

Il lui avait fourni le prétexte idéal. Elle sortit de sa poche un étui à lunettes qu'elle ouvrit d'une pichenette, révélant un gros joint boudiné.

— Alors, tu vas aimer ça.

A l'aide de l'extrémité incandescente d'une branchette, elle l'alluma et en tira une profonde bouffée.

— C'est ma façon de voler à moi.

Espérant avoir réussi à le choquer, elle lui tendit le joint.

— Merci, sans façons.

Comment ça, « Sans façons » ? Comment pouvait-on refuser de planer avec un bon joint ?

Il devait lire dans ses pensées, car il sourit largement.

— Faut que je fasse gaffe. Tu comprends, le juge de Californie a mis ma mère au pied du mur : soit je passais l'été ailleurs, soit j'étais bon pour le pénitencier de mineurs délinquants. En venant ici, j'ai effacé de mon casier l'incident du saut à l'élastique.

— Je comprends.

Néanmoins elle continuait à lui tendre le joint.

— T'inquiète, Julian, tu ne te feras pas choper ici.

— Sans façons.

Ridicule ! C'était qui ce type, un boy-scout ou quoi ? Sa réticence l'agaçait, elle se sentait jugée.

— Allez... C'est de la bonne, je t'assure. En plus, on est au beau milieu de nulle part, personne ne te verra.

— Ce n'est pas ça qui me fait flipper. Je n'aime pas planer, c'est tout.

— O.K., c'est toi qui vois.

Se sentant vaguement ridicule, elle ajouta une branchette dans le feu et la regarda flamber.

— Quand on est une fille, on s'amuse comme on peut.

— Parce que tu t'amuses, toi ?

Elle le regarda en louchant à travers la fumée, perplexe. S'était-elle jamais posé la question ?

— Jusqu'ici, cet été a été complètement... dingue. Et c'est censé devenir de plus en plus marrant. Enfin, je veux dire... réfléchis un peu. C'est notre dernier été normal. L'année prochaine, à cette période, on bachotera pour entrer en fac.

— La fac...

Il s'allongea en appui sur ses coudes et contempla le firmament.

— Elle est bien bonne.
— Tu ne comptes pas aller en fac ?

Il éclata de rire. Daisy était perplexe.

— Quoi ?

Elle laissa le joint se consumer entre ses doigts, sans se soucier qu'il s'éteigne.

— C'est la première fois qu'on me pose cette question.

Daisy avait du mal à le croire.

— Tu veux dire que les profs et les conseillers d'orientation ne te gonflent pas avec ça depuis la troisième ?

Julian rit de nouveau.

— Dans mon lycée, ils considèrent leur mission accomplie quand un jeune arrive au bout du parcours sans lâcher ses études, avoir un gosse ou se faire coffrer.

Daisy tâcha d'imaginer un tel univers.

— Se faire coffrer ?
— Oui, se faire coffrer, dans un pénitencier pour mineurs délinquants ou, pire, en taule.
— Tu devrais changer d'établissement.

De nouveau, il eut son rire sans joie.

— Je n'ai pas le choix, figure-toi. Je vais au bahut le plus proche de chez moi.

Daisy était sceptique.

— Et ton lycée ne te prépare pas à l'entrée en fac ?

Julian haussa les épaules.

— La plupart des gars décrochent un boulot merdique à la station de lavage de voitures, ou alors ils jouent au Loto en croisant les doigts.
— Tu ne ressembles pas à la plupart des gars.

Elle marqua une pause, observant l'expression perplexe de son visage.

— Quoi ? dit-elle. Pourquoi tu me regardes comme ça ?
— Je n'ai rien de spécial, tu sais ?

Daisy n'en croyait pas un mot.

— Ecoute, je ne dis pas que la fac, c'est… le nirvana ou un truc comme ça, mais c'est sûrement mieux que de bosser dans une station de lavage.

— La fac coûte un max de pognon que je n'ai pas.

— C'est bien pour ça qu'il existe le système des bourses.

Elle repensa aussitôt à la réunion de fin d'année qui avait eu lieu à son lycée, quelques semaines auparavant. Ce jour-là, elle aurait bien aimé se faire porter pâle, mais le magazine de l'école comptait sur elle pour prendre des photos. Des militaires étaient venus expliquer aux élèves comment l'armée pouvait financer leurs études. Personnellement, elle avait complètement décroché durant la présentation, mais le principe essentiel lui était resté à la mémoire.

— Tu n'as qu'à intégrer l'entraînement des officiers de réserve. C'est l'armée qui prendra en charge tes frais de scolarité. D'après eux, tu gagnes ta vie en faisant tes études.

— Ouais, mais c'est une arnaque. Il y a toujours une arnaque. Ils t'envoient au front.

— En tout cas, ils te laisseraient sûrement faire des trucs plus costauds que du saut à l'élastique.

— Mais tu es qui, toi, tu recrutes pour ces types ?

— Je te dis juste ce que je sais.

Elle ne se souciait pas vraiment que ce garçon aille ou non à l'université. Au demeurant, elle ne se souciait pas non plus d'y aller elle-même. L'herbe avait tendance à lui délier la langue, c'est tout. Elle rangea le joint éteint dans un sachet hermétique, pour plus tard. Peut-être pour quelqu'un qui accepterait de planer avec elle. L'ennui, c'était qu'elle n'avait envie que d'une chose : rester avec Julian. Ce garçon avait quelque chose de spécial.

— Ça doit faire bizarre d'aller dans un lycée où personne ne t'aide à entrer en fac. Mais ce n'est pas parce que personne ne te tend la main que tu ne peux pas t'en sortir tout seul.

— C'est clair.

Il jeta une autre branche sèche dans le feu.

— En tout cas, merci pour le couplet sur la fonction publique. Tu leur fais une pub d'enfer.

— Tu es vraiment aigri, comme mec.
— Et toi, tu planes complètement.

Daisy rit à gorge déployée, rejetant la tête en arrière tandis qu'elle imaginait ses trilles s'élevant vers le ciel en même temps que les étincelles et la fumée du feu. Auprès de Julian, elle se sentait merveilleuse, et ce n'était pas dû à l'herbe. Elle l'aimait bien, ce type. Elle l'aimait même vraiment beaucoup. Il était différent, pas banal et un peu mystérieux. Il ne la toucha pas, alors qu'elle en avait envie. Il ne l'embrassa pas, alors qu'elle n'attendait que ça. Il se contenta de se rasseoir en lui adressant un sourire subtil, légèrement de guingois.

Il avait de ces yeux… Des ondes de chaleur la parcoururent tout entière. Elle plongea son regard dans celui de Julian et songea : Salut, mon âme sœur ! Ça fait du bien de te rencontrer enfin.

Aujourd'hui

Daisy réfléchissait beaucoup trop à son histoire avec Julian, surtout dans des moments comme ceux-ci, quand elle était seule, en pleine nuit, le corps en manque de caresses. Si sa vie avait été calquée sur le scénario d'un film, tout aurait été simple, à la suite de cette première rencontre à la fois improbable et électrisante. La musique aurait enflé, les oiseaux se seraient mis à chanter et, hop ! l'affaire aurait été entendue. On serait directement passé à la case « Ils vécurent heureux et eurent beaucoup d'enfants. » Ne passez pas par la case départ, ne touchez pas 200 dollars. Passez votre chemin, point barre.

Cependant, force était de reconnaître que pour une première rencontre entre deux adolescents, cela faisait beaucoup de bagages à poser. Le camp en pleine nature fournissait le cadre rêvé à un amour de vacances — deux jeunes maudits par le sort, attirés l'un par l'autre à l'encontre de tout bon sens… et séparés de force à la fin de l'été par des familles qui ne les comprenaient pas. *Parfait.*

Sauf que les choses ne s'étaient pas déroulées ainsi, au contraire. Julian et elle avaient fait l'impossible. Ils avaient résisté à l'afflux enivrant d'hormones en folie, ils avaient passé l'été dans les affres du désir et, par un miracle incompréhensible, ils n'avaient pas couché ensemble. Enfin, cet exploit ne tenait pas entièrement du miracle, il était plutôt à mettre au compte de la retenue de Julian. Ce dernier avait promis à son frère d'éviter les bêtises et il n'avait pas fallu longtemps à Daisy pour comprendre que Julian était un homme de parole. A la fin de l'été, vaincus par les circonstances, ils s'étaient résignés à prendre chacun un chemin différent.

Elle aurait dû comprendre alors que leur histoire était vouée à rester au simple stade de souvenir de vacances. De retour à Manhattan, cet automne-là, Daisy avait quelque peu disjoncté pour sa rentrée en terminale. Elle avait pris une décision catastrophique qui avait abouti à un cadeau d'une valeur inestimable : Charlie, né l'été qui avait suivi l'obtention de son bac. Mais le fait d'avoir un enfant ne signifiait pas pour autant qu'elle pouvait effacer Julian de sa mémoire. Elle ne l'avait jamais oublié. Elle continuait d'attendre et d'espérer que leur heure viendrait un jour. Mais elle avait un enfant, et Julian, son propre rêve à suivre.

Elle tenta de lire entre les lignes de l'invitation qui lui était faite d'assister à sa cérémonie de promotion, effort futile, vu qu'elle était imprimée, comme toutes les autres. Les mots figurant au dos du carton pouvaient être interprétés de maintes façons. Julian souhaitait-il vraiment la voir, ou était-ce un geste de pure politesse ?

Elle l'ignorait car, comme toujours, elle se trouvait dans une situation bancale vis-à-vis de lui. En dépit de leur indéniable attirance réciproque, elle s'efforçait de conserver une attitude résignée face au fait qu'ils étaient destinés à suivre des routes différentes. Julian passait son master à Cornell, et se focalisait consciencieusement sur ses études et sa formation d'élève officier de réserve. Quant à elle,

elle vivait désormais à Avalon, un endroit qui, lors de ce premier été au camp Kioga, lui avait paru aussi morne que la Sibérie. Aujourd'hui, elle s'y sentait chez elle car elle y était proche de sa famille — et puis c'était l'endroit idéal pour élever Charlie.

Apparemment, il n'y avait pas moyen pour que leurs chemins se rejoignent sans qu'elle ou Julian ne soit contraint de sacrifier son avenir. Certaines choses, se disait-elle souvent, ne sont tout simplement pas faites pour avoir lieu. Pourtant, elle ne pouvait s'empêcher de rêver. Et au plus profond de ses nuits d'insomnie, elle se surprenait à se demander si leur heure viendrait un jour, si elle connaîtrait jamais le bonheur ineffable que saisissait son objectif au fil des mariages qu'elle photographiait.

Une petite voix intérieure lui rappela qu'il n'y a pas si longtemps, elle avait eu sa chance. Il y avait eu une bague, une demande en mariage… Mais, submergée par le trouble et l'angoisse, elle n'avait pu envisager cette union. Elle avait préféré opter pour une année d'études à l'étranger en compagnie de Charlie, décision qui, en définitive, lui avait montré à quel point sa famille lui était nécessaire.

Oh! ma pauvre Daisy, songea-t-elle. *Trouve la clé de ton propre cœur. Ça ne peut quand même pas être si difficile…*

L'esprit agité par un dilemme intérieur, elle reposa l'invitation et s'éloigna, déjà oppressée par l'émotion. Julian lui avait toujours fait cet effet-là, dès la première seconde de leur rencontre, alors qu'ils n'étaient encore que des adolescents.

Pourtant, malgré les chemins divergents pris par leurs existences, ce lien avait perduré. Durant leurs études — elle à l'université de New York, sur le campus de New Paltz, lui à Cornell —, ils avaient réussi à se voir en de rares occasions. Chaque fois que leurs vacances scolaires coïncidaient et que Julian ne cumulait pas études et obligations d'élève officier, ils volaient au temps une petite parenthèse d'intimité. Et, chaque fois, le désir qui s'était allumé en eux lors de ce lointain été se ranimait, plus brûlant que jamais, semblant croître en dépit de tous les événements survenus entre-temps.

Chacun continuait à rechercher la compagnie de l'autre, mais cela n'était jamais suffisant. Daisy ne comprenait pas ce phénomène, et tentait de le rationaliser pour s'en libérer, car vivre avec un homme comme Julian lui paraissait totalement impossible. La vie s'obstinait à les tenir éloignés l'un de l'autre. Julian avait sa formation d'officier de réserve et son cursus universitaire à Cornell, elle avait Charlie, son travail et... le père de Charlie. Pas étonnant que ça n'ait jamais marché entre eux.

Parfois, quand elle fantasmait sur la vie qu'elle aurait pu mener avec lui, elle essayait de l'imaginer avec Charlie, comme un père avec son fils.

Mais la pénible vérité, c'était que Julian semblait refuser catégoriquement d'endosser ce rôle. Envers Charlie, il faisait montre d'une gentillesse mesurée, mais elle voyait bien qu'il gardait ses distances. Elle se souvenait de la fois où Charlie s'était trompé et l'avait appelé « papa ». Julian avait sursauté et répliqué : « Je ne suis pas ton papa, petit. »

Il était loin de se douter que sa remarque lui vaudrait un sobriquet. A partir de ce jour, Charlie l'avait surnommé « Papa-p'tit ».

La vie d'une mère célibataire, se rappela Daisy, est dictée par les besoins de son enfant. Charlie avait besoin d'un *père*, pas d'un « Papa-p'tit ».

Contre toute attente, Logan était un père tout à fait exemplaire. Comme elle, il avait obtenu son diplôme de l'université de New York sur le campus de New Paltz, et il s'était installé à Avalon, où il avait racheté le cabinet d'un assureur qui partait à la retraite. Ses affaires étaient prospères. La conjoncture économique avait beau être difficile, les gens avaient toujours besoin de couvrir leurs arrières pour parer à d'éventuels aléas de la vie. Daisy ne savait trop si Logan était vraiment passionné par les assurances, mais il était totalement dévoué à Charlie. Jusqu'ici, leur organisation fort peu conventionnelle fonctionnait sans heurts.

Daisy se demandait parfois si c'était bien là le sort qui lui était destiné.

Elle soupira, reprit l'invitation, tourna et retourna le carton de réponse entre ses mains. Une cérémonie de promotion, cela semblait empreint d'une certaine importance… Non, *c'était* très important. Tout ce qu'avait accompli Julian depuis le lycée avait de l'importance. Sans argent, avec son intelligence et son ambition comme seules armes, il avait suivi à la lettre le parcours qu'elle lui avait suggéré cet été-là. Il avait posé sa candidature pour intégrer le centre d'entraînement, de manière à financer ses études universitaires. C'était la seule fois qu'elle lui avait donné un conseil, et force était de constater qu'il lui avait été profitable. En contrepartie du financement de ses études à l'Ivy League, il devait à l'armée de l'air les quatre prochaines années de sa vie, voire plus s'il décrochait par la suite une formation de pilote.

Cette incursion dans l'armée signifiait que Julian pouvait être envoyé en mission partout dans le monde.

Partout sauf ici, rectifia Daisy en songeant à la ville qu'elle considérait à présent comme la sienne — Avalon, ridiculement petite, ridiculement pittoresque et, sur le plan militaire, d'une valeur stratégique égale au zéro absolu.

Elle vérifia une fois de plus la date de la cérémonie.

Oui, elle était libre ce jour-là. Les Mariages de Wendela employaient plusieurs photographes et techniciens, et elle n'avait aucun événement à couvrir pour ce week-end. Elle demanderait à Logan de lui garder Charlie, ce qui lui permettrait de se rendre à Ithaca et d'assister à la cérémonie, munie de son appareil photo, afin d'immortaliser cet instant éminemment prometteur pour l'avenir de Julian.

Non seulement elle avait envie d'y aller, mais elle avait *besoin* d'y aller. Il lui fallait impérativement se ménager un vrai moment d'intimité avec Julian. Après toutes ces années passées à le désirer de loin, à avancer maladroitement l'un vers l'autre — avec, pour seul résultat, d'être séparé par les circonstances de la vie —, elle voyait là enfin sa chance.

Une bonne fois pour toutes, elle ferait ce qu'elle aurait dû faire depuis longtemps.

Il était temps d'être honnête avec Julian, ainsi qu'avec

elle-même. Il lui faudrait se montrer d'une totale franchise. Enfin, après tout ce temps, elle allait lui avouer ses véritables sentiments. Et à en juger par le message sibyllin griffonné au dos du carton d'invitation, il se pouvait que Julian ait eu la même idée qu'elle.

3

Julian Gastineaux chutait à 240 kilomètres à l'heure dans l'air raréfié. Il exultait. La force G semblait pénétrer l'essence même de son être. Elle gonflait les coutures de sa combinaison de saut, à les faire craquer, emplissait sa bouche et ses narines, transformait son visage en une figure de cauchemar aux traits déformés. Il se sentait pris dans une force supérieure à celle de l'homme, et c'était une sensation unique.

Un peu comme l'amour.

Mais, contrairement à l'amour, ce saut était un exercice d'entraînement facultatif. Toutefois, Julian estimait que, lorsque la possibilité est offerte à un homme de sauter d'un avion, il ne peut qu'accepter. Dans ce domaine, il avait largement fait ses preuves, mais il n'était pas du genre à décliner un saut en parachute. Il était peut-être cinglé, mais pas stupide au point de refuser pareille aubaine. Il adorait cette impression d'apesanteur, avec cette conscience qu'au-dessous de lui il n'y avait rien que le ciel. Il apercevait un patchwork de champs cultivés, la campagne qui s'étendait au centre de l'Etat de New York — des collines onduleuses, des pâturages irrigués par des rivières, un spectaculaire assortiment de lacs à la forme étirée, qu'on aurait dit creusés dans la terre par de gigantesques griffes.

Son altimètre se mit à vibrer, signe qu'il était temps de cesser d'admirer le paysage. Il libéra l'extracteur dans le courant aérien.

Un vent cisaillant s'abattit sur lui au plus mauvais moment.

Alors que la sangle de liaison de l'extracteur était censée ouvrir le sac de déploiement de la voilure principale, il perdit brutalement le contrôle de son parachute.

Et, en une fraction de seconde, l'exercice facultatif vira au cauchemar. Le vent l'entraînait loin de son point de chute — très loin, beaucoup trop loin, au gré du courant aérien. Jurant à travers ses dents serrées, il bataillait pour ouvrir le sac de déploiement. Les suspentes auraient dû être libérées une à une, mais elles formaient un enchevêtrement inextricable. Le parachute principal était de guingois, incontrôlable. Julian manœuvra les suspentes de commande, afin de freiner sa chute, tandis que le courant aérien le projetait à toute vitesse vers un bosquet densément planté.

Il envoya un signal de détresse, lâcha un ultime chapelet de jurons et fit une prière.

Sa prière fut plus ou moins exaucée. Il ne s'était pas écrasé au sol à 240 kilomètres-heure, transformé en un magma sanglant d'os broyés. Il avait finalement réussi à diriger un peu sa voilure et à ralentir sa chute. Restait que l'atterrissage ne s'était pas tout à fait déroulé conformément à ses intentions.

Suspendu la tête en bas dans son sac-harnais, il contemplait le monde d'un point de vue unique. Les branches souples, couvertes de jeunes feuilles, tressautaient sous son poids. Partout, il ne voyait que du vert et du marron, mais pas le moindre signe de civilisation à l'horizon.

Ce saut constituait le tout dernier exercice de sa formation et, normalement, il aurait dû l'effectuer sans problème.

Calmement, il s'astreignit à envisager la suite des événements de façon posée. Le sang dégoulinait sur son visage. Il avait sans doute une plaie à la tête. Son corps le faisait souffrir en de multiples endroits ; rien de cassé, apparemment, mais il avait l'épaule en feu. Peut-être se l'était-il luxée. Ses lunettes de saut étaient complètement fichues. Il essaya d'attraper son coupe-suspente, mais ce simple geste le fit glisser trop vite vers le sol, aussi resta-t-il immobile, essayant de réfléchir à la prochaine étape. Se rompre le cou juste avant sa promotion serait d'un effet calamiteux. Quant à Daisy... Non, mieux valait ne pas penser aux conséquences que cela aurait sur les intentions qu'il nourrissait envers elle. Bon sang ! Il espérait de toutes ses forces que cet incident ne constituait pas un mauvais présage.

Il réfléchissait encore aux options qui s'offraient à lui, conscient d'une drôle de sensation dans sa tête, lorsque le fracas d'une chute résonna quelque part dans les bois. Quelques minutes après, une petite silhouette en combinaison de saut apparut.

— Non, mais tu es complètement malade ! s'écria Sayers, l'une de ses camarades de formation.

C'était une fille pleine de bon sens, originaire de Selma, en Alabama. Elle lui rappelait la branche de sa famille qui vivait en Louisiane. Sauf que, contrairement à ses parents, Tanesha Sayers avait l'obligation de porter secours et assistance à l'officier qui était son camarade d'entraînement.

— Andouille ! fulminait-elle. Tu as un sacré bol que ta balise ait fonctionné. Sinon, tu serais mort pendu la tête en bas, comme une espèce de gros fruit violacé ! Bon sang, je ne sais pas ce qui me retient de te laisser virer à l'aubergine !

Julian la laissa tempêter tout son soûl, sans toutefois lui présenter ses excuses : à quoi bon incriminer un vent cisaillant ? De plus, Sayers était fondamentalement inoffensive. Elle possédait la mystérieuse capacité de passer un savon à quelqu'un tout en faisant consciencieusement son boulot. Elle aussi figurait sur la liste de promotion, et nul doute qu'elle ferait un excellent officier. Elle se hissa sur les branches qui le retenaient prisonnier et entreprit de le libérer à l'aide de son coupe-suspente, sans cesser de le réprimander vertement.

— Tu as ton propre cutter ! Pourquoi diable ne t'en es-tu pas servi pour te sortir de là ?

— J'allais le faire. Je tenais d'abord à m'assurer que je n'allais pas trancher la mauvaise sangle, histoire de ne pas atterrir sur la...

Il dégringola brutalement et chuta sur le sol de la forêt, ébranlé par le choc malgré le casque.

— … tête, acheva-t-il. Merci, Maman.

C'était le surnom de Sayers au sein de l'unité car, même si elle houspillait tout le monde avec autorité, elle veillait sur chacun de ses camarades avec la férocité d'une louve.

— Ne me remercie pas, crétin ! Contente-toi de te tenir tranquille le temps que j'applique un pansement sur ta plaie.

— Quelle plaie ?

Il se tâta le front avec précaution. Un liquide tiède poissait la naissance de ses cheveux. Génial.

Sayers sauta à terre, atterrit en grognant et appela la base par radio.

Julian s'essuyait la main sur sa combinaison de saut quand, soudain, il pensa à la bague. Cela faisait longtemps qu'il la portait sur lui. Même durant le saut, il l'avait gardée à l'intérieur d'une de ses poches, près du cœur, sous des couches de tissu, à l'abri de la fermeture Eclair.

Et lorsqu'il l'offrirait à Daisy, ça ne se passerait pas comme la dernière fois, nom d'un chien ! En plein pugilat, sur un quai de gare ! Non, la prochaine fois…

Il ouvrit l'attache en Velcro qui fermait son col et plongea la main à l'intérieur de sa combinaison, ses doigts se débattant maladroitement avec la fermeture Eclair de sa chemise.

Sayers s'agenouilla devant lui.

— Qu'est-ce qu'il y a ?

— Je vérifie juste que… Ah !

Julian se détendit, soulagé de refermer sa main sur l'écrin. Il le sortit de la poche et l'ouvrit, révélant un diamant certifié sans défaut, monté sur or jaune et portant à l'intérieur de l'anneau l'inscription « Eternellement ». Il présenta l'écrin à Sayers, qui considéra la bague d'un air songeur.

— Désolé, Nigaud, lâcha-t-elle en l'affublant de son sobriquet, mais je ne t'aime pas assez pour ça.

— Bien sûr que si.

Il referma l'écrin et le fourra dans une de ses poches.

— Tu es folle de moi, chérie.

— Mmm…

Elle déchira un paquet de compresses stériles sous blister.

— Ce qui me plaît chez toi, ce sont tes blessures. Sans blague, Nigaud, tu es un vrai mannequin de crash-test ambulant. C'est ça qui me fait craquer.

Sayers nourrissait l'ambition de faire médecine, un jour. Le sang et les tripes, c'était sa passion, avec une préférence marquée pour le franchement *gore*. Julian, avec son goût pour l'extrême, lui avait largement fourni son compte d'abrasions, de foulures, de contusions et d'hémorragies, au cours de leur formation commune.

Elle nettoya l'entaille qu'il s'était faite à la tête et la compressa au moyen de quelques bandages. Tout en s'activant, elle l'interrogea :

— Pourquoi est-ce que tu trimbales cette fichue bague partout ?

— Je ne sais pas quoi en faire. La cacher au fond de mon tiroir à sous-vêtements, ça fait un peu… Enfin, c'est là qu'avant je planquais ma… Laisse tomber.

Il ne voulait pas aborder le sujet avec Sayers.

— C'est triste à dire, mais il se produit parfois des vols, sur le campus.

Entre eux planait cependant une autre réalité, sans qu'il soit besoin de l'exprimer. Si son saut s'était avéré fatal, la présence de la bague aurait constitué un ultime message silencieux à la femme qu'il aimait, celle avec qui il souhaitait faire sa vie.

— Je la garde sous la main pour pouvoir lui faire ma demande au moment propice.

Sayers secoua la tête, écœurée, tandis qu'elle effleurait doucement la série de pansements sur sa tête.

— Un bon conseil. La prochaine fois que tu sors ton diam, assure-toi que cette pauvre fille soit présente. A bon entendeur, salut !

— Voici mon plan. Je l'ai invitée à notre cérémonie de promotion, et si elle vient…

— Attends un peu... « Si elle vient » ? Parce que ce n'est pas sûr ?

— Ma foi, nos relations ont toujours été un peu étranges.

Bel euphémisme...

— Je vois. Voilà ce que j'appelle de bonnes bases pour construire une relation durable.

Elle rangea son matériel, lui prit la main et l'aida à se mettre debout.

Il fit jouer tous ses membres, en s'efforçant de ne pas tressaillir sous la souffrance. Ses terminaisons nerveuses réagissaient à merveille, mais la douleur n'était qu'une sensation. Tout son corps fonctionnait normalement, et c'était l'essentiel. Malgré les élancements qu'il ressentait, aucune fracture ou luxation n'avait été détectée. Il était prêt à repartir.

— Je t'explique la situation, dit-il en rassemblant son parachute. Entre Daisy et moi... c'est comme une cible mouvante. Rien n'est jamais simple. Elle part dans une direction et moi dans l'autre, ce qui fait qu'on n'arrive jamais à se rejoindre.

Ils entreprirent de sortir du bois. A la pensée de Daisy, Julian sentit son rythme cardiaque s'accélérer.

— Je suis fou d'elle et je sais qu'elle éprouve la même chose. Nous fiancer, c'est le meilleur moyen de couper court à toutes ces conneries inutiles, et ça simplifiera tout.

Sayers pila net et se tourna vers lui, la main plaquée sur la poitrine.

— Oh ! mon chou... Ne me dis pas que tu es stupide à ce point ?

Il sourit.

— D'après toi ?

Elle le scruta avec attention, le visage empreint d'inquiétude, d'exaspération, et d'une commisération à peine contenue.

— Ma mère m'a dit un jour de ne jamais sous-estimer l'épaisseur du crâne des hommes. Je pense qu'elle n'avait pas tort.

— Quoi ? s'insurgea Julian. Daisy aussi est folle de moi. Je le sais.

— Vous faites la paire, alors.

Il leur fallut un moment pour rentrer, faire un rapport détaillé et étiqueter le parachute pour le soumettre à un test de sécurité.

De retour sur le campus, Julian ignora la douleur lancinante de son épaule et s'arrêta en chemin au foyer étudiant afin de vérifier son courrier. Il repartit en direction de la résidence universitaire tout en feuilletant la petite liasse d'enveloppes. Il essayait de ne pas trop se laisser impressionner par l'importance de la cérémonie de nomination. C'était un jalon dans sa vie, un accomplissement personnel, et si personne ne venait y assister en dehors de son demi-frère Connor, il n'en prendrait pas ombrage.

Malgré tout, il était inutile de se leurrer : ce raisonnement constituait sans doute une manière de se préparer à une éventuelle déception.

Au sein de son détachement, certains s'attendaient à voir à la cérémonie la moitié du monde civilisé. Julian, lui, ne comptait pas des centaines de personnes dans son entourage. Son père, professeur à Tulane, était décédé quand il avait quatorze ans. Son oncle et sa tante de Louisiane n'ayant ni les moyens ni la place de l'héberger, il n'avait eu d'autre choix que d'aller vivre à Chino, chez sa mère, en Californie.

Ce genre de parcours n'implique pas une foule de parents aimants. Peut-être était-ce pour cela qu'il se sentait vraiment chez lui au sein de l'armée. Ses camarades de formation et de travail lui tenaient lieu de famille.

Comme d'habitude, son esprit vagabonda vers Daisy. Elle était issue d'un véritable clan, et c'était d'ailleurs l'un des nombreux aspects qu'il aimait chez elle. En même temps, c'était aussi l'un des obstacles qui l'empêchaient d'envisager un avenir avec elle. Ses obligations militaires impliquaient qu'elle devrait quitter sa famille. C'était un rude sacrifice à exiger de quelqu'un.

En feuilletant son courrier, il tomba sur une petite enveloppe qui lui était pré-adressée. Il l'ouvrit et un sourire illumina son visage.

Tout le reste s'envola — ses inquiétudes pour la cérémonie, sa douleur à l'épaule, son exposé à faire pour le lendemain, tout.

Il contemplait la carte de réponse toute simple :

« Daisy Bellamy — assistera — n'assistera pas à la cérémonie. »

Au-dessous, elle avait griffonné : « Je ne manquerais ça pour rien au monde ! J'apporterai mon appareil. A plus. — Biz. »

Regonflé à bloc, Julian pénétra dans sa chambre, rayonnant. Davenport, l'un de ses compagnons de chambrée, le dévisagea brièvement :

— Hé, Nigaud, t'as enfin réussi à coucher avec une fille ?

Julian se contenta de rire et sortit du réfrigérateur une bouteille de Gatorade.

— Alors, c'est que tu as fini ton exposé ? insista Davenport.

— Je l'ai à peine commencé.

— Ça parle de quoi, déjà ?

— Techniques de survie au combat.

— Autrement dit, ça va être bref, hein ? Pas étonnant que tu ne t'en fasses pas.

— Tu serais surpris de savoir à quel genre de catastrophe on peut survivre.

— Très bien. Surprends-moi.

Davenport délaissa son écran d'ordinateur et pivota vers Julian, dans l'expectative.

— Un incident de saut en parachute, par exemple, si tu peux trouver un endroit moelleux où atterrir, répliqua Julian en effectuant des mouvements de rotation avec son épaule endolorie.

— Je préfère encore un tir de roquette.

— On peut survivre à l'explosion d'une roquette.

— Pas le pauvre gars qui se jette dessus pour sauver ses potes, en tout cas.

— Dans l'idéal, il faut la renvoyer dans la direction d'où elle vient.

— C'est bon à savoir.

Julian envisageait ce genre de péripéties sans inquiétude. Le plus dur, dans la vie, ce n'étaient pas les épreuves physiques ni la réussite scolaire. Les études, ça allait, pas de souci. Et il était capable de courir le marathon, de nager sur un kilomètre ou de faire des tractions à la barre fixe sur une main. Là-dessus, pas de problème.

Non, le défi, pour lui, c'étaient toutes ces choses que la plupart des gens accomplissaient sans peine : comprendre la grande énigme de la vie, par exemple, et plus particulièrement les mécanismes de l'amour.

Mais c'était sur le point de changer.

Cependant, aucun cours ni manuel n'était là pour lui indiquer la voie à suivre. C'était peut-être comme d'être pris dans un vent cisaillant. Il fallait tenir bon, et se diriger du mieux possible, en espérant atterrir en un seul morceau. Finalement, cela ressemblait assez à ce qu'il avait toujours fait…

Février 2007

Julian fixait la lettre expédiée par le secrétaire de l'Armée de l'air des Etats-Unis. Il n'arrivait pas à en croire ses yeux. Trois détachements différents avaient accepté de l'intégrer dans leur formation et, à présent, il avait confirmation de l'obtention de sa bourse. Il plaqua contre sa poitrine l'annonce formulée en termes pompeux. Planté au beau milieu d'un parking, il leva les yeux vers le ciel sans couleur de Chino, Californie. Il allait faire des études supérieures. Et il allait voler.

Le cœur débordant de joie, il brûlait d'envie d'annoncer la nouvelle à quelqu'un, mais ne trouva personne. Il tenta de l'expliquer à son voisin, Rojelio, dans cet espagnol de la rue qu'il parlait à la cadence d'une mitraillette, mais Rojelio, en retard pour aller travailler, n'avait pas le temps de s'attarder pour bavarder avec lui. Toujours sur un nuage, Julian courut d'une traite à la bibliothèque de Central Avenue. Il ne possédait pas d'ordinateur, et il devait envoyer sa réponse sur-le-champ.

La « morne saison », c'est ainsi que l'écrivain John Steinbeck décrivait l'hiver californien : Julian souscrivait sans réserve à cette formule. Ici, l'hiver était la période la plus déprimante de l'année. Dominée par l'industrie laitière, Chino était coincé au centre d'un nœud autoroutier à l'est de Los Angeles. En hiver, les inversions montagneuses venues de l'est rabattaient souvent vers l'agglomération l'odeur fétide des parcs à bestiaux, et la nappe de smog qui stagnait à l'ouest l'empêchait de s'évacuer. Les narines imprégnées de ces relents déplaisants, Julian avait alors tendance à passer son temps cloîtré dans la bibliothèque. Là, il faisait ses devoirs, il lisait et… rêvait. Son été au lac des Saules lui faisait l'effet d'un fantasme lointain, nébuleux et surréaliste. C'était un autre monde, semblable à celui qui existe dans les livres.

Au lycée, il devait faire semblant de mépriser la lecture pour ne pas être le souffre-douleur des autres élèves. Vu que, parmi ses amis, être bon en littérature et en classe faisait de vous un coincé intégral, il gardait pour lui son goût dévorant pour la fiction. A ses yeux, les livres étaient des amis et des professeurs. Ils représentaient un remède à sa solitude et une source d'enseignements variés. Par exemple, il avait appris ce qu'était un demi-orphelin. Dans un roman de Charles Dickens, il avait lu qu'un demi-orphelin était un enfant qui avait perdu un parent. C'était une notion qui lui était facilement accessible. Ayant perdu son père, il faisait désormais partie des cohortes d'enfants élevés par une mère célibataire.

La maternité n'était jamais entrée dans les projets de sa mère. Elle le lui avait dit elle-même, et, dans un accès de confidence, elle lui avait avoué les circonstances de sa venue au monde. Fruit d'une nuit sans lendemain, il avait été conçu aux chutes du Niagara, lors d'une conférence d'ingénierie aérospatiale. Son père était le principal orateur de la conférence en question et sa mère, à l'époque, se produisait comme danseuse exotique sur la scène du club de l'hôtel qui accueillait la manifestation.

Neuf mois plus tard naissait Julian. Sa mère s'étant délibérément dégagée de toute autorité parentale, Julian et son père avaient vécu plutôt heureux ensemble, jusqu'à la mort de ce dernier. Julian avait ensuite passé ses années de lycée chez sa mère, qui semblait ne pas savoir quoi faire de lui.

Il n'avait pas de téléphone portable. Il était sûrement le dernier humanoïde de la planète à ne pas en posséder. C'est dire si sa mère et lui étaient fauchés. Une fois encore, elle se retrouvait sans engagement, et Julian travaillait après les cours chez un concessionnaire auto, où il changeait les pneus et s'occupait des vidanges. Il arrivait parfois qu'on lui donne un pourboire — pas les riches, ceux qui conduisaient de belles voitures, mais les ouvriers qui roulaient en Chevrolet ou en pick-up. Sa mère, elle, possédait un téléphone portable : elle prétendait en avoir besoin au cas où on l'appellerait pour un rôle, alors que leur maigre budget se serait fort bien passé de cette facture supplémentaire. Le forfait téléphonique de leur fixe était tellement basique qu'ils n'avaient même pas de boîte vocale.

A la bibliothèque, il pouvait surfer sur internet et accéder à sa messagerie électronique gratuite. Il trouva rapidement le site du centre d'entraînement et entra le code d'accès spécial qui lui avait été attribué dans la lettre de bienvenue, avec l'impression d'avoir été admis dans un club très fermé. Ensuite, il consulta ses messages. C'était par ce moyen qu'il restait en contact avec Daisy. Aujourd'hui, il n'y avait aucun message d'elle — il faut dire qu'ils n'étaient pas de grands épistoliers. Il avait le lycée et son travail d'appoint ; elle venait de quitter New York pour aller vivre avec son père, dans la petite ville d'Avalon. Daisy s'était plainte de l'étrangeté de sa situation familiale, du fait du divorce de ses parents. Il en était peiné pour elle, sans toutefois être en mesure de lui prodiguer beaucoup de conseils. Ses parents à lui n'avaient jamais vécu ensemble et, dans un certain sens, ce n'était peut-être pas plus mal, puisqu'il n'avait jamais dû s'adapter à une séparation.

Mais un courriel a ses limites. Julian voulait appeler Daisy pour lui annoncer la nouvelle. Et aussi pour la remercier de lui avoir rappelé que la fac ne lui était pas inaccessible. La suggestion qu'elle lui avait faite cet été-là avait germé dans son esprit. Il existait donc un moyen d'avoir le genre de vie dont il s'était toujours contenté de rêver. Par sa remarque tranquille, presque désinvolte, Daisy lui avait fourni le sésame d'un autre avenir.

L'appartement qu'il partageait avec sa mère était une construction déprimante de pseudo-murs en pisé, ceinte par un parking à l'asphalte défoncé au milieu d'un paysage de mauvaises herbes. Il entra ; sa mère n'était pas là. En période de chômage, elle avait tendance à passer le plus clair de son temps dans la navette qui menait en ville, où elle tâchait de rencontrer le plus de gens possible dans l'espoir d'étoffer son réseau de relations.

Julian faisait les cent pas devant le téléphone lorsque, enfin, il trouva le courage d'appeler Daisy. Il avait envie d'entendre sa voix et de lui annoncer en personne le contenu de la lettre. L'appel allait alourdir une facture qu'il ne pouvait déjà pas payer, mais c'était le cadet de ses soucis.

Daisy décrocha immédiatement, comme toujours quand il l'appelait sur son portable, car il était le seul de ses correspondants à posséder cet indicatif téléphonique.

— Salut, dit-elle.

— Salut à toi. Je te dérange ? s'enquit-il, songeant aux trois heures de décalage horaire.

En arrière-fond, il entendait de la musique.

— Pas du tout.

Elle marqua une hésitation et Julian reconnut l'air : *Seasons For Loving*, des Zombies. Il détestait cette chanson.

— Tout va bien ?

C'était dingue, il ne l'avait pas revue depuis cet été, et pourtant son « Pas du tout » sonnait faux à son oreille.

— Qu'est-ce qui se passe ? insista-t-il.

Elle éteignit la musique.

— Olivia m'a demandé d'être demoiselle d'honneur à son mariage.

— C'est plutôt sympa, non ?

Julian était lui aussi de la noce — en qualité de demi-frère du marié. Ce serait la première fois qu'il irait à un mariage, et il avait hâte d'y être, car la cérémonie aurait lieu en août au camp Kioga. Tout à coup, il songea qu'il devrait vérifier son emploi du temps d'élève-officier pour s'assurer d'être libre ce jour-là.

— Pas tant que ça, répliqua Daisy dans un filet de voix. Ecoute, Julian... J'ai quelque chose à te dire, mais je ne sais pas comment. Bon sang, ce n'est pas facile.

Julian réfléchissait à toute vitesse. Etait-elle malade ? En avait-elle marre de lui ? Souhaitait-elle qu'il arrête de l'appeler, qu'il se fasse rare ? Avait-elle un copain, sacré nom ?

— Tu n'as qu'à y aller carrément.

— Je ne veux pas que tu me détestes.

— Je ne pourrai jamais te détester. Je ne déteste personne.

Pas même le chauffard ivre qui avait renversé son père. Julian l'avait vu au tribunal. Il sanglotait si fort qu'il n'avait pas pu se lever. Julian n'avait pas éprouvé de haine à son égard. Juste une incroyable sensation de néant absolu.

— Sans blague, Daze. Tu peux tout me dire.

— Moi, je me déteste, murmura-t-elle d'une voix tremblante.

Vu qu'il l'appelait d'un téléphone filaire, Julian ne pouvait arpenter qu'une petite zone confinée au-devant de la fenêtre. Il regarda par la vitre cette journée sans couleur de février. En bas, sur le parking, l'épouse de Rojelio rentrait des sacs de provisions, l'un après l'autre. En temps normal, Julian serait descendu quatre à quatre pour lui donner un coup de main. Elle avait une tribu d'enfants — lui-même n'était jamais parvenu à en connaître le nombre exact — qui mangeaient comme une armée. Cette femme passait sa vie à travailler, à faire les courses et à préparer des repas.

— Vas-y, Daisy. Dis-moi ce qui se passe.

— J'ai fait une connerie. Une énorme connerie.

Elle parlait d'une voix fragile comme du verre, mais il n'avait pas la moindre idée de ce qu'elle essayait de lui dire. N'importe comment, il regrettait de ne pas être là-bas, à

Avalon, de ne pas pouvoir l'enlacer et lui dire des paroles rassurantes en respirant le parfum de ses cheveux.

Son esprit passa en revue toutes les possibilités. S'était-elle remise à fumer ? Avait-elle eu un mauvais bulletin scolaire ? Julian rongea son frein. Il ne servait à rien de la presser davantage, elle savait qu'il était au bout du fil.

— Julian, dit-elle enfin, d'une voix étranglée. Je vais avoir un enfant. Il est prévu pour cet été.

Il s'attendait si peu à cette nouvelle que, sur le moment, aucune réplique ne lui vint à l'esprit. Il continuait de fixer la femme de Rojelio, qui en était à son second voyage avec les sacs de provisions. Daisy Bellamy ? Un enfant ?

A son lycée, il n'était pas rare de voir des filles enceintes, mais *Daisy* ? Elle était censée avoir une vie... privilégiée, à l'abri de tout désagrément. Elle était censée être sa petite amie. C'est vrai qu'ils s'étaient séparés l'été dernier sans se faire de promesses mais, entre eux, c'était une supposition tacite.

Du moins le croyait-il.

— Julian ? Tu es toujours là ?

— Oui...

Il avait l'impression d'avoir reçu un coup de poing dans l'estomac.

— Je me sens vraiment idiote, avoua-t-elle d'une voix où pointait la peur.

Elle pleurait, à présent.

— Et je ne peux rien y faire. Le garçon... c'est un élève de mon lycée, à New York. On n'était même pas ensemble, tu vois, ni quoi que ce soit. On s'est soûlés un week-end et... Oh ! Julian...

Il ne savait vraiment pas quoi dire. C'était loin d'être la conversation qu'il avait imaginée en décrochant le téléphone.

— Je pense que... Waouh... J'espère que ça va aller pour toi.

— J'ai complètement chamboulé mes projets. Je l'ai dit à mes parents et... ils sont sous le choc et tout... mais ils n'arrêtent pas de me dire que tout finira par s'arranger.

— Ils ont raison.

En réalité, il n'en savait rien.
— Julian, je regrette tellement…
— Tu n'as pas à t'excuser.
— Je me sens nulle.
Lui aussi, il se sentait nul.
— Ecoute, c'est comme ça, c'est tout.
— Je ne t'en voudrai pas si tu ne veux plus jamais me revoir.
— Je veux te revoir.
Elle exhala un soupir au bout du fil.
— Moi aussi, je veux toujours te revoir.
— Je pense que ça se fera au mariage.
— Oui. Bon… assez parlé de moi.
Elle rit faiblement.
— Et toi, comment ça se passe, de ton côté ?
Julian estima injuste de lui annoncer la grande nouvelle maintenant. Il avait l'impression d'avoir été entièrement vidé de son énergie. Daisy enceinte… Il n'arrêtait pas de penser à sa nouvelle situation. Et à ce qu'elle avait fait pour que cela arrive.
— Tout va bien.
— Tant mieux. Julian ?
— Quoi ?
— Tu me manques.
— Oui, toi aussi, répliqua-t-il, même si, à la vérité, il n'aurait su définir ce qui lui manquait exactement.

4

— Dis donc, bonhomme…
Daisy se percha au bord du bac à sable de Charlie.
— Devine ?
Son fils lui sourit en levant vers elle ses yeux d'un vert brillant qui la faisaient immanquablement craquer.
— Quoi ?
— Tu vas aller dormir chez ton père.
— D'accord.
— Ça te dit ?
— Voui.

Charlie retourna à la tranchée qu'il creusait dans le sable. A travers les nouvelles feuilles, la lumière de l'après-midi posait des reflets dans ses cheveux d'un roux flamboyant.

— Question idiote, reprit-elle en faisant rouler un petit camion sur l'une des routes qu'il avait pavées. Ton père et toi vous amusez toujours ensemble, pas vrai ?
— Voui.

L'enfant remplit un tombereau de sable. Le bac à sable était un jouet sophistiqué, cadeau de ses grands-parents O'Donnell pour son troisième anniversaire, et Charlie en était fou. Pour son grand-père O'Donnell, c'était la preuve que son petit-fils portait dans ses gènes le transport et l'expédition — la branche d'activité de la famille — au même titre que ses cheveux roux et ses yeux verts.

Il ressemblait tellement à son père que Daisy se demandait parfois quelle part il avait héritée d'elle. Regarder Charlie, c'était comme voir Logan enfant à travers l'étrange objectif d'une machine à remonter le temps. Dans quelque temps, Charlie entrerait en maternelle ; il aurait alors le même âge que Logan quand elle l'avait rencontré pour la première fois. A la réflexion, c'était assez bizarre.

Marian, la mère de Logan, aimait montrer à Daisy des photos de Logan au même âge que Charlie.

« C'est incroyable ! s'extasiait-elle. On dirait des jumeaux. Logan a toujours été un enfant très joyeux. »

Si joyeux qu'il avait failli gâcher sa vie à l'âge de dix-huit ans. Daisy soupçonnait Logan d'avoir grandi sous une pression énorme de la part de ses parents. Seul garçon d'une fratrie de quatre au sein d'une famille très traditionnelle, on attendait beaucoup de lui. Censé exceller dans ses études comme en sport, il avait rempli son contrat. A Manhattan, Daisy et lui avaient fréquenté le même lycée rigoureux, où elle l'avait regardé fanfaronner dans les couloirs. Issu d'un milieu privilégié, il avait été élevé dans le projet de perpétuer la tradition : des études dans une université de l'Ivy League, au pire au Boston College, l'*alma mater* de son père, suivies d'un poste au sein de l'entreprise familiale de transports internationaux.

Daisy enserra ses genoux de ses bras et considéra Charlie, perdu dans son monde imaginaire. Pourquoi les parents font-ils peser tant d'attentes sur les épaules de leur progéniture, au lieu de laisser l'enfant s'épanouir à son gré ? Ignorent-ils que c'est le meilleur moyen de les inciter à prendre le contre-pied de leur famille ?

C'était une blessure en sport qui avait précipité la chute de Logan dans la pharmacodépendance. Le championnat de football était en jeu, et Logan s'était blessé au genou. A cette occasion, il s'était aperçu qu'en avalant suffisamment d'antalgiques il pouvait continuer à jouer.

Serrer les dents et continuer. Chez les O'Donnell, c'était un principe.

Daisy fit franchir un pont en plastique au camion de son fils, et se jura intérieurement de ne jamais exercer de pression sur lui, en quelque domaine que ce soit. Jamais.

Ses propres parents s'étaient-ils fait la même promesse à son sujet ? Chaque génération ne se promet-elle pas d'être meilleure que la précédente ? Comment expliquer que cela ne marche jamais ?

— Bon, l'affaire est entendue, alors, dit-elle à Charlie. Tu passeras la nuit chez ton père.

— A cause de ton travail ? demanda l'enfant en creusant un trou à l'aide d'une pelle en plastique jaune.

C'était la seule raison pour laquelle elle le laissait. Son travail. Mais, cette fois, c'était différent.

Elle fit stopper le camion au bout du pont et prit une profonde inspiration.

— Non, ce n'est pas pour mon travail. Je vais voir Julian.

Charlie continuait de creuser sans lever la tête.

— Papa-p'tit, dit-il doucement.

— D'accord ?

Pas de réponse.

— Julian doit faire quelque chose de très important qui s'appelle une cérémonie de nomination.

C'était le jour où Julian serait promu officier, et il était inconcevable qu'elle manque un tel événement.

— C'est vraiment quelque chose, tu sais, d'être officier de l'armée de l'air, ajouta-t-elle en se demandant ce que son fils comprenait là-dedans.

Elle planta une station-essence en plastique au bord de la route tracée dans le sable, et fit rouler le camion jusqu'à la pompe pour faire le plein.

— Tout le monde va savoir où il doit partir pour son travail. On peut l'envoyer n'importe où dans le monde, de la Terre de Feu au Pôle nord.

— Là où vit le Père Noël, compléta l'enfant, le visage illuminé.

— Personne n'en sait rien.

Elle repoussa une vague de mélancolie en songeant combien il lui serait pénible de le voir partir. Elle était bien décidée à ne pas lui montrer sa tristesse. Ce week-end, on fêterait l'incroyable réussite de Julian : ce n'était pas le jour pour déplorer la chance qu'ils n'avaient jamais eue.

— Je vais te dire, reprit-elle. On va prendre un bon déjeuner, et ensuite tu pourras choisir trois jouets à emporter chez ton père.

— Quatre jouets, suggéra-t-il, essayant comme à son habitude d'obtenir davantage.

Daisy était bien certaine que le petit garçon ignorait la signification du chiffre quatre, mais là n'était pas la question. Mieux valait éviter de marchander.

— J'ai dit trois. Et il faudra qu'ils tiennent dans ton sac.

Lorsque Daisy arriva chez Logan, Charlie dormait à poings fermés dans son siège auto. Elle aperçut Logan, en train de manier le marteau sur le toit de la maison qu'il avait achetée à l'automne. Construite dans les années vingt, la bâtisse ancienne et pleine de charme se dressait dans une rue bordée d'arbres, réputée pour son calme et son architecture d'époque. Ce quartier était un havre de paix pour les gens en pleine ascension sociale, à proximité des écoles et du Country Club. L'endroit ne plaisait pas particulièrement à Daisy, dont les goûts penchaient plutôt vers les bungalows plus typiques en bordure du lac, mais Logan avait embrassé le statut de propriétaire avec sa ténacité coutumière.

Comme toutes les demeures anciennes, la maison présentait divers problèmes et Logan tenait à effectuer la plupart des travaux lui-même, alors qu'il aurait pu s'offrir les services des meilleurs artisans. On aurait dit qu'il avait quelque chose à prouver. Né au sein d'une famille fortunée, il n'avait jamais eu à faire de réparations sur une maison. Sa nouvelle résidence lui avait fourni un prétexte pour s'attaquer à ce nouveau défi. La maison au toit pentu se dressait sur un étage, au milieu de massifs envahissants de rhododendrons et d'hortensias ; sur le devant, elle était ornée d'un grand noyer blanc d'Amérique. Logan devait l'avoir entendue arriver car il s'interrompit dans son travail et leva la main pour la saluer.

Ce geste lui fit perdre l'équilibre, il battit des bras et ses pieds se dérobèrent sous lui. Prenant de la vitesse, il dégringola le long de la pente abrupte du toit. C'était comme une scène de cauchemar. Daisy ouvrit la bouche pour laisser échapper un cri muet qu'elle étouffa de ses mains. Une partie de sa conscience mesura l'horreur de la situation : et si jamais Charlie venait à se réveiller maintenant, juste à temps pour voir son père faire une chute mortelle ?

Logan chercha une prise, se cramponna à l'avant-toit. Usée par les ans, la structure en métal se déchira, et il roula jusqu'au bord avant de chuter comme un sac sur un vieux massif d'hortensias.

Daisy jaillit hors de sa voiture et se précipita vers lui. Logan gisait près du buisson écrasé, inerte. Il avait les yeux fermés et son visage était d'un blanc de craie.

Une sensation d'irréalité l'accabla. *Non*. Ces choses-là n'arrivaient pas. Elles n'étaient pas censées arriver. Il avait l'air mort. Il *était* mort. Comme ça.

Elle n'arrivait pas à respirer. Elle tomba à genoux à ses côtés.

— Non, Logan, non ! Je t'en prie...

Un bruit affreux sortit de sa gorge tandis qu'il avalait une goulée d'air.

— Je t'en prie... quoi ?

Il battit des paupières, ouvrit les yeux et émit un gémissement.

Daisy poussa un cri, de joie, cette fois.

— Tu vas bien ? Mon Dieu, je t'ai cru mort !

— Je me suis cru mort, moi aussi, figure-toi. La chute m'a vidé les poumons.

— Tu veux que j'appelle le SAMU ?

Il se redressa et ôta de ses cheveux un rameau de rhododendron.

— Navré de te décevoir, mais il n'y a plus d'urgence.

Il tourna la tête de gauche à droite.

— Pas de nuque brisée. Les extrémités sont intactes.

Une fine estafilade blanche barrait sa joue et sa main saignait.

— Tu es sûr que ça va ?

— A peu près, je t'assure.

Il s'essuya la main à son T-shirt.

— Tu n'aurais jamais dû monter sur le toit tout seul. Tu ne pouvais pas appeler quelqu'un ?

— Arrête, on dirait ma mère !

— Pardon.

Il la gratifia de son sourire de séducteur.

— La chute a peut-être expulsé de ma bouche la petite cuiller en argent qui l'obstrue depuis ma naissance. Allez, donne-moi un coup de main.

Elle l'aida à se remettre debout et scruta ses yeux afin de voir si l'état de ses pupilles était correct.

— Tu t'es cogné la tête ?

— Mais non... Je suis tombé sur les fesses.

Il passa un bras autour de ses épaules.

Il sentait la transpiration et la sève des végétaux brisés.

— Je ferais quand même mieux de m'appuyer sur toi. Au cas où, tu comprends ? Où est mon fils ?

— Il dort dans la voiture.

— J'ai de grands projets pour ce week-end. Mon équipe de foot joue un match important.

Elle lui lança un regard inquiet.

— Il se peut que tu te sois vraiment fait mal, Logan.

Il recula de quelques pas, en écartant les bras.

— Regarde, je suis en pleine forme, non ? J'ai fait une petite chute...

— Une chute de deux étages.

— Et je suis toujours là pour t'en parler. Arrête de te faire du mauvais sang, on va s'organiser un super-week-end, Charlie et moi. Tout va très bien se passer.

— Qu'est-ce que tu faisais là-haut, au fait ?

— Je réparais des bardeaux qui s'étaient détachés. Le vrai bricoleur du dimanche.

— Alors fais-moi plaisir. Pas d'échelles ni de réparations sur le toit, quand tu gardes Charlie.

Logan leva la main droite.

— Parole de scout.

Il détacha la ceinture de sécurité et sortit l'enfant dans son siège auto. Charlie remua mais ne se réveilla pas, et Logan transporta le tout dans la maison. Daisy le suivit avec le sac, ainsi que le nécessaire de Charlie pour le week-end.

— Je pourrais appeler Sonnet, suggéra-t-elle.

Sa demi-sœur était la baby-sitter préférée de Charlie. Après avoir achevé ses études et ses stages en Allemagne, elle était revenue passer quelques mois à Avalon. A l'automne, elle prendrait son poste à l'ONU.

— Ou un de mes parents pourrait venir te prêter main-forte...

— Arrête, d'accord ? Je ne me suis pas fait mal. Je suis tout à fait capable de m'occuper de mon propre fils.

Sous son calme perçait une pointe d'agacement. Du fait de son passé d'alcoolique et de toxicomane, les gens étaient enclins à marcher sur des œufs, avec lui, ou à présumer qu'il n'était pas à la hauteur. La moindre proposition d'aide avait le don de le mettre sur la défensive.

— Je sais que tu en es capable. Mais tu viens de tomber d'un toit. Tu n'es pas Superman.

Il prit un soda dans le réfrigérateur.

— Bien sûr que si.

Il lui en offrit une gorgée.

Elle secoua la tête.

— Très bien. Au lieu de trouver quelqu'un d'autre pour garder Charlie, je peux aussi annuler.

Et prouver ainsi, une fois de plus, avec quelle facilité la vie se chargeait de leur mettre des bâtons dans les roues, à Julian et elle.

— Non ! s'exclama-t-il aussitôt. Pas question.

Sa réaction ne manqua pas de surprendre Daisy. Logan n'ignorait pas qu'elle se rendait à la cérémonie de nomination de Julian, qu'il ne pouvait pas voir en peinture. Il considérait

Julian comme le seul obstacle qui les empêchait d'imprimer un tour plus sérieux à leur relation. Raisonnement totalement erroné, mais c'était une autre histoire. Alors, pourquoi Logan semblait-il vouloir qu'elle aille à Ithaca ?

Il devait lire dans ses pensées.

— Il faut que tu le voies être promu au rang d'officier. Ce sera peut-être pour toi… comment dire ? l'occasion de faire ton deuil.

— Mon deuil ?

Elle détestait la résonance de ce mot.

— Oui, il faut que tu voies de tes yeux, vu que son avenir est dans l'armée de l'air.

Logan s'exprimait avec douceur.

— Tu ne seras jamais sa priorité, Daisy. Et peut-être qu'au terme de ce week-end, quand on l'expédiera à Tombouctou, ce sera enfin clair dans ton esprit.

Elle était contrariée que Logan affiche une telle certitude à l'égard de la suite des événements. On aurait dit qu'il lisait l'avenir dans une boule de cristal !

— Génial, te voilà devenu mon thérapeute en matière de cœur…

Bon sang, comment en suis-je arrivée là ? Elle se posait parfois la question en considérant sa vie. Comment se faisait-il que le père de son fils la conseille sur sa vie sentimentale, lui qui était entré dans sa vie à la suite d'une erreur de jugement et qui n'y était resté que par obstination ?

— Logan…

— Je veux que tu saches que je suis là. Je ne vais nulle part, moi, ni à Tombouctou, ni au Pentagone, ni dans le Dakota du Nord, ni au Cap. Je reste ici, Daisy. Tu sais ce que tu représentes pour moi.

Oui, elle le savait. Si jamais elle avait un jour besoin de se rafraîchir la mémoire, elle n'aurait qu'à se remémorer ce qui s'était passé deux ans plus tôt à Noël. Charlie et elle avaient été invités à passer les fêtes chez les O'Donnell, ce qui impliquait de prendre le train au départ d'Avalon, en compagnie de Logan, pour remonter jusqu'à New York. Elle se souvenait encore du dilemme déchirant qui l'habitait ce jour-là : Charlie était en droit de passer autant de temps chez ses grands-parents paternels que chez ses grands-parents maternels, mais cela la priverait d'un Noël dans sa famille. Dans l'intérêt de Charlie, elle avait fait bonne figure, bouclé sa valise et rejoint Logan à la gare.

A la dernière minute, Julian était arrivé à Avalon pour lui faire une surprise. Son train était entré en gare peu de temps avant le départ du sien, et il avait bondi sur le quai avec son enthousiasme habituel, un enthousiasme qui était nettement retombé lorsqu'il avait aperçu Logan. Daisy était loin de se douter qu'elle se retrouverait nez à nez avec lui sur un quai de gare — ils avaient assez de mal à être tous les deux en même temps au même endroit.

Comme il était à craindre, la rencontre entre Logan et Julian avait dégénéré en un flot d'insultes et d'accusations. Mortifiée, elle les avait regardés se battre comme des chiffonniers au beau milieu du quai de gare, tels deux mâles en rut. *Un pugilat.* Entre deux hommes qui prétendaient tous deux l'aimer — Logan, le fils de famille passionné qu'elle connaissait depuis toujours, le père de son enfant, et Julian, l'homme qu'elle n'avait pu effacer de son cœur depuis leur première rencontre.

Au milieu de leur altercation, divers objets avaient volé des poches des deux garçons, jonchant le quai : de la menue monnaie, un couteau suisse, des clés… et un petit écrin en velours. Il s'était ouvert en heurtant le sol, révélant l'éclat reconnaissable entre tous d'un diamant solitaire. Sous le choc, elle avait été incapable de penser de façon cohérente, mais s'était écriée : « Oh ! Vous avez perdu quelque chose… »

Elle aurait été bien en peine de dire lequel des deux portait la bague sur lui.

La plupart des femmes rêvent d'une demande en mariage romantique, faite un genou à terre sur fond de musique douce. Dans le cas de Daisy, elle avait pris la forme d'un cauchemar en public, devant une foule de curieux. A des années-lumière du tendre moment à se remémorer les yeux humides d'émotion, la scène restait dans sa mémoire comme l'un de ces moments où l'on rêve de pouvoir rentrer sous terre.

En lieu et place d'une tendre déclaration d'amour et de fidélité, tout avait débuté par une bagarre. Quant à la suite, elle en éprouvait encore une honte rétrospective. Un babillage de badauds. Des inconnus se pressant pour voir la scène, attirés par le drame. Durant une fraction de seconde, elle avait éprouvé un regain d'espoir, s'imaginant que la bague avait jailli de la poche de Julian. Mais non. On décourageait les candidats aux écoles d'élèves officiers de se marier.

Quelques secondes plus tard, un œil fermé par la commotion et un filet de sang coulant de sa lèvre, Logan lui avait arraché l'écrin :

— Je voulais te faire la surprise, mais cet enfoiré m'a forcé la main. Je veux que tu deviennes ma femme.

Julian avait poussé un grognement de dégoût et s'était éloigné à grands pas du quai de gare. D'autres badauds s'étaient attroupés, intrigués, et Daisy avait prié le ciel de lui accorder une mort rapide et miséricordieuse.

A ce Noël, elle avait refusé de voir Julian ou Logan, et avait passé le semestre ainsi que l'été à étudier la photo à l'étranger. Après plusieurs mois passés en Allemagne, où travaillait sa demi-sœur Sonnet, elle était revenue à Avalon, l'esprit tout aussi troublé.

— Ma proposition tient toujours, dit Logan.

Daisy savait très bien à quoi il faisait allusion.

— Ma réponse n'a pas changé.

Il eut un petit sourire.

— Ta bouche dit « Non », mais ton cœur pense « Pas encore ».

— Non, c'est non, murmura Charlie, qui se réveillait avec un sourire tout ensommeillé.

C'était une expression que Daisy avait tendance à lui rabâcher… plus souvent qu'à son tour.

— Salut, mon bonhomme !

Logan s'accroupit et libéra le petit garçon de son siège auto.

— Il me tardait de te voir, depuis ce matin.

— Papa…

Charlie s'agrippa à lui comme un ouistiti et ils s'embrassèrent.

Daisy les regardait, partagée entre tendresse et exaspération. Compliqué. C'était décidément le mot qui résumait sa vie. Que les choses seraient simples, si seulement elle pouvait se convaincre que son avenir était auprès de Logan ! Tous les trois, ils formeraient une vraie famille. Qu'est-ce qui clochait chez elle ? Après tout, vu qu'ils avaient conçu cet enfant remarquable, pourquoi ne pourraient-ils pas être heureux ensemble ?

5

L'officier, dans le miroir, fixait Julian d'un air grave. Qui était donc ce type au sérieux si intense ? Il ne se reconnaissait pas lui-même. D'ailleurs, s'agissait-il de lui ?

A l'image de tout un pan de la formation d'officier, ce sentiment découlait d'une stratégie délibérée de la part de l'armée de l'air. Par le biais des entraînements et de la préparation, l'individu était mis de côté et refaçonné ; d'une certaine manière, c'était peut-être une seconde naissance. Jeter aux orties un passé insatisfaisant, voilà qui lui convenait à merveille. Il apprenait à avoir l'air du rôle : un officier. Un meneur d'hommes. Un combattant.

— Dis donc, dis donc…, laissa échapper Davenport avec un sifflement admiratif. Tu sais que tu es mignon tout plein ?

— Va te faire voir.

L'homme dans le miroir sourit largement ; il lui était déjà un peu plus familier. Puis il vérifia l'heure.

— Je suis fin prêt.

— Assieds-toi. On a encore une demi-heure.

— Peux pas.

— Tu ne peux pas quoi ?

— Je ne peux pas m'asseoir. Tu sais combien de temps ça m'a pris, pour former ces plis correctement ?

— Des heures et des heures, répliqua Davenport dans un éclat de rire.

Il retrouva aussitôt son sérieux.

— Tu es beau comme un astre, mon pote. Ou du moins

comme si tu avais mérité la promotion au grade qu'on va t'attribuer aujourd'hui.

Son camarade de chambrée avait-il raison ? Julian l'ignorait. Certes, il avait travaillé d'arrache-pied, mais vu le caractère de sa première mission, il était obligé de laisser à chacun l'appréciation de son degré de préparation. Le plus frustrant dans l'histoire, c'était la classification top secret de sa tâche. Il ne pouvait en donner les détails à personne. Lui-même en ignorait la plupart. L'an passé, il avait été formé à l'appartenance à une équipe spéciale, assignation hautement improbable pour quelqu'un de son niveau. Et, même s'il savait à quelle base il avait été affecté, il devait se borner à dire aux autres qu'il avait été affecté au service actif.

Il échangea une poignée de main avec son ami et Davenport reprit son air jovial.

— Je te conseillerais bien d'aller faire un petit tour pour te vider la tête, mais ça ne serait pas une bonne idée.

— Pourquoi ?

— Tu es bien trop mignon dans ton uniforme. Tu vas avoir à tes basques une cour de femmes en pâmoison, tout le temps de la cérémonie.

— Bien sûr... Parce que tu connais beaucoup de femmes qui se pâment devant des boutons de cuivre et des épaulettes ?

— C'est ce que tu vas découvrir.

Julian vérifia encore une fois son uniforme de service, veillant à ce que tout soit parfait dans le moindre détail. Les barrettes, les emblèmes, les insignes, les badges — au grand complet. Coincée sous un côté du miroir, une photo dépassait, les représentant Daisy et lui, debout côte à côte, hilares devant l'objectif. Il se rappelait l'instant précis où cette photo avait été prise, au retardateur. Daisy l'avait fait rire en disant : « Allez, fais comme si tu me trouvais sympa », alors qu'ils savaient très bien qu'ils étaient fous l'un de l'autre.

Il était content de s'en souvenir, sans quoi il aurait pu douter que l'adolescent de la photo ait jamais existé. Ce grand gamin dégingandé au mauvais genre affiché, arborant des dreadlocks qui lui arrivaient à la taille, et une collection de tatouages et de piercings assortis, c'était un inconnu pour l'officier à l'allure soignée qui le regardait dans le miroir. Julian était punk à l'époque — accro à l'adrénaline et sans beaucoup d'atouts, hormis, contre toute attente, un livret scolaire remarquable et des résultats d'examens exceptionnels. Et, bien sûr, son statut de représentant d'une minorité. Il ne voulait pas qu'on puisse penser que sa couleur de peau avait conditionné son admission dans une université de l'Ivy League et dans un programme de formation d'élite ; aussi veillait-il constamment à surclasser tout le monde.

S'efforçant de ne pas froisser son uniforme, il glissa la main dans sa poche de poitrine intérieure et toucha la bague pour se porter bonheur.

Son téléphone émit un bourdonnement et il prit l'appel.

— Gastineaux à l'appareil.

— Salut, futur sous-lieutenant ! lança son demi-frère, Connor. Nous sommes dehors. Descends.

— J'arrive tout de suite.

Connor et Olivia avaient fait la route depuis Avalon en compagnie de Daisy. Julian avait les nerfs en pelote tant il était excité. Il se tourna vers Davenport et fut tout surpris de découvrir ses cinq camarades de chambrée massés à la sortie de la pièce. Durant toute une année, ils avaient partagé les mêmes quartiers. Ensemble, ils avaient lutté, ri, fait la fête, ils s'étaient prêté main-forte et affrontés dans la compétition. A présent, tous les cinq formaient une haie d'honneur à la porte.

— Bonne chance, Nigaud, lança Williams. Tous nos vœux t'accompagnent.

La solennité du moment fut rompue par Del Rio, qui attaqua l'hymne de l'armée de l'air au mirliton.

Julian les salua avec toute l'élégance et tout le respect que confère le grade d'officier supérieur.

— Merci, les gars.

Il vérifia une toute dernière fois son apparence. La cravate, parfaitement nouée. Les chaussures, étincelantes. La casquette, correctement placée sur son crâne rasé.

Il était prêt. Fin prêt. Les escaliers ayant tendance à être poussiéreux, il choisit de prendre l'ascenseur. Il émergea dans le petit salon du hall de la résidence universitaire et se dirigea vers la porte qui s'ouvrait sur une cour ombragée. Le cœur battant la chamade, il fit quelques pas à l'extérieur, à la recherche de ses visiteurs.

Lorsqu'il vit Daisy, il sentit tout son corps s'épanouir dans un sourire, si tant est qu'une telle chose fût possible. Elle portait une robe jaune à pois blancs et des sandales blanches à talons. Ses orteils étaient peints en rose. Et elle arborait le sourire qu'il voyait chaque nuit en rêve.

— Julian !

Elle courut vers lui mais s'arrêta net à sa hauteur. L'ombre de quelque chose — incertitude, timidité ? — voila son visage.

— Je peux te serrer dans mes bras ? demanda-t-elle. Je ne voudrais pas chiffonner ton uniforme.

Il éclata de rire et ouvrit grand les bras. Il se moquait bien qu'elle macule sa chemise bleue de rouge à lèvres ! Elle ressemblait à un fantasme vivant ; en la dévisageant, il avait l'impression de contempler le soleil trop longtemps. Sa beauté rayonnante lui brûlait les yeux.

— Tu peux me chiffonner tant que tu veux, chuchota-t-il dans ses cheveux blonds et soyeux.

— Méfie-toi, je pourrais bien te prendre au mot, répliqua-t-elle.

Mais déjà elle s'écartait de lui pour lisser les manches de son uniforme.

— Tu es splendide. Pour ton info.

Le cœur de Julian cognait contre la bague dissimulée dans sa poche. A deux doigts de lui faire sa demande sur-le-champ, il se força à attendre, à reprendre sa respiration et à essayer de penser de manière cohérente.

Il salua Connor et Olivia, ainsi que la petite Zoé dans sa poussette. En plus d'être son demi-frère, Connor était son meilleur ami. Si Connor n'était pas intervenu, à l'époque où il était encore cet adolescent incontrôlable voué au centre pour mineurs délinquants, les choses auraient pris une tournure bien différente pour lui.

Olivia et Daisy étaient cousines, mais elles se ressemblaient assez pour qu'on les prenne pour deux sœurs. Elles avaient sans conteste un air de famille : blondes, élégantes, mais pas trop imbues d'elles-mêmes. Par-dessus tout, elles semblaient toutes deux être le type de femmes qui inspire un amour durable.

— On a une surprise pour toi, lui dit Daisy en prenant la tête de la petite troupe vers le chemin pavé, grouillant de familles en route pour l'auditorium Statler.

— Quel genre de surprise ?

Il ne s'attendait à rien en particulier.

— Ce genre-là !

Elle lui fit prendre un tournant du chemin. Dans l'ombre d'un châtaignier couvert de bourgeons se tenait une femme mince en robe bleue et sandales à talons hauts.

— Maman !

Julian n'en croyait pas ses yeux. Sa mère ? Ici ?

Elle s'était excusée plusieurs semaines auparavant, arguant qu'elle ne pouvait s'absenter de son travail ce week-end-là. Actuellement, elle avait un rôle dans une série diffusée sur le câble, et se trouvait au beau milieu de l'enregistrement d'une nouvelle saison d'épisodes dont le tournage se déroulait à Los Angeles.

Pourtant, elle était là, rayonnante.

— Que tu es beau ! Seigneur, je suis fière de toi !

— Moi aussi, fit une voix grave et sonore que Julian n'avait pas entendue depuis des années.

Trois autres personnes arrivaient du parking.

— Oncle Claude ! Tante Mimi. Et Rémy !

Julian éclata de rire.

— J'hallucine ou quoi ?

Oncle Claude était le frère de son père. A la mort de ce dernier, Claude et Mimi s'étaient proposés pour l'héberger, mais, hélas, ils n'en avaient pas les moyens et leur toute petite maison dans le sud de la Louisiane n'offrait pas assez de place. Rémy était le plus jeune de leurs quatre enfants — il souffrait d'un retard mental.

Julian et lui étaient du même âge. Enfants, leur complicité était totale.

— Salut, Rémy ! s'exclama Julian, euphorique. Tu te souviens de moi ?

— Sûr... Je me suis fait un album plein de photos de nous.

Il ressemblait toujours au cousin qu'il avait connu ; comme à son habitude, il s'exprimait de manière lente et hésitante. Son défaut d'élocution avait disparu et sa voix résonnait d'un timbre grave, comme celle de son père.

Quand ils étaient petits, Julian s'était bagarré plus d'une fois pour défendre son cousin en butte aux plaisanteries des autres enfants. Devenu adulte, Rémy ressemblait à un arrière de la Ligue nationale de football, et il y avait fort à parier qu'aujourd'hui plus personne n'osait se moquer de lui.

— Je suis vraiment heureux que vous soyez tous ici.

Il se tourna vers son frère.

— C'est toi qui es à l'origine de tout ça ?

— Tu peux remercier ma charmante épouse. C'est elle qui a tout organisé. D'après moi, c'était un génie dans une autre vie.

Julian serra Olivia dans ses bras.

— Tu es formidable.

Il jeta un regard à Daisy. A part Connor, elle n'avait jamais rencontré personne de sa famille. Elle ne connaissait pas le milieu dont il était issu, et ignorait combien son éducation avait été différente de la sienne. Pourtant, elle paraissait à l'aise parmi eux, tandis qu'ils se rendaient tous à l'auditorium. Elle marchait à hauteur de Rémy.

— Il faudra que vous me racontiez des anecdotes de votre enfance sur Julian et vous, disait-elle à son cousin.

— Ça, des anecdotes, j'en ai !

Rémy lui adressa un sourire timide.

— Je peux vous raconter des anecdotes sur Julian et moi, c'est sûr.

— Il y a un dîner après la cérémonie, dit Connor. Il te racontera tout pendant le repas.

Même en comptant les membres de la famille supplémentaires, ils formaient l'un des groupes les plus réduits assistant à la nomination. Julian aperçut Tanesha Sayers et sa mère, entourées de toute une troupe de tantes et de cousines formant un parterre coloré de dames noires coiffées d'élégants chapeaux. Sayers, rayonnante, le salua de la main depuis l'autre côté de la cour.

— Bonne chance, Nigaud !
— De même !

Là où on l'envoyait, elle en aurait besoin. A sa grande déception, son projet d'aller en fac de médecine avait été reporté : l'armée de l'air avait besoin d'elle ailleurs. La bonne nouvelle, c'est qu'elle avait été nommée à un poste au Pentagone, où elle travaillerait dans le protocole. Avec son sens de la repartie, ce serait pour elle un défi.

— Une amie à toi ? s'enquit Daisy.
— Sayers fait partie de mon détachement.

Il mourait d'envie de savoir si Daisy était jalouse. Il avait un peu envie qu'elle le soit, au fond de lui.

— Elle t'appelle « Nigaud ».

Daisy se mit à rire.

— Ça me plaît bien.

Connor intervint :

— Dis, et si on prenait quelques photos de famille, avant d'entrer ?
— Je m'en charge, répondit aussitôt Daisy.

Les proches de Julian étaient bien loin des clichés associés au mot « famille », mais tous ses membres étaient liés entre eux, et, pour lui, il était capital qu'ils soient tous venus. Daisy prit des photos de lui et des autres dans toutes les combinaisons possibles. Ils incarnaient décidément l'image de la diversité. Connor, dont le père était blanc, ressemblait à Paul Bunyan dans un costume neuf. Leur mère, qui, en ce moment, se faisait appeler Starr, était aussi blonde qu'Olivia et Daisy, alors que sa tante, son oncle et son cousin arboraient la même couleur de peau que le défunt père de Julian. Lui-même était plus ou moins café au lait, et il arrivait qu'on le prenne pour un Latino. Ce qui, à l'endroit où il allait, n'était pas forcément une mauvaise chose.

Il brûlait d'envie de révéler à Daisy le peu qu'il pouvait lui confier de sa mission, pour avoir une véritable chance de lui parler, mais le moment était mal choisi. Elle devait sans doute penser la même chose, car elle affichait cette attitude qui était parfois la sienne : elle brandissait son appareil photo comme un bouclier entre le monde et elle.

— C'est une photographe célèbre, confia Connor à oncle Claude, tandis qu'elle s'accroupissait pour prendre une photo du campus, avec Rémy et Mimi en arrière-plan.

Daisy piqua un fard.

— Arrête… Je ne suis pas célèbre.

— C'est une professionnelle, renchérit Julian, heureux de la contredire. L'une des plus jeunes photographes à avoir été publiée dans le *New York Times*.

— Votre travail a paru dans le *New York Times* ?

La mère de Julian dressa l'oreille. Tout ce qui était en rapport avec la célébrité et l'image l'intriguait, en règle générale.

— C'était dans le cadre d'un devoir de fac. J'ai eu un coup de chance avec un joueur de base-ball du coin.

— Il faut bien commencer un jour, fit remarquer Starr. J'aimerais beaucoup voir ces photos.

— Celle-ci vous plaira davantage.

Daisy plaça Julian et sa mère côte à côte devant l'horloge de Cornell, qui les dominait de sa hauteur.

— La lumière est vraiment belle ici.

Starr tourna la tête vers l'horloge.

— On dirait le décor d'un film policier dans lequel j'ai joué, il y a quelques années. Le tueur à gages était perché sur le rebord entourant l'horloge, et nous devions trouver un moyen de lui échapper.

— Et vous réussissiez ? s'enquit Julian.

— Oui ! Si je me souviens bien, je mettais le feu à quelque

chose et je créais un écran de fumée. Qui sait, maintenant que tu es en passe de devenir un crack de l'armée de l'air, tu vas peut-être faire des choses de ce genre pour de vrai !

Elle se tourna vers lui, et Julian aperçut une lueur de fierté dans son regard, ce qui ne lui était pas souvent arrivé. Sa mère savait si peu de choses de sa vie… En un sens, ce constat l'attristait mais, en un autre, c'était très libérateur. Comme elle ne nourrissait à son égard aucune ambition particulière, il n'avait aucun mal à dépasser ses attentes.

— Est-ce qu'on vous a déjà dit que vous ressembliez à Heidi Klum ? lui demanda Daisy.

Starr se rengorgea, gonflée de gratitude envers elle.

— Vous trouvez ?

— Absolument.

Daisy prit plusieurs photos d'elle.

— J'aime beaucoup cette jeune fille, confia Starr à Julian. Où l'as-tu trouvée ?

Le regard de Julian croisa celui de Daisy et il lut une interrogation dans ses yeux. Non, il n'avait jamais parlé d'elle à sa mère. *Primo*, Starr était bien trop égocentrique pour s'intéresser à quelqu'un d'autre qu'elle-même ; *secundo*, la relation qu'il entretenait avec Daisy semblait souvent défier toute explication rationnelle.

Sa mère lui ayant posé une question directe, il lui donna la réponse en version abrégée.

— Nous nous sommes connus l'été précédant l'année de la terminale. Tu te rappelles, l'été que j'ai passé au lac des Saules…

Rétrospectivement, Julian se rendait compte que cet été l'avait sauvé de bien des manières. Le camp Kioga et la famille Bellamy avaient été pour lui une révélation. Non content d'avoir rencontré Daisy, il avait également fait la connaissance de tout un groupe de personnes aux antipodes de celles avec lesquelles il traînait dans les rues de sa ville industrielle, à l'est de Los Angeles. Les gens qu'il avait connus cet été-là voyaient la vie comme un creuset de possibilités et non comme une impasse, même dans le cas d'un jeune tel que lui. La seule condition requise, c'était de choisir sa voie et de faire le nécessaire pour obtenir ce qu'on désirait. En dépit de sa simplicité, c'était une idée qui, jusque-là, ne lui avait jamais traversé l'esprit.

— Comment, protesta sa mère, vous sortez ensemble depuis le lycée et tu ne m'as jamais parlé d'elle ?

— Euh…

Daisy, l'air mal à l'aise, s'abrita une fois de plus derrière son appareil photo.

— Maman, regarde.

Avec un sens parfait de l'à-propos, Connor les interrompit en bloquant leur progression avec la poussette.

— Zoé vient de se réveiller, et elle a envie de voir sa mamie.

La petite fille de deux ans considéra sa grand-mère glamour avec un intérêt prudent. Prise par sa vie à Los Angeles, Starr n'avait vu la fillette qu'une seule fois, peu de temps après sa naissance.

Starr joignit les mains et adressa un grand sourire à la jolie blondinette.

— « Mamie », ça fait tellement… tellement vieux. Il va falloir que nous trouvions autre chose, n'est-ce pas, Zoé ?

Le moment de gêne était passé et, lorsqu'ils atteignirent l'imposant auditorium, tout de verre et de béton, Julian avait l'esprit en effervescence.

Il prit place parmi les autres élèves officiers et les aspirants ; tous les corps d'armée étaient représentés. Une fanfare joua deux standards et la chorale entonna *America The Beautiful*.

Le directeur de l'école militaire prononça un discours mêlé de réalisme et d'idéalisme.

— Aujourd'hui, nous vous rendons hommage. Votre effectif est réduit, mais votre mission prestigieuse. Seuls quelques individus triés sur le volet se sentent la vocation de servir leur pays, et notre nation a de la chance que des gens tels que vous viennent grossir les rangs de nos plus valeureux héros. Quant à vos familles… nous leur rendons également hommage, car elles s'apprêtent à vous laisser partir.

A ces mots, Daisy plaqua une poignée de Kleenex sur son visage. Julian tressaillit, conscient de sa détresse qu'il sentit se communiquer à tout son corps. Si seulement il avait pu lui dire que ça ne se passerait pas ainsi, que personne ne devrait laisser partir personne... Mais ce serait lui mentir. Le prix à payer pour sa carrière était élevé, en termes relationnels. Pourvu qu'elle comprenne... Il avait besoin de l'armée. Il avait besoin de la motivation et de la fierté que lui procurait son grade d'officier de l'armée de l'air. Et Dieu sait aussi qu'il avait besoin de l'argent que cela lui rapportait... Ses études ne lui avaient pas coûté un sou. A l'époque où il s'était engagé dans le corps des élèves officiers, le marché lui avait paru tout à fait équitable.

L'un après l'autre, les candidats traversèrent la scène, levèrent la main droite et prêtèrent serment, récitant les mots qui scelleraient leur admission au sein de l'élite de l'armée, dans la classe des officiers. Hommes et femmes, chacun à leur tour, ils se tenaient fièrement, le temps qu'un parent épingle le grade ou les galons sur leurs épaules. La mère de Julian joua son rôle avec enthousiasme et parvint à irradier une intense émotion, debout près de son fils, tandis que l'oncle Claude était campé de l'autre côté.

Julian reçut une citation en performance physique et en ingénierie. Ce fut ce dernier prix qui faillit le faire craquer, devant tout le monde.

Son père était un scientifique de haut vol. Dans la famille, on avait coutume de dire par plaisanterie que la passion de Louis Gastineaux pour son travail surpassait sa passion pour la vie. Son père avait mené une existence non conventionnelle, mais, auprès de lui, Julian s'était toujours senti protégé, en sécurité. Bien entendu, il regrettait ne pas avoir aussi sa mère à ses côtés, mais son père lui avait expliqué l'absence de celle-ci sans récriminations ni amertume.

— Le spectacle, c'est sa vocation, disait Louis à son fils, chaque fois qu'il l'interrogeait sur sa mère. Comme la physique est la mienne.

— Mais toi, tu es avec moi, objectait systématiquement Julian.

— Comment pourrais-je faire autrement ? répliquait son père avec tendresse. Dis-moi un peu, mon trésor… Comment pourrais-je faire autrement ?

C'était avant la tragédie, avant l'accident de voiture qui, dans un premier temps, avait laissé son père paralysé, pour finalement lui coûter la vie.

Sur le podium, Julian brandit fièrement sa récompense et dédia mentalement sa réussite à son père.

Merci, papa. Je t'aime.

Quel destin Louis Gastineaux ambitionnait-il pour son fils ? se demanda-t-il. Et, pour la première fois, il songea que son père aurait été heureux de le voir embrasser la carrière.

La cérémonie était suivie d'un dîner à l'hôtel-restaurant universitaire de Cornell. Julian mourait toujours d'envie de grappiller quelques instants d'intimité auprès de Daisy, mais c'était mal parti. La présence de sa famille était une aubaine incroyable, qui exigeait qu'il s'occupe de chacun de ses membres. Cela dit, depuis le temps qu'il attendait ce moment, il n'était plus à quelques heures près !

Tout le monde désirait connaître son ordre de mission. Où l'avenir le mènerait-il ? Que ferait-il exactement ? Combien de personnes aurait-il sous son commandement ? Les questions bourdonnaient à ses oreilles, mais il avait l'habitude : ces derniers temps, c'était devenu la routine. Depuis plusieurs semaines, les membres de son détachement échangeaient entre eux renseignements et spéculations diverses. Nombreux étaient ceux qui allaient devenir pilotes ou marins, mais la chaîne de commandement avait des projets différents pour Julian.

Toutefois, le caractère de sa mission l'empêchait de se montrer très loquace.

— C'est une mission de service actif. Un projet de coopération internationale. Je vais suivre une formation tactique et opérationnelle.

— Ça veut dire quoi ? s'enquit Rémy.

— Je vais faire… mon devoir, voilà tout.

— Ton devoir. Pour ça, tu es fortiche, Jul, approuva Rémy.

— Et où seras-tu basé ? demanda Connor.

Julian prit quelques secondes avant de répondre. Son regard vola vers Daisy, qui était assise à côté de lui. Il la sentait retenir sa respiration. Il y avait si peu de choses qu'il était autorisé à leur confier…

— En Colombie. A Palanquero, une base récemment modernisée.

Son oncle émit un sifflement étouffé.

— Dis donc… La Colombie.

Julian sentit Daisy accuser le coup. Sa déception était tangible. Elle continuait néanmoins à sourire vaillamment :

— La Colombie… quelle aventure, Julian ! Tu vas pouvoir pratiquer ton espagnol.

S'il n'avait pas été tenu au silence, il aurait pu lui expliquer qu'il avait été spécialement formé en vue de cette mission particulière. Sa formation était pluridisciplinaire et comportait entre autres un stage au Texas, au sein de l'Académie des armées de l'air interaméricaines, ainsi que le passage de tests sécuritaires stricts, dont l'objectif était d'évaluer sa capacité à prendre part à des opérations secrètes.

La première fois qu'il avait rencontré le colonel Sanchez, le chef de l'opération, c'était lors d'un exercice de terrain, deux ans auparavant. A l'époque, Sanchez ne le connaissait pas, mais il avait passé au crible les tableaux de service, sélectionnant un par un les membres de son équipe. Par ses qualités physiques, ses compétences linguistiques, ainsi que ses compétences techniques et tactiques, Julian correspondait au profil requis. Au début, il n'avait pas compris qu'on le soumettait à un examen minutieux en vue de le faire participer à des opérations à haut risque. C'est plus tard qu'il avait appris que sa réputation d'ancien toxico l'avait placé d'emblée parmi les favoris.

Actuellement, les problèmes que connaissait la Colombie ne faisaient pas les gros titres. La faction rebelle des FARC ainsi que les autres organisations paramilitaires antigouvernementales s'étaient calmées, et les nouvelles en provenance du Moyen-Orient, voire du Mexique, avaient tendance à supplanter la Colombie dans l'actualité, même si, à lui seul, ce pays montagneux produisait encore quatre-vingts pour cent de la production mondiale de cocaïne. Mais ce que ne mentionnait pas la presse, c'était que des groupes criminels s'étaient constitués dans le sillage de la démobilisation paramilitaire et en avaient comblé le créneau, telles des infections opportunistes. La drogue continuait d'affluer. En outre, depuis peu, le pays faisait face à une situation inédite : des liens s'étaient tissés entre les cartels de la drogue et les organisations terroristes. Ce nouveau phénomène, combiné à la fermeture d'une base en Equateur, avait poussé les Etats-Unis à agir. L'objectif de la coalition militaire était de perturber le commerce d'armes et de drogue afin de provoquer la chute de ces organisations.

— Moi, avoua sa mère, tout ce que je connais de la Colombie, c'est le café. Et aussi toutes ces histoires de barons de la drogue.

Julian ne s'étendit pas davantage, vu que sa mission était classée top secret. Mais c'était justement à cause de ces sinistres barons de la drogue qu'on l'envoyait en Colombie.

6

Séjourner à l'hôtel était toujours un luxe pour Daisy. Lors d'une séance photo, il lui arrivait parfois de dormir sur place, mais c'était pour le travail. Malheureusement, tout le luxe du monde ne se traduisait pas forcément en bonne nuit de sommeil, quand il s'agissait d'un déplacement professionnel.

Ni quand elle était en souci. Or, ce soir, elle était inquiète, et ne cessait de faire les cent pas. Elle regardait, par la fenêtre, la lune monter dans le ciel suivant une trajectoire imperceptible. Et elle recommençait à arpenter sa chambre.

La Colombie. C'était au diable vauvert ! Elle avait vérifié sur les cartes Google. Julian et elle n'avaient pas réussi à se rapprocher en vivant dans le même pays… Maintenant qu'il allait vivre sous d'autres cieux, quel espoir avaient-ils d'y parvenir ?

Julian s'apprêtait à entamer une nouvelle vie, une vie d'officier, de combattant et de patriote. D'homme accomplissant son devoir envers son pays, et sur le point de s'embarquer dans l'aventure. Mais tout ce qu'elle voyait, c'était que ses obligations militaires allaient l'expédier loin d'elle, dans un monde inconnu et périlleux.

Réjouis-toi pour lui, s'exhorta-t-elle mentalement. *Tout se passe dans l'ordre des choses, non ?*

S'était-elle illusionnée depuis le début, en croyant que leur amour avait une quelconque chance ? A présent, plus que jamais, la nécessité s'imposait d'avoir une conversation à cœur ouvert avec Julian, une conversation difficile au sujet de leur avenir. Leur relation se composait d'une série tres au magnétisme intense qui, jusqu'ici, ne les ...nduits qu'à la frustration et au désir inassouvi.

...le pensait à Julian, elle éprouvait un manque douloureusement aigu. Pourtant, ce n'est pas sur un désir insatisfait, si dévorant soit-il, qu'on bâtit un avenir commun. Au demeurant, ils ne s'étaient jamais ouvertement avoué leur amour. Ils n'avaient jamais eu le temps ni l'occasion de voir un sentiment s'épanouir et se développer entre eux, un lien qui aurait pu les unir.

Leur évolution restait bloquée au stade magique ; autrement dit, ils s'idéalisaient réciproquement, sans avoir la moindre certitude d'être faits l'un pour l'autre. Peut-être avaient-ils des manies qui finiraient par exaspérer l'autre ? Peut-être étaient-ils incompatibles au lit ? Comment aurait-elle pu le savoir, puisqu'ils n'avaient jamais couché ensemble ? Peut-être le destin les avait-il irrémédiablement jetés sur des routes différentes.

Mais, au fond d'elle-même, elle espérait que ce n'était pas le cas. Elle aimait Julian de tout son être, d'un amour trop fort pour qu'elle puisse imaginer un autre avenir qu'auprès de lui. Cesser de l'aimer reviendrait à cesser de respirer.

Cependant, tout l'amour du monde était impuissant à changer le fait qu'elle était enchaînée à sa maison, à Charlie et à Logan, alors que Julian, lui, était en route pour l'aventure. La seule solution pratique, c'était de s'accommoder de la réalité. Elle se torturait à la pensée qu'au cours de ses déplacements Julian puisse rencontrer quelqu'un, une femme libre de le suivre à l'autre bout de la Terre — un risque hautement probable. L'espace d'une fraction de seconde, elle s'imagina dans la peau de cette autre femme, libre et sans attaches, sans rien qui l'empêche de s'embarquer dans l'inconnu. Puis elle pensa à Charlie et se sentit coupable aussitôt. Comment pouvait-elle imaginer une seule seconde sa vie sans Charlie ?

Elle parvint tout de même à grappiller quelques heures de sommeil. Le lendemain matin, ils se retrouvèrent tous pour le petit déjeuner. Assise à côté de Julian, elle le regardait dévorer méthodiquement tout ce que comportait le buffet — omelettes, pancakes, céréales, fruits — comme s'il mourait de faim.

— Tu as toujours eu un bon coup de fourchette, mon grand, fit observer tante Mimi avec tendresse.

— Tu te souviens quand on a fait ce concours du plus gros mangeur de tartes ? demanda Rémy.

— Si je m'en souviens ! C'est moi qui ai gagné.

— Oui, mais tu as eu mal au ventre toute la nuit.

Rémy se pencha en avant pour croiser le regard de Daisy.

— Avec Jul, on était partis camper dans un parc national. Comment s'appelle ce parc, maman ?

— Je ne me rappelle pas. C'était près du lac Pontchartrain.

— Oui, poursuivit Rémy. Avec notre groupe de scouts, on avait fait ce concours de mangeur de tartes. On avait aussi appris des trucs.

Il tendit à Julian une boîte d'allumettes en plastique.

— Tu te souviens de ça ? Je l'ai faite pour toi.

— Merci, Rémy.

Julian ouvrit la boîte.

— Des allumettes à gratter sur tout support, un comprimé de purification d'eau... C'est tout ce qu'il me faut pour survivre en pleine nature.

Il sortit de la boîte un petit fil de fer.

— Je ne me souviens plus à quoi ça sert.

Rémy s'épanouit dans un grand sourire, visiblement ravi de faire autorité.

— Tu le frottes sur tes cheveux et, ensuite, tu le poses sur de l'eau, ça t'indique toujours le nord.

Il fronça les sourcils.

— Tu as assez de cheveux pour ça, Jules ?

Julian éclata de rire.

— Je ferais mieux de vérifier avant, je crois.

Il fit la démonstration de la boussole improvisée en la posant à la surface de l'eau contenue dans son verre. Le minuscule filament s'orienta doucement vers Rémy.

— Regarde-moi ça ! s'exclama Julian. C'est toi, mon nord magnétique, Rem.

— Même en Colombie ?

Julian garda le sourire aux lèvres, mais Daisy le sentit se crisper.

— Une boussole fonctionne différemment au sud de l'équateur. Mais elle fonctionne quand même. Merci, Rémy.

Sa famille de La Nouvelle-Orléans ainsi que sa mère avaient devant eux toute une journée d'avion pour rentrer. Daisy repartirait à Avalon en compagnie de Connor, d'Olivia et de leur petite Zoé.

Très vite, elle retrouverait Charlie et la vie qu'elle s'était organisée. Au cours du petit déjeuner, elle se surprit encore à soupirer : « Si seulement… » Et puis elle se domina.

Laisse-le partir, pensa-t-elle. *Laisse-le partir.*

Après le petit déjeuner, elle retourna prendre son bagage dans sa chambre et en profita pour retoucher sa coiffure et son maquillage. Pour une raison étrange, il lui semblait important d'être jolie pour dire au revoir à Julian.

Dans le hall, elle fut surprise de le trouver seul.

Il était en civil, vêtu d'un bermuda cargo et d'un polo de golf rose. Toutes les femmes qui passaient le détaillaient avec intérêt, même s'il ne paraissait guère en avoir conscience. Il était loin d'imaginer à quel point il était séduisant, au summum de sa condition physique, avec son maintien impeccable, même quand il était détendu. A l'instant où il la vit, son regard se braqua sur elle avec l'intensité d'un rayon laser.

Parmi toutes les choses qui avaient changé pour eux, une constante demeurait : cette émotion qui les aimantait l'un vers l'autre. C'était particulièrement sensible ce matin, et Daisy découvrit qu'elle n'était pas la seule à éprouver ce sentiment.

— Salut, dit-il d'une voix grave, follement sexy. Je pensais que tu ne viendrais jamais.

Ce n'était pas la conversation telle qu'elle l'avait écrite mentalement. Dans son scénario, elle était censée avoir une discussion avec Julian, lui dire que leurs existences respectives les entraînaient dans des directions différentes, et conclure en tentant de trouver un moyen pour faire face à cette situation.

— Où sont les autres ? lui demanda-t-elle, s'efforçant de trouver ses marques.

— Ils sont tous partis pour l'aéroport. Ils m'ont chargé de te dire au revoir.

— Et Connor et Olivia ?

Julian s'empara de son sac de voyage.

— Déjà repartis pour Avalon.

— Quoi ?

Daisy se figea sur le seuil de l'hôtel.

— Mais… et moi ?

— Je vais te ramener.

Son cœur s'arrêta de battre.

— Tu vas me reconduire jusqu'à Avalon ?

C'était un long trajet, et l'idée de l'avoir rien qu'à elle pendant tout ce temps lui causait une joie presque intolérable.

— Je ne te ramène pas en voiture.

— Comment, alors… ?

— Tu verras.

Ils montèrent dans un bus qui faisait la navette entre le campus et la ville, portant l'inscription Cayuga, du nom du lac étroit qui s'étirait sur soixante-cinq kilomètres entre Ithaca et Seneca Falls.

Daisy promena un regard nerveux sur les autres passagers.

— Ne me dis pas que nous…

— Chut.

Il posa tendrement un doigt sur ses lèvres, et ce contact la fit frissonner, en dépit de la chaleur ambiante.

— Tu verras.

Elle s'efforça de s'endurcir contre son charme, en vain. Il ne lui restait plus qu'à s'installer dans une exquise anticipation. Leur conversation à cœur ouvert pouvait attendre encore un peu.

— J'adore les surprises.

— Alors, je pense que celle-ci va beaucoup te plaire.

Lorsqu'ils arrivèrent devant le lac, il la fit passer devant une marina en pleine effervescence, remplie de voiliers et de *runabouts* dansant au gré des vagues. Un hangar à bateaux abritait des canoës et des kayaks rangés sur des rails. Au bout d'un long quai en forme de L se trouvaient amarrés deux hydravions.

Voyant que Julian s'engageait sur le quai, elle eut un mouvement d'hésitation.

— Vraiment, Julian ? Sans rire ? Tu sais voler ?

Il sourit largement, les yeux brillants d'excitation.

— Ça te dit ?

Incapable de se contenir, elle posa la sacoche contenant son appareil photo, se précipita sur lui et, d'un saut, elle s'agrippa à lui comme un petit singe, bras et jambes autour de son torse.

— D'après toi ?

Il la tenait comme si elle pesait moins qu'une plume.

— Super ! On sera à Avalon avant Connor et Olivia.

— Oh ! je ne suis pas pressée... Enfin, Charlie me manque, évidemment. Je me languis toujours de lui quand je suis en déplacement, mais...

— C'est bon, tu n'as pas à te justifier.

Et, du dos de la main, il lui caressa la joue.

Il la connaissait bien. Il savait qu'elle avait du mal à prendre du bon temps sans Charlie. Elle formait un duo avec son petit garçon, même quand ils n'étaient pas ensemble.

L'hydravion était un biplace à monoréacteur, peint en fuchsia. L'appareil appartenait à l'aéroclub du coin, où Julian s'était inscrit dès son admission à Cornell. Tout au long de ses études universitaires, il y avait pris des leçons de pilotage, effectuant des corvées d'entretien et des travaux mécaniques en échange de sa formation, d'heures de vol et de carburant.

Avant de monter à bord, il passa en revue la check-list d'avant mise en route et effectua le briefing de départ avec une précision méthodique. Le garçon imprudent sommeillait encore en lui, elle le savait — cette tête brûlée qui franchissait des rangées de fûts en moto et s'attaquait aux escalades les plus ardues sans sourciller. Sauf qu'à présent il canalisait son hyperactivité dans une concentration intense.

En retrait sur le quai, elle admirait l'efficacité assurée de ses gestes dans le travail. Tel un jouet, l'avion amarré tressautait au rythme du clapotis. Elle soupira d'aise.

— Je n'arrive pas à croire que nous sommes là, tous les deux.

Julian la gratifia d'un sourire à la fois juvénile et sexy.

— J'ai toujours voulu te faire voler.

Il desserra les amarres et en garda une à la main.

— Je plane déjà, avoua-t-elle, avant de piquer un fard, consciente de sa piètre réplique.

Malgré tout, elle ne pouvait s'empêcher de sourire. La journée était magnifique, le ciel sans nuages, l'eau calme et étale. Les collines environnantes s'étaient parées de leur manteau de verdure printanière. Le paysage qui s'offrait à sa vue était comme gonflé d'abondance, et tout lui semblait possible.

Daisy n'ignorait pas que, bientôt, elle dirait au revoir à Julian pour de bon, ou du moins pour l'avenir prévisible. Mais comment s'y résoudre pour le moment, alors qu'il l'emmenait voler? Elle s'empêcha de s'appesantir là-dessus et préféra se focaliser sur l'indéniable splendeur de cette journée, reconnaissante de pouvoir la passer en compagnie de l'homme qu'elle aimait.

Julian faisait danser la menue monnaie dans sa poche, l'air étrangement nerveux.

— En fait, j'avais l'intention de…

— Julian, l'avion!

D'un bond, elle fut au bord du quai.

— Il s'en va!

Julian sauta sans hésiter sur l'un des flotteurs, faisant violemment tressauter le petit appareil, puis il lança une amarre à Daisy, qui le tira jusqu'au quai.

— Merci, dit-il. J'ai failli te perdre avant même de t'avoir.

— Tu devrais faire plus attention.

— J'avais la tête tournée. Ce n'est pas tous les jours que je passe la journée avec la fille de mes rêves.
— Hein ? Comment m'as-tu appelée ?
Son cœur battait la chamade, à présent.
— La fille de mes rêves. C'est ringard, je sais, mais c'est ce que tu es pour moi.

Il y avait maintes façons d'interpréter cette expression. Elle savait que Julian l'employait dans son sens le plus positif, et néanmoins elle la soumit mentalement à une analyse grammaticale — c'était une habitude chez elle.

Le mot « fille », pour commencer… Elle n'était plus une fille depuis qu'elle avait contemplé avec horreur la baguette du test de grossesse et compris que sa vie allait changer de façon radicale. Quant à être le « rêve » de quelqu'un, c'était bien joli mais, dans les faits, cela revenait à la transformer en notion abstraite, en idéal, et elle s'y refusait. Elle voulait qu'il ait d'elle la vision la plus réaliste possible.

— Julian…
— Prête ?

Il déverrouilla l'avion et ouvrit la portière étonnamment légère.

— Monte à bord. Je chargerai tes affaires après.

Daisy sentit une trépidation dans la poitrine. L'intérieur de l'avion ressemblait à celui d'une voiture de sport bas de gamme. Sièges baquets recouverts de vinyle, ceintures de sécurité banales. La vue qu'on avait du cockpit, en revanche, au-delà du nez en pente de l'avion, était certainement bien différente. Le lac s'étendait devant eux, reflétant le ciel infini.

Julian repoussa l'appareil du quai et grimpa dans le cockpit.

— Mets ton casque. Ça va devenir bruyant, à l'intérieur.

Elle coiffa de bonne grâce un casque volumineux.

— Reçu cinq sur cinq !

Sa propre voix lui parvenait avec un timbre métallique et artificiel.

— Je ressemble à quoi comme ça ?
— A la princesse Leïa, avec ces deux gros machins de part et d'autre de ta tête.

Il effectua encore quelques vérifications sur le tableau de bord et les jauges, puis s'adressa sur une autre fréquence à la tour de contrôle.

L'unique réacteur démarra dans un bruit de tondeuse à gazon. Daisy n'avait pas la moindre appréhension concernant les compétences de pilote de Julian. Elle savait qu'avec lui elle ne risquait rien.

Lentement, il manœuvra l'avion hors de la marina, et le gémissement du moteur enfla peu à peu pour se muer en bourdonnement puissant. Ils filaient de plus en plus vite le long du rivage tremblotant derrière la vitre et, enfin, s'élevèrent dans une montée en puissance à couper le souffle. Les cimes des arbres semblaient si proches qu'elle avait l'illusion de pouvoir les toucher, et le long doigt incurvé que dessinait le lac Cayuga paraissait leur faire signe par les éclairs argentés qu'il lançait sous le soleil.

Daisy se carra dans son siège et partit d'un éclat de rire. La journée était radieuse et la vie était belle.

Pour la plupart des gens, New York signifie Manhattan : les bouchons, les gratte-ciel, Times Square, la statue de la Liberté. Le reste de l'Etat n'intéresse pas grand monde. Beaucoup seraient surpris par cette vaste étendue sauvage au panorama varié. Un paysage de toute beauté se déroulait sous leurs yeux : collines imposantes, forêts traversées de rivières, formations rocheuses, falaises et gorges... Ils prirent de l'altitude pour survoler la Cherry Ridge Wild Forest et les Catskills, dépassant le lac des Saules pour apercevoir la célèbre Mohonk Mountain House, une résidence de vacances historique. Daisy y était allée un hiver avec son frère et sa mère, à l'époque où celle-ci essayait de retrouver ses marques après le divorce.

La séparation de ses parents ne lui faisait plus l'effet d'une blessure à vif. Elle déplorerait à jamais la perte de sa famille, même s'il était vain de se leurrer : du temps où les quatre membres de la famille Bellamy vivaient encore sous le même toit, ils ne formaient pas vraiment un foyer uni. Du plus loin qu'elle s'en souvienne, il y avait toujours eu un abîme entre ses parents. A l'époque, elle ne comprenait pas pourquoi, mais aujourd'hui, si. Si pénible que ce soit à admettre, son père et sa mère n'étaient pas faits l'un pour l'autre, quels qu'aient été leurs efforts pour s'entendre.

La séparation n'avait pas été facile ni pour l'un ni l'autre, et pourtant elle avait entraîné d'innombrables bienfaits. Son père avait été le premier à se remarier, faisant de la meilleure amie de Daisy, Sonnet Romano, sa demi-sœur. Plus tard, sa mère s'était installée à Avalon, où elle avait intégré un cabinet d'avocats. Et, contre toute attente, elle était tombée amoureuse du vétérinaire de la ville, auprès de qui elle connaissait un bonheur sans nuages.

Daisy poussa un soupir de satisfaction et se tourna vers Julian. Il devait avoir senti son regard posé sur lui, car il se tourna lui aussi vers elle. Avec ses lunettes noires d'aviateur high-tech, il était ébouriffant, genre *Top Gun* en polo de golf rose.

L'avion piqua au-dessus des Shawangunks, crête rocheuse creusée de profondes fissures. Cette zone sauvage était associée pour eux à un souvenir particulier.

— Tu te souviens ? lui demanda-t-il, désignant les formations rocheuses striées qui surplombaient la rivière de façon théâtrale.

Quelques varappeurs, semblables d'en haut à des araignées à quatre pattes, s'agrippaient aux parois abruptes. Julian l'avait emmenée grimper ici lors de l'été où ils s'étaient rencontrés. Prise à rebrousse-poil, elle s'était cabrée contre ce projet avec presque autant de force qu'elle s'était cabrée contre son amitié.

A cette période de sa vie, elle n'accordait sa confiance à personne, et Julian en avait fait les frais, même s'il l'intriguait au plus haut point. Mise au défi de grimper, elle avait freiné des quatre fers, mais il avait su être patient, sachant déjà, à l'époque, qu'elle changerait d'avis. Dans son entourage, Julian était la seule personne à avoir décelé chez elle le goût pour l'aventure. Alors que tout le monde la cataloguait citadines pourries-gâtées, promises dès la naissan vie de shopping et de déjeuners entre filles, Julian l'av au défi de relever le niveau de ses ambitions, de dépasser cette image réductrice d'elle-même.

Elle était parvenue exténuée au sommet de la crête et, là, allongée dans la poussière rouge et poudreuse, elle avait pris une décision radicale. Elle avait tiré de sa poche ce qui était devenu son dernier paquet de cigarettes illicites, et, devant Julian comme témoin, elle en avait fait un petit feu dans lequel elles s'étaient toutes consumées. Depuis ce jour-là, elle n'avait plus jamais fumé.

Si seulement ce jour mémorable, ce geste aussi thérapeutique que symbolique, avait pu aussi la vacciner contre les futurs coups durs de la vie! Mais non. A la fin de l'été, elle était retournée faire sa dernière année de lycée, pendant laquelle elle avait réussi à saborder un peu plus sa vie.

Beaucoup plus, même.

Julian dirigea l'avion vers une cascade à Deep Notch, là où, un hiver, ils avaient fait de l'escalade glaciaire — encore un lieu empreint des souvenirs d'une journée extraordinaire. Escalader une cascade glacée! Qui d'autre que Julian aurait pu la persuader de le suivre dans une pareille expédition? Avec lui, la plupart des loisirs impliquaient l'escalade et les efforts, les activités dangereuses et les sports extrêmes. Le plus drôle, quand elle suivait Julian dans d'impossibles aventures, c'est qu'elle semblait toujours en sortir victorieuse.

Parvenir en haut d'une paroi de glace constituait certes une récompense en soi, mais ce n'était pas ce qui l'avait le plus marquée, ce jour-là. Elle se rappelait surtout du tout premier baiser qu'ils s'étaient donné, assis sur ce sommet gelé, grelottant et en nage après leur ascension périlleuse. Bien avant ce moment, elle savait déjà qu'elle était amoureuse de lui mais, ce jour-là, elle avait compris qu'elle l'aimerait sans doute toujours.

— Et cet endroit? lui demanda-t-il d'une voix assourdie par le casque.

— Ne t'imagine pas que je vais jouer les saintes-nitouches !
— Je me souviens de chaque instant.
— Moi aussi.

Il se dirigea vers leur destination finale : le lac des Saules. Vue du ciel, la petite ville d'Avalon était à la fois familière et étrangement différente, un peu comme une maquette en images de synthèse. La place de la ville et le parc en front de lac étaient parsemés de gens sortis profiter de la journée. Elle aperçut le golf, et le Meadows Country Club d'Avalon, où elle avait immortalisé de nombreux mariages, l'Auberge du lac des Saules, propriété de son père et de sa belle-mère, qui en assuraient également la gérance.

Elle plongea son regard dans la cataracte de Meerskill Falls, dont les eaux drapaient une gorge vertigineuse, tel un voile de mariée. Au sommet, presque impossible à distinguer, se dressaient des collines et des falaises trouées par les célèbres grottes de glace, un lieu que Julian et elle avaient également exploré.

Tendue par cette longue incursion dans le passé, Daisy réorienta le cours de ses pensées sur le moment présent.

Ils arrivèrent enfin vers le repère le plus familier et le plus cher à leur cœur : le camp Kioga.

Daisy se pencha pour toucher l'épaule de Julian.

— C'est vraiment beau…

Les jardins et les terrains de sport étaient impeccables. Des jardinières fleuries ornaient les chalets, les bungalows et les chalets-dortoirs massés au bord de l'eau. Le pavillon principal dominait le paysage. Quelques kayaks contournaient l'île aux Epicéas, petit atoll de verdure couronné par un belvédère. Un cat-boat filait sur l'eau, voile au vent, offrant un aperçu bienvenu de l'été.

— Tu veux prendre les commandes ?
— A ton avis ? Montre-moi ce qu'il faut faire.

Il lui fit agripper le manche.

— L'essentiel, c'est d'avoir la main légère. Pas de mouvements brusques, n'essaie pas de forcer quoi que ce soit.
— Compris.

Très doucement, elle tira sur le manche et l'avion s'éleva. Elle avait l'impression d'être un cerf-volant ou un oiseau en train de planer, les ailes déployées, porté par l'air.

J'adore ça, pensa-t-elle. *Je pourrais voler pendant une éternité.*

— Je vais prendre ta place pour l'atterrissage, lui dit Julian au bout d'un moment.

Par une manœuvre fluide, il guida l'avion tout en douceur vers le sol, jusqu'à un endroit isolé du lac destiné aux hydravions. L'atterrissage se déroula sans heurt, sensation enivrante, et, en quelques minutes, ils furent amarrés au quai.

Daisy enlaça Julian et s'accrocha à lui de toutes ses forces. C'était si bon d'être dans ses bras !

— C'était magique. Merci mille fois.

Quand il la déposa sur le quai, elle sentait chacune de ses terminaisons nerveuses la picoter.

— Qu'est-ce que c'est que cette tête ? lui demanda-t-il, interrompant le cours de ses pensées.

— Quelle tête ?

Elle sentit son rythme cardiaque s'accélérer. L'heure était venue de lui parler ; cette pénible conversation qu'elle avait imaginée ce matin flottait à la lisière de sa conscience. C'était la première ouverture qui se présentait à elle. C'était peut-être la seule occasion qu'elle aurait avant qu'on n'envoie Julian très loin d'ici. Elle prit une profonde inspiration, et les mots se précipitèrent hors de sa bouche :

— Je t'aime, voilà ce qu'il y a.

Julian se figea, les yeux fixés sur elle.

Daisy restait incrédule face aux paroles qui venaient de s'échapper de ses lèvres. Elle était censée dire : « Je ne peux pas me permettre de t'aimer, nos vies respectives nous entraînent trop loin l'un de l'autre, et il ne peut y avoir d'avenir pour nous. » Au lieu de quoi, elle avait laissé s'exprimer la partie d'elle-même où résidait la vérité nue, une vérité qu'elle ne pouvait esquiver, même si celle-ci défiait le sens commun.

Julian était-il choqué par sa déclaration impromptue ?

Elle n'arrivait pas à déchiffrer l'expression de son visage, et cela l'emplit d'un sentiment de crainte.

— Je ne te l'ai jamais dit. Je n'avais pas l'intention de lâcher un truc pareil.

A présent, elle avait vraiment tout gâché en déviant du scénario qui lui avait paru si sensé ce matin, dans sa chambre d'hôtel.

Son comportement était aussi imprudent que les cascades qu'affectionnaient Julian, mais elle ne pouvait plus s'arrêter.

— Je suis contente, s'empressa-t-elle de dire sottement. Je suis contente de te l'avoir dit, parce que je le pense vraiment. Je t'aime depuis longtemps, depuis *toujours*, et je continue d'attendre que mes sentiments à ton égard s'estompent, mais c'est le contraire qui se produit. Ça ne fait qu'empirer.

Julian n'avait toujours pas prononcé le moindre mot, et elle ne parvenait pas à endiguer le flot de ses propres paroles.

— Je n'arrête pas de penser à toi. Quand je suis partie pour l'Allemagne, je m'attendais à t'oublier. A *tout* oublier. Au lieu de ça, tu m'as manqué atrocement. Sans rire, j'avais l'impression d'avoir reçu un coup de poignard dans le cœur, ou quelque chose comme ça... Et à mon retour, je t'aimais toujours autant — non, davantage. Il n'y a aucune logique là-dedans. C'est complètement insensé, mais...

Il s'avança, le visage empreint d'une expression qu'elle ne lui avait encore jamais vue. Un sentiment aussi intense que la rage, mais différent. Elle n'avait pas encore décrypté sa réaction lorsqu'il la prit dans ses bras et la fit taire d'un baiser. Un baiser long, inquisiteur, dévorant, tendre mais autoritaire, qui la laissa pantelante. Les lèvres de Julian étaient plus douces que dans son souvenir, le goût de sa bouche plus suave. Ils s'étaient déjà embrassés, mais cette fois, il y avait quelque chose d'autre, une émotion unique qui lui serrait le cœur avec une singulière intensité. Elle se cramponna à ses bras, goûtant le contact de ses muscles d'acier, sculptés par un entraînement physique rigoureux. Il avait une saveur sauvage, comme le miel brut, peut-être, qui à cet instant la subjuguait jusqu'au vertige.

Une rupture n'était pas censée débuter par un baiser.

Cela dit, pouvait-on parler de rupture, vu qu'ils n'avaient jamais été ensemble ?

En fin de compte, il l'écarta, mais juste assez pour lui dire :

— Moi aussi, je t'aime, Daze. Depuis toujours. Je regrette de ne pas te l'avoir dit le premier.

Elle se sentait tout étourdie, comme si elle planait encore dans le ciel.

— Moi, en tout cas, je ne regrette rien.

Elle se blottit contre son torse, épuisée, comme au terme d'une course de trois kilomètres. C'était l'une de ces journées idéale sur le lac des Saules ; l'eau était parfaitement immobile jusque dans ses profondeurs mystérieuses, et le vent si faible qu'elle percevait le battement de leurs deux cœurs. Etre ici avec Julian lui procurait une impression de protection et de sécurité, comme si rien de mauvais ne pouvait l'atteindre.

Ils s'embrassèrent une fois de plus, leurs bouches s'attardant paresseusement, comme pour une promesse muette. Lui avoir avoué la vérité emplissait Daisy d'un sentiment croissant de libération — et de la stupeur euphorique de savoir que cet amour était réciproque. Si seulement ce moment pouvait durer éternellement... Mais lentement, inéluctablement, Julian s'écarta d'elle. Déposant un tendre baiser sur son front, il murmura :

— A quelle heure es-tu censée récupérer Charlie ?

Charlie... Son amour de petit garçon, bien réel.

— Logan est assez souple sur les horaires. Pourquoi cette question ?

— Je ne suis pas encore prêt à te partager, pas même avec lui.

Daisy repensa brièvement à la fameuse conversation qu'elle était censée avoir avec lui.

— Alors, je suis tout à toi pour quelques heures encore.

— Tant mieux !

Il sortit un sac vert isotherme de la soute de l'avion.

— J'ai apporté le déjeuner.

— Julian !

Il se mit à rire.

— Je sais, je suis très fort. Le champion toutes catégories du romantisme.

— Tu as trouvé ça sur internet, rubrique « Comment organiser le rendez-vous idéal », ou quoi ?

— Pourquoi, tu crois que je n'aurais pas pu y penser tout seul ?

— L'avion, oui. Mais le pique-nique…

— D'accord. Sur ce coup-là, on m'a aidé.

— Aidé ?

— Je suis pour ainsi dire le chouchou des dames du réfectoire. Elles apprécient les gars doués d'un solide appétit.

— Dans ce cas, elles doivent être folles de toi. Je t'ai déjà vu à table, Julian. C'est… épique.

Il déposa le sac dans un skiff amarré au quai. Puis il lui prit la main et l'aida à monter dans l'embarcation.

— Je présume que tu as la permission de prendre ce bateau ?

— Je suis officier de l'armée de l'air des Etats-Unis, madame. La fauche ne figure plus à mon répertoire.

— Je vois que tu as tout organisé…

— En effet. Je ne voulais rien laisser au hasard, aujourd'hui.

Elle se laissait gagner par le sentiment qu'elle éprouvait toujours auprès de lui, quelque chose qu'elle n'avait jamais connu avec quelqu'un d'autre. C'était un sentiment de bonheur parfait, mêlé de liberté. Elle aimait de nombreuses personnes dans son entourage, mais aucune de cette sorte d'amour. Une partie d'elle-même aurait voulu le lui expliquer, mais pas maintenant. Un jour, peut-être.

L'ennui, en ce qui les concernait, c'est qu'« un jour » correspondait à une échelle de temps difficile à déterminer. Carrément impossible, en fait. C'était de cela qu'ils devaient discuter. Mais elle n'avait pas envie de gâcher cette journée idyllique en abordant ce sujet.

Elle chassa cette pensée de son esprit et s'installa à l'avant de l'embarcation, dos au lac. Elle ignorait où ils allaient, et c'était le cadet de ses soucis. Elle croisa les bras sous sa nuque et ferma les yeux pour profiter de la douce chaleur du soleil sur son visage.

— J'ai l'impression d'être Cléopâtre.

— Ah, oui ? Tu m'inquiètes. La romance ne lui a guère réussi…

— Tu as bien dit la romance ? Parce que c'est ça, ton objectif ; me faire la cour ?

Daisy se redressa et le regarda ramer. Elle était hypnotisée par sa puissante carrure, par le mouvement fluide de ses muscles qui propulsait le bateau vers le large.

— J'aime croire que nous avons évolué depuis l'époque de Cléopâtre. Et j'aime aussi croire que je n'ai pas ses bizarreries.

— Ses bizarreries ?

— Enfin, ses défauts de caractère.

— Tu n'as aucun défaut, Daisy.

— C'est vrai.

— Sauf peut-être un sens discutable de l'à-propos.

Elle se tut. Il lui tendait la perche, justement.

— Hum… A propos… Je pensais vraiment ce que je t'ai dit, tout à l'heure. Je t'aime. Je t'ai toujours aimé, mais j'ai peur.

— De quoi ?

— J'ai peur que nous n'ayons jamais l'occasion d'être ensemble.

Il conserva sa cadence de rame.

— Jamais, c'est long.

— J'essaie simplement d'être réaliste.

— Tu étais réaliste, quand tu m'as dit que tu m'aimais ?

— Je t'ai ouvert mon cœur. Je t'aime, c'est plus fort que moi. Pourtant, ça ne change rien au fait que tu vas partir très loin…

— C'est temporaire.

— Temporaire à quel point ?

— Je suis incapable de te le dire.

— Moi si. Au terme de ta mission en Colombie, on t'enverra ailleurs.

— Le service actif ne signifie pas forcément un déploiement continu sur le terrain. Les familles qui travaillent dans l'armée de l'air se déplacent au gré des affectations. C'est un système qui fonctionne bien ; simplement, ça demande une certaine organisation.

— C'est facile à dire, mais moi, je dois penser à Charlie.

Elle ramena les genoux contre sa poitrine.

— Mon fils, c'est toute ma vie.

— Je le comprends. Je sais combien ç'a été dur pour toi de l'élever toute seule.

— Tu crois ça ?

— Mon amie Sayers m'a dit un jour que la formation d'élève-officier de l'armée de l'air était une sinécure, comparée à la vie d'une mère célibataire. Elle sait de quoi elle parle, sa mère l'a élevée seule.

— C'est dur, oui, mais... d'une manière différente.

Elle se demanda si le tour pris par leur conversation avait rompu le charme de cette journée magique. Julian était à l'évidence d'humeur romantique, et le fait d'aborder le sujet de l'enfant qu'elle avait eu avec un autre homme risquait de refroidir l'ambiance. Ils devaient pourtant être capables de parler de Charlie sans avoir l'impression de gâcher la journée !

— Charlie est formidable, dit Julian. Je l'adore, ce gosse. Je l'ai toujours aimé.

Cette affirmation la prit au dépourvu.

— Tu l'adores ?

— Evidemment. Quoi, tu ne me crois pas ?

— J'ai envie de te croire. Simplement... tu as l'air si réservé, avec lui...

— Les enfants s'attachent aux personnes et, quand elles s'en vont, ils souffrent.

— Tu parles de Charlie, ou de toi, quand tu étais petit ?

Il ne chercha pas à nier.

— Je sais ce que c'est d'avoir une famille désunie. Charlie ne doit pas connaître ça. C'est pourquoi je ne veux pas lui envoyer de signaux ambigus. Quand j'étais petit, je vivais avec mon père, et j'avais tellement envie d'avoir une maman que je fantasmais sur toutes les femmes que regardait mon père — une conductrice de bus, une caissière de l'épicerie, l'agent à la sortie de l'école... Si d'aventure l'une d'elles lui disait trois mots, je m'attendais à ce qu'il la demande en mariage. Tu dois comprendre à quel point c'est douloureux, pour un enfant, de vouloir une famille traditionnelle. Quel espoir il fonde sur le moindre encouragement... Alors, c'est vrai, j'ai peut-être été trop prudent envers Charlie, mais c'est ma vision des choses. Je n'ai pas voulu lui faire une promesse que je ne pouvais pas tenir. Pour autant, ça ne veut pas dire que je ne l'aime pas.

A sa grande surprise, Daisy sentit des larmes lui picoter les yeux.

— Tu ne m'as jamais dit que tu l'aimais.
— Daisy... C'est ton fils. Il ne m'a jamais demandé autre chose que de l'amour. Comment pourrais-je le lui refuser ?

Daisy sentit son cœur fondre ; elle adorait l'entendre parler ainsi.

— Et puis ce n'est pas sa faute si son père est un connard...
— Julian !

Manifestement, la séquence fleur bleue était terminée.

Daisy savait qu'il pensait encore à leur bagarre sur le quai de la gare, le soir où tout avait volé en éclats. La bagarre n'avait pas engendré les difficultés. Elle en avait été le point culminant.

— Je ne dirais jamais ça devant ton fils, tu le sais bien, quoi que je puisse penser de Logan. Je ne voudrais pas interférer dans leur relation. Personnellement, j'ai eu un père merveilleux. Il n'était pas parfait, mais pour moi il était exceptionnel. Alors, je comprends que Logan doive faire partie de la vie de Charlie.

— Je suis heureuse que tu le comprennes. Dans ma vie, il y a certaines constantes immuables. La plus importante étant mon fils. Chacune de mes décisions est dictée par l'intérêt supérieur de Charlie.

— Je comprends.

— Logan est une autre de ces constantes. C'est le père

de Charlie, autrement dit, il fera toujours partie de ma vie, quoi qu'il arrive.

— Il est toujours amoureux de toi ?

Elle entendait la voix de Logan résonner distinctement à ses oreilles. *Je t'aimerai toujours, Daisy. J'attendrai le temps qu'il faudra.*

Elle baissa la tête pour dissimuler l'expression de son visage, mais, de toute évidence, elle ne fut pas assez rapide.

— Je vois, lâcha Julian.

— Je ne pense pas que tu voies, non. Je ne peux pas te dire ce qui se passe dans la tête de Logan. L'obstination est sa seconde nature. Je peux te jurer que je ne l'encourage pas. Tu le sais. Je veux... Bonté divine, Julian ! Je veux que la situation soit simple. Pourquoi est-ce si difficile ?

Le skiff heurta le ponton du petit îlot. Julian enroula une amarre autour d'un taquet. Puis il tendit la main vers Daisy pour l'aider à descendre.

Il s'assit sur les planches érodées et la fit asseoir tout contre lui.

— Mets-toi là, parce que ça risque de prendre un moment.

— Ah bon ?

— J'ai beaucoup de choses à te dire.

Son intonation la fit frissonner, en dépit de la chaleur.

— Je t'écoute.

Il joignit l'extrémité de ses doigts et fixa longuement le lac. Les eaux calmes ressemblaient à un miroir de laque sombre.

— La situation n'est pas difficile, non... Bien sûr, je ne prétends pas détenir toutes les réponses. On ne peut pas dire que mes parents m'aient fourni un exemple d'éducation dont je puisse m'inspirer ! Mon père était un intellectuel pur et dur, qui avait pour seules passions les procédés physiques et la méthode scientifique. Ma mère ne pensait qu'à sa carrière, qu'à son image, qu'à elle-même. J'ai passé ces dernières semaines à me demander si je disposais seulement de la capacité émotionnelle requise pour le genre de relation que je souhaite avoir avec toi.

Daisy était abasourdie. Du reste, son silence médusé

n'était peut-être pas une mauvaise chose : Julian ne lui avait jamais parlé avec une telle franchise.

— Et puis je me suis demandé pourquoi le risque et le danger m'attiraient autant. Peut-être parce que chaque fois que je prenais un risque et que je me mettais en danger, on faisait attention à moi, parfois simplement pour me rappeler à l'ordre. Même Connor… Si nous nous sommes rapprochés, c'est uniquement parce qu'il a dû s'occuper de moi quand je me suis fourré dans le pétrin. Mais toi, Daisy… Tu es la première personne qui ne se soit pas intéressée à moi parce que je me mettais en danger. Tu t'es intéressée à moi parce que… Oh ! je ne sais pas pourquoi, mais je sais que c'était différent ! Tout en toi est différent : ton physique, ton parfum, la sensation de ton corps quand je te tiens dans mes bras.

Daisy ne s'était jamais sentie aussi proche de quelqu'un et, pourtant, ils ne se frôlaient même pas. Elle n'osait ni bouger ni parler, de peur d'endiguer le flot de ses confidences ; cet aveu n'avait rien de facile pour Julian.

— J'avais dix-sept ans quand nous nous sommes rencontrés, poursuivit-il, les yeux toujours rivés sur leur reflet dans l'eau, et je regrette de ne pas avoir été plus attentif à l'effet que tu as eu sur moi. Ça m'aurait peut-être permis de trouver un moyen de rester proche de toi, quand nous sommes repartis chacun de notre côté, cet été-là. Au lieu de ça, je t'ai regardée foncer droit dans le mur. Quand tu m'as annoncé que tu étais enceinte, j'y ai vu le signe que tu avais pris une autre route. Une route qui m'excluait. Et durant tout mon cursus universitaire, je me suis senti tenu de faire mes preuves à tes yeux. Pour moi, tu étais la jolie petite fille riche, tu vois ? Et que tu le veuilles ou non, je suis né du mauvais côté de la barrière sociale. Alors, m'imaginer avec une Bellamy, c'était ridicule, quoi ! Je ne voyais pas comment nous pourrions nous rejoindre un jour. Nous sommes issus de mondes totalement opposés.

Daisy retint sa respiration. Julian était-il en train de lui dire qu'ils étaient incompatibles, que l'amour ne suffisait pas à combler le fossé de leurs différences ?

— Julian…

— Attends, j'en viens à ce que je veux te dire. Nos origines sociales n'entrent pas en ligne de compte. Je refuse de m'angoisser au sujet des qu'en-dira-t-on, de la couleur de notre peau ou de l'apparence de notre hypothétique progéniture. Ce qui compte, c'est… nous. Nos rêves, nos espoirs et la vie à laquelle nous aspirons ensemble.

Il l'embrassa rapidement, ses lèvres chaudes s'attardant contre les siennes, son souffle effleurant sa joue.

— Ouf! s'exclama-t-il. C'est… le plus long discours que j'aie jamais tenu. Désolé si j'ai un peu radoté.

Daisy aurait pu l'écouter parler jusqu'à la fin des temps.

— Tu n'as pas radoté du tout.

— J'avais répété mon petit laïus. Dans ma tête. Enfin, ne va pas t'imaginer que j'arpentais le campus en pérorant sur mes espoirs et mes rêves! Mais je pensais chacune des paroles que je t'ai dites.

Sur ce, il se leva et s'empara du sac à pique-nique, qu'il apporta jusqu'au perron du belvédère construit quelques années auparavant, à l'occasion des noces d'or des grands-parents de Daisy. Elle lui emboîta le pas, toujours sous le coup de son discours. Ils étaient seuls sur la petite île. De la musique s'échappait du belvédère. Elle reconnut *Wonderful Tonight*, le vieux classique d'Eric Clapton

— Mais…, dit-elle. Il y a quelqu'un ici?

— Maintenant, il y a nous.

Julian posa le sac. Il se tourna vers elle et, marquant une pause, il la dévisagea intensément durant ce qui parut une minute entière à Daisy. Elle lui rendit son regard et lut un amour mêlé de souffrance dans ses yeux emplis de désir.

— Merci de m'avoir accompagné ici, dit-il enfin, se penchant pour l'embrasser de nouveau.

— Merci de m'y avoir emmenée, répliqua-t-elle, grisée par la saveur de sa bouche. Quelle journée extraordinaire!

— Et ça ne fait que commencer…

Il tira du sac une bouteille de champagne ainsi que deux verres.

Le bouchon sauta dans une sourde explosion, et Daisy sentit une bouffée d'excitation l'envahir.

— Julian ?

Il lui passa un bras autour de la taille.

— Attends. Ça va ?

— Je tremble un peu.

La chanson d'Eric Clapton était parfaite, romantique et vraie. Cet homme était d'une autre génération que la sienne, mais les histoires que contait sa musique trouvaient un écho dans son cœur.

Elle ne goûta pas le champagne. Dans sa nervosité excessive, elle risquait d'en verser sur elle et de gâcher cet instant.

Julian reprit :

— Je voulais te faire cet aveu ici, parce que je sais que ce lieu revêt pour toi une signification particulière.

Elle acquiesça d'un hochement de tête.

— C'est une terre sacrée. Pour la famille Bellamy, en tout cas.

— Je suis content d'avoir pu faire la connaissance de tes grands-parents à l'occasion de leur cinquantième anniversaire de mariage. Je n'avais jamais rencontré un couple qui soit resté marié aussi longtemps.

La journée en question avait été exceptionnelle, non seulement pour ses grands-parents mais pour l'ensemble du clan Bellamy. Daisy, qui avait passé l'été dans une grande souffrance psychologique, avait tout de même pu, elle aussi, apprécier le miracle d'un amour qui durait depuis un demi-siècle.

— Ça m'a donné de l'espoir, reconnut-elle.

— Et moi, ça m'a donné un rêve.

Julian lui prit les mains et planta son regard dans le sien.

— Je veux vivre la même chose qu'eux, Daisy. Je n'étais qu'un gamin, à l'époque, comme toi. Mais, aujourd'hui, nous sommes devenus adultes, et ce rêve n'a pas changé. Pas pour moi, en tout cas. Il n'a fait que se renforcer.

Le baiser de Julian fut tendre, inquisiteur et empreint de désir. Brisée d'émotion, Daisy crut qu'elle allait défaillir.

— Tous les lieux que nous avons survolés aujourd'hui, poursuivit-il, ont une signification pour moi en raison de ce que nous y avons partagé.

— Pour moi aussi, ils ont un sens très particulier, déclara-t-elle d'une voix étranglée.

Julian hocha la tête et déglutit péniblement, comme s'il lui fallait mettre de l'ordre dans ses pensées.

— Je dois partir bientôt. J'ai des devoirs envers ma patrie, une mission… que je me suis engagé à accomplir. La vie étant imprévisible, je dois faire ce que j'ai à faire tant que la chance m'en est donnée.

— Faire quoi ?

Mais, au fond d'elle-même, elle le savait déjà et son rythme cardiaque s'affola.

— Ma période de service dans l'armée de l'air ne durera pas éternellement. « Eternellement », c'est un mot que je te réserve, Daisy. Je ne veux pas vivre sans toi.

Sur ces mots, il mit un genou à terre et, pour Daisy, tout se figea.

Le temps, sa respiration, la réalité, la Terre sur son axe. Même le vent sembla retomber. Elle sentait l'air suave sur sa peau et le chant des oiseaux à ses oreilles, mêlé à la musique qui s'échappait des haut-parleurs invisibles. Au centre de tout cela, il y avait Julian, qui la contemplait avec un amour qui irradiait du plus profond de son être.

Elle aurait voulu lui dire quelque chose. Quoi, elle l'ignorait, mais sa voix était comme coincée au fond de sa gorge. Elle était incapable d'émettre le moindre son, ce qui n'était sans doute pas plus mal, car, pour une raison inexplicable, elle se sentait au bord des larmes. Elle ne pouvait croire qu'une chose pareille lui arrivait, *à elle*.

— Daisy Bellamy, je suis tombé amoureux de toi lors de notre premier été au lac des Saules, et je jure de t'aimer toujours. Veux-tu m'épouser ?

Elle avait rêvé de ce moment, elle l'avait fantasmé, espéré dans un secret repli de son cœur, et pourtant, elle ne s'attendait pas à être secouée par une émotion d'une telle intensité, à la limite de la violence.

Veux-tu m'épouser ?

La tête lui tournait. Il lui fallait invoquer toutes les raisons qui l'empêchaient de se marier avec Julian, les dangers et les inconvénients qu'il y avait à remettre son destin ainsi que celui de son jeune fils entre les mains d'un homme tel que lui. Charlie avait besoin de sécurité et de stabilité. Quant à elle, elle avait besoin de... Elle avait besoin de... Les larmes débordèrent de ses yeux et son cœur s'exprima avant que son cerveau ait pu émettre la moindre objection.

— Je serais comblée d'être ta femme, Julian Gastineaux. C'est mon souhait le plus cher.

Il partit d'un éclat de rire et tira de sa poche une bague, un solitaire tout simple, monté sur un mince anneau d'or.

— Ils connaissaient ton tour de doigt, chez Palmquist, expliqua-t-il en lui glissant la bague à l'annulaire.

L'espace d'une fraction de seconde, elle se remémora la demande en mariage de Logan, une veille de Noël, soirée humiliante qu'elle ne pourrait jamais tout à fait effacer de son esprit. Logan était allé chez le même bijoutier. Elle repoussa ce souvenir de toutes ses forces.

— Elle est magnifique... Et elle me va à la perfection.
— Vraiment ?

Il se leva et l'aida à se mettre debout, la maintenant soulevée à quelques centimètres du sol comme si elle pesait moins qu'une plume.

— Vraiment, dit-elle en l'embrassant.

Elle débordait d'un bonheur si intense que c'en était presque douloureux.

Julian la reposa à terre et ils restèrent longuement enlacés. La joue pressée contre son torse, elle entendait battre son cœur à grands coups. Ces dernières minutes avaient changé le cours de sa vie. Elle allait épouser cet homme. C'était tout simplement incroyable.

— J'ignorais que j'allais te demander en mariage aujourd'hui. J'attendais le moment propice. Quand tu m'as dit que tu m'aimais, j'y ai vu un signe.

C'était loin d'être la conversation qu'elle avait prévu d'avoir avec lui, songea Daisy. C'était… un rêve devenu réalité.

— Je ne pouvais plus continuer à me taire, expliqua-t-elle.

— J'ai conscience des sacrifices que j'exige de toi, du fait de mon métier, mais je sais aussi qu'ensemble nous triompherons de toutes les épreuves, je t'en fais le serment.

— Oui, répondit-elle, avant de l'embrasser encore, éperdue de bonheur.

Elle installa son appareil photo, enclencha le retardateur et se précipita aux côtés de Julian pour figurer dans le cadre avec lui. Elle était impatiente d'immortaliser ce jour exceptionnel par une photo. Dans le viseur, ils apparaissaient enlacés sur le ponton, le soleil de fin d'après-midi baignant la scène d'une lumière dorée. Au cours de sa vie professionnelle, Daisy avait pris nombre de photos supérieures à celle-ci en technique et en élaboration. Mais jamais, jamais, elle n'avait saisi dans son objectif un moment plus heureux.

Une sensation de miracle tenait le monde à distance et empêchait la réalité de s'immiscer dans leur bulle de bonheur. Pour l'instant, elle savourait la douce certitude que leur amour avait un avenir. Comment un sentiment aussi fort pouvait-il être erroné ? C'était une entité palpable. Rien ne pouvait se mettre en travers de leur chemin.

7

Daisy s'attarda longuement dans sa voiture, garée dans l'allée de chez Logan. Elle mettait de l'ordre dans ses pensées. La veille encore, quand elle avait déposé Charlie chez son père, elle n'aurait jamais imaginé qu'un tel événement se produirait. Julian l'avait demandée en mariage. Et elle avait dit oui. C'était aussi simple que cela. Enfin, non… Simple, la situation ne l'était pas, mais il lui fallait avoir foi en leur amour.

Elle étendit la main gauche sur le volant. Son tout nouveau solitaire étincelait au soleil. *Surréaliste.*

Elle descendit de voiture et des rires lui parvinrent en provenance du jardin situé à l'arrière. Elle reconnut la voix de son fils et son cœur bondit de joie dans sa poitrine. Elle se hâta de contourner la maison.

Logan et Charlie jouaient au monstre, un jeu de leur invention élaboré à partir de règles complexes et non écrites qu'eux seuls étaient à même de comprendre. Son déroulement était immuable : Logan s'accroupissait, menaçant, et poursuivait Charlie tout autour du jardin avec force grognements. Une fois attrapé, Charlie était contraint de subir une pluie de baisers sonores qui claquaient sur la peau de son ventre nu, torture qui lui arrachait immanquablement des cris de ravissement.

Ils étaient beaux, tous les deux, si semblables dans le jeu et dans leur goût pour ces moments de joie débridée qui les laissaient pantelants. Tout à leur hilarité, ils ne l'aperçurent pas tout de suite, debout près du portail du jardin.

Sans trop savoir pourquoi, elle fit glisser la bague de son doigt et la fourra tout au fond de la poche de son jean.

— Salut, vous deux !

Leur mêlée s'effondra, et le père et le fils se retrouvèrent étalés par terre.

— Maman !

Charlie se remit debout et avança maladroitement vers elle, ivre de fou rire.

Elle exultait de bonheur, comme toujours à la vue de son fils. La douceur de sa voix, l'odeur de sa peau, la robustesse compacte de son petit corps entre ses bras lui rappelaient qu'il était sa raison de vivre. Charlie était un don du ciel inattendu, la prunelle de ses yeux. Depuis la seconde où il était né, ses projets et ses décisions avaient tous été conditionnés par l'intérêt supérieur de Charlie. Elle avait façonné toute sa vie en fonction de son fils : l'université où elle avait choisi de faire ses études, l'orientation de sa carrière professionnelle, la ville où elle résidait, les amitiés qu'elle avait nouées. Sans oublier son absence pathétique de vie sentimentale — du moins jusqu'à ces dernières heures.

Si peu de temps après avoir dit oui à Julian, voilà qu'elle était déjà confrontée à une prise de conscience : pour une fois, Charlie n'était pas au centre de sa décision.

— Merci de l'avoir gardé, dit-elle à Logan.

— *No problemo.*

— Allons chercher ses affaires à l'intérieur.

Que c'était embarrassant, comme situation ! Le genre de situation que ne traitent pas la plupart des manuels de bonnes manières. Comment annoncer au père de votre enfant que vous venez de vous fiancer avec un autre homme ?

Surtout quand le père de cet enfant vous a déjà lui-même demandée en mariage, et qu'il a essuyé un refus.

Logan dut sentir sa gêne, car il donna une petite brique de jus de fruits à Charlie et l'installa devant un épisode de *Dora l'exploratrice*.

— Qu'est-ce qui se passe ?

— Hum… Eh bien, oui… en effet. Il se passe quelque chose.

— Ah, non, ne me dis pas que c'est encore cette histoire de chien…, gémit Logan.

Daisy eut un petit rire surpris.

— Comment ?

— Oui… Charlie m'a dit que tu parlais de prendre un chien.

La conversation prenait un tour tout à fait inattendu.

— C'est vrai, j'y pense. Cet été, en fait. Je n'ai pas encore décidé quand, mais j'aimerais emmener Charlie choisir un chien au refuge.

— Quelle mouche te pique ?

Logan déchira un sac de teinturerie et en tira plusieurs vêtements appartenant à Charlie. Pour autant qu'elle sût, Logan n'avait jamais fait une lessive de sa vie. Malgré sa détermination à se charger d'activités viriles telles que les travaux de rénovation, il avait les corvées ménagères en horreur. Cela s'expliquait par son éducation : chez les O'Donnell, on apportait son linge sale chez le teinturier ou on payait quelqu'un pour s'en occuper à domicile. Personnellement, Daisy n'éprouvait pas de goût particulier pour la lessive et le repassage et, en surface, l'aversion de Logan pour ces tâches domestiques pouvait passer pour une manie assez inoffensive. Néanmoins, Daisy veillait à ce que, chez elle, Charlie apprenne les rudiments des soins à apporter au linge. Elle n'aurait su dire en quoi c'était si important à ses yeux, mais le fait est que ça l'était, incontestablement. Elle estimait qu'il faut inculquer le sens des responsabilités aux enfants, et le plus tôt possible.

Ce qui la ramena au chien, sujet plus facile à aborder que le véritable problème qui l'occupait : elle venait d'accepter d'épouser un homme que Logan ne pouvait pas voir en peinture.

— Pourquoi est-ce que je ne pourrais pas adopter un chien ? C'est très bénéfique pour un enfant. Prendre soin d'un animal lui enseigne des valeurs essentielles : l'empathie, le sens des responsabilités, la douceur, la compassion...

— Un chien, ça finit toujours par mourir un jour, laissa tomber brutalement Logan. Malgré tout l'amour et les soins qu'on peut lui apporter, il meurt et, après, on est malheureux comme les pierres. Notre espérance de vie dépasse largement celle d'un chien. C'est un fait biologique. Alors, en prenant un chien, tu mets pour ainsi dire l'enfant face à une future tragédie, à un événement susceptible de le traumatiser pour le reste de sa vie.

Une telle véhémence la prit au dépourvu.

— Waouh... et d'où tires-tu cette théorie ?

— Du simple bon sens, ni plus ni moins. Offre un chien à Charlie et il va devenir son meilleur ami. C'est ainsi que ça se passe, entre un enfant et un chien. Ils deviennent les meilleurs amis du monde.

— Exactement. Et c'est pourquoi...

— Et c'est pourquoi tu le prépares à subir la mort de son meilleur ami. C'est peut-être même lui qui devra l'euthanasier ! Tu as lu *Fidèle vagabond* ? Je ne sais pas ce que tu en penses, mais personnellement j'estime que la majorité des enfants vit très bien sans avoir à faire piquer son animal.

— Eh bien, dis-moi... J'étais loin de me douter que tu avais des opinions si arrêtées à ce sujet.

— Maintenant, tu le sais.

Elle se demanda si Logan lui expliquerait un jour ce que cachait une vision aussi sombre. Entre-temps, elle refusait de priver Charlie de cette sorte de joie.

— Figure-toi que, moi aussi, j'ai mon avis sur le sujet. Et je ne choisis pas de voir en chaque animal de compagnie une tragédie potentielle pour un petit garçon sans méfiance. Je le vois au contraire comme un énorme capital d'amour et de bonheur, de souvenirs à chérir toute une vie. Perdre un animal n'a jamais gâché l'existence de personne. Ça ne fonctionne pas comme ça.

— A t'entendre, je sens bien que, de toute façon, tu n'en feras qu'à ta tête.

— J'ai envie d'un chien pour Charlie. Et pour moi. Je n'ai jamais vu grandir un chiot et j'ai toujours voulu en avoir un.

— Oui, eh bien moi, j'ai eu un chien.

— Je l'ignorais.

— Parce que je n'en parle jamais.

— Tu peux, tu sais ? M'en parler.

— Merci, mais je préfère m'abstenir. Revivre la mort de mon meilleur ami ne figure pas pour moi à l'ordre du jour.

— Pardon, Logan.

Il balaya sa compassion d'un revers de main et reprit le tri des vêtements de Charlie.

Daisy s'éclaircit la voix, essayant d'atténuer son appréhension.

— Quand je t'ai dit qu'il se passait quelque chose, je ne pensais pas vraiment à un chien.

Le fait qu'elle ait baissé la voix éveilla l'intérêt de Logan.

— Ah, dit-il. Qu'est-ce qu'il y a, alors ?

Daisy regarda Logan droit dans les yeux, sans ciller. Elle le revoyait à tous les stades de la vie, depuis le bon petit diable qu'il était à l'école primaire jusqu'à l'homme qu'il était devenu. Logan était un bon père et ils avaient une profonde affection l'un pour l'autre. Une certaine tristesse vint troubler sa joie. Prenant une inspiration, elle s'aperçut qu'elle regrettait de ne pas connaître de moyen d'atténuer la portée de sa nouvelle ; c'était la première fois qu'elle allait l'énoncer à voix haute. Tout était si récent…

— Je vais me marier avec Julian.

Logan se transforma en statue de sel.

Elle perçut aussitôt la souffrance muette qui émanait de lui.

— Je te le dis en premier parce que tu as une importance capitale pour Charlie. Je vais lui expliquer la situation du mieux que je peux. L'essentiel pour lui, c'est qu'il comprenne qu'il aura toujours son père et sa mère, exactement comme avant.

— Ah, oui ? Et comment vas-tu lui expliquer l'arrivée d'un beau-père dans sa vie ? s'enquit sèchement Logan.

C'était étrange d'entendre Julian qualifié de « beau-père ».

— Des tas de gens ont un beau-père. Y compris moi.

Noah, le mari de ma mère, est un homme formidable. Je l'adore, tu le sais bien. Il ne remplacera jamais mon père, mais je me considère privilégiée de les avoir tous les deux dans mon entourage.

— Depuis quand verses-tu dans le mélo à deux balles ?

Elle inspira profondément.

— C'est vraiment très récent comme décision. Julian vient de me faire sa demande et, pour le moment, il n'y a rien de concret. Cela n'a rien d'une lubie ou d'une décision hâtive. Il y a longtemps que je l'aime.

C'était presque un soulagement de prononcer ces mots à voix haute.

— Tu es amoureuse d'une illusion, Daisy. D'un rêve. Tout ça n'a rien de réel.

Il leva la main pour couper court à ses objections.

— Ecoute-moi jusqu'au bout. J'espérais bien ne pas avoir à te parler ainsi. Nous n'avons jamais fixé de règles officielles pour la garde de Charlie, parce que jusqu'ici ça n'était pas nécessaire. Mais si tu épouses ce type, si tu pars à l'autre bout du monde avec lui, ça change tout. Comme la fois où tu as emmené Charlie vivre à l'étranger, lui rappela-t-il, oubliant fort commodément la raison de son départ. Ces quelques mois de séparation m'ont anéanti.

Daisy sentit son sang se figer dans ses veines. Quand elle était partie, Logan était entré dans une colère noire, même s'il était le seul à blâmer pour cette désastreuse veille de Noël. Il était même allé jusqu'à recourir aux services d'un avocat pour faire valoir ses droits paternels.

— Nous ferons en sorte que tout se passe bien, lui promit-elle. J'ai toujours essayé de faciliter les rapprochements entre Charlie et toi, tu le sais.

Il la considéra longuement, un immense désespoir au fond des yeux.

— Ça n'a jamais été facile.

*
* *

Julian arpentait le quai, son dos nu exposé à la brûlure du soleil. Il n'arrivait pas à croire à ce qui lui arrivait enfin : il allait épouser Daisy Bellamy.

Elle était allée récupérer Charlie chez son père. L'idée, c'était qu'ils passent tous les trois la fin de la journée, ici, au camp Kioga. L'après-midi flamboyait d'une chaleur inhabituelle pour la saison, et une baignade dans le lac s'imposait.

Pour commencer, ils auraient une longue conversation avec Charlie. Le petit garçon était trop jeune pour tout comprendre, mais le but était d'éviter qu'il apprenne par la bande des choses susceptibles de le perturber. Aujourd'hui, ils lui expliqueraient le mieux possible, en termes accessibles pour son âge, qu'ils allaient se marier et que, à eux trois, ils formeraient une famille.

A cette pensée, le cœur de Julian se dilata de joie. Il était transporté d'excitation, au comble de l'allégresse, sur un petit nuage. Convaincu de la justesse de son choix, il n'arrivait pas à rester assis. Aussi recommença-t-il à faire les cent pas sur le quai, admirant le soleil qui scintillait à la surface du lac. L'avenir n'aurait rien d'une sinécure, il en était parfaitement conscient, mais il allait tout faire pour que leur union soit une réussite. C'était son souhait le plus cher, l'objectif qu'il avait toujours poursuivi : aimer Daisy et faire sa vie avec elle.

Enfin, elle arriva et gara sa voiture à proximité du quai.

— Regarde qui est venu te voir, dit-elle en lui adressant un sourire tandis qu'elle aidait Charlie à s'extraire du siège auto.

L'espace d'un instant, elle fut à contre-jour, dans les rayons aveuglants du soleil. Julian ne voyait que sa silhouette, celle de la femme qu'il aimait, tenant dans ses bras un enfant qu'elle aimait tout autant. Puis elle entra dans la lumière et la réalité fit brutalement irruption dans le tableau.

Charlie était le fils d'un autre homme, ainsi qu'en témoignait sa peau blanche comme du lait et ses cheveux d'un roux flamboyant.

Julian savait qu'il n'aurait aucun mal à aimer cet enfant.

En revanche, se réjouir que Logan fasse à jamais partie du décor tenait de la gageure.

— Salut, mon bonhomme !
— Salut, Papa-p'tit.
— Comment tu vas ?

Intimidé, Charlie se frotta les yeux avant d'enfouir son visage dans le cou de Daisy.

— Ça, c'est un petit garçon qui aime sa maman, dit Julian.

Il se pencha pour embrasser Daisy sur la joue, puis il déposa un baiser sur le crâne tiède de Charlie.

— Moi aussi, j'aime ta maman.
— Maman a dit que je pourrais nager. On a déjà mis nos maillots.
— Moi aussi.
— Descendons au bord du lac, suggéra Daisy.

Ils se dirigèrent vers une étendue herbeuse où l'eau clapotait doucement sur le rivage.

— On peut aller nager, maintenant ? demanda Charlie.

Daisy l'ayant prévenu que l'enfant avait la capacité de concentration d'un moucheron, Julian comprit qu'il était préférable d'attaquer bille en tête.

— Hé, super-Charlie ! Ta mère et moi, on va se marier.

Il marqua une pause. Charlie arracha un brin d'herbe.

— On va se marier, répéta Julian. Tu sais ce que ça veut dire ?

Charlie lui adressa un infime sourire qui pouvait tout signifier.

— Ça veut dire qu'on va former une famille, expliqua Daisy.
— Papa, maman et Charlie, dit l'enfant.

Julian et Daisy échangèrent un regard. Le petit garçon avait une vision très claire des membres qui composaient sa famille.

— Dans cette nouvelle sorte de famille, reprit Julian, on sera tous les trois : Charlie, maman et moi… euh… Papa-p'tit.
— Et papa, ajouta Charlie d'un ton raisonnable.

— Ton papa sera toujours ton papa, affirma Julian. Ça ne changera rien.
— D'accord.
Charlie s'avança vers la plage.
— On va nager, maintenant.
Daisy se tourna vers Julian.
— Ça s'est bien passé.
— Tu crois ?
Il n'en était pas si sûr.
— Venez ! leur cria Charlie.
— Attends un peu que je t'attrape ! lança Julian.

Il fonça jusqu'au bout du ponton et se jeta à l'eau, bras et jambes battant l'air afin de produire le maximum d'éclaboussures. L'eau était froide mais euphorisante. Il plongea longuement, sa poitrine frôlant le fond du lac. En émergeant à la surface, il vit Daisy debout à l'extrémité du ponton, tenant Charlie par la main.

Le petit garçon arborait un gilet de sauvetage miniature. Daisy ôta son maillot de l'équipe des Yankees sous lequel elle portait un Bikini, et Julian se félicita de la fraîcheur de l'eau, qui calma sa réaction involontaire.

— Je vais sauter ! cria Charlie.
— Attention... prêt ? Saute ! dit Daisy.
Charlie retira brutalement sa main de la sienne.
— J'ai peur.
— Ecoute, je vais te tenir la main et nous sauterons ensemble. Ensuite, Julian te rattrapera.
Julian faisait du surplace, bras tendus, les paumes vers le ciel.
— Je te rattrape, bonhomme.
— Non ! Maman, saute, toi !
— Tu ne veux pas sauter avec moi ?
— Peur.
— C'est normal d'avoir peur. Personne ne te force à sauter.
— Mais je veux !
Daisy secoua la tête.
— Alors...

— Saute, toi ! insista Charlie.

— Très bien. C'est vraiment très rigolo et pas difficile du tout, je t'assure.

Daisy sauta. Julian entendit son hoquet de surprise au contact de l'eau. Elle remonta à la surface en riant.

— Allez, Charlie, viens ! Je te rattrape.

— Non, dit-il, dansant d'un pied sur l'autre. Julian !

— C'est quand tu veux, mon bonhomme.

Julian observait la lutte que se livraient l'envie et l'appréhension sur le visage de Charlie.

L'enfant se détourna.

— J'ai pas envie de sauter aujourd'hui.

— Pas de souci, dit Julian. Un autre jour, peut-être.

Daisy nagea jusqu'à l'échelle dans un mouvement fluide et sortit de l'eau.

Aucune autre créature au monde n'était plus sexy que Daisy Bellamy dans son Bikini à fleurs rose, avec ses cheveux ruisselants plaqués en arrière, songea Julian. Ses ongles de pied étaient peints d'un vernis couleur coquillage. Elle portait de petites boucles d'oreilles en or, deux d'un côté, une de l'autre.

— Tu as dit quelque chose ? lui demanda-t-elle en s'emparant d'une serviette.

Il se hissa hors de l'eau.

— Non, ce n'était qu'un gémissement de pure frustration.

— Ah, oui ?

Il passa un bras autour de sa taille et, tout en marchant, il laissa sa main glisser jusqu'à ses fesses, le long de sa peau couverte de chair de poule.

— Oui, vraiment.

— Je veux sauter, dit Charlie.

Julian se força à voir l'aspect comique de la situation.

— Je pensais que tu avais changé d'avis. Tu veux réessayer, c'est ça ?

— Oui.

— Tu veux sauter avec moi ou tu préfères que j'y aille le premier ?

— Avec toi.

— Super, allons-y !

Julian n'avait jamais compris la peur du danger physique. Cela ne figurait pas à son répertoire, tout simplement. Les choses qu'il avait tendance à craindre étaient difficiles à définir et beaucoup moins rationnelles.

Charlie l'accompagna tout au bout du ponton. Là, il s'arrêta, les orteils crispés sur la dernière planche érodée.

— Prêt, Papa-p'tit ?

— Prêt, Charlie. Paré au décollage ! A trois !

L'enfant plia les genoux et balança les bras d'avant en arrière, les yeux plissés en prévision de l'impact.

— Un... deux... Non !

Charlie retourna en courant auprès de sa mère et son petit visage se crispa.

Daisy jeta à Julian un regard d'excuse :

— Peut-être la prochaine fois...

— Bien sûr. Peut-être.

Charlie fixait le ponton en poussant de l'orteil une planche usée.

— Ne t'en fais pas pour ça.

D'un geste un peu gauche, Julian tapota la tête du petit garçon.

— J'ai appris à mon cousin Rémy à sauter dans l'eau, quand on était petits. Rémy a le même âge que moi, mais il n'aimait pas sauter.

— Mais moi, j'aime ça ! protesta Charlie.

Il s'éloigna pour aller jouer dans l'eau peu profonde du bord. Julian et Daisy échangèrent un regard.

— C'est une manière assez peu conventionnelle de passer une journée de fiançailles, fit-elle observer.

Il l'enlaça tendrement.

— Chérie, si je le pouvais, je t'emmènerais dans un hôtel cinq étoiles et je te ferais l'amour toute la nuit.

Un frisson de plaisir parcourut l'échine de Daisy.

— Et si je pouvais, je te laisserais faire.

Charlie, qui pataugeait parmi les roseaux en se couvrant de boue, poussa un cri.

— Regardez, une grenouille ! J'ai attrapé une grenouille !

Le petit batracien bondit d'entre ses mains réunies en conque, regagna l'abri des roseaux et Charlie, enchanté, partit à sa recherche en riant aux éclats.

Daisy regarda Julian :

— Tu te sens vraiment partant pour ça ?

— Moi ? A fond !

Et, après lui avoir donné un baiser, il partit seconder Charlie dans sa chasse à la grenouille.

8

L'annonce de Daisy ne surprit personne, ce qui ne manqua pas de la déconcerter. Dans son esprit, il ne faisait aucun doute que tout le monde l'imaginait finissant par épouser Logan. Après tout, ils avaient conçu Charlie ensemble. Dans l'intérêt de celui-ci, Logan s'était installé à Avalon, où il avait repris une affaire en dépit des objections de sa famille, et, depuis, tous deux s'employaient à être de bons parents. Pour Daisy, la situation était entendue : tout son entourage pensait qu'ils se marieraient un jour.

Elle était très loin du compte.

— C'est une merveilleuse nouvelle, se réjouit sa mère en l'étreignant. Je suis si heureuse pour toi !

Même son frère Max, lycéen athlétique et peu enclin aux démonstrations d'affection, la serra dans ses bras.

— Trop *cool* !

Puis, à la manière pragmatique des hommes, son esprit s'orienta immédiatement vers la logistique.

— Sans vouloir gâcher le truc, comment est-ce que vous allez faire, avec Julian dans l'armée de l'air et tout le bazar ?

L'expression fit tiquer Daisy, mais elle avait le mérite de soulever un point important.

— Il nous reste beaucoup de choses à mettre au point, avec Julian.

Après l'après-midi passé au lac, ils étaient rentrés chez elle. Là, ils avaient longuement discuté de leurs rêves, de leurs ambitions, de leurs projets et de leurs espoirs jusque tard dans la nuit. Elle mourait d'envie qu'il reste mais, dans l'intérêt de Charlie, ils s'étaient séparés, à regret, et Julian était allé dormir chez son frère.

— Nous avons envisagé de nous enfuir... J'ai dit « envisagé », maman, s'empressa-t-elle de préciser avant que sa mère ne pique une crise.

Comme l'avait souligné Julian, les bonnes raisons ne manquaient pas de se marier avant son départ en mission. Il lui en avait énuméré les indéniables avantages : augmentation de l'indemnité d'aide au logement, indemnité d'éloignement et pension de réversion pour elle s'il se faisait tuer.

A l'instant où il avait mentionné ce dernier point, elle l'avait fait taire.

— Tu n'as pas intérêt à me faire ce coup-là, je te préviens, avait-elle murmuré en se cramponnant à lui. N'y songe même pas !

A sa mère, elle confia :

— Nous voulons un petit mariage traditionnel.

— Vous avez fixé une date ?

— Le premier samedi d'octobre. Julian a la possibilité d'avoir une permission d'une semaine. Nous voulons nous marier au camp Kioga. J'espère que tu n'y vois pas d'inconvénient.

— Moi ? Je m'y suis moi-même mariée, il y a bien longtemps.

— D'accord, mais ça n'a pas vraiment marché, entre papa et toi, n'est-ce pas ?

— Aucune importance. C'est un endroit magnifique, si cher au cœur de tous les Bellamy...

— Merci pour ta compréhension. Pour le repas de noce, je veux un gâteau de la boulangerie Sky River, et Julian, un buffet cajun. Ce sera problématique, tu crois ?

— De sucer des têtes d'écrevisses ?

Sa mère haussa les épaules.

— Ça devrait être à notre portée. Et pour les fleurs ?

— Julian insiste pour avoir des marguerites. Personnellement, je n'ai pas de préférence.

A vrai dire, tout ce qui lui importait, c'était de se marier avec lui.

— Tu sais, maman, jamais je n'aurais cru discuter un jour avec toi de l'organisation de mon mariage. J'avais l'impression que ce genre de choses ne m'arriverait jamais.

— Oh ! ma chérie… Tu es encore très jeune. Tu as toute la vie devant toi.

Daisy sentit l'émotion la submerger.

— Merci, maman.

— Je suis contente que vous attendiez jusqu'à l'automne. Ça vous laissera le temps de…

Elle s'interrompit et détourna le regard.

— De quoi ?

— Pour le moment, réjouissons-nous de cette bonne nouvelle. Nous aborderons les détails plus tard.

Daisy savait très bien à quels détails précis se référait sa mère.

Au fil des jours, Daisy répandit la nouvelle partout elle allait — elle n'était toujours pas descendue de son petit nuage.

— Je suis parfaitement haïssable, confia-t-elle à sa demi-sœur Sonnet, au cours d'un de leurs marathons téléphoniques. C'est plus fort que moi. C'est un miracle que les gens ne prennent pas leurs jambes à leur cou quand ils me voient arriver.

— Tout le monde se réjouit pour toi, affirma Sonnet. Depuis le temps qu'on attendait ça !

— J'ai photographié des dizaines de mariées, mais je n'arrivais pas à comprendre cet air qu'elles avaient… Un air… comment dire ? Hors du monde, comme si elles appartenaient à un club très fermé auquel seule la bague au doigt donne accès. Maintenant, je comprends. Je suis complètement toquée, dans le bon sens du terme, je me balade le cœur gonflé de joie et la larme à l'œil.

— Profite bien de chaque seconde, d'accord ? Et où se trouve le Prince charmant, à cette heure ?

— Il est avec Charlie. Ils font une virée entre hommes, sans fille. Mon Dieu… L'idée que Julian va s'en aller m'est insupportable. Il va tellement me manquer !

— Ne t'inquiète pas, avec l'organisation du mariage, tu n'auras pas le temps de te languir de lui !

— Ne m'en parle pas, je suis complètement perdue ! Pourtant, en travaillant dans la branche, je pensais maîtriser les choses. La réalité, c'est que je me sens plutôt dépassée par l'événement.

— C'est normal, pour un mariage : du moins, c'est ce que j'ai entendu dire.

Daisy raccrocha avec aux lèvres un sourire. Quelle chance était la sienne d'avoir de telles amies au sein de sa propre famille ! Elle prit le portrait de Julian en grand uniforme qui trônait sur sa table de chevet. D'un point de vue technique, c'était du travail honnête, voire passe-partout, mais il était si beau, fièrement campé près du drapeau, qu'elle en eut les larmes aux yeux.

— Oh ! quelle vie palpitante nous allons avoir ! murmura-t-elle, sachant que les mois à venir lui réservaient bien d'autres conversations imaginaires avec Julian. Tu es une aventure à toi tout seul, c'est clair !

— Maman ! Maman !

La voix suraiguë de Charlie résonna depuis la porte de derrière.

— Viens voir ce qu'on a fait !

Misère…, songea-t-elle en dévalant l'escalier. Elle les trouva dans la cuisine, le visage rayonnant de joie. Une joie qu'elle partagea… jusqu'à ce que son regard tombe sur la petite boule de poils bruns qui se tenait entre eux, hirsute, le bout de sa queue remuant à un rythme frénétique.

— C'est Blake ! s'écria Charlie. Elle s'appelle Blake ! On peut la garder si elle est bien sage.

— J'ai expliqué à Charlie que nous ne la prenions qu'à l'essai, se hâta de préciser Julian.

A l'essai…

Daisy était partagée entre exaspération et gratitude. Certes, cela faisait quelque temps qu'elle pensait prendre un chien, mais pas de cette manière. Elle ne voulait pas que Julian achète l'affection de son fils.

— Ça veut dire qu'on devra la rendre si on s'entend pas bien ensemble, expliqua Charlie avec pondération.

Il s'assit sur les talons et caressa doucement la tête de la petite chienne terrier. L'animal le contemplait avec adoration.

— Tu n'aurais pas pu me consulter avant ? demanda-t-elle à Julian, en tâchant de ne pas fondre à la vue du tableau que formaient son petit garçon et la chienne.

— On voulait te faire une surprise.

— Me manipuler, tu veux dire !

— Mais dans le bon sens, répliqua-t-il en l'enlaçant par la taille.

Il plaqua un rapide baiser sur sa bouche.

— Elle appartenait à un soldat qui n'a pas pu la garder à son retour de mission.

— Blake a besoin de nous, indiqua Charlie.

— Nous verrons, dit Daisy.

— *Ouais!*

Charlie leva un poing victorieux.

— J'ai dit : nous verrons.

— C'est ce que disent toujours les mères quand elles ne veulent pas céder tout de suite, expliqua Julian.

Daisy s'insurgea :

— Mais !...

— Je l'adore, déclara Charlie en entourant la chienne de ses bras. Je l'adore.

Daisy s'accroupit pour passer la main sur la tête chaude et osseuse du terrier. Son pelage brun et rêche avait quelque chose de rude, en contraste avec ses doux yeux de biche.

— Les chiens savent s'y prendre pour faire cet effet-là aux gens.

— La chienne est dans le lit avec lui, dit-elle à Julian, ce soir-là.

— Elle l'empêche de dormir ?

— Au contraire. Il s'est assoupi en un clin d'œil.

Daisy était totalement conquise par le tableau que formaient Blake et Charlie au repos dans le lit douillet, lovés l'un contre l'autre comme le yin et le yang.

— Alors, c'est une bonne chose.

— Je persiste néanmoins à dire que tu aurais dû m'en parler en premier.

— De toute façon, tu aurais dit oui.

Il la fit asseoir près de lui sur le sofa.

— Si j'avais pensé que ça poserait un problème, je n'aurais jamais ramené cette petite canaille à la maison.

— C'était incroyablement gentil de ta part. Merci.

Elle se blottit contre son épaule, submergée par une vague de contentement. Si toutes leurs soirées devaient se dérouler ainsi jusqu'à la fin de leurs jours, ce n'était pas elle qui s'en plaindrait.

— Tu vas la garder, affirma Julian.

Il ne lui posait quasiment jamais de questions. C'était la première fois qu'elle remarquait cette particularité chez lui.

— Parle-moi de l'ancien maître de Blake.

— Je t'ai déjà tout dit... Un gars qui était dans l'armée.

— Je veux des détails, lieutenant. Il est revenu du front et puis ? Pourquoi est-ce qu'il ne peut plus s'occuper de sa chienne ? Il a été blessé ?

— Je ne le connais pas personnellement. Au refuge, Didi Romano m'a dit que ce type avait des problèmes depuis son retour au pays. S'occuper d'un chien, c'était trop pour lui.

Daisy sentait qu'il éludait le sujet.

— Comment ça, trop ? Je ne comprends pas.

Julian l'attira vers lui et pressa ses lèvres sur son front.

— Il est revenu de mission avec un syndrome de stress posttraumatique. Il a fait une tentative de suicide.

Un frisson glacé s'insinua en elle, malgré la chaleur de l'étreinte de Julian.

— Mon Dieu !

— Le personnel militaire bénéficie d'un important

accompagnement dans le domaine de
Ça n'a pas toujours été le cas mais, aujou
charge psychologique s'est grandement a
reste pas moins que cet homme a abandon
manière définitive.

Daisy se tourna pour prendre le visage   entre
ses mains.

— Promets-moi, dit-elle d'une voix durcie par l'intensité, promets-moi que tu t'en sortiras quoi qu'il t'arrive, quoi que tu voies et quoi que tu fasses.

— Je te le promets, ma chérie.

Il aurait dû être homme politique : il en avait les accents de sincérité. Et elle avait une foi aveugle en lui.

— Je t'aime tellement…, murmura-t-elle contre sa bouche ;

Mais, à présent, les mots ne suffisaient plus.

Avec un doux soupir, elle s'écarta de lui et ôta son T-shirt. Elle avait besoin de lui prouver son amour. De sentir sa peau, sans aucun obstacle. Les mains de Julian entourèrent sa taille et, tout en l'embrassant, il l'allongea sur le sofa.

Enfin ! pensa-t-elle, ivre de joie et de désir. *Enfin !*

— Ce sofa n'est pas assez grand pour nous, murmura-t-il contre sa bouche, comme s'il lisait dans ses pensées.

Ils passèrent dans la chambre en refermant la porte sans bruit.

Toutes ces fois où elle s'était imaginée faisant l'amour avec lui auraient dû la préparer au plaisir fébrile d'être libre de le toucher, de l'aimer avec tout son corps. Et pourtant, non. Chaque instant était un feu d'artifice de ravissements inattendus. Ses mains faisaient des découvertes qui la laissaient grisée d'émerveillement, ivre de joie d'être, enfin, à la seule place où elle avait véritablement rêvé d'être. Les muscles de Julian, sculptés par la meilleure formation militaire du monde, étaient durs comme l'acier sous ses doigts, mais chauds et vivants sous sa peau veloutée. Elle aimait qu'il soit si fort et si tendre à la fois. Mais le plus merveilleux, c'étaient ces caresses qu'il lui prodiguait avec une intensité hésitant entre érotisme et vénération.

...a première fois de sa vie, elle comprit le pouvoir ...mour physique. Malgré le désir qui faisait trembler ...s mains, Julian ne montra aucune hésitation à explorer son corps, éveillant en elle des sensations et des sentiments si puissants qu'elle en était presque effrayée. Presque, mais pas tout à fait.

Il lui immobilisa les mains au-dessus de la tête ; elle était totalement à sa merci, et c'était terriblement excitant car elle n'éprouvait rien d'autre qu'une confiance aveugle. Elle s'abandonna, se perdit en lui, se laissa submerger par les sensations, faillit pleurer au moment où culmina en elle cette douceur dévastatrice qui la laissa pantelante et éperdue de bonheur.

Il pleuvait, le lendemain, quand Julian s'en alla. On l'attendait pour un stage et un dernier briefing dans une base de Géorgie ; de là, il partirait pour la Colombie, où il entamerait sa mission, celle dont il n'avait pas le droit de parler. Daisy déposa Charlie et Blake chez Logan. Ce dernier, visiblement contrarié par la présence de la chienne, s'abstint cependant de tout commentaire, ce dont Daisy lui sut gré.

Julian attendait son train à la gare. Elle s'approcha de lui en silence. La nuit dernière, tout avait été dit entre eux, même si, dans son souvenir, ils avaient échangé bien peu de mots, seulement des caresses. Des heures durant, ils avaient fait l'amour, s'embrassant et s'étreignant avec le tendre désespoir qui continuait d'imprégner chaque cellule de son corps. A présent, il ne leur restait plus qu'à se dire au revoir.

Elle s'assit près de lui sur le banc protégé par un auvent. La pluie tombait à verse, dressant un rideau de brume entre eux et le monde extérieur. Des voitures traversaient paresseusement la petite ville ; certaines s'engageaient sur le parking, projetant des gerbes d'éclaboussures en roulant dans les flaques. Quelques piétons se serraient sous des parapluies ou passaient en courant, tête baissée dans leur imperméable à capuche.

Daisy agrippa les mains de Julian. Il avait de grandes mains, pleines de force, mais infiniment douces quand il tenait les siennes. Elle se sentait étrangement fragile, et délicieusement meurtrie à des endroits de son corps qui lui rappelaient la nuit passée. A son doigt brillait sa bague de fiançailles, infime éclair de lumière dans les ténèbres.

— Tu es superbe, lui dit-elle en contemplant son uniforme. Un officier doublé d'un gentleman.

Il sourit, et balaya une mèche de cheveux qui tombait sur son front pour l'embrasser.

— En effet, c'est tout moi.

— Tu vas tellement me manquer…, soupira-t-elle pour la millième fois. Nous devrions pourtant en avoir l'habitude, hein ? Ce n'est pas la première fois qu'on se sépare. Mais je n'ai jamais eu aussi peur.

— Tu n'as aucune raison d'avoir peur.

Ses mains se refermèrent sur les siennes.

— Ça n'est pas censé être effrayant.

Elle déglutit péniblement la boule d'angoisse coincée au fond de sa gorge.

— Je ne comprends pas comment on peut être si heureuse et si effrayée à la fois.

— Tu n'as qu'à te focaliser sur le côté heureux.

Elle opina d'un mouvement de tête.

— La prochaine fois qu'on se verra, nous serons en plein préparatifs de mariage. Je n'arrive pas à y croire. *Notre* mariage…

Elle s'appuya contre son épaule, respira son parfum tiède et familier. Oh ! elle aurait donné n'importe quoi pour passer davantage de temps avec lui ! Pour savourer toutes ces petites choses qu'elle aimait chez lui : l'éclat de ses yeux quand il la regardait, le sourire qui illuminait son visage à la moindre provocation. Son appétit gargantuesque, la musicalité de son rire, sa façon de siffloter entre ses dents quand il se concentrait sur quelque chose.

Il consulta sa montre, tendit le cou pour apercevoir les trains qui entraient en gare. Il semblait presque impatient.

Il avait réglé les détails de son départ avec un soin méticuleux, quasi réfrigérant. Il avait fait un testament, en signalant plaisamment, au passage, que sa vieille guimbarde et sa bibliothèque ne valaient pas les frais de notaire. Il avait entreposé ses affaires chez son frère, rédigé des lettres à ses proches, lettres qu'elle priait ne jamais avoir à lire, et résilié son abonnement téléphonique.

Prenant une profonde inspiration, Daisy parvint à lui adresser un sourire forcé, laissant son cœur se refléter dans ses yeux. Elle ne voulait pas se diluer dans la peur et les larmes. En prévision de son départ, elle avait potassé toute la littérature qu'elle avait pu trouver sur les femmes amoureuses d'un militaire. Certains articles lui étaient apparus étrangement pertinents. Durant ces derniers jours, Julian semblait déjà parti mentalement ; il émanait de lui une subtile impression de détachement. C'était normal, se rappela-t-elle. Et c'était aussi normal qu'elle éprouve un besoin intense de son amour, à tel point que cela l'empêchait de se concentrer sur quoi que ce soit d'autre.

Concentre-toi sur l'instant présent, se dit-elle. *Sois ici et maintenant.*

Elle lutta contre la partie d'elle-même qui crevait d'envie de se cramponner à lui en le suppliant de ne pas partir. Entre autres renseignements glanés auprès des épouses de soldats de son entourage, elle avait appris que les crises de nerfs étaient plus pénibles que les larmes.

Le sifflet d'un train retentit. De nouveau, Julian regarda sa montre.

— Je ferais mieux de rejoindre le quai.

Daisy l'accompagna, le cœur battant la chamade. Ils longèrent l'avancée de la gare, puis gravirent l'escalier menant au quai. Après toute cette attente, toutes ces secondes torturantes qui les avaient lentement menés à ce moment, tout s'accélérait brusquement.

Elle ne pouvait se concentrer que sur Julian. Il posa son sac de paquetage, la prit dans ses bras et l'embrassa longuement. Leur dernier baiser avant cinq mois, songea-t-elle. Comment faire pour rendre cet instant différent, encore plus unique, encore plus mémorable ? Comment faire pour transformer ces dernières effusions en quelque chose qui la soutiendrait tout le temps que durerait son absence ?

— Prends bien soin de toi, chuchota-t-il contre sa bouche. Promets-le-moi.

— Je te le promets. Je penserai à toi tout le temps.

— Surtout, souviens-toi de la force de mon amour. J'ai essayé de te la montrer cette nuit. Et ce n'est qu'un début.

Elle pleurait mais, au prix d'un gros effort sur elle-même, parvint à ne pas se noyer dans ce flot de désespoir. Son cœur saignait mais, en cherchant bien, elle trouva au plus profond d'elle-même un certain stoïcisme paisible qu'elle ignorait posséder.

Ils s'écartèrent l'un de l'autre, se tenant d'abord par les mains, puis par les doigts. Quand il n'y eut plus que l'air entre eux, Julian ramassa son sac de paquetage et se dirigea vers le train, se fondant dans le petit attroupement de voyageurs qui embarquaient.

Daisy se sentait vide, comme quelqu'un qui vient de se faire agresser, comme si on lui avait infligé une espèce de violence. Pourquoi n'étaient-ils pas restés enlacés plus longtemps, pourquoi n'avaient-ils pas partagé encore un baiser ?

Alors que le train quittait la gare, Julian apparut à la portière entre deux voitures. Par-dessus le fracas et le chuintement du train, il lui cria :

— Je t'aime, Daisy !

— Hé, Daisy, brailla un passager tout proche, il t'aime !

— Il t'aime, Daisy ! lança un autre inconnu invisible, et d'autres encore entonnèrent le même couplet.

Daisy se mit à rire à travers ses larmes et lui cria :

— Je t'aime, Julian !

A ce moment-là, il ne pouvait sans doute plus l'entendre ; le train couvrit sa voix d'un coup de sifflet strident.

— Ah, non, non, non, non et non ! s'exclama Sonnet.

Sa demi-sœur entra dans la maison d'un air affairé et se mit à tourner autour de Daisy, qui se préparait à se rendre à sa première réunion du groupe de parole composé de familles et d'amis du centre d'entraînement militaire.

Daisy s'était rapidement aperçue qu'il fallait rendre justice à l'armée sur un point au moins : il y avait des groupes de soutien pour tout. Elle s'apprêtait à assister à une réunion de personnes aux prises avec les difficultés que génère l'envoi d'un être cher en mission. Les soldats du centre ayant tendance à se fiancer et à se marier à cette période de l'année, les groupes de parole se mobilisaient.

Sonnet, dont le père avait accompli une longue et brillante carrière dans l'armée, était très au fait de cette culture, aussi Daisy lui avait-elle demandé de venir l'aider à se préparer.

— Comment ça, non ? lui demanda Daisy, les bras écartés. Il y a quelque chose qui cloche dans ma tenue ?

Sonnet secoua ses bouclettes serrées :

— Tu ressembles à Jackie Kennedy !

Daisy lissa sa jupe crayon.

— Et c'est mal ?

— Pas si tu tiens à ressembler à une hôtesse de l'air.

Sonnet la tira par la main vers la chambre, s'arrêtant au passage pour jeter un œil à Charlie, qui faisait paisiblement la sieste dans son lit en forme de dinosaure. Sonnet s'occuperait de le garder pendant que Daisy se rendrait à la réunion.

— Je ne devrais peut-être pas y aller, tout compte fait…

— Si, tu vas y aller. Il faut que tu t'habitues à faire des trucs de ce genre, à parler avec d'autres fiancées, d'autres épouses de soldats. L'armée exige beaucoup de tout le monde. Les femmes que tu vas rencontrer dans ces groupes te serviront parfois de bouée de sauvetage, crois-moi !

— Autrement dit, elles se fichent pas mal de ce que ce j'ai sur le dos, c'est ça ?

— Tu dois te montrer telle que tu es, expliqua Sonnet en inspectant le contenu de la penderie. Qu'est-ce que c'est que tout ce noir et ce beige ?

— Ce sont mes tenues de travail. Quand je fais des photos, je dois porter des vêtements qui m'aident à me fondre dans le décor. Et puis j'ai toujours besoin d'avoir des tas de poches.

— Eh bien, aujourd'hui, tu ne travailles pas. Ta tenue doit refléter ta personnalité. Tu ne dois pas essayer de ressembler à quelqu'un d'autre.

Sonnet sortit une robe au col orné de volants, puis le remit en place.

— Mignon, mais trop chichiteux.

Deux autres furent jugées « ternes » et les suivantes « tape-à-l'œil ». Daisy, qui commençait à avoir des complexes sur sa garde-robe, s'inquiétait vaguement de n'avoir finalement rien à se mettre.

— Ah, voilà !

D'un geste brusque, Sonnet décrocha une robe qu'elle brandit sous le menton de Daisy.

— Je pense qu'on a trouvé et, pour couronner le tout, c'est ta couleur fétiche.

— J'ai une couleur fétiche, moi ?

— Le jaune. Sur toi, c'est de la dynamite.

— Oh ! Sonnet, tu es un ange...

— Pas le temps de se faire des mamours ! Enfile ça. Je vais te trouver des chaussures et un sac pour aller avec.

Dix minutes plus tard, Daisy se contemplait dans le miroir, déjà nettement plus en confiance.

— Je ne sais pas ce que je ferais sans toi.

— Tu n'as pas à faire quoi que ce soit sans moi. Les sœurs, ça sert à ça.

Daisy sourit à leurs reflets dans le miroir.

— Tu trouves qu'on a l'air de sœurs ?

A côté du teint pâle et de la blondeur de Daisy, Sonnet affichait un physique mêlant ses origines italiennes et afro-américaines.

— Nous sommes complémentaires. Regarde-nous. A l'époque où nous étions au lycée et que ton père venait de rencontrer ma mère, je préférais ne pas imaginer notre avenir. J'avais l'impression que ça nous porterait la poisse.

Sonnet avait passé l'essentiel de son cursus universitaire à l'étranger. Elle avait effectué des stages prestigieux à l'OTAN. Bientôt, elle travaillerait pour l'UNESCO, au sein des Nations unies. Daisy l'admirait : c'était la personne la plus brillante et la plus ambitieuse de sa connaissance.

— J'ai quelque chose à te demander, dit-elle.

— Tu veux m'emprunter mon sac Kate Spade ? Il irait super-bien avec ta tenue.

— Non, ça n'a rien à voir. Je voulais savoir si tu accepterais d'être ma demoiselle d'honneur. Au mariage.

Sonnet recula d'un pas.

— C'est sérieux ?

— Evidemment que c'est sérieux ! Ne sois pas si surprise !

— C'est-à-dire qu'avec la ribambelle de cousines que tu as, je pensais que tu choisirais l'une d'elles...

— C'est toi que je veux. Tu as toujours été ma meilleure amie et tu es la tante de Charlie. Je serais très touchée si tu acceptais.

— Bien sûr que j'accepte !

Une onde d'excitation parcourut Daisy, comme chaque fois qu'elle songeait à Julian et à leur mariage à venir. Elle ne pouvait s'empêcher de sourire. Son bonheur était tel que c'en était presque gênant. Elle serra Sonnet dans ses bras :

— Je suis tellement excitée, c'est ridicule !

— Dans ce cas, nous sommes deux. Mais, pour l'instant, tu dois assister à cette réunion. Dire que tu vas devenir l'épouse d'un officier de l'armée de l'air ! Je n'arrive pas à le croire.

— Et moi, je n'arrive pas à croire que je vais devenir une épouse tout court ! Oh ! Sonnet, il me manque déjà tellement... Peut-être qu'à cette réunion quelqu'un me dira comment affronter son absence ?

— Voyons, Daisy, comment pourrais-tu ne pas te languir de l'amour de ta vie ?

— Julian et moi, nous nous sommes entraînés à vivre séparément. Je me croyais prête à vivre loin de lui, mais d'une certaine manière la situation est complètement différente aujourd'hui. Maintenant que nous sommes fiancés, tout est… Je ne sais pas, tout est chargé d'un supplément de sens.

Daisy embrassa du regard l'intérieur de la maison, qu'elle avait transformé en nid douillet pour son fils et elle. Un jour, bientôt, elle créerait un autre foyer quelque part avec Julian. Où ? Elle l'ignorait, tout comme elle ignorait ses goûts et ses aversions. Il leur restait tellement de choses à découvrir l'un sur l'autre, mais quand leur en donnerait-on le temps ?

— Sonnet, est-ce que je me condamne délibérément à un destin de Pénélope ?

— Ce n'est que temporaire. L'engagement de Julian dans l'armée dure quatre ans, pas vrai ? C'est le temps qu'il faut pour devenir médecin.

— Il y a une faille énorme dans ton raisonnement, mais je vois ce que tu veux dire.

Daisy vérifia une fois de plus son allure dans le miroir de l'entrée.

— C'est complètement dingue, presque magique. Nous sommes tombés amoureux et nous sommes parvenus à le rester sans même habiter dans la même ville. Julian me connaît mieux que personne, même si… certaines choses sont encore… mystérieuses. Dans le bon sens, se hâta-t-elle de préciser.

Sonnet la mit à la porte.

— Allez, ne t'inquiète pas. Charlie et moi allons nous en sortir comme des chefs, pendant ton absence. Tu n'as pas intérêt à revenir avant l'heure du dîner.

La réunion se composait principalement de femmes, jeunes pour la plupart, de toutes races, tailles et corpulences. Les participants avaient pour seul point commun que tous venaient d'épouser un officier ou s'apprêtaient à le faire. En majorité, les membres du groupe étaient issus d'un milieu de militaires, et par conséquent ils avaient tendance à communiquer en code, à coup d'acronymes obscurs : était-il préférable d'appartenir à l'OWC ou à l'EWC ? Quand pouvait-on s'attendre à ce que le CACO vienne voir votre ADU ?

Au bout d'un moment, Daisy décrocha.

La séance de questions-réponses couvrit un spectre d'interrogations quasiment exhaustif ; tout fut passé en revue, depuis le système d'attribution des logements au sein d'une base jusqu'à la possibilité d'exercer son propre métier lorsque celui du conjoint exige qu'on le suive partout dans le monde. Daisy s'obligea à prêter une oreille attentive et à prendre des notes.

D'un point de vue professionnel, elle s'estimait privilégiée — son appareil photo lui permettant d'être nomade. Et, une fois mariée, elle s'installerait en free-lance, même si cette perspective était quelque peu intimidante, après la relative stabilité dont elle jouissait aux Mariages de Wendela. Elle songea à sa maison, et à la corbeille à courrier vide, posée sur son bureau telle une accusation muette. Il lui fallait absolument constituer son dossier d'inscription au concours du MoMA. Décrocher un emplacement à l'expo était une entreprise fort aléatoire, fort risquée, mais après tout, comme on dit, il n'est pas nécessaire d'espérer pour entreprendre ni de réussir pour persévérer.

Son esprit se remit à vagabonder, la conduisant en pensée vers un endroit idyllique, lorsque l'un des participants, un homme, leva la main.

— Rudy McBean. Ma femme est sous-lieutenant dans l'armée et elle est partie la semaine dernière en Afghanistan.

Il engloba du regard l'assistance désormais silencieuse.

— Pardon d'aborder ce sujet. Je sais qu'il est plus facile de définir les différences entre dispensaire et intendance, d'apprendre à savoir où s'adresser pour les questions liées à la banque ou la santé, etc. Tous ces détails ont leur importance, je vous l'accorde.

Des murmures d'approbation s'élevèrent de la salle.

— Mais moi, ce que j'ai besoin de savoir, ce que personne ne m'a encore expliqué, c'est comment gérer l'inquiétude. Chaque fois que j'allume la télé ou que je lance un navigateur internet, je suis bombardé de mauvaises nouvelles sur la guerre. Comment est-ce que je fais, pour tenir toute la journée, en sachant que ma femme se trouve au cœur du danger ?

Sa requête angoissée fit tomber une chape de silence sur l'assistance. A force de retenir sa respiration, Daisy avait les poumons complètement glacés. Coulant un regard vers les autres participants, elle se rendit compte que l'homme avait parlé au nom de la plupart d'entre eux, y compris elle-même. Julian était parti en mission spéciale, et bien qu'il n'ait pu lui en révéler la teneur, elle avait compris une chose sans qu'il ait eu besoin de la lui traduire en mots : Julian était régulièrement exposé au danger. Là-dessus, impossible de se leurrer.

— C'est dans cet objectif que des groupes tels que le nôtre existent, et nous intervenons partout. On peut toujours trouver quelqu'un à qui parler. Cela sert parfois à nous rappeler que tous les métiers du monde comportent des risques. Quand on pense aux soldats, aux marins, aux aviateurs, ça va de soi. Mais n'oublions pas les facteurs, les employés de banque et même... bah ! les top-models.

Daisy examina la femme qui s'exprimait. Elle ressemblait davantage à une jeune fille. « Blythe », comme l'indiquait son badge, paraissait même plus jeune qu'elle.

L'homme qui avait posé la question eut un petit rire.

— Pour être franc, je me soucie moins que le top-model se fasse tuer ou estropier.

— Choisissez de ne pas concentrer votre esprit sur l'inquiétude, répondit Blythe. Décidez de vous focaliser sur votre joie.

— Facile à dire. Mais vous connaissez des gens qui y arrivent ?

Blythe se tut quelques secondes :

— Moi, j'y arrivais.

Personne ne broncha. Son emploi du passé était tout à fait intentionnel.

— Je me suis mariée à dix-huit ans. J'en avais dix-neuf

quand Manny s'est fait tuer. Et j'ai vécu… l'enfer. Je n'ai réussi à m'en sortir qu'en me concentrant sur l'amour et le bonheur que nous avions connus ensemble, bien que cette période ait été de courte durée. Et, aujourd'hui, je suis de nouveau amoureuse.

Son visage s'adoucit.

— Il est pilote. Il court sûrement davantage de risques que votre facteur lambda. Mais je l'aime et c'est là-dessus que je me concentre. Chaque jour.

Daisy refusait d'entendre un tel discours. Elle avait envie de s'enfuir de ce local, et elle n'était certainement pas la seule à avoir cette pensée. Mais cette fille, plus jeune qu'elle, leur rappelait froidement la dure réalité au milieu de tout ce bavardage idéaliste.

— Je voudrais attirer votre attention sur ces brochures, conclut leur hôtesse, en désespoir de cause. Si vous souhaitez poursuivre vos études, de nombreuses possibilités s'offrent à vous…

Le groupe retrouva une espèce d'équilibre. Daisy prit plusieurs brochures et opuscules, et resta assise, poliment à l'écoute des conversations. Non loin d'elle, deux femmes échangeaient des commentaires :

— Pour ce qui est des risques, elle n'a pas tort, disait l'une. Une personne lambda a plus de risques d'avoir un accident de voiture qu'un soldat de se faire tuer au front.

Mentalement, Daisy composait déjà son prochain courriel à Julian. « Pourquoi ne m'as-tu pas parlé des risques ? », lui demanderait-elle avec ironie.

Le fait qu'il exerce une profession à risques était en parfaite cohérence avec le Julian qu'elle avait toujours connu : l'amateur d'escalade, de saut à l'élastique, l'accro à l'adrénaline bien décidé à profiter au maximum de tous les moments d'aventures qu'offre la vie.

Cela faisait partie de sa personnalité. C'était aussi pour cette raison qu'elle l'aimait.

9

Environs de Puerto San Alberto, Colombie

Suspendu dans le vide au bout d'une corde, trente mètres au-dessus de la gorge d'une rivière, Julian encourageait Ramos, son homologue colombien, par le biais du talkie-walkie fixé à son épaule.

— Fais comme on nous l'a appris à l'entraînement. C'est un jeu d'enfant.

A quelques mètres de là, Ramos, lui aussi, était immobile au bout d'une corde. Son visage était moucheté de peinture de camouflage et ses yeux écarquillés l'imploraient clairement de remettre l'épreuve à plus tard.

Quelques dizaines de mètres encore traîtres les séparaient de leur destination, une base secrète de production de drogue. Julian et Ramos étaient chargés d'installer le matériel de surveillance pour en contrôler l'activité. Ils s'étaient pliés à tant d'exercices d'entraînement organisés par leur unité que, même en rêve, ils auraient pu effectuer l'opération dans ses moindres détails. Julian en avait répété toutes les étapes possibles, depuis la descente d'arbres en rappel simulant une sortie en hélicoptère, jusqu'au maniement d'un tout nouveau logiciel informatique, conçu pour brouiller ou décoder les signaux de communication.

— J'ai le vertige, lâcha Ramos.
— Tu n'aurais pas pu le dire avant?

— Ça n'aurait rien changé. Moi, je fais ce qu'on me dit de faire.

— On en est tous là.

Ramos, qui appartenait à l'armée de l'air colombienne, affichait une formation et un sens du devoir qui n'avaient rien à envier à ceux de ses homologues américains. Le succès de ces opérations en dépendait.

— Ce sera fini en un rien de temps. Laisse-moi faire mon rapport.

Il appela Angel De Soto, le spécialiste de la communication.

— Ici, Gastineaux. On y est presque.

De Soto était le pilier en matière de procédure, et sa tête semblait contenir plus de données qu'un disque dur informatique. Il se trouvait à des kilomètres de là, à la base aérienne de Palanquero, en train de coordonner les efforts conjoints des Américains et des Colombiens dans le cadre de l'opération secrète menée en coopération par les deux Etats.

— L'hélico vous attend, répondit Angel. L'autre équipe a fini. Installez le matériel et revenez fissa à l'hélico. Terminé.

— Bien reçu, terminé.

Julian descendit avec des gestes rapides et assurés. Au travers des trouées dans les arbres, il distinguait l'équivalent de toute une cité armée, ceinte par une imposante forêt d'acajous immenses, de quinquinas et de conifères entrelacés de plantes grimpantes exotiques. Restait à croiser les doigts pour que les hommes en patrouille ne les aperçoivent pas, Ramos et lui, le temps qu'ils installent le puissant système de surveillance étanche. Suspendus comme deux araignées le long de la paroi rocheuse lisse, ils étaient en grand danger de se faire repérer. Et quand l'ennemi était armé d'AK-47 automatiques — les anciens lance-roquettes soviétiques —, de grenades à main et même d'armes antitank américaines, on n'éprouvait pas la moindre envie de se faire repérer.

— Quelle vue, hein ? lança-t-il à Ramos.

Son camarade lui adressa un bref sourire nerveux, laissant entrevoir son emblématique incisive en or. Son père, avait expliqué Ramos à Julian, avait insisté pour que le dentiste se serve d'or plutôt que de porcelaine, afin de prouver à tout le monde qu'il avait les moyens d'offrir des soins dentaires à sa famille.

A l'aide de ses jumelles, Julian balaya le cap stratégiquement situé à l'estuaire de la rivière. Avec ses quais grouillant d'activité et ses entrepôts bourrés de pièces d'artillerie et de paquets de cocaïne, son aéroport et son réseau de routes privatives, son armée personnelle et son infrastructure, la cité du baron de la drogue semblait marcher comme sur des roulettes. Et pour cause : grâce aux investissements d'organisations terroristes étrangères, elle était mieux financée que n'importe quelle administration gouvernementale.

L'objectif ultime de l'opération était d'anéantir la base de production et, avec elle, don Benito Gamboa, l'un des hommes les plus riches et les plus dangereux de Colombie, à la tête d'un empire de criminels et de mercenaires. Si l'opération réussissait, la frappe donnerait lieu à la plus importante saisie de drogue de tous les temps.

Le coordinateur de la mission leur avait souvent fait la leçon : « Nous n'existons pas. Nous faisons notre boulot et nous passons à autre chose. Votre travail ici ne vous vaudra ni récompenses ni reconnaissance, même si vous interrompez une production équivalente à un an d'approvisionnement de drogue. »

— Regarde ça, murmura Julian en levant ses jumelles.

Un vent à l'odeur de pluie soufflait à travers la gorge, ébouriffant la canopée de la jungle. Un pont levant enjambait la partie inférieure de la rivière — le genre d'infrastructure qui pouvait être actionnée au moyen d'un moteur. Les repérages précédents n'avaient rien révélé de tel. Cela signifiait que l'hélico qui se trouvait à cet instant sur la plage, à quelques kilomètres au nord, était vulnérable. L'équipage s'était posé sans savoir que des véhicules armés pouvaient atteindre l'appareil. Et la précédente reconnaissance n'avait pas non plus détecté le formidable arsenal antiaérien dont disposait Gamboa. Dans ses jumelles, Julian voyait des armes et de l'armement antiaérien, y compris un missile mer-air RIM-116 comme il n'en avait jamais vu de si près. Cet engin était capable de tracer et de corriger sa propre trajectoire pour donner littéralement la chasse à un aéronef.

Il rapporta ce nouveau renseignement à Angel.

— Quoi ? Un pont ? s'écria De Soto. Ils ont un putain de pont ? Comment on a pu louper ça ? Merde, tant pis ! Magnez-vous le cul !

Un curieux ronronnement attira l'attention de Julian en direction de Ramos. Il eut juste le temps de voir son camarade plonger brusquement en bas de la paroi rocheuse. Un élément de son harnachement s'était déclipsé et il tombait en chute libre, ses mains aux prises avec la corde.

Non, pensa Julian. Non, non, non, non, non... ce n'est pas vrai !

Ramos traversa le feuillage épais qui s'étendait au pied de la paroi rocheuse. Il fallait lui rendre justice, sa chute fut silencieuse. On n'entendit que le sinistre ronron de la corde, inévitablement suivie par le fracas de l'impact au sol. Julian et Ramos transportaient chacun dix-huit kilos de matériel.

Julian, prêt à descendre, rapporta l'incident par radio. De Soto, connu pour son sang-froid, resta plusieurs secondes sans piper mot. L'hésitation de son chef confirma ce que Julian savait déjà. La situation était grave. Extrêmement grave.

— Va le chercher et barrez-vous, ordonna De Soto. Je préviens l'hélico. Terminé.

— J'y vais, terminé.

Julian se représenta l'hélico, un ancien appareil de lutte anti-incendie, attendant à l'extérieur de la cité de Gamboa, assez loin pour éviter d'être repéré.

— Et ne vous faites pas tuer !

— Reçu cinq sur cinq.

Julian éteignit le talkie-walkie et se laissa glisser jusqu'au sol de la jungle. Ramos gisait en sang sur les broussailles. Une branche avait perforé son bras. Le sang était rouge vif et jaillissait à chacun de ses battements de cœur — autrement dit, il venait d'une artère.

Julian n'ignorait pas qu'une hémorragie est souvent plus

spectaculaire que grave. Cependant, un seul regard au visage livide de Ramos, dont les yeux vitreux luttaient pour rester ouverts, lui fit comprendre que la blessure était sérieuse.

— Tout va bien, Ramos. Je suis là.

— J'ai essayé de stopper l'hémorragie, dit Ramos dans un filet de voix. Mais ma main est trop glissante...

— *Aguanta*. Tiens le coup.

Il exerça une pression directement sur la plaie en priant pour que la perte de sang ne soit pas aussi grave qu'elle en avait l'air. Le corps humain contient environ cinq litres de sang. Un individu peut supporter d'en perdre un demi-litre. Une perte d'un litre le met en état de choc. Une perte d'un litre et demi... Julian appuya encore plus fort sur la blessure. De son autre main, il exerçait une pression au-dessus du coude, là où, lui avait-on appris, se situe l'artère brachiale. L'hémorragie diminua mais le sang continuait à couler.

Julian prit une seconde pour regarder autour de lui, histoire de reconnaître le terrain. Il n'y avait aucun moyen de remonter, pas avec Ramos dans cet état.

Il aperçut une haute clôture en chaînes surmontée de fils barbelés.

— Nous sommes à l'intérieur de la cité, marmonna-t-il. Personne ne nous a repérés. Autant rester ici.

— Rien que nous deux et les jaguars, ironisa Ramos.

Julian se débrouilla pour fabriquer un bandage grossier qu'il fixa à l'aide de son ceinturon. Il ne voulait pas appliquer un garrot qui risquerait d'occasionner à son ami la perte de son bras. Il le fit boire autant d'eau que possible. Dans la forêt environnante, des oiseaux bariolés fondaient du haut des arbres en jacassant. Julian employa le code silencieux pour relayer leur situation à la base. Un GPS les guiderait jusqu'à l'hélico. Il espérait simplement que ses pinces à fil barbelé seraient assez puissantes pour mordre l'acier des chaînes.

— Parle-moi de ta famille, dit-il à Ramos, tout en vérifiant la quantité d'eau dans le bidon.

— Tu me demandes ça uniquement pour que je reste conscient...

— Parle-moi, c'est tout. Fais comme si nous étions à cette *cantina* de la Calle Roja, en train de boire des bouteilles de bière Bahia, fraîchement tirées des containers remplis de glace.

— Je t'ai déjà tout raconté.

— Redis-le-moi.

Ramos soupira.

— Mes parents voulaient que je fasse un beau mariage, d'accord ? Que je dégote une fille de bonne famille, pleine aux as, qui me ferait entrer dans le beau monde. Ils n'ont jamais compris que l'amour, ça ne marche pas comme ça. On ne décide pas de se trouver quelqu'un. C'est ton cœur qui te guide, *sí* ?

— Oui, acquiesça Julian, pensant à toutes les fois où il s'était efforcé de se détacher de Daisy. Tu es plus futé que tu n'en as l'air, *amigo*.

— La famille de Rosalinda nourrissait les mêmes ambitions pour elle. Un garçon fortuné, quelqu'un avec un avenir.

— Tu as un avenir.

— J'ai une très belle femme et une maison à Puerto Salgar. Moi, mon rêve, ç'a toujours été de gérer une exploitation de pisciculture, un boulot sympa, au grand air, hein ? Quelque chose qui me permette de rentrer chez moi tous les soirs. Je pensais qu'en m'enrôlant dans l'armée de l'air, j'accélérerais la réalisation de mes rêves, tu vois ? Le problème, c'est que Rosalinda, elle est à bout de patience. Elle n'a aucune idée de ce que je fais, mais elle sait que c'est dangereux.

Julian sentit dans sa gorge une boule de culpabilité. Il y avait la couverture... et puis il y avait la réalité. Et la réalité, c'était que l'équipe était si secrète qu'il doutait que quelqu'un ait connaissance de son véritable objectif, en dehors des plus hautes instances colombiennes. Lui-même n'était pas certain de le connaître.

— Ecoute, dit-il à Ramos, tu fais ça pour ton pays et pour ta famille. Si ça ne vaut pas la peine de prendre des risques, alors je me demande ce qui en vaut la peine. Tu peux même décrocher une citation spéciale, pour une mission pareille.

— Pas si je suis réformé.
— A cause de ça ?

Julian désigna le bras de son compagnon, espérant que l'hémorragie avait cessé.

— C'est une égratignure ! Tu t'en remettras, va !
— Mais peut-être pas de ça.

De sa main valide, Ramos indiqua sa jambe au-dessus de l'endroit où le pantalon s'enfonçait dans son godillot. Elle présentait un angle complètement anormal.

Merde.

Julian eut l'estomac retourné à la vue de l'os pointant sous l'étoffe.

— Pourquoi tu ne m'as rien dit ?
— Il n'y a rien à faire.

Ramos parlait d'un ton d'excuse.

— Tu n'es pas équipé pour réduire une fracture compliquée. Je ne peux pas bouger ni être transporté.
— Mais bon sang, alors, qu'est-ce qu'on va faire ?
— Je réfléchis aux possibilités.

Julian n'aima pas ce ton-là. Il appela la base, et un médecin lui expliqua le processus à suivre. Son message digital traversa le minuscule écran. « Donne-lui un maximum de morphine », conseillait le médecin.

— Tu parles, comme si j'en avais ! maugréa Julian en anglais.

Il regarda Ramos.

— Je vais t'immobiliser la jambe.
— Ne sois pas bête. Je vais brailler comme un coyote et on se fera descendre tous les deux.
— On ne va pas t'entendre.

Julian tira de son paquetage une épaisse longueur de sangle et la lui tendit.

— Pense à Rosalinda. Pense à tes deux petits enfants. Tu m'as dit des centaines de fois que tu ferais n'importe quoi pour eux. N'importe quoi.

D'une main tremblante, Ramos saisit la sangle et la serra entre ses dents. N'ayant rien pour faire office de désinfectant,

Julian versa le bidon d'eau sur la blessure. Ramos émit un sifflement étouffé, mais ne bougea pas.

— Je vais faire vite. *Aguanta.*

Il se mit en devoir de lui appliquer une attelle de bois improvisée. Ramos haletait, les larmes ruisselaient sur son visage. Julian se força à poursuivre sa tâche, à entourer la corde d'escalade autour de sa jambe afin de maintenir l'attelle en place.

— Tu vas peut-être t'évanouir. Ça ne serait peut-être pas plus mal.

Ramos ne perdit pas connaissance. Il n'émit pas un son. Pour Julian, toute l'opération parut durer une éternité, mais enfin Ramos eut une grossière attelle fixée à sa jambe.

— Je ne peux pas marcher.
— Je vais te porter.
— Là, tu deviens carrément idiot.
— Tu ferais pareil pour moi.
— Alors nous sommes deux idiots. C'est pour ça qu'on a été choisis pour cette mission, pas vrai ?

De son bras valide, Ramos s'essuya le front.

— Maintenant, il n'y a plus qu'à attendre la nuit. Laisse-moi me reposer. Je te promets de ne pas mourir.

Julian hocha la tête.

S'endormir n'était sans doute pas la meilleure chose à faire pour un homme en état de choc, mais c'était une façon d'échapper à la douleur. Julian, lui, avait tendance à affronter les problèmes en s'évadant mentalement. Sous bien des aspects, une opération militaire n'exigeait pas autre chose que de la patience. En fait, sa formation lui avait enseigné les techniques mentales auxquelles il fallait avoir recours dans des moments tels que celui-ci. Comme toujours, son esprit s'orienta vers Daisy. Un jour, quand ils seraient vieux, assis dans un rocking-chair sous leur véranda, quelque part dans le monde, il lui raconterait tout. Mais, d'ici là, il était tenu au secret.

Les courriels, le bavardage en ligne et les appels sur Skype étaient interdits. Dans ses lettres, il parlait du temps qu'il faisait, du paysage et de son quotidien à la base aérienne. Comme le reste du monde, Daisy croyait qu'il s'agissait d'un exercice d'entraînement de routine, mené en coopération avec l'armée de l'air colombienne.

Ramos se réveilla dans un faible gémissement. Il devait souffrir atrocement.

— Comment ça va ?

— La grande forme ! répondit Ramos en anglais.

Il aimait bien, à l'occasion, employer une expression entendue dans la bouche de ses copains d'entraînement.

Il fit un geste de la main en direction de la clôture.

— Il fait presque nuit. Partons d'ici et coupons par la clôture.

Sa voix était lasse et la douleur rendait son élocution pâteuse. Quelqu'un — sans doute un garde — patrouillait avec une lampe torche. Ils voyaient la lumière se déplacer inexorablement vers eux. Aiguillonné par un sentiment d'urgence, Julian se mit au travail.

Les pinces avaient du mal à venir à bout de la robuste clôture. Chaque fil cisaillé était une lutte. Il parvint à ménager une brèche assez large pour pouvoir y ramper. Entre le bras blessé de Ramos et sa jambe inutilisable, l'entreprise tenait du défi. Il aurait besoin d'une ouverture encore plus large pour passer. Soudain, la lampe torche balaya la zone. Jurant dans sa barbe, Julian se remit à l'ouvrage. Après une autre éternité, il retourna auprès de Ramos.

— C'est bon, *amigo*. Il est temps de…

Il s'interrompit net. Ramos avait disparu. Le garde muni d'une lampe torche avait stoppé sa progression. Par-dessus le bruissement moite et secret de la jungle, Julian entendit des crépitements de talkie-walkie et des voix d'hommes. Il s'avança en catimini et aperçut Ramos, couché dans la lumière crue de la lampe torche.

Quatre hommes armés pointaient sur lui leur AK-47.

— *¡ No dispare !* cria Ramos, la voix rauque de douleur et de désespoir. *¡ Por favor, no dispare !*

« Ne tirez pas. »

— *Me rendo.*

« Je me rends. » Il se mit à babiller, implorant leur pitié et proposant sa coopération.

Julian savait que jamais Ramos ne mettrait leur équipe en danger. De plus, il n'ignorait certainement pas qu'il était impossible qu'ils s'en sortent tous les deux indemnes. Francisco s'était sacrifié pour gagner du temps, sans doute dans l'espoir que Julian disparaîtrait avant que la patrouille armée ne parte à sa recherche. Julian mit en balance les quelques options pourries dont il disposait. Soit il se rendait en même temps que Ramos, en priant pour qu'ils ne soient pas tous deux exécutés. Soit il sortait de l'ombre et tirait dans le tas, seul contre quatre mitraillettes. Soit il prenait la fuite. Il avait environ trois secondes pour se décider.

Il empoigna son attirail et plongea dans la brèche de la clôture. Les ténèbres se refermèrent sur lui et il s'en remit à son GPS. Depuis le temps qu'il courait en direction du sommet de la colline, il devait être à un kilomètre et demi de la cité de la drogue. Sans cesser de courir, il appela la base.

— Contente-toi de rejoindre l'hélico, ordonna De Soto. C'est tout.

Sachant que l'équipe l'attendait près de la plage, Julian s'orienta vers l'eau. Il faisait trop sombre pour y voir, mais il entendait l'hélicoptère. Sa balise lui indiquait qu'il n'en était plus qu'à deux cents mètres.

Son soulagement fut de courte durée. Il n'était pas le seul à avoir repéré l'appareil. Grâce au pont, quatre véhicules légers et deux 4x4 Blazer équipés de mitrailleuses à l'arrière fonçaient le long de la plage. Les pales de l'hélico tournoyaient, prenant de l'élan ; Julian courut au-devant des camions armés. Tête baissée, il se mit à zigzaguer dans le faisceau des phares des véhicules. Une grêle de projectiles d'armes de poing le poursuivait, labourant le sable grossier. Le vent des pales de l'hélico projetait encore plus de sable sur ses lunettes de protection et lui piquetait le visage.

Il se jeta à l'intérieur de l'hélico.

— Et Ramos ? demanda Sergio.

— Il ne vient pas, hurla Julian.

L'hélicoptère quitta le sol, à peine l'écoutille refermée. La fusillade continuait, criblant la coque d'impacts, mais les tirs s'éloignaient. L'appareil prit de l'altitude et se dirigea vers le large. A l'exception de Ramos, l'équipe était au complet : Rusty, Doc, Truesdale, Simon et José, et quelques autres gars de l'armée de réserve colombienne avec lesquels il s'était entraîné. Il leur faudrait revenir sous une couverture pour récupérer Ramos.

L'appareil était secoué de vibrations et de tremblements, de l'huile giclait de quelque part. Julian entendit un bruit plus puissant, un bruit sourd et creux, si profond qu'il se répercuta dans le ventre de l'hélico — une roquette ?

Puis il la vit, mince tige couronnée d'une ogive en forme de larme, par terre, à l'intérieur de la soute.

— Grenade ! hurla-t-il en s'emparant de l'engin mortel.

Son esprit baissa le rideau, sa volonté consciente s'estompa. Il agit par réflexe. D'un geste vif, il ramassa la roquette de fabrication soviétique, se rua sur l'écoutille et balança l'engin de toutes ses forces hors de l'hélico.

La roquette explosa dans le ciel. La déflagration ébranla l'hélico comme un jouet. Au bord de l'écoutille, Julian lâcha prise. Il fut projeté hors de l'appareil comme une pierre lancée d'une fronde. Au-dessous de lui, il n'y avait que le ciel.

10

Daisy se contemplait dans le miroir du salon nuptial.

— C'est donc celle-ci, dit-elle en regardant sa mère, puis Sonnet.

Toutes les deux l'avaient accompagnée à son ultime essayage.

— La robe dans laquelle je vais me marier.

Daisy pivota pour étudier son reflet plus en détail. Elle avait choisi une mousse de tulle couleur ivoire et de dentelle ancienne, le genre de robe qu'en secret elle avait toujours rêvé de porter.

— Elle est ravissante, déclara sa mère. Ma chérie, tu es la plus jolie mariée que j'aie jamais vue.

— Voilà des paroles dignes d'une mère !

Daisy prit une expression songeuse et, durant quelques secondes, son esprit s'envola vers un lointain passé. Elle imagina sa mère se préparant pour son propre mariage avec son père, Greg Bellamy. Sophie était même plus jeune que sa fille, à l'époque. Elle portait une robe de créateur qu'elle avait conservée et que, quelques mois plus tôt, elle avait proposée à Daisy. Certes, la robe était toujours aussi belle et lui allait à ravir, mais Daisy avait décliné l'offre de sa mère, rebutée par cette idée. Elle ne voulait pas porter la robe d'un mariage raté. Sa mère l'avait tout à fait compris, et avait pressé sa fille de trouver la robe de ses rêves.

Celle-ci avait un ravissant corsage rebrodé de perles en cristal et s'évasait en un décolleté scintillant. Daisy se tourna vers Yolanda Martinez, la propriétaire de la boutique.

— Elle me va à la perfection. Je ne sais pas comment vous faites.

Yolanda se recula pour faire bouffer la jupe.

— Votre choix était le bon. Et puis vous n'avez pas fait la bêtise de vous lancer dans un régime express, contrairement à bon nombre de futures mariées qui se retrouvent squelettiques à la veille du grand jour. Je suis contente que les retouches vous conviennent.

Parmi les mariées photographiées par Daisy, nombreuses étaient celles qui avaient acheté leur robe ici. Yolanda avait un goût très sûr et un sens inné de la mode. Deux ans plus tôt, cette Latina menue et industrieuse avait ouvert sa boutique nuptiale à Avalon. Elle avait quitté le Texas afin que son fils puisse se rapprocher de son père, Bo Crutcher, lanceur dans l'équipe des Yankees. Mère célibataire comme Daisy, Yolanda était dure à l'ouvrage et bien décidée à donner les meilleures chances à son fils. Daisy devinait pourtant chez elle une profonde solitude qui lui rappelait sa propre vie, sa vie d'avant. Toutes ces nuits passées à travailler seule, cette gaieté résolument affichée et ce masque de courage qui permet de faire contre mauvaise fortune bon cœur — tout cela, elle ne le connaissait que trop. Elle remerciait le ciel que sa vie ait pris un autre tour.

— Tu comptes inviter un médecin au mariage ? s'enquit Sonnet en la détaillant de la tête aux pieds.

— Mon beau-père est vétérinaire. Pourquoi cette question ?

— Parce que Julian va tomber à la renverse en te voyant dans cette robe ; il va faire un malaise. Aussi je pense qu'un massage cardiaque ne lui sera pas inutile.

— Ah, oui ? Tu crois qu'elle va lui plaire ?

— Hein ? Il est tellement entiché de toi que tu pourrais tout aussi bien porter un sac de jute. Mais cette robe… elle va l'asphyxier. Julian va tomber raide en te voyant, oui, raide mort.

Daisy sourit et, fermant les yeux, elle se représenta Julian l'attendant à l'autel, dans son attitude impeccablement militaire et le regard empreint de cette expression qui n'appartenait qu'à lui… Il n'y a rien de plus beau qu'un officier en grand uniforme pour son mariage. Parfois, lorsqu'elle pensait au grand jour à venir, la tête lui tournait.

— Il risque de ne pas être le seul à défaillir de bonheur.
— Personne ne va s'évanouir ni tomber raide, affirma Yolanda. Et, à propos de Julian, j'ai quelque chose à vous donner de sa part.

Sur ces paroles, elle coiffa Daisy d'un voile retenu par des peignes argentés. La dentelle de tulle retombait gracieusement sur ses épaules avec une légèreté féerique.

— Votre *novio* est venu me voir avant de partir. Il voulait vous faire la surprise.

Daisy sentit son cœur fondre.

— Je n'arrive pas à croire qu'il ait fait ça…
— J'avoue qu'il est en passe de devenir l'un de mes mariés préférés. Vous pouvez être fière qu'il parle aussi bien l'espagnol.
— Comme c'est gentil de sa part ! s'exclama la mère de Daisy.

Daisy effleura les bords du voile.

— Je n'aurais jamais imaginé porter une chose pareille…
— Il te plaît ? lui demanda sa mère.
— La plupart des mariées portent un voile, non ?
— C'est ainsi que tu veux être le jour de ton mariage ? demanda Sonnet.
— Qu'est-ce que tu en penses, maman ?

Elle aperçut dans le miroir le visage bouleversé de sa mère.

— Ah, non, maman… Tu ne vas pas recommencer !
— Pardon…, dit Sophie en se tamponnant les yeux. J'ai la larme à l'œil.

Elle passa derrière Daisy et lissa son voile.

— Tu es si belle que mon cœur va exploser.
— Maman, ne te remets pas à pleurer, sinon nous ne finirons jamais cet essayage.
— Facile à dire ! répliqua Sonnet, la voix rauque d'émotion. Nous sommes tellement heureuses pour toi, Daisy !

A son corps défendant, Daisy sentit se former dans sa

gorge une boule de larmes brûlantes. Elle avait tant de chance d'être entourée de gens qui ne souhaitaient que son bonheur !

— Vous savez, je n'aurais jamais cru me marier un jour. Je pensais avoir loupé le coche. Mais, aujourd'hui, je suis là en train d'essayer ma robe, et je n'en reviens toujours pas que cela m'arrive, à moi. Je suis si heureuse que, parfois, ça m'effraie.

— Il est trop tard maintenant pour changer d'avis, décréta sa mère. La robe est choisie et les retouches sont faites. Ah, et j'oubliais... le tout est payé.

— C'est vrai ? Oh ! maman...

— Ecoute, j'y tenais absolument, d'accord ?

— Tout à fait d'accord. Je te remercie.

Daisy sentit son cœur s'emballer ; plus le grand jour approchait, plus les choses prenaient de la réalité. L'organisation du mariage avait bien avancé. La cérémonie suivie de la réception aurait lieu au camp Kioga, à l'endroit même où leur idylle avait vu le jour. Daisy se cramponnant pour une raison étrange aux conventions, ce serait un mariage des plus traditionnels. Elle voulait faire honneur à l'événement de toutes les façons possibles — la cérémonie au bord du lac, le rassemblement solennel de la famille et des amis, le gâteau de la boulangerie Sky River, les toasts... tout. Il lui semblait que rester fidèle aux recettes éprouvées ajoutait encore du poids à l'occasion.

— Je reviens tout de suite, dit Yolanda. Je dois trouver la housse qui correspond à la robe.

Elle se dirigea vers une embrasure fermée par un rideau.

Daisy se haussa sur la pointe des pieds pour juger de l'effet des talons hauts, releva ses cheveux en un simulacre de chignon... Elle regarda Sonnet, puis sa mère, subitement transportée d'exaltation face à l'avenir foisonnant de possibles qui s'ouvrait devant elle.

Il me tarde tellement, Julian ! répéta-t-elle dans son cœur. *J'ai tellement hâte d'être ta femme !*

Par la vitrine, elle voyait de temps à autre une passante s'arrêter pour jeter un coup d'œil à l'intérieur du magasin.

Les gens, même de parfaits inconnus, veulent toujours entrapercevoir une mariée. Elle avait souvent observé ce phénomène, dans l'exercice de sa profession. Ce n'est pas tous les jours qu'on a l'occasion de voir une mariée : c'est aussi rare que de voir une étoile filante ou un trèfle à quatre feuilles. Cela donne aux gens le sentiment d'être chanceux, privilégiés.

Elle aperçut un visage familier au-dehors et lui fit signe d'entrer.

— Tiens, voilà Olivia. Et Connor.

A peine entrés dans la boutique, ils se précipitèrent vers elle.

— Salut, futur beau-frère ! lança-t-elle à Connor. Tu sais, je suppose, que tu es tenu au secret absolu. C'est la robe la plus « top secret » qui ait jamais été confectionnée, pigé ?

— Daisy, écoute...

La voix hésitante d'Olivia vibrait d'une étrange intensité que Daisy ne lui connaissait pas.

— Nous pensions bien te trouver ici... J'ai appelé Logan.

— Il est arrivé quelque chose à Charlie ?

— Non, s'empressa de répondre Olivia. Non, ce n'est pas ça du tout.

Elle avait l'air très solennelle, ses yeux étaient rouges et humides. Décidément, pensa Daisy, cette robe doit vraiment faire un effet extraordinaire.

— Logan a dit que nous te trouverions ici.

Olivia serrait la poignée de son sac à s'en faire blanchir les articulations.

Jusqu'ici, Logan s'était comporté de façon remarquable, à tous égards. Il gardait Charlie quand elle avait des choses à faire, genre séances d'essayage ou tests de dégustation pour le gâteau. Décontenancée par le visage bouleversé de sa cousine, elle s'excusa :

— Désolée de ne pas t'avoir appelée pour l'essayage final. Je pensais que tu serais trop occupée.

Connor s'éclaircit la voix.

— Daisy...

Lui aussi était ému, ce qui la toucha. Elle allait adorer être sa belle-sœur.

— Ça te plaît ? demanda-t-elle en tournoyant sur la pointe des pieds. Tu crois que ça plaira à Julian ?

— *Daisy...*

La voix de sa mère, sourde et tendue, la coupa net dans son élan. Celle-ci la rejoignit sur l'estrade installée devant le miroir à multiples faces et lui étreignit la taille. Elle fut enveloppée par la sensation physique des bras de sa mère.

Non. L'esprit de Daisy s'empara de cette pensée. Elle n'avait pas la moindre idée de ce qu'elle rejetait, mais le déni explosa en elle, aussi puissant et irrationnel qu'un orage soudain. *Non.*

— Que se passe-t-il ? demanda sa mère à Connor qui restait muet.

Il avait les yeux emplis de larmes.

— Tu devrais t'asseoir, Daisy.

Alors, elle comprit. Ce fut un moment étrange, un moment de total détachement, pendant lequel elle s'observa comme à distance, comme si cela arrivait à quelqu'un d'autre. Elle se libéra de l'étreinte de sa mère et, toujours devant le miroir, resta en retrait sur l'estrade.

Sa mère avait au fond des yeux une expression qu'elle ne lui avait jamais vue. Sonnet se laissait glisser par terre, les genoux ramenés à la poitrine, et secouait la tête dans un refus aussi vigoureux que futile.

Elle se voyait elle-même, resplendissante dans une magnifique robe — six Daisy au moins la contemplaient dans le miroir à plusieurs faces. Cette mariée qui, quelques minutes plus tôt, rayonnait de beauté, les joues empourprées par l'émotion, lui apparaissait désormais comme une parfaite inconnue au teint livide, au regard hanté par une horreur à laquelle elle ne pouvait échapper. Laquelle de ces Daisy était-elle la bonne ? Elles faisaient toutes la même chose : une main sur le cœur, leur bouche s'ouvrait sur un cri d'angoisse, venu de si loin qu'il en restait muet.

11

La torpeur enveloppait Daisy comme les couches vaporeuses d'un cocon. Elle avait conscience, autour d'elle, du tourbillon de ses parents et de ses amis, qui la traitaient comme si elle avait été victime d'un terrible accident. Puis sa mère la ramena chez elle et Daisy demanda qu'on la laisse seule un certain temps. Elle sanglota jusqu'à s'en faire vomir, l'estomac aussi douloureux qu'après une course éperdue. Elle appliqua un gant de toilette froid sur ses joues et ses yeux gonflés, afin de ne pas inquiéter son fils par le spectacle d'un visage ravagé.

Quand Logan lui ramena Charlie, il lui effleura le bras, comme s'il craignait de la voir se briser en mille morceaux.

— Ça va aller ? lui demanda-t-il à voix basse.

Non, pensa-t-elle. *Ça n'ira plus jamais.* Puis, se concentrant sur Charlie, elle lui prit la main et s'arrangea pour adresser un hochement de tête à Logan.

— Si tu as besoin de quoi que ce soit, fais-le-moi savoir.

Elle s'efforça de ne pas serrer trop fort la main de Charlie.

— J'ai tout ce qu'il me faut.

Après le départ de Logan, elle s'assit avec son petit garçon, qu'elle prit sur les genoux.

— Pourquoi tu es triste ? lui demanda-t-il.

Son fils avait tellement grandi, ces derniers mois... Ce n'était plus un bébé, mais un petit garçon loquace. Dans un sens, cela rendait les choses encore plus difficiles, car il allait comprendre l'horreur et la souffrance.

— Je dois te dire quelque chose. A propos de Julian.

— Papa-p'tit est en mission. C'est un secret.
— C'est vrai.
— Il reviendra quand les feuilles deviendront jaunes.
— Oui.

Elle chercha maladroitement une explication, essaya de formuler la réalité dans des termes qui soient accessibles à Charlie.

— C'est ce qu'il nous avait promis. Mais… il s'est passé quelque chose. Charlie, mon cœur… Son unité se trouvait à bord d'un hélicoptère et l'appareil s'est écrasé alors qu'il survolait l'océan.

Les détails du drame étaient peu nombreux mais glaçants. L'hélicoptère de transport à bord duquel se trouvait Julian avait été abattu ; le lieu du crash, au large, avait été jugé inaccessible et l'appareil irrécupérable. Un périmètre d'exclusion de dix kilomètres avait été circonscrit autour du point où l'hélico avait été enregistré pour la dernière fois. Des robots sous-marins, dépêchés sur les lieux par une compagnie pétrolière française, avaient ramené, des profondeurs, des clichés flous qui pouvaient être ceux de l'épave de l'hélicoptère, gisant par cinquante mètres de fond.

Connor avait tenté d'obtenir davantage de renseignements, mais il s'était heurté au mur de silence qui protège les activités et les missions secrètes. Il ne leur restait rien pour faire le deuil de Julian, hormis des souvenirs.

— Il ne reviendra pas, finalement, dit-elle à Charlie, surprise d'avoir réussi à articuler ces mots.
— C'est quand, « finalement » ?
— Je veux dire par là qu'il ne reviendra jamais. Tu sais ce que ça veut dire, « jamais ? »
— C'est quand, jamais ?
— Ecoute, j'ai besoin que tu comprennes. Nous ne reverrons plus jamais Julian. C'est pour ça que je suis triste.
— Plus jamais Papa-p'tit ?
— C'est ça. Plus jamais Papa-p'tit.

L'enfant se rembrunit.

— Je le veux, moi. Je veux le voir.

— Ah, mon chéri…

De nouveau, les larmes débordèrent de ses yeux, traçant un sillon brûlant sur son visage.

— C'est ce que nous voulons tous, mais ce n'est pas possible.

— Pourquoi ?

— Parce qu'il est mort.

Le dire à voix haute lui déchira le cœur.

— Mort comme un insecte mort ?

Charlie avait trouvé des insectes desséchés sur le rebord de sa fenêtre, ce matin même. Ce matin, lorsqu'elle s'était réveillée, tout excitée à la pensée de la séance d'essayage. Ce matin, alors qu'elle se rapprochait encore d'un pas de son mariage avec Julian.

— Mmm… eh bien…

Que répondre à cela ?

— Oui, dit-elle à mi-voix. C'est un peu ça.

Charlie la regarda avec un drôle de petit sourire.

— C'est bête.

— Oui, hein ?

— Il va sauter avec moi du ponton.

— Tu vas devoir sauter avec quelqu'un d'autre.

— Non, je veux y aller avec Papa-p'tit !

Moi aussi, pensa-t-elle. *Moi aussi*.

Elle rêvait de Julian toutes les nuits, aussi souhaitait-elle passer tout son temps à dormir. Elle avait hâte qu'arrive l'heure du coucher car, alors, elle le revoyait encore, dans ses rêves. Son médecin, le groupe de soutien aux conjoints de militaires, ses amis et sa famille l'entouraient de leur mieux, mais elle avait surtout envie — non, *besoin* — de se retirer dans l'univers peuplé d'ombres du sommeil, dans ce monde où Julian palpitait encore de vie, riait, la touchait et lui murmurait des secrets à l'oreille. Le réveil était une torture, car il la forçait à affronter la triste réalité d'un avenir sans lui.

Elle prenait sur elle pour tenir le coup toute la journée,

luttant pour trouver la force de sourire à Charlie ou de lui dire un mot gentil, afin de ne pas l'inquiéter. Sans lui, elle se serait laissée couler dans le chagrin ; au moins son petit garçon l'aidait-il à garder la tête hors de l'eau. Autour d'elle, on lui affirmait que la douleur s'estomperait, qu'un jour elle retrouverait sa joie de vivre, mais elle n'arrivait pas à concevoir une telle perspective. On ne lui avait pas donné suffisamment de temps avec Julian. Ses rêves signifiaient que leur histoire resterait inachevée. Non, leur histoire ne serait jamais finie — l'amour ne meurt jamais, n'est-ce pas ? On ne l'abolit pas comme on éteint une lumière en appuyant sur un interrupteur. Pourtant, sans Julian, elle ne savait plus quoi faire de cet amour, de sorte qu'il s'était solidifié en une énorme boule de chagrin qui ne lui laissait pas de répit.

Le lieutenant Tanesha Sayers frappa à la porte de Daisy pour lui remettre en mains propres une lettre de Julian. Sayers évoqua pour elle certains souvenirs de leur formation d'élèves officiers de réserve, et Daisy éprouva une bouffée d'envie envers cette fille. Le lieutenant Sayers avait passé plus de temps qu'elle avec Julian. Néanmoins, dans son avidité de connaître le moindre détail concernant Julian, elle l'écouta avec gratitude, tout en versant des larmes silencieuses.

Au moment de s'en aller, Sayers conclut :

— Je vais vous dire quelque chose que vous savez déjà. Julian était le meilleur d'entre nous. Je suis… navrée, anéantie. Nous le sommes tous.

Après son départ, Daisy décacheta la lettre d'une main tremblante.

Ma merveilleuse Daisy,

Je suis triste que tu lises cette lettre. Cela paraît surréaliste d'écrire ces mots car ils signifient que je suis mort. Comment un mort peut-il parler à quelqu'un encore en vie ? Je vais faire court, parce qu'il ne sert pas à grand-chose de s'étendre là-dessus. Bien entendu, je vais revenir. Cependant, nous sommes obligés d'en passer par là. Cela fait partie de la formation. Alors, voici la seule chose qui me vient à l'esprit dans la cohue de mes préparatifs de départ : l'amour ne meurt jamais. Je le sais, grâce à mon père. Il a beau avoir disparu, il est toujours avec moi, il continue de m'aimer. Je le porte dans mon cœur, jour après jour. Et si tu lis ceci, sache que je suis avec toi. Je le serai toujours. Tu peux continuer à vivre ta vie et à accomplir de grandes choses. Aime d'autres personnes, crée des œuvres d'art, regarde grandir Charlie, sois gaie et pense à moi — mais pas trop. Ne laisse pas tout cela t'attrister au quotidien. Sois heureuse en pensant au temps que nous avons eu ensemble. Prends soin de toi. Je t'aimerai toujours, où que je sois,

Julian.

— Maman ! Viens, maman !

Les cris de Charlie, en provenance du jardin de derrière, tirèrent soudain Daisy de son immobilité. Spontanément, elle bondit du sofa où elle était assise, les yeux fixant le vide, et sortit en courant à l'appel de son petit garçon.

— Je suis coincé ! lui cria-t-il depuis le pommier tout noueux qui poussait contre la clôture du fond. Je peux pas descendre !

— Oh ! Charlie... Qu'est-ce que tu fais là-haut ? Tu risques de te rompre le cou.

Elle se mordit la lèvre, regrettant le choix de ses mots.

— J'ai grimpé tout seul.

— Alors, c'est que tu peux redescendre.

Elle se plaça au-dessous de lui.

— Fais glisser ton pied le long du tronc jusqu'à ce que tu sentes cette branche.

— J'y vois rien ! Je peux pas regarder en bas.

— Fais glisser ton pied et tu vas la sentir. Fais-moi confiance, je ne t'indiquerai pas un mauvais chemin. Et d'ailleurs, qu'est-ce qui t'a pris de grimper si haut ?

— Mamie Jane m'a dit que Papa-p'tit était au ciel, répliqua Charlie, tandis qu'elle le guidait précautionneusement vers le sol, branche par branche. Je voulais voir de plus près.

La candeur de son explication enfantine provoqua en elle un déferlement de chagrin qui la fit chanceler.

— Je ne pense pas que ça marche comme ça, mon bonhomme.

— Comment ça marche, alors ?

— Je ne sais pas, avoua-t-elle, incapable d'enjoliver la réalité. Je n'en ai aucune idée, parce que tout ça est trop nouveau pour moi. Je vais te dire, peut-être qu'à nous deux, nous trouverons un moyen de nous rapprocher de Julian.

Lorsqu'elle put enfin atteindre Charlie, elle l'empoigna par la taille et le posa par terre.

— Ouf… Tu deviens lourd, tu sais !

Elle se laissa choir dans l'herbe et garda les bras autour du petit corps chaud qui dégageait des senteurs de feuillage. Secouée de violents tremblements, elle le serra de toutes ses forces, elle s'accrocha à son fils comme s'il n'y avait plus que lui pour la maintenir ancrée à la terre.

À la poignée de porte du centre de loisirs pendait un écriteau en carton portant la mention manuscrite : « Groupe de deuil. » Daisy le contempla longuement avant d'entrer d'un pas résolu, se mêlant d'un air emprunté à la douzaine de participants de l'âge de ses grands-parents. Ils lui offrirent du thé et des biscuits, ainsi qu'un badge auto-adhésif à son nom, et elle dut se mordre la langue pour s'empêcher de crier : « Pardon, je me suis trompée d'endroit ! »

Comme elle se tournait pour couler un regard d'envie vers la porte de sortie, elle repéra Blythe, la fille devenue veuve à l'âge de dix-neuf ans. Blythe l'aperçut, elle aussi, et vint la serrer dans ses bras.

— Je vous reconnais. On s'est vues à la réunion des familles… à l'automne dernier, c'est bien ça ? Nous étions tous si heureux et si excités…

Daisy opina, puis parvint tant bien que mal à fournir une explication à sa présence.

— Je ne peux rien vous dire de plus que vous n'ayez déjà entendu, reprit Blythe. Sachez simplement que vous vous remettrez un jour de votre deuil. On a l'impression que c'est impossible mais, petit à petit, on va mieux. Vous ne serez plus jamais la même que lorsqu'il était en vie, mais… vous irez bien. La vie redeviendra belle, je vous le promets. Il m'arrive toujours d'avoir des moments difficiles, mais j'ai survécu, et vous aussi, vous y arriverez.

— Je croyais pourtant que vous aviez tourné la page et refait votre vie avec un autre homme…

Elle tenta de s'imaginer dans la même situation. Impossible. Julian était si profondément incrusté dans son cœur qu'il n'y avait de place pour personne d'autre.

— C'est vrai, je suis bel et bien amoureuse de quelqu'un d'autre, mais une partie de moi-même pleurera toujours mon premier mari. On ne se remet jamais vraiment d'une telle perte. On doit vivre sa vie et chercher son bonheur ailleurs.

— Je ne sais vraiment pas par où commencer.

Daisy s'efforça de trouver un vague reste de motivation intérieure.

— Dans l'intérêt de mon fils, je me dois d'essayer.

— Ça ne se produira pas du jour au lendemain. Je vais vous donner un conseil gratuit. Surmonter ce genre de coup du sort, ce n'est pas appliquer un pansement sur une plaie en attendant qu'une croûte se forme. C'est plutôt comme si on avait extrait votre corps broyé d'une carcasse de voiture. Cela va vous demander de gros efforts, comme entreprendre une thérapie, suivre un traitement médicamenteux, bref, tout ce qui peut vous aider à vous retrouver. Mais, surtout, ça va vous demander du temps. Le temps, il n'y a que ça.

*
* *

Le service funèbre avait lieu ce matin. Figée dans un état catatonique, Daisy contemplait sa penderie, totalement dépassée par la nécessité de choisir une tenue de circonstance.

— Coucou, lança Sonnet, qui avait fait le voyage depuis New York pour assister au service. Je peux t'aider ?

— Tu peux me dire, toi, ce qu'il convient de porter pour enterrer un cercueil vide ? lui demanda Daisy d'une voix sourde.

— Ce qui te fait plaisir, bon sang !

— Pour des obsèques, on est censé être en noir, pas vrai ? Du noir, j'en ai à revendre...

— Mets ça.

Sonnet s'empara de la robe bain de soleil jaune et blanc que Daisy portait à la cérémonie de promotion de Julian.

— Je sais qu'elle n'est pas de saison, mais mets-la quand même.

— A des obsèques ?

Daisy déglutit péniblement. Julian adorait cette robe. Elle voyait encore l'expression qui avait illuminé son visage lorsqu'il l'avait vue dedans. Ce souvenir lui lacéra le cœur.

— D'accord. Mais, Sonnet, je suis une vraie loque... Je vais m'effondrer.

— Eh bien, effondre-toi ! Les gens comprendront.

— Et Charlie ?

— Ce n'est pas de te voir t'écrouler qui va le traumatiser... Du moment que tu te relèves.

— C'est bien ça, le problème. Je ne m'en relèverai pas. Je ne pourrai jamais m'en remettre.

— C'est l'impression que tu as aujourd'hui. Je ne prétends pas savoir ce que tu endures, mais tu es forte, Daisy. Tu es la personne la plus forte que je connaisse. Regarde tout ce que tu as accompli jusqu'ici. Tu as eu un enfant, tu as entrepris une carrière de photographe, tu as fait ta vie. Ce drame aussi, tu arriveras à le surmonter. Tu dois y arriver.

— Je me repose trop sur Charlie, avoua-t-elle, soucieuse. C'est affreux de ma part d'être psychologiquement aussi dépendante de mon petit garçon. Mais, franchement, il est ma seule raison de vivre. Si Charlie n'était pas là, je me laisserais mourir.

Les yeux de Sonnet s'embuèrent de larmes.

— Oh ! Daisy… Ne nous fais pas un coup pareil, accroche-toi à la vie, d'accord ?

Une escorte de police précédait le corbillard d'un noir brillant, à deux voitures de Daisy. Elle était impressionnée par le nombre d'habitants d'Avalon alignés tout le long de la rue principale, un drapeau à la main, des inconnus pour la plupart, mais tous dans une attitude témoignant d'un profond respect. Elle n'avait pas pris son appareil, mais elle ne pouvait empêcher son œil de photographe de cadrer la scène dont elle percevait tous les détails déchirants. Il y avait là des hommes âgés arborant leurs médailles d'anciens combattants, assis dans des fauteuils de jardin. Des adolescents sortaient leur téléphone portable pour prendre une photo. Un groupe de motards, casque sous le bras, regardait passer le cortège depuis le bas-côté de la route. Une mère tenait son petit bambin juché sur un distributeur de journaux, lui désignant les drapeaux et le corbillard. Des commerçants s'étaient postés sur le seuil de leur boutique et des touristes s'immobilisaient spontanément, touchés par la gravité de l'événement. Beaucoup portaient la main à leur cœur au passage du cortège. Les drapeaux de la bibliothèque et de la mairie étaient en berne.

— On dirait une parade, déclara Charlie, les mains plaquées sur la vitre.

— En quelque sorte, acquiesça Sonnet.

Elle tenait le volant. Daisy, côté passager, se retenait pour ne pas sauter de la voiture en marche, fendre la foule et s'enfuir à toutes jambes.

— C'est vraiment triste, ajouta Charlie. Moi, je suis triste.

— Nous le sommes tous. Tu vois, toute la ville est triste. Les habitants d'Avalon témoignent du respect qu'ils éprouvent envers Julian, pour sa bonté et son courage.

La voix de Sonnet se brisa et elle se racla la gorge.

— J'ai besoin d'un bonbon aux herbes. Tu veux un bonbon aux herbes, Charlie ?

Daisy se chargea de la distribution et en prit un pour elle, même si la boule coincée dans sa gorge l'empêchait d'avaler quoi que ce soit. Elle était profondément reconnaissante aux habitants d'Avalon pour leur geste mais, en même temps, elle avait envie de leur crier : « Pourquoi pleurez-vous ? Vous ne le connaissiez pas... »

— Regarde, c'est là où papa travaille ! Et voilà papa ! Coucou, papa !

Le cabinet d'assurances de Logan voisinait avec la station de radio. La vitrine s'ornait du slogan : « Agence d'assurances O'Donnell — Avec nous, vous êtes en sécurité. » Logan se tenait sur le seuil de l'immeuble. Il ne parut pas voir Charlie, qui lui faisait signe depuis la banquette arrière de la voiture. Le regard de Logan était fixé sur le corbillard. Sa casquette des Yankees plaquée contre sa poitrine, il affichait une expression totalement indéchiffrable. Daisy n'aurait su dire dans quelle mesure il avait été affecté par le tragique événement. Julian et lui s'étaient disputé son affection — rivalité absurde, puisque, dans son cœur, il n'y avait jamais eu de compétition. Elle restait loyale envers Logan pour la bonté qu'il leur témoignait, à Charlie et elle, mais son cœur avait toujours appartenu à Julian.

L'église du Cœur-des-Montagnes était pleine à craquer. La mère de Julian, son oncle, sa tante et son cousin Rémy étaient présents. Rémy pleurait ouvertement, sa carrure imposante amplifiant chacun des sanglots qui le secouaient.

— Il n'aurait jamais dû mourir, dit-il, tandis que le cortège entrait dans l'église. Je lui avais donné un kit de survie, avec des allumettes et une boussole ! Il n'aurait jamais dû mourir.

La mère de Julian était très en beauté, vêtue à la perfection d'un fourreau noir et coiffée d'un chapeau à voilette. D'après ce que Julian avait confié à Daisy, au sujet de l'éducation qu'il avait reçue, elle n'avait rien du parent modèle mais, derrière la voilette, de nouvelles rides creusaient son visage.

Daisy prit place au second rang. Elle ne regardait pas vraiment autour d'elle, elle se contentait d'être assise, figée dans une immobilité de statue, s'appliquant à ne pas se briser en un millier d'éclats. Les porteurs, douloureusement sombres dans leur uniforme impeccable, firent entrer le cercueil recouvert du drapeau américain. Daisy était obnubilée par une seule pensée : ce cercueil était vide. Il ne restait plus rien de Julian en ce monde.

Elle se ferma volontairement à la musique dont chaque note lui transperçait le cœur. On lut un poème : « Soyez cléments, ô vents ; Ô vagues, reposez en silence… » Les yeux clos, elle s'efforça de ne pas imaginer les eaux profondes qui avaient emporté Julian, de ne pas regretter de n'avoir pas pu le suivre. Elle jeta un regard désespéré à Charlie, installé sur les genoux de Sonnet. Il était son ancre, sa seule raison de ne pas faire naufrage.

Le lieutenant Tanesha Sayers prit la parole, d'une voix tremblante d'émotion :

— Au sein de notre unité, nous l'appelions « Nigaud ». Il ne connaissait pas la peur, et sa loyauté était à toute épreuve. Nous ne saurons jamais quels ont été ses derniers moments, mais une chose est sûre, c'est qu'il les a affrontés avec la même dignité et le même courage qui le guidaient dans la vie. Julian Gastineaux était un officier et un gentleman, un homme doté d'un esprit de combattant qui lui survivra.

Au cimetière, la cérémonie débuta par les accords déchirants de la sonnerie aux morts. Un officier au béret seyant, les tresses de son uniforme dessinant des boucles sur ses épaules, supervisa le pliage du drapeau. Il fut remis à la mère de Julian, qui embrassa l'officier avant de faire un pas en arrière, le paquet triangulaire plaqué contre sa poitrine. Des larmes teintées de mascara ruisselaient sur son visage.

Daisy voulait ce drapeau avec un désir féroce, presque rageur, mais ce n'était pas à elle de le prendre. Elle n'avait pas été la femme de Julian. Elle n'était pas sa veuve. Il n'existait aucune disposition particulière s'appliquant aux fiancées restées au pays. Sauf que Julian l'avait aimée d'un amour aussi fort et aussi constant que celui qu'elle éprouvait pour lui. Comment pouvait-il être mort alors qu'elle l'aimait tant ? Comment était-il possible qu'il soit mort ?

« Adieu, lui dit-elle en silence, son pouce jouant nerveusement avec l'anneau de sa bague de fiançailles. Adieu. » Sauf qu'elle n'éprouvait pas du tout un sentiment d'adieu. C'était comme tomber dans les profondeurs d'un puits, d'un sombre néant.

De nouveau, elle saisit la main de son fils, s'en remettant totalement à lui, sa planche de salut.

DEUXIÈME PARTIE

12

Lorsque la mariée marcha dans un tas de crottes de chien, Daisy fut tentée de saisir son expression d'horreur et de dégoût, de figer ce moment pour l'éternité. Blair Walker était le genre de mariée qui pose des difficultés du début jusqu'à la fin. Toutefois, Daisy résista à l'envie qui la démangeait de prendre une photo. Chacun a ses petits travers.

— Enlevez-moi ça, se mit à gémir Blair et, du bout des orteils, elle envoya voler son escarpin en direction de la grand-mère du marié. Enlevez-moi ça *tout de suite* !

Certaines personnes ont quand même davantage de petits travers que d'autres.

Daisy fourragea dans son sac et produisit un paquet de lingettes qu'elle tendit à l'assistante de l'organisatrice du mariage.

— A toi l'honneur.
— Tu parles d'un privilège…

Quelques instants plus tard, Daisy immortalisait les mariés, perdus dans une tendre étreinte. Sauf qu'il ne s'agissait pas d'une étreinte mais d'un étau mortel. Et que Blair ne chuchotait pas de tendres propos à l'oreille de son mari : les dents serrées, elle menaçait de l'écorcher vif s'il osait encore une fois poser les yeux sur la demoiselle d'honneur numéro 2.

La photo, elle, montrerait un moment de tendresse entre les jeunes mariés, et tout le monde n'y verrait que du feu.

Daisy excellait à créer l'illusion. Pour elle, c'était une aptitude nécessaire à sa survie. Il lui fallait à tout prix cultiver l'illusion que la vie était belle et que tous ses efforts pour se maintenir au quotidien n'étaient pas vains. Si elle ne s'en persuadait pas elle-même, il ne lui restait plus qu'à se pelotonner en position fœtale et à ne plus jamais mettre le nez dehors.

Le temps était anormalement chaud pour un mois d'avril. Cette année, les neiges hivernales avaient fondu de bonne heure, soulignant le cycle inexorable des saisons. D'une manière ou d'une autre, la période des fêtes était passée sans qu'elle la remarque vraiment. Elle s'était efforcée d'en faire un moment joyeux pour Charlie mais, en son for intérieur, elle était vide, obsédée par la pensée lancinante qu'à cette époque elle aurait déjà dû être mariée, jeune mariée...

Zach s'approcha, Caméscope à la main.

— Quel cauchemar, hein ? marmonna-t-il. J'ai interviewé le témoin, mais il s'exprime dans une telle avalanche de jurons qu'il faudra que je noie ses réponses sous de la musique.

— Tu trouveras bien un moyen de modifier son discours de façon à ce que tout ait l'air correct.

— L'un des invités m'a fait du gringue, ajouta-t-il.

— Je la comprends. Tu es superbe.

— Ce n'était pas une fille.

— Eh bien, quoi ! Tu es aussi séduisant pour les hommes que pour les femmes.

— Tu as toujours réponse à tout...

— Ça doit venir de ma volonté inlassable d'avoir pour une fois raison sur un point.

— Ah, oui ? Et comment tu t'en sors ?

Daisy haussa les épaules.

— Ou pour être plus précis, reprit Zach, comment tu tiens le coup, en ce moment ?

— Alors ça, j'aimerais bien connaître la réponse ! Je n'en ai aucune idée. Certains jours, tout est presque normal. Je vaque à mes occupations, à mon travail, avec Charlie ou les autres, tout a l'air d'aller, et puis soudain, boum ! C'est comme si on m'assenait un coup de marteau à l'arrière du crâne.

— Daisy... Tu es entourée de gens qui te soutiennent.

— Je sais. Et je leur en suis extrêmement reconnaissante.

Je te remercie, Zach. Je te remercie de t'enquérir de mes nouvelles. Je sais bien que je n'ai pas été très marrante, ces derniers temps, et tu fais preuve d'une infinie patience à mon égard.

Il lui fit son sourire de guingois.

— Bah, tu aimes toujours rigoler… Bon. Je ferais mieux d'aller interroger quelques-uns de ces charmants spécimens d'humanité, avant qu'ils ne soient trop bourrés pour pouvoir articuler trois mots.

Daisy se réjouissait que la noce ait lieu à l'Auberge du lac des Saules. L'hôtel de charme ainsi que son parc appartenaient à son père et à sa belle-mère. L'auberge principale était une élégante bâtisse de style edwardien, entièrement ceinte d'une véranda et agrémentée d'un belvédère. La propriété figurait un hangar à bateaux à l'ancienne, surmonté par des communs et doté d'un quai robuste. Un autre belvédère se dressait également dans le parc. Cet endroit tout droit sorti d'un livre de contes transportait les gens dans un autre espace-temps, ce qui en faisait le lieu idéal pour des photos de mariage.

Pour autant, ce cadre idyllique aurait bien du mal à rendre ce dragon de mariée aussi belle sur les photos que dans les souvenirs qui, du reste, demeureraient nuls et non avenus dans les mémoires.

C'était ainsi que Daisy en était venue à considérer Julian : un souvenir parfait qui ne se rapportait à rien qui eût réellement existé.

Julian… Elle arrivait désormais à évoquer son prénom sans glisser dans une espèce d'état catatonique, preuve qu'elle était en progrès.

Au début, son chagrin l'avait submergée au point qu'elle se sentait détachée du monde. Elle avait l'impression d'errer dans un labyrinthe en pleine nuit : elle ne parvenait pas à trouver la sortie. Essayait-elle de tâtonner vers un abri qu'elle se faisait transpercer par des épines et lacérer par les branches en surplomb. Durant les tout premiers jours qui avaient suivi la disparition de Julian, elle avait cru avec certitude qu'elle le suivrait dans la tombe. Son cœur avait été mis en pièces, et il est physiquement impossible de vivre sans cœur.

Que de chemin parcouru depuis ce gouffre de désolation ! Avec pour seules armes sa volonté et sa persévérance, elle avait vaincu les ténèbres de haute lutte, elle s'était battue avec acharnement, tel un chat sauvage rongeant sa patte afin de se libérer d'un piège aux mâchoires d'acier. Evidemment, elle n'était pas sortie indemne du processus, mais, enfin, elle était en vie. Elle avait Charlie, son travail, sa famille et ses amis.

Surmonter le choc et le chagrin avait été un combat de chaque jour, voire de chaque instant. Et elle n'était pas encore tirée d'affaire. Elle émergeait encore du sommeil en pleine nuit, pleurant si fort qu'elle devait enfouir son visage dans l'oreiller pour ne pas réveiller Charlie.

Julian s'était estompé de la mémoire du petit garçon ; il n'y faisait plus que de brèves apparitions tremblotantes, comme des ombres dans le vent. Charlie se souvenait encore de son nom et du fait qu'il n'avait jamais vraiment osé sauter du ponton. La photo qu'elle avait prise ce jour-là au retardateur — tous les trois enlacés avec, en arrière-plan, le lac doré par le soleil — trônait toujours dans son cadre sur sa table de chevet, même si elle ne pouvait la regarder sans en avoir le cœur brisé. Ils étaient si heureux, ce jour-là, si amoureux... Dans leurs yeux et leur sourire brillait l'espoir qu'ils plaçaient en l'avenir. Quelquefois, elle s'imaginait entrant comme par magie dans la photo ; là, elle pourrait sentir la chaleur du soleil sur la peau de Julian et entendre le son de sa voix murmurant à son oreille. A certains moments, son fantasme lui apparaissait plus réel que la vraie vie ; alors, elle se faisait peur pour s'obliger à reprendre pied dans la réalité.

Sa principale motivation, c'était Charlie. Elle apprenait tant de son petit garçon ! Tous les manuels d'éducation de sa bibliothèque plaçaient les parents dans un rôle d'enseignant. Seuls certains des ouvrages rappelaient au lecteur d'être attentif aux leçons que peuvent dispenser les enfants : la joie de vivre l'instant présent et le regard émerveillé qu'il faut poser sur le monde. Les enfants n'ont pas besoin qu'on leur enseigne ce genre de choses. Charlie, pour sa part, jouissait d'une sorte de code génétique : il était programmé pour le bonheur.

Elle se promit de veiller à ce que cela dure. Elle poursuivait son travail de deuil avec rage et persévérance, telle la rescapée d'un naufrage qui rame jusqu'au rivage. Et de fait, avec le temps, elle commençait à aller mieux. Elle arrivait de nouveau à vivre normalement. Elle était capable de sourire, de rire, d'aimer et de profiter de la vie. Elle était capable de nier ce gouffre béant qui s'ouvrait dans son cœur. Julian aurait été fier d'elle.

— Tu ne trompes personne, tu sais ?

Logan s'était arrêté pour donner un coup de main à Daisy qui lavait sa voiture, corvée qu'elle avait négligée depuis belle lurette. Charlie adorait que son père lui rende visite, et elle-même devait admettre qu'il était bien agréable de ne pas devoir tout faire seule. Charlie l'avait aidée pour la partie amusante — l'eau qui jaillit du tuyau, les bulles de savon — mais, maintenant qu'ils avaient entrepris de rincer et de sécher la carrosserie, il avait perdu tout intérêt pour la chose et tapait dans un ballon de foot avec Blake sur la pelouse.

— Je ne comprends pas, dit-elle. Tromper qui ? A quel sujet ?

La légère oppression qui comprima sa poitrine lui indiqua qu'elle mentait. Elle savait très bien où il voulait en venir. Mais comme Logan ne lui parlait jamais de Julian, la situation était inédite.

Elle essora la peau de chamois et attendit d'entendre ce qu'il avait à lui dire à ce sujet. A la suite du décès de Julian, Logan s'était montré d'une grande gentillesse envers elle. Il l'avait serrée dans ses bras en déclarant : « Je serai toujours là pour toi. Quoi qu'il arrive. »

Fidèle à sa parole, il l'aidait à s'occuper de Charlie, et l'avait fortement encouragée à s'inscrire à des groupes de parole et à se rendre à leurs réunions. Il passait souvent à la maison et s'arrangeait pour être le plus disponible possible.

— Ce que je veux dire, reprit-il, c'est que tu tiens le coup de façon admirable. Je suis fier de toi. Ce n'est pas donné à tout le monde de surmonter un deuil pareil.

Elle fit gicler du shampoing sur une tache rebelle incrustée sur le capot et se mit à frotter.

— Alors pourquoi dis-tu que je ne trompe personne ?

— Parce qu'il te faut faire plus que survivre. Plus que tenir le coup jour après jour. Tu es forte, Daisy. Tu es prête à refaire ta vie. Tu dois en être intimement convaincue.

Daisy garda le silence. Elle frottait méthodiquement la carrosserie de la voiture à un rythme régulier. Une éphémère noire plongea en piqué dans la mousse du shampoing, achevant sa vie sous son nez — *plaf*. Le nez plissé de dégoût, elle ôta l'insecte ailé et reprit son nettoyage avec la même application.

Sonnet était venue passer le week-end chez Daisy. Cela lui arrivait rarement depuis sa nomination à l'UNESCO, au siège de l'ONU, à un poste qui lui laissait peu de loisirs. Elle vivait dans un studio exigu, à l'est du centre-ville, où elle affirmait être heureuse comme une reine. Cependant, il était clair qu'elle se ressourçait chaque fois qu'elle parvenait à grappiller quelques jours de détente à Avalon.

Elle aurait sans doute pu occuper la chambre de son choix à l'Auberge du lac des Saules, propriété de sa mère et du père de Daisy, mais elle préférait séjourner chez cette dernière. Elles avaient pour habitude de confectionner du pop-corn excessivement beurré et salé, qu'elles dégustaient devant des films romantiques jusqu'à une heure tardive de la soirée.

Elles couchèrent Charlie au bout de quatre histoires. La quatrième était sa favorite du moment. Ensuite, elles prirent chacune une douche, enfilèrent leur pyjama le plus confortable et firent du pop-corn. Daisy remplit généreusement deux verres d'un champagne brut bon marché — leur préféré.

— A nous, dit-elle. Et à ta brillante carrière.

— Sans oublier la tienne, répliqua Sonnet.

Elle avait une beauté sévère, presque exotique, avec ses cheveux mouillés enturbannés dans une serviette, même si l'effet était quelque peu gâché par le pyjama de flanelle à gros carreaux et les chaussons en peluche.

— D'accord, si tu y tiens. A nos brillantes carrières !

Elles trinquèrent et burent leur champagne. Le film commença : une fois de plus, elles avaient choisi de revoir la meilleure version au monde d'*Orgueil et préjugés*. Pourtant, en dépit du charme de l'histoire, Daisy n'arrivait pas à se concentrer.

— Logan prétend que je n'ai pas tourné la page.

Sonnet coupa immédiatement le son.

— Et il a raison ?

— J'y ai longuement réfléchi.

Daisy mélangea le pop-corn dans le saladier afin de bien répartir le beurre.

— Il se peut qu'il ait raison. On croit rêver, non ? Un mec qui a raison !

— C'est totalement démentiel.

— Je ne m'endors plus à bout de larmes. Je ne me réveille plus au beau milieu de la nuit en me serrant la poitrine comme si j'essayais d'échapper à une espèce de cauchemar. Je ne tiens plus de conversations imaginaires avec Julian dès que je suis seule...

— Tout ça, c'est très bien. Mais... ?

— Je veux faire plus que me contenter d'exister. Plus que me contenter de tenir jusqu'à la fin de la journée. Je veux vivre pleinement. Je ne veux pas être la fille dont le fiancé a été tué. Je veux... revivre. Je veux être amoureuse.

— Alors, tombe amoureuse de quelqu'un.

— Tu es bien placée pour savoir que ce n'est pas si simple. C'est...

On frappa discrètement à la porte. Blake se mit à aboyer et à tourner sur elle-même comme un derviche.

Sonnet fronça les sourcils.

— Tu attends quelqu'un ?

Daisy baissa les yeux sur son maillot des Yankees et ses tongs.

— L'arbitre des élégances ?

Elle se précipita à la porte. A travers la vitre, elle reconnut Zach et Logan.

— Salut, dit-elle en les faisant entrer.

Sonnet se leva et porta la main au turban qui lui enveloppait la tête.

— Oh ! salut...

Zach lui sourit largement.

— J'ai appris que tu passais le week-end ici. Je voulais te voir.

Son regard tomba sur sa tête enturbannée, ses jambes nues et ses chaussons en peluche.

— Tu aurais dû appeler, répliqua-t-elle, visiblement agitée.

Daisy les observait, perplexe. Sonnet et Zach étaient amis d'enfance, ils avaient sympathisé autour de l'atelier de peinture au doigt, à la maternelle. Mais, ces derniers temps, leur amitié avait pris une nuance quelque peu différente.

— Je sens une odeur de pop-corn, dit Logan. Ça vous dérange si on s'incruste un peu ?

Daisy ne répondit pas tout de suite. A de rares exceptions, elle passait tous ses samedis soir seule, à lire, regarder la télévision, télécharger des photos de la séance du jour si elle avait couvert un mariage. Parfois, elle contemplait d'un œil coupable le carton qu'elle avait mis de côté pour l'expo-concours du MoMA. L'an dernier, emportée dans la profonde spirale de son chagrin, elle avait raté la date butoir pour s'y inscrire. Cette année, elle songeait à reprendre son projet, mais le carton restait aussi vide que le dossier intitulé « MoMA » dans son ordinateur.

— Non, pas du tout, affirma-t-elle. On se faisait une séance marathon d'*Orgueil et préjugés*.

D'un geste, elle leur indiqua la pile de DVD posée sur la table basse et les personnages en costume d'époque qui s'agitaient sur l'écran de la télévision, rendus muets par la télécommande.

— La version de la BBC, celle avec Colin Firth. Autrement dit, la seule et unique.

Zach et Logan avaient tous deux l'air vaguement sceptique. Sonnet intervint :

— Vous avez quelque chose de mieux à nous proposer ?

— Sans que ça implique une manette de jeu, s'empressa d'ajouter Daisy.

Elle n'avait jamais été fan de jeux vidéo.

— Qu'est-ce que vous diriez d'aligner des petits carrés de bois sur un plateau ? suggéra Zach.

— Un Scrabble !

Sonnet porta la main à son cœur.

— Dites-moi que je rêve, c'est trop beau pour être vrai.

— Alors, c'est réglé, trancha Daisy. La décision revient aux invités.

— Et les gagnants auront le droit de choisir le film, proposa Logan.

Connaissant les capacités cérébrales de Sonnet, Daisy accepta sans discuter. Tandis que les garçons installaient le plateau de jeu, Sonnet et elle passèrent dans la chambre, histoire de se rendre un peu plus présentables.

Sonnet était indignée.

— Je n'arrive pas à croire qu'ils n'aient pas appelé avant de venir !

Elle se pencha en avant, libérant sa masse de boucles de la serviette-éponge.

— Moi, je trouve ça plutôt mignon, objecta Daisy. Zach crève tellement d'envie de te voir qu'il est même prêt à passer la soirée à jouer au Scrabble.

— En sachant que je vais lui mettre une pâtée ! Je me demande ce que ça cache…

— Il a le béguin pour toi, idiote. Depuis que tu es revenue d'Allemagne.

— Zach ?

Sonnet renifla, mais elle semblait intriguée.

— C'est vrai ?

Daisy enfila son jean préféré.

— Ne fais pas la choquée. Ça fait longtemps que je le vois venir.

— Attends un peu...

Penchée vers le miroir, Sonnet se passa du gloss sur les lèvres.

— Comment sais-tu que cette visite surprise vient du fait que Zach a envie de me voir ? Pourquoi ne serait-ce pas Logan qui voudrait te voir, toi ?

Daisy ignora le spasme nerveux qui lui pinça l'estomac.

— Logan et moi nous voyons tout le temps. A cause de Charlie, précisa-t-elle.

— Mouais...

— Ça n'ira jamais plus loin, s'empressa d'ajouter Daisy. Trop de choses se sont passées.

— Il ne peut pas se passer *trop* de choses, ça n'a pas de sens.

— Je veux dire par là que nous avons chacun un passé trop lourd à porter.

— Hé, tout le monde se coltine des bagages ! C'est plutôt sympa d'avoir quelqu'un avec qui partager son fardeau, non ?

Comment le saurais-je ? pensa Daisy.

— Allez, dit-elle pour changer de sujet. Allons leur mettre une raclée au Scrabble.

En sortant de la chambre, elle s'aperçut que Logan était allé voir si Charlie dormait bien. Penché sur le lit en forme de dinosaure, il ramena une couverture sous le menton du petit garçon.

Daisy entra dans la chambre.

— Il repousse toujours ses couvertures, hein ?

Logan opina. Dans la douce lueur de la veilleuse, elle le vit sourire.

— J'aime l'heure du coucher, dit-il. Je regrette de ne pas y assister plus souvent.

— Il t'arrive très souvent de coucher Charlie.

Mais elle savait très bien qu'il faisait allusion à autre chose.

— Allumons le générateur de sons, suggéra-t-elle. Comme ça, il ne se réveillera pas si jamais on parle trop fort.

Elle régla l'appareil fixé au lit sur « Vagues océanes ».

Comme ils sortaient de la chambre, leurs corps se frôlèrent et, à sa grande surprise, Daisy éprouva comme une espèce de… chatouillis. Elle se remémora les paroles de Logan pendant qu'elle lavait la voiture. *Vis ta vie, Daisy. Il est temps.*

Dans le séjour, Zach et Sonnet se disputaient à propos de l'existence du mot « mofo ».

— Par chance, dit celle-ci en brandissant son iPhone, il y a une application pour ça.

— Si j'ai bien compris, constata Zach, tu ne vas rien me passer, ce soir.

— Ce n'est même pas la peine d'essayer.

Sonnet leva les yeux.

— Vous êtes prêts, tous les deux ?

Ils s'absorbèrent dans le pop-corn et le Scrabble comme une bande d'étudiants en résidence universitaire. Sonnet et Zach s'étaient servi du champagne. Daisy, elle, opta finalement pour une ginger ale, histoire de tenir compagnie à Logan. Ce dernier considéra les verres embués posés sur la table.

— Rien ne t'y oblige, tu sais ?

Elle haussa les épaules.

— Ce n'est pas bien grave.

En règle générale, elle évitait de boire de l'alcool devant lui. Il paraissait bien installé dans son abstinence, mais elle trouvait plus prudent de ne pas lui mettre du champagne sous le nez. Daisy n'aimait pas tenter le diable. Rester sobre devant Logan constituait également une marque de respect, de soutien vis-à-vis de ce qu'elle savait être pour lui un combat de chaque jour.

— Hé ! dit Sonnet en foudroyant Zach du regard. Tu n'as pas le droit d'ajouter « aillerie » à mon mot !

— C'est pourtant ce que je viens de faire, et l'ensemble me rapporte « mot compte triple ».

Daisy regarda le plateau de jeu.

— « Chiennaillerie » ?

— Parfaitement, répliqua Zach, croisant les bras sur sa poitrine. Vous n'avez qu'à demander à Blake. Pas vrai, Blake ?

En entendant son nom, la chienne se mit à cogner la queue par terre.

— Et, en plus, j'obtiens un bonus pour avoir posé toutes mes lettres d'un coup.

— Toutes les huit.

— Exact !

— Donc, reprit Sonnet en reprenant les jetons un par un, non content d'être un illettré, tu es aussi un tricheur. Tu n'as le droit qu'à sept jetons sur ton présentoir. Toutefois, comme je suis d'humeur généreuse, je t'autorise à continuer le jeu.

La compétition fut tour à tour féroce et stupide. Certaines combinaisons de lettres — hors-la-foi, yabbon, wug — donnèrent lieu à d'âpres discussions, tranchées par la consultation d'un site internet spécialisé. Sonnet était bien décidée à gagner mais, à la dernière minute, Logan sortit de derrière les fourrés en posant la lettre K, qui rapporte toujours gros sur « mot compte double ».

— « Shekel » ? s'insurgea Sonnet. Tu me charries !

— C'est une ancienne unité de mesure. Considère que tu as trouvé ton maître. Et c'est moi qui choisis le film. Au revoâââr, monsieur Darcy-la-chochotte !

Il parcourut la collection de DVD de Daisy avec une consternation croissante.

— *Hope Floats* ? *L'Age de l'innocence* ? *Phantom* ? Allez, tu as planqué les autres ?

— Crois-moi, je n'ai pas un seul exemplaire de *Gladiator* ou de *300* planqué quelque part.

— Comment savais-tu que c'étaient mes deux films préférés ?

— Ce ne sont pas les deux films préférés de tous les mecs ?

— En tout cas, ce sont les deux miens, reconnut Zach.

— Il nous faut un plan B, décréta Logan en s'emparant de la télécommande.

Il fit dérouler plusieurs chaînes avant de s'exclamer :

— Voilà ! J'ai trouvé le bon filon.

Tous les quatre s'installèrent en rang d'oignons sur le sofa pour regarder une soirée de boxe en direct. Et, bien malgré elle, Daisy se passionna pour les matchs. Elle admirait la technique, la puissance brute d'un coup bien placé, la façon dont les adversaires s'affalaient l'un contre l'autre, exténués, avant de recommencer à danser d'un pied sur l'autre. Dopés par le champagne, Zach et Sonnet se mirent à chahuter, mais le bruit ne réveilla pas Charlie.

Daisy goûtait un bonheur et une détente tels qu'elle n'en avait pas connu depuis des mois. C'était si simple de passer la soirée à dire des bêtises en compagnie de vieux amis… Il lui fallait se livrer plus souvent à ce genre de plaisir.

Un autre match débuta. Le présentateur désigna les adversaires, étirant les mots avec des intonations de M. Loyal :

— Et dans ce coiiiiiin… un nouveau venuuuu… Bullseye Tilliiiiis ! Récemment démobilisé de l'armée de l'air !

Les mots « armée de l'air » atteignirent Daisy comme une attaque sournoise, une fine lame glissée entre ses côtes, poinçonnant sa bulle de bonheur. Les autres continuaient à rire, à parler et à se passer le pop-corn ; apparemment, ils ne s'étaient aperçus de rien. Daisy se rendit compte que ce syndrome — laisser le chagrin dominer sa vie — pouvait bien signer son arrêt de mort. Peut-être pas de façon littérale, mais psychologique.

Son thérapeute lui avait expliqué qu'en s'appesantissant exagérément sur son chagrin on encourait les effets débilitants du deuil pathologique : épuisement, insomnie, baisse de la vigilance, déconnexion du monde réel… Ce n'est qu'à cet instant précis que Daisy saisit l'impact réel de ses paroles.

Elle prit conscience d'une autre chose, assise entre ses amis hilares, c'est que le temps était venu pour elle d'opter pour le bonheur. Il y avait une éternité qu'elle n'éprouvait plus rien que du chagrin. Il lui fallait tourner la page, sous peine de se perdre. Elle voulait être heureuse. Elle ne voulait plus errer le jour comme une âme en peine et pleurer la nuit en serrant une vieille chemise de Julian. Celui-ci attendait autre chose d'elle : il voulait qu'elle vive sa vie, pas qu'elle la transforme en calvaire.

Pour toi, Julian, décida-t-elle. *Et pour moi.*

Le lendemain s'ouvrit sur un magnifique lever de soleil ; c'était le genre de journée qui rendait Daisy heureuse d'être en vie. Elle saisit la sacoche contenant son appareil et prit une photo. Une seule suffirait, elle en était sûre. On sait quand la première photo est la bonne, c'est ainsi.

Elle se hâta d'aller à son ordinateur afin de vérifier le résultat sur grand écran. C'était un gros plan d'une fleur blanche en forme de trompette, ornée de perles de rosée. Chaque gouttelette créait sur la fleur un miroir convexe où se reflétait le soleil levant, le tout composant une mosaïque complexe de couleurs naturelles. Cette photo avait quelque chose de spécial, une magie singulière qui lui alla droit au cœur lorsqu'elle la contempla.

Pour la première fois depuis longtemps, elle se sentit de nouveau une artiste. Elle sauvegarda le fichier, imprima la photo, l'étudia de plus près, puis nota la date au dos. Gagnée par l'allégresse, elle prit une profonde inspiration et glissa le cliché dans la corbeille à courrier demeurée vide bien trop longtemps — l'expo-concours des Artistes émergents organisée par le MoMA.

C'était loin d'être gagné, mais elle allait s'atteler à la tâche, même si cela impliquait de ne pas dormir. Que l'impossible se produise et qu'on lui fasse l'honneur de sélectionner une de ses œuvres, cela tenait du miracle. Mais même si elle n'était pas retenue, il lui resterait toujours un press-book dont elle n'aurait pas à rougir.

Quand Charlie se réveilla, un peu plus tard, elle le laissa avec Sonnet, qui lui fit faire des pancakes en forme de dinosaure. Munie de sa sacoche, d'un petit carnet et d'un stylo, elle entama l'itinéraire qu'elle avait mentalement balisé la nuit dernière.

Elle roula jusqu'au camp Kioga et marcha jusqu'à l'endroit où la municipalité autorisait les feux, près du lac. Le lieu était désert. Des restes de bûches carbonisées gisaient dans le foyer, et le lac ressemblait à une surface vitrée à l'endroit où la lumière le frappait. Elle trouva l'angle qui lui convenait et, au lieu de combattre le flamboiement du soleil, elle prit la photo qu'elle voulait, sachant que cet éclat éblouissant ajouterait une dimension mystique au cliché.

— J'étais assise ici même le jour où je t'ai rencontré, dit-elle à voix basse, bien qu'il n'y eût personne pour l'entendre. Tu étais si différent de tous les jeunes que je connaissais... J'ai essayé de te faire fumer de l'herbe avec moi, comme si ça pouvait t'impressionner ou je ne sais quoi. Tu as refusé, mais très gentiment. Et j'ai su alors que je désirais ton amitié. Tout ce qui intéressait mes autres copains, c'était de planer et de faire la bringue. Je n'arrivais pas à comprendre le but que tu poursuivais, mais j'étais bel et bien intriguée. Tu étais tout pour moi, Julian. Te perdre, ce fut comme si on avait percé un trou dans ma poitrine. J'ai réussi à continuer à vivre, à marcher et à traverser les péripéties de la vie, mais tout ce que j'ai éprouvé l'année passée, c'est la douleur de ton absence. Personne ne peut vivre avec ce genre de souffrance.

« Alors, aujourd'hui, je vais tourner la page. Je ne t'oublierai jamais, je ne cesserai jamais de t'aimer. Mais, à partir de maintenant, je vais cesser d'aspirer à une vie qui me sera toujours refusée. J'ai besoin de trouver une autre vie, et je suis bien certaine que cela passe par un nouvel amour. »

Elle prit une profonde inspiration.

— Il s'agit peut-être d'accepter l'amour qui se trouve déjà dans ma vie. Je n'en sais rien. Tout est tellement nouveau pour moi, et tellement horrible... Je sais seulement qu'il est temps pour moi de te dire adieu et de tourner la page. Si tu étais là, tu comprendrais. Tu débordais de vie, plus que n'importe qui. J'ai tant appris de toi. Jusqu'ici, je n'ai pas aimé ma vie, mais j'ai l'intention de m'y mettre. A partir de maintenant.

Elle attrapa un canoë et pagaya jusqu'à l'endroit où Julian l'avait demandée en mariage. Quelques résidents du camp exploraient l'endroit, mais leur présence ne la dérangeait pas. Le cliché qui racontait son histoire fut pris au niveau du sol — deux arbres encadrés par l'arche du belvédère, avec en arrière-plan le vaste ciel d'une dureté marmoréenne. L'obturateur se referma à la seconde où un oiseau s'envolait.

Tout au long de la journée, elle prit son temps, empruntant des routes secondaires dans la campagne, s'arrêtant à certains endroits où Julian l'avait emmenée depuis l'été de leur rencontre jusqu'au jour de sa demande en mariage. Elle revisitait tous ses anciens souvenirs et les immortalisait par le biais de son appareil photo. Au fil des kilomètres, elle se sentait plus légère. C'était comme si, à chaque étape, elle se délestait des lourds vestiges de son chagrin.

Son carnet se remplissait de pensées venues du cœur et, sous leur apparence de clichés de nature, ses photos narraient un récit plus profond. Elle espérait avoir capté la nuance qu'elle recherchait mais, en réalité, elle était intimement convaincue d'avoir atteint son but. Elle « sentait » les photos : elles faisaient émerger quelque chose en elle. Quelque chose de nouveau et d'un peu excitant, comme si elle avait ouvert la porte menant à un monde caché.

Quand elle revint à sa petite maison d'Oak Street, coincée dans une rangée de bâtisses identiques, l'après-midi touchait à sa fin. Elle se sentait… non pas différente, mais une meilleure version d'elle-même, peut-être.

— J'espère que ce n'est pas une illusion, marmonna-t-elle.

Mais ça n'en était pas une. Cela ressemblait à la réalité. Son pouce agaçait la base de l'annulaire où elle avait porté sa bague de fiançailles. Elle avait fini par l'enlever, car la sentir, la voir à son doigt, lui rappelait constamment l'absence de Julian. A l'intérieur de l'anneau, il n'avait fait graver qu'un seul mot : « Eternellement ».

Que lui avait-il dit, déjà ? *« Eternellement », c'est un mot que je te réserve.*

Elle pénétra dans la maison en appelant Sonnet et Charlie.

— Maman !

Son petit garçon déboula dans l'entrée, Blake sur ses talons. Charlie se jeta dans ses bras.

— Tu es revenue.

Elle enfouit son visage dans le cou de son fils, respirant son odeur de sirop d'érable et de petit garçon.

— Oui, mon bonhomme. Je suis revenue.

13

Les Pétales de Zouzou… La plus jolie boutique de la ville. Daisy la contempla, l'estomac palpitant d'une vague appréhension. Elle se trouvait dans une boutique — une boutique de robes de mariée — lorsqu'elle avait appris la mort de Julian et, depuis ce jour, elle n'avait plus remis les pieds dans un magasin. Elle avait tenté d'en rire avec sa thérapeute spécialiste du deuil.

— Je dois complètement disjoncter. Dans les annales de la psychologie, y a-t-il trace d'une patiente ayant la phobie du shopping ?

— Vous pourriez avoir des surprises, avait répliqué la thérapeute, qui lui avait ensuite conseillé d'apprendre à dépasser sa peur.

Aujourd'hui, Daisy devait retrouver sa cousine Olivia chez Zouzou. La propriétaire de la boutique, dont le goût exquis se doublait d'un jugement de femme d'affaires, proposait à ses clientes une collection composée d'un mélange de styles éclectiques. On y trouvait aussi bien de coûteuses robes de soie Vena Cava que des pulls tricotés main par des artisans d'art de la région, en passant par des hauts simples, mais délicats, qui faisaient merveille sur un bon jean.

« Chez Zouzou, il éclôt toujours quelque chose de nouveau », proclamait le slogan inscrit au-dessus de l'entrée donnant sur la place. C'était une journée idéale pour faire du shopping : l'air était doux et frais, le ciel légèrement couvert, bref, le genre de temps qui ne donne pas envie d'être dehors. Passé le seuil de la douillette boutique encombrée d'un fouillis sympathique, une agréable odeur de pot-pourri et de vêtements neufs lui parvint aux narines.

La sortie d'aujourd'hui était une idée de Daisy. Les deux cousines avaient laissé leurs enfants à leurs pères respectifs.

— Qu'est-ce qu'on fête ? s'enquit Olivia. Mon petit doigt me dit qu'il ne s'agit pas d'une petite virée entre filles.

— Tu n'as pas tort.

Maintenant qu'on la pressait de révéler son intention, elle se sentait étrangement intimidée.

— On fête deux choses. Tout d'abord, j'ai touché une jolie prime pour une séance de photos de mariage, et cet argent me brûle les doigts.

— Parfait. Cette boutique va sans aucun doute t'aider à soulager ton porte-monnaie.

Olivia s'empara d'une écharpe à froufrous de soie moirée, qu'elle passa autour du cou de sa cousine.

— Et puis, ajouta Daisy, je vais avoir recours à ton impeccable sens du style.

— Oh ! je suis flattée…

— Non, non. C'est la vérité, et j'ai besoin de toi.

La décoration d'intérieur, c'était le premier métier d'Olivia. Elle s'occupait de valoriser certains biens immobiliers à la demande de leurs propriétaires, afin d'en accélérer la vente. Autrement dit, elle était dotée d'un flair infaillible en matière de tendances, et Daisy avait besoin de sa compétence.

— Je suis décidée à devenir jolie.

— Mais tu es très jolie ! Ravissante, même.

— J'apprécie ta loyauté, mais personnellement je ne me sens pas ravissante du tout. Depuis l'annonce du décès de Julian, je n'avais plus envie de m'occuper de moi mais, à partir de maintenant, je veux que ça change. Pas seulement dans l'intérêt de Charlie, mais aussi pour moi. Il est temps que j'arrête d'errer comme une âme en peine. Et même si ça promet d'être difficile, il est temps aussi que je fasse de nouvelles rencontres. Tu vois ce que je veux dire… *des hommes*, quoi. J'en ai vraiment marre d'être seule. Bien sûr, j'ai des amies et une famille géniales, mais je veux de nouveau être unique pour quelqu'un.

Olivia la serra dans ses bras.

— Bravo ! Non, franchement, c'est vraiment bien.

Olivia en avait les larmes aux yeux. Daisy se demanda si elle pensait à Connor. Après l'annonce du décès de son frère, il avait coulé dans un abîme de rage et de dépression, un trou noir si profond qu'il effrayait tout le monde. Connor avait livré une bataille en règle contre ses états d'âme, mobilisant tout l'arsenal thérapeutique à sa disposition : psychothérapie, groupe de soutien, médicaments, méditation, exercices de respiration et même yoga. Il était incongru de se représenter le mari d'Olivia, véritable sosie de Paul Bunyan, en train de se contorsionner dans des postures de yoga et psalmodiant du sanskrit, mais il était bien décidé à ne négliger aucune piste afin d'émerger de son chagrin.

Et le fait est que ses efforts s'étaient avérés payants. Il avait trouvé une sorte de paix et d'acceptation.

Daisy avait pris un chemin différent, plus long. Le jour où elle avait revisité les lieux symboliques qui avaient jalonné sa relation avec Julian, elle avait pris une série de photos remarquables. Les regarder la faisait souffrir, mais c'était le meilleur travail qu'elle ait jamais réalisé.

Enfin, elle était prête à se concentrer sur elle-même.

Sa cousine s'acquitta de sa mission avec enthousiasme. Olivia, constata Daisy, prit un plaisir fou à lui composer la tenue parfaite, et elles repartirent de la boutique nanties de trois ensembles comprenant certains éléments très seyants qui constitueraient la base de sa toute nouvelle garde-robe. Et quand Daisy s'était inquiétée de la dépense, Olivia lui avait offert certains accessoires, sourde à toute protestation.

— Tu vas être à tomber, affirma-t-elle. Et maintenant, voyons si on peut débarquer sans rendez-vous dans le salon de coiffure.

— D'accord. Très bonne idée.

Daisy souhaitait se faire coiffer sur-le-champ. Sa dernière

coupe de cheveux remontait à trop loin pour qu'elle s'en souvienne.

Elle avait longtemps caressé l'idée de se faire couper les cheveux, décision qu'elle remettait toujours à plus tard, sans trop savoir pourquoi. Ou plutôt : elle savait très bien pourquoi. Julian adorait ses cheveux longs. Sauf qu'aujourd'hui tout avait changé, et c'était justement la raison d'être de cette journée.

Une chevelure qui descend jusqu'à la taille, c'est très bien pour faire vendre un shampoing mais, dans la vraie vie, cela indique simplement : « Je me néglige. » Quand, récemment, elle s'était rendue à Windham pour photographier une noce, quelqu'un lui avait demandé si elle était membre d'une église pentecôtiste. Il n'y avait rien d'infamant à être pentecôtiste, mais la question lui avait donné l'impression d'être un imposteur. Un imposteur dans sa propre vie.

Le salon des Sœurs Ciseaux appartenait aux trois sœurs Dombrowski, qui croyaient, avec une foi inébranlable, aux vertus du dorlotage. Peut-être, pensa Daisy, était-ce pour cela qu'elle avait gardé ses distances. Se chouchouter et se pomponner ne lui paraissaient pas des pratiques compatibles avec son chagrin.

Dès qu'elle passa les portes du salon, elle fut assaillie par les odeurs fruitées de produits capillaires haut de gamme et mesura l'étendue de sa sottise.

Cet endroit était un lieu thérapeutique. Pourquoi n'y avait-elle pas pensé plus tôt ?

Les Sœurs Ciseaux ne se cantonnaient pas à la coiffure. La plus jeune des trois, Tina, proposait de merveilleuses manucures et pédicures. Leah, la cadette, diplômée d'une école de cosmétologie, était un as du maquillage — toutes les mariées de la région avaient recours à ses services. Quant à l'aînée, Maxine, c'était l'artiste de la coiffure.

Lorsque Olivia et Daisy entrèrent dans le salon, Maxine coiffait une cliente.

— Je peux vous prendre dans une demi-heure environ, proposa-t-elle. Faites-vous donc faire une manucure-pédicure, en attendant.

— Excellente idée, approuva Olivia.
— Oui, pourquoi pas ?

Daisy était partante. Il y avait longtemps qu'elle aurait dû le faire. Une hésitation de dernière seconde la retint :

— Euh... c'est-à-dire, si tu crois qu'on a le temps...
— Bien sûr qu'on a le temps ! Les hommes peuvent s'occuper des petits, leur faire prendre le bain et même les coucher.

Daisy savait que jamais Logan ne rechignerait à garder Charlie. Quand il était venu le chercher pour l'emmener au camp Kioga, il avait paru tout à fait satisfait du projet de la journée. Les pères et les enfants partaient faire une promenade agrémentée d'une baignade si la température remontait, puis retour chez Connor pour regarder des films et faire la sieste.

Daisy adressa un signe de la tête à sa cousine.

— Je me demande si Logan se sent mal à l'aise à l'idée de passer la journée avec Connor.
— Pourquoi devrait-il se sentir mal à l'aise ?
— Ma foi... Le père de mon fils passe la journée avec le frère de mon fiancé disparu. Je me demande bien ce qu'ils vont se raconter.
— Ils vont parler des enfants. Du sport. Et du boulot. Ils confectionneront des sandwichs clubs géants pour le déjeuner. Reste à croiser les doigts pour qu'ils n'apprennent pas aux petits à dire des gros mots ou à roter sur commande.

Maxine souleva le casque de séchage qui recouvrait la tête de sa cliente.

— Tiens, c'est Daphné ! dit Daisy, étonnée de reconnaître la réceptionniste du cabinet d'avocats de sa mère. Quel plaisir de te voir ! Je te présente ma cousine Olivia.

Maxine installa Daphné dans un fauteuil et entreprit de défaire ses papillotes de papier d'aluminium avec méthode. Cette fois, le choix de Daphné s'était apparemment porté sur des mèches d'un magenta électrique qui contrastait violemment avec ses cheveux noirs. Elle arborait également un intéressant assortiment de tatouages représentant des personnages de manga.

— Comment ça va ? lui demanda Daphné.

Le ton était plus poli qu'amical. La jeune femme n'avait jamais semblé apprécier Daisy, sans que celle-ci sache pourquoi.

— Mieux, merci. Avec Olivia, nous avons fait un shopping thérapeutique. Et, maintenant, je viens pour un relookage complet. Je suis prête à tourner la page de mon ancienne vie.

— Pourquoi, qu'est-ce qui n'allait pas dans votre ancienne vie ? lui demanda Tina, qui fit rouler son tabouret jusqu'à la table à manucure, face à Daisy.

Daisy hocha la tête et inspira. Depuis le temps, elle avait pris l'habitude de raconter son histoire. Dans le groupe de deuil auquel elle avait participé, on lui avait conseillé de s'entraîner. C'était une technique singulière que d'expliquer l'épreuve la plus dévastatrice de sa vie en des termes qui ne mettent pas son interlocuteur mal à l'aise.

— Mon fiancé est mort en septembre dernier. Il était soldat dans l'armée de l'air et il a été tué en service commandé.

— Oh, non ! s'exclama Tina en s'emparant de la main de Daisy qu'elle enduisit d'une lotion agréablement chaude. Ma parole, mais c'est affreux ! Vous avez entendu ça, les filles ? Le fiancé de cette pauvre petite a été tué. Nous sommes vraiment, *vraiment* navrées pour vous, mon chou.

— Merci, répondit Daisy, soulagée d'avoir réussi à s'expliquer tant bien que mal. A un moment, j'ai cru dur comme fer que je n'y survivrais pas, mais on ne peut pas faire une chose pareille, n'est-ce pas ? J'ai un petit garçon magnifique, des amis et une famille formidables.

— Ah bon, vous aviez eu un fils avec lui, mon chou ?

— Hum, c'est un peu compliqué… Mon fiancé n'était pas le père de mon fils.

Depuis l'autre bout du local, elle sentait l'attention aiguisée de Daphné.

— Miséricorde, soupira-t-elle, dit comme ça, ma vie ressemble à une *telenovela* !

— Mais en anglais, précisa Olivia.

— Et c'est qui, alors, le père du petit ? s'enquit Leah.

— Un garçon que je connais depuis toujours. A l'époque où nous étions encore au lycée, nous avons passé un week-end complètement déjanté, qui s'est conclu par Charlie.

Elle était surprise de s'entendre livrer des détails intimes de sa vie avec des femmes qu'elle connaissait à peine. Mais c'était la nature même de ce salon : c'était un lieu où les femmes se sentaient libres de s'épancher.

— Ah, le petit salopard ! Il vous a plaquée et…

— Pas du tout, Logan est un type très bien ! s'empressa de préciser Daisy. Tout à fait formidable, en fait. Aujourd'hui, il me garde Charlie toute la journée, afin que je puisse venir ici.

— Alors, ça y est ? se réjouit Tina. Finalement, vous avez réussi à l'avoir, votre *happy end*.

Daphné intervint dans la conversation :

— Dis donc, Maxine, il faut que j'y aille. Je vais au ciné avec quelqu'un, cet après-midi. Je vais devoir faire l'impasse sur le démêlage.

— Tu es sûre ?

— Ça ira très bien.

Elle bondit de son fauteuil et ôta sa blouse. Arrivée au comptoir, elle griffonna un chèque et se dirigea vers la porte.

— A un de ces jours, Daisy. Et bonne chance pour tout. Ravie d'avoir fait votre connaissance, Olivia.

— Qu'est-ce qui se passe ? J'ai gaffé ? s'enquit Daisy, inquiète après le départ de Daphné.

— Ah ! Elle a des chèques à l'effigie de *Sailor Moon*, déclara Maxine. Vous savez, le personnage de manga. Elle est un peu excentrique, Daphné, mais c'est une fille géniale.

Son vernis rose coquillage pas tout à fait sec, Daisy passa du côté coiffure pour y subir les différentes étapes : shampoing, soin capillaire, coupe, brushing. Elle n'avait pas mis les pieds dans un salon de coiffure depuis son essayage pour le mariage. Sa cousine Dare, qui était organisatrice de mariages, l'avait emmenée à Albany dans un salon spécialisé, où elles avaient passé une journée follement divertissante.

Daisy avait ri, rêvé, fantasmé le déroulement de son mariage, imaginé le spectacle qu'elle voulait offrir à Julian lorsqu'il poserait les yeux sur elle. La coiffeuse avait créé à son intention un chignon en spirale, semé de fleurs fraîches et retenu par la barrette en nacre et argent de sa grand-mère. Elle s'était contemplée dans le miroir et avait eu un aperçu de la mariée qu'elle ferait.

Elle inclina la tête en arrière au-dessus du bac à shampoing, ferma les yeux et décida de régler définitivement son compte à ce souvenir. Mentalement, elle se le représenta emporté par le tourbillon de l'eau, rincé, puis évacué par le siphon.

Assez, pensa-t-elle. *Assez de souffrances.*

— Allez-y, coupez court, dit-elle à Maxine, une fois le shampoing terminé.

— Court comment ?

— Court comme… un carré boule, peut-être.

Maxine passait un peigne à larges dents dans sa longue chevelure humide.

— Vous êtes sûre ?

— Pour l'instant, oui. Faites vite avant que je ne change d'avis.

— Tu ne le regretteras pas, affirma Olivia. J'ai toujours pensé que tu serais superbe avec une coupe courte.

Les ciseaux cliquetaient avec une froide précision qui écorchait les oreilles de Daisy. Elle regardait ses longues mèches tomber une à une en écheveau humide, chacune heurtant le petit tapis glissé sous le fauteuil avec un claquement doux et mouillé.

— Ça ressemble à une tonte rituelle, fit-elle remarquer d'un air dégagé, histoire de masquer sa nervosité.

— Mais *c'est* une tonte rituelle ! assura Olivia. Le rituel étant, ma chère cousine, que tu vas sortir de ce salon métamorphosée.

— Je suis entièrement d'accord là-dessus, mais il y a un hic.

— Lequel ?

— La nouvelle femme va retourner à son ancienne vie. Même boulot, même routine…

— Peut-être, mais avec une autre attitude. Les hommes le remarqueront et tu recommenceras à sortir.

— Je ne suis jamais sortie. Je suis passée sans transition du lycée à la maternité. Je n'ai aucune idée de la marche à suivre.

Maxine y alla de son grain de sel :

— Quand nous en aurons fini avec vous, mon chou, vous n'aurez plus qu'une seule question à vous poser : comment rester en selle quand le prince charmant vous emportera sur son cheval blanc.

Daisy déglutit en prenant conscience de la réalité. C'était ça, tourner la page.

— Comment fait-on pour rencontrer un homme, de nos jours ? Est-ce que je dois aller sur internet ?

— Peut-être, dit Olivia.

— Je ne suis pas vraiment prête pour ça.

— Très bien, alors fais-le à l'ancienne. Laisse tes amis te présenter des gens.

— D'accord. A qui vas-tu me présenter ?

Olivia hésita une seconde de trop.

— Tu vois ? Tu ne connais personne qui...

— Ned Farkis ! lança Olivia avec un sourire de soulagement. C'est mon expert-comptable, et je sais qu'il est vraiment célibataire parce que...

— Ned Farkis ? Qu'est-ce que c'est que ce nom ?

— Ne juge pas les gens sur leur nom, bon sang !

— C'est la seule chose que je sais sur lui !

— Eh bien, il a l'air très sympa et très intelligent.

— Et physiquement ?

— Il est sympa, répéta Olivia, éludant manifestement la question.

— Et intelligent, c'est ça ? insista Daisy. Il le porte sur lui, quoi ?

— Oui, bon... Disons qu'il fait un peu intello chic. Et... euh... il est un peu enrobé, à la taille.

— De mieux en mieux.

— O.K. Passons à autre chose.

— Vous connaissez Alvin, du magasin de vidéo ? lui demanda Leah. Il est mignon. Les cheveux en pétard, un sourire timide.

— Alvin Gourd ? demanda Daisy. Non, merci !

D'accord, il était mignon, genre John Cusack dans *High Fidelity*, mais Alvin Gourd, pâle et effacé, véritable encyclopédie ambulante des anecdotes du septième art, n'était vraiment pas son type d'homme.

— On s'y prend peut-être à l'envers, suggéra Olivia. Tu es intelligente, brillante, pleine d'humour, et tu embellis de minute en minute. Inutile de s'en faire pour trouver des hommes à qui te présenter. Ils vont affluer en masse, crois-moi. Nous ferons le nécessaire, et ils seront attirés comme des mouches.

La coupe se révéla aussi étonnante que l'avait promis Maxine : un carré boule brillant qui lui effleurait les épaules. Daisy secoua la tête ; cette nouvelle coiffure était étrange et légère.

Leah la maquilla de façon ravissante, et Olivia insista pour qu'elle endosse une de ses nouvelles tenues.

— Sérieusement ? dit Daisy. Pour la suite de la journée, j'ai prévu d'aller récupérer Charlie et de passer la soirée à la maison.

— Oh, allez ! Pour me faire plaisir.

Dans l'arrière-boutique du salon, elle enfila son nouveau jean bleu-noir, des sandales à talons pour arborer sa pédicure et un corsage fluide et décolleté couleur aquarelle. Puis elle alla se camper devant le miroir du salon et se contempla.

— Bien.

— C'est le mot.

— Je suis jolie. Je ne pensais pas être moche, avant, mais là je me trouve *jolie*.

— Un peu de changement de temps en temps, ça ne fait jamais de mal.

Charlie lui jeta un seul regard et courut se plaquer contre son père.

— Maman ! Qu'est-ce que tu as fait ?

— Je me suis fait couper les cheveux. Ça te plaît ?

— Non. Remets-les comme avant !

— Ah, non, mon bonhomme ! interrompit Logan. Pas question.

Il dévisagea Daisy et laissa son regard s'attarder sur elle, visiblement séduit.

— C'est très réussi.

— C'est aussi ce que je lui ai dit, assura Olivia, faisant irruption dans la maison.

Depuis toujours, Daisy la considérait comme une maison de rêve. Depuis l'âtre en galets de rivière jusqu'au jardin de conte de fées, en passant par la palissade, il ne lui manquait rien. Qui plus est, elle jouissait d'une situation exceptionnelle. Bâtie sur un terrain en pente douce surplombant la Schuyler River, elle avait une vue majestueuse sur le lac, dans le lointain.

— Comment s'est passée votre journée ? s'enquit Daisy.

— Le mieux du monde, répondit Logan. Les petits s'entendent comme larrons en foire. Je crois que les chiens aussi se sont bien amusés. En revanche, je ne pense pas que Barkis s'entende très bien avec Blake.

— N'importe quoi ! Tout le monde s'entend avec Blake.

— Tu n'as qu'à lui demander, rétorqua Logan en fusillant du regard la petite chienne terrier. Tu es prête à rentrer chez toi ?

— Absolument.

Elle le regarda faire le tour de la pièce en rassemblant les affaires de Charlie, dispersées çà et là. L'expression admirative de Logan quand il l'avait vue avait été gratifiante. Elle sourit, entrapercevant enfin un semblant d'espoir pour l'avenir.

— Merci pour tout, dit-elle à Olivia. J'ai passé une journée merveilleuse.

— C'est toute ta vie qui va être merveilleuse.

— Espérons-le.

A la porte, Olivia lui saisit le poignet et lui murmura à l'oreille :

— Je pense à une chose : quand tu te mettras en quête de galante compagnie, commence par chercher près de chez toi.

— Comment ?

— J'ai vu la réaction de Logan face à ton changement de look. Ce qui m'a frappé, ce n'est pas l'air qu'il avait en te contemplant. C'est la façon dont tu le fixais, toi.

Daisy voulut protester, mais Olivia l'arrêta de sa main levée.

— Je dis ça comme ça.

Daisy médita sur la remarque de sa cousine pendant tout le trajet de retour. Logan ? Vraiment ? Sérieusement ?

Hors de question. S'engager dans une relation avec Logan était par trop évident. Et quelque chose d'aussi évident était voué à l'échec.

Assise sur le siège passager, elle laissa Logan les ramener à la maison sans prononcer une seule parole. Ni lui ni Charlie ne parurent remarquer son silence. Ils chantaient par-dessus la radio leur effroyable version de *We Are The Champions* et s'amusaient comme des fous. Ils s'amusaient toujours comme des fous, d'ailleurs.

Tandis qu'ils traversaient le centre-ville, elle lança spontanément :

— Et si on achetait une pizza pour le dîner ? Je suis trop glamour pour faire la cuisine, ce soir.

— Ouais ! lança Charlie depuis la banquette arrière. Et papa, il en mangera aussi ?

— Bien sûr, papa en mangera aussi. Ce serait très impoli de notre part d'acheter une pizza et de ne pas lui en donner.

Elle marqua une hésitation.

— Enfin… si tu n'as pas d'autres projets pour la soirée.

— Ça marche ! On va chez Carminucci ou chez Sir Lancelot ?

— Chez Carminucci, évidemment, répliqua Daisy. Leur pâte est supérieure.

Au comptoir, Logan commanda une grande pizza, moitié jambon, moitié champignons.

Daisy le considéra avec perplexité.

— Comment sais-tu que j'aime la pizza aux champignons ?

— Je connais tes goûts.

— Hum…

— Qu'est-ce que c'est censé vouloir dire ?

— Que j'hésite à me faire une opinion. Je me demande si cette remarque dénote de l'attention ou un intérêt louche, genre harcèlement.

— De l'attention. Là-dessus, fais-moi confiance.

Tandis qu'ils attendaient la pizza, ils emmenèrent Charlie jusqu'à l'énorme aquarium qui occupait tout un mur du local. Le petit garçon s'enthousiasma pour les poissons aux couleurs vives, et s'évertua à imiter leurs yeux exorbités et leur bouche en forme de bulle.

Daisy adorait voir le monde à travers les yeux de Charlie. Son fils lui rappelait constamment de croire à la magie et de poser un regard émerveillé sur le monde. Elle avait cadré la réalité sous bien des angles, mais celui de son fils était le plus frais et le plus passionnant. Parfois, lorsqu'elle composait un cliché, elle tentait d'employer ce qu'elle appelait le « filtre Charlie ». Comment son petit garçon verrait-il la scène ? Cela donnait des résultats intéressants.

— Regardez, papamaman, dit Charlie, avec sa manie d'accoler leurs deux noms. Y a un petit bonhomme dans l'aquarium !

C'était un plongeur sous-marin en céramique, à moitié dissimulé par les roseaux colorés, une bouteille d'oxygène sur le dos et un harpon à la main.

— Il cherche le trésor des pirates, expliqua Logan en désignant le minuscule coffre débordant de richesses.

— C'est super, déclara Charlie. Mais… Oh ! Regardez !

Il leur montra un petit poisson tropical flottant sur le flanc, près de la surface. Ses marques bleues et noires avaient pâli, ses minuscules branchies s'étaient effilochées et il ne bougeait plus, sauf de temps en temps, quand le courant créé par la pompe l'agitait d'un vague soubresaut. Charlie tapa du doigt contre la vitre.

— Je crois qu'il est mort, ce poisson.

— Je crois que tu as raison, dit Daisy.

— C'est vrai, il est mort ? Mais tu veux dire, mort, *mort* ? Il ne nagera plus jamais ?

— J'en doute fort.

— Est-ce que quelqu'un va le sortir de là ?

— Je suppose, oui, la prochaine fois que l'aquarium sera nettoyé.

— Et si on le sort pas ?

— Alors, il se... dissoudra plus ou moins en morceaux de plus en plus petits, jusqu'à ce qu'on ne le voie plus.

Daisy n'appréciait pas cette conversation, un peu trop proche de la réalité qu'elle avait dû affronter l'an passé.

Quand elle avait appris la façon dont Julian était mort, elle avait été hantée par des questions vouées à demeurer sans réponses et par des images sinistres qui perturbaient son sommeil. Avait-il eu peur ? Avait-il souffert ? Avait-il lutté pour rester en vie, ou était-il mort sur le coup ?

— La pizza est prête, annonça Logan en sortant son porte-monnaie. J'ai une faim de loup. Et vous ?

— De loup, admit Charlie.

Logan paya la pizza et prit également un pack de six sodas végétaux.

Ils remontèrent en voiture et Daisy poussa un profond soupir en sentant l'odeur de la pizza à peine sortie du four.

— Quelque chose ne va pas ? demanda Logan, inquiet.

— Au contraire. Je me demandais pourquoi les gens s'embêtaient à manger autre chose, quand on peut se régaler de pizzas et de soda végétal.

Logan s'extirpa du lit de Charlie, où, pendant une demi-heure, il lui avait lu des histoires jusqu'à ce que l'enfant s'endorme.

— Je te remercie de l'avoir gardé toute la journée, dit Daisy.

Charlie, devenu trop grand pour son lit dinosaure,

disposait à présent d'un lit normal aux draps imprimés de motifs à la mode.

— Pas de souci.

Logan referma sans bruit la porte de la chambre.

— Ça ne me dérange jamais, tu le sais bien.

— Tu veux un autre soda ?

— Oui, volontiers.

Il saisit la petite bouteille brune qu'elle lui tendait.

— Je vais devoir y aller.

— Oh… Je ne voulais pas te retenir, si tu as d'autres projets…

Durant toute la soirée, elle n'avait pu se défaire d'un vague sentiment de gêne, d'un malaise dont elle devinait fort bien l'origine. La suggestion murmurée par Olivia à propos de Logan avait germé dans son esprit. Et même si, en surface, rien n'avait changé, tout lui paraissait soudain différent.

— Oui, j'ai des projets, affirma-t-il, c'est certain.

Daisy, intriguée, s'abstint néanmoins de le questionner. Leur relation avait toujours pris l'allure d'un étrange ballet d'intimité et de distance. Chacun menait sa vie de son côté, mais l'existence de Charlie les liait l'un à l'autre de manière inextricable. Un de ces jours, Logan allait rencontrer quelqu'un, ce n'était qu'une question de temps. Il était jeune, brillant et incontestablement séduisant, avec ses cheveux brun-roux, ses yeux d'un vert profond, sa carrure athlétique et son sourire communicatif.

Il y avait toutes les chances pour qu'un jour il donne une belle-mère à Charlie. Des demi-frères et des demi-sœurs, aussi. Perspective étrange à envisager, mais, ces derniers temps, Daisy avait tendance à affronter la réalité et à se tourner en direction de l'avenir.

Elle brûlait d'envie de savoir quels étaient les projets de Logan, mais elle ne voulait surtout pas se montrer indiscrète.

— Je parie que tu meurs d'envie de savoir quels sont mes projets, dit-il.

— Pour rien au monde je ne voudrais me montrer curieuse.

Il lisait en elle à livre ouvert.

— Bon, d'accord, je ne *meurs* pas d'envie de savoir, mais j'avoue que je suis franchement intriguée.

— J'ai un rendez-vous torride.

Le moral de Daisy dégringola en flèche.

— Ah…

— Avec douze Alcooliques anonymes, dans le sous-sol d'une église.

A présent, elle se sentait ridicule d'avoir laissé son esprit échafauder des théories concernant des belles-mères, des demi-frères et des demi-sœurs.

— Je vois… Pardon si je t'ai paru indiscrète.

— Pas du tout. J'espère que ça ne te pose pas un problème ? Ces réunions, je veux dire.

— Un problème ? Tu veux rire ? Logan, je trouve ton engagement dans ce programme tout à fait formidable.

Il avala son soda végétal et émit un long rot de satisfaction.

— Charmant, fit-elle remarquer.

— Oh ! il faut bien se lâcher un peu de temps en temps…

Elle se mit à rire.

— Tu as raison.

Elle l'examina longuement.

— Est-ce que… est-ce que ça te gêne d'être entouré de gens qui boivent et qui font la fête ?

— Oui et non. Gêné comme peut l'être un diabétique entrant à la boulangerie Sky River juste au moment où on garnit le rayon des pavés au sucre d'érable, peut-être.

— Ouille…

— Non, ça va. Je vais m'en sortir.

— Pour de bon ?

Daisy était intriguée par ce programme qui, quelques années auparavant, lui avait fait effectuer un virage à cent quatre-vingts degrés.

— Tu sais, un ancien alcoolique vit au jour le jour. C'est comme ça que ça marche. On n'a aucune espèce de garantie.

— Ça vaut pour tout ! répliqua-t-elle d'un ton enjoué.

Elle jeta la bouteille de Logan dans la poubelle d'emballages recyclables.

— Et toi ? s'enquit-il. Qu'est-ce que tu as de prévu pour la soirée ?

— Rien.

C'était à peu près son programme de chaque soir.

— Alors, la nouvelle coiffure et les vêtements neufs, c'est en quel honneur ?

— Oh ! ça... J'ai décidé qu'il était temps de faire place au changement. Changements au pluriel, d'ailleurs. On ne peut pas passer sa vie dans l'angoisse et la tristesse.

— Un bon point pour toi. Là-dessus, je suis d'accord.

— Alors, je reprends le cours de ma vie. Et tout ça...

Elle désigna ses cheveux, sa tenue.

— ... c'est plus ou moins symbolique.

— Je comprends, c'est très bien.

Elle hésita. Devait-elle lui faire part de son autre résolution ? Sans doute. Après tout, si Logan avait l'intention de fréquenter quelqu'un, elle préférait le savoir.

— Je vais commencer à sortir, dit-elle précipitamment.

— Avec qui ? lui demanda-t-il du tac au tac.

Elle eut un petit rire.

— Je n'y ai pas encore réfléchi. Mais j'ai déjà des cibles potentielles.

— Je n'en doute pas.

— Et crois-moi, je continuerai à faire passer les besoins de Charlie en priorité.

— Je le sais.

Son regard s'attarda longuement sur elle. Daisy crut qu'il allait ajouter quelque chose, mais il n'en fit rien.

— Je ferais mieux d'y aller, dit-il.

Elle le raccompagna jusqu'à la porte.

— Encore merci, Logan. Pour aujourd'hui, pour le dîner et... pour tout.

— Arrête.

Il marqua un temps d'arrêt sur le seuil. Il la contemplait d'une façon étrange, c'était évident. Son regard glissa de ses yeux vers sa bouche ; il se tenait très près d'elle. L'espace d'une seconde, son esprit fut traversé par la folle pensée qu'il allait la toucher.

Et, l'espace d'une seconde, elle eut le désir encore plus fou qu'il le fasse.

Puis la tension retomba et Logan s'éloigna dans le soir, la laissant seule avec son nouveau look.

14

Daisy faisait de la marche rapide avec son amie Maureen Haven, la bibliothécaire municipale. Chaque fois qu'un oiseau voletait sur le chemin ou qu'un écureuil détalait à leur approche, Blake se précipitait pour l'attraper en tirant à fond sur sa laisse.

— Devine ce que j'ai compris ? demanda-t-elle à Maureen.

— Vas-y.

— Je déteste cette idée de sortir pour faire des rencontres.

Maureen se mit à rire.

— Moi aussi, je détestais ça. Parfois, je me dis que c'est la raison principale pour laquelle je me suis mariée. Pour ne plus avoir à m'inquiéter de rencontrer quelqu'un.

— A d'autres ! Tu as épousé Eddie Haven parce que tu étais tombée follement amoureuse de lui.

— D'accord, il y a de ça.

— Pourquoi devrais-je sortir avec des hommes que je connais à peine ? se lamenta Daisy. Pourquoi est-ce que je ne pourrais pas tout bonnement tomber amoureuse ?

— En règle générale, l'un mène à l'autre. Attelons-nous au problème, définis tes besoins et tes objectifs dans la vie. Nous pourrions entreprendre quelques recherches…

— Ah, ne commence pas à faire ta bibliothécaire avec moi ! J'ai peut-être besoin de me lâcher un peu.

— Non, tu as besoin de réponses. Qu'est-ce que tu n'aimes pas au juste, dans le fait de sortir avec des hommes ?

Il fallait rendre justice à Maureen : elle avait de la suite dans les idées.

— Voyons… L'aspect artificiel de toute cette organisation. La nervosité qui mène au rendez-vous en soi. Le côté emprunté de la situation. Ah… j'oubliais. Les hommes.

Maureen marchait en s'aidant de plus en plus avec les bras.

— Mais, au fait, ces hommes, où les rencontres-tu ?

— Dans le coin. Par le biais d'amis. Ce genre de choses.

— Tu as essayé sur internet ?

— Tout le monde me pose cette question. Non, je n'ai pas essayé sur internet.

— Tu devrais peut-être.

— Ou pas.

— Vas-y, fais-moi le récapitulatif des rendez-vous que tu as eus jusqu'ici.

Daisy accéléra l'allure, espérant que la marche rapide lui permettrait du même coup de creuser la distance avec sa propre vie.

— Ma cousine Olivia m'a branchée avec un certain Mac. C'est un infirmier qui travaille au cabinet d'un généraliste. Il envisage de faire médecine.

— Ma foi, voilà qui me paraît… prometteur. C'était comment, horrible ?

— Disons que… Il m'a emmené dans un restaurant franchisé…

— Un point.

— Ensuite, il a modifié toute sa commande de manière horripilante… Tu sais, comme exiger que les croûtons soient servis à part et qu'on lui mette des glaçons en nombre impair dans son Coca…

— Deux points.

— Et il a passé toute la soirée à m'entretenir de la dure condition de l'existence de carabin. Qu'entre ses études et son travail, il n'aurait le temps de rien faire s'il voulait dormir quelques heures, et que s'il voulait être spécialiste, il en avait pour des années de cette vie-là.

— Trois points. Eliminé.

— Ah, oui… et il a essayé de me peloter sur le parking quand on s'est dit au revoir.

— C'est répugnant.
— Complètement répugnant.
— Celui-là, tu l'as rayé de ta liste, je suppose. Et les autres ?
— Les autres ? Voyons… Ensuite, il y a eu Dean, un garçon avec qui j'ai passé le bac. Un confrère photographe. Il a passé trois heures à me narrer par le menu le déroulement des concours auxquels il a participé et à me décrire tous les prix qu'il a remportés. Il expose quatre fois par an à Manhattan. Ne te méprends pas, c'est toujours formidable d'entendre les autres parler de leur réussite, mais ce type-là a le chic pour me donner l'impression d'être une ratée sur toute la ligne.
— Pas bon, ça. Il te faut fréquenter des personnes qui te valorisent, au contraire. Il y en a eu d'autres ?
— Jérôme Cady. Il est prof au lycée. Il débutait à peine, à l'époque où j'étais en terminale. Je me souviens que pas mal de filles craquaient pour lui.
— Tu en faisais partie ?
Daisy secoua la tête, se remémorant cette période chaotique. Entre autres conséquences, sa grossesse imprévue l'avait obligée à quitter son lycée hyperselect de Manhattan pour venir s'installer à Avalon, où son second semestre de terminale s'était déroulé au sein d'inconnus. Elle n'avait pas l'esprit à s'amouracher d'un de ses professeurs…
— J'étais trop préoccupée par ma grossesse.
— Ah… Et donc ce Jérôme, comment est-il ?
Daisy soupira.
— Je crois qu'il y a quelque chose qui cloche chez moi.
— Pourquoi dis-tu ça ?
— Eh bien, parce qu'il est tout à fait merveilleux. Toujours le plus craquant des profs du lycée. Il enseigne la physique et entraîne l'équipe de basket. Il est bénévole au sein de sa paroisse… Que demander de plus ?
— Tu ne l'aimes pas.
— Ce n'est pas faute d'avoir voulu, pourtant. J'ai essayé, vraiment. Mais tout était si peu naturel… Je n'arrêtais pas de me dire : « Voilà un type formidable qui a l'air de vraiment

s'intéresser à toi. » Il faut bien que quelque chose cloche chez moi, pour que je ne ressente aucune affinité avec lui.

— C'est une question d'atomes crochus, répliqua Maureen. Ça ne s'explique pas. Et cette alchimie, tu ne peux pas la fabriquer. Tu auras beau dresser une liste de toutes les qualités que tu souhaites trouver chez un homme, sans cette alchimie entre vous, c'est le naufrage assuré.

— C'est franchement déprimant.

— Pas du tout ! Réfléchis un peu. L'alchimie, c'est ce qui t'aide à voir au-delà des apparences, et qui t'indique que quelque chose est bon pour toi. Si j'en crois mon expérience, en tout cas. J'avais horreur de sortir, moi aussi, et j'ai bien failli renoncer. Et puis, un beau jour, Eddie a débarqué dans ma vie. Il représentait tout ce qui m'était néfaste. Totalement néfaste. Tu imagines, une bibliothécaire et une rock star au passé d'alcoolique ?

— Vous formez un couple génial, affirma Daisy, consciente malgré tout que leur entente paraissait pour le moins improbable.

Sans bien connaître Eddie, elle ne pouvait qu'admirer la façon dont il avait changé de vie. Il était le parrain de Logan aux Alcooliques anonymes et, à ce titre, il l'avait sans doute aidé davantage qu'elle ne le saurait jamais.

— Voilà ma théorie, dit Maureen. Nous sommes un couple très mal assorti, sauf qu'avec Eddie l'étincelle se produit.

— Je ne recherche pas une quelconque étincelle magique : je voudrais simplement me caser avec quelqu'un, histoire de faire un bout de chemin ensemble, de passer du bon temps.

Me caser. Ses propres mots l'agaçaient. Non, leur *vérité* l'agaçait. Car la cruelle solitude qui la tenait éveillée la nuit lui faisait comprendre que, pendant qu'elle rongeait son frein à chercher un homme, la vie continuait impitoyablement sa marche sans elle.

— Un peu de patience, dit Maureen. Ça va arriver. Peut-être au moment où tu t'y attendras le moins. C'est ce qui rend la vie si intéressante, non ?

Daisy pénétra dans le hall de l'Auberge du Pommier, l'estomac noué d'appréhension. Elle se sentait ridicule. Jamais elle n'aurait dû se laisser convaincre d'aller à un autre rendez-vous. Mais Olivia avait déployé des trésors de persuasion. Sa cousine lui avait proposé de garder Charlie pour la nuit afin que Daisy ait toute latitude pour rentrer tard, ce qui, lui avait-elle affirmé d'un ton catégorique, ne pouvait être qu'une bonne chose.

Résultat, non contente de se rendre à un nouveau rendez-vous, Daisy ignorait avec qui elle allait passer la soirée.

Elle patienta en attendant l'arrivée de l'homme mystère, attentive à ne pas montrer de signes de sa nervosité. Elle s'abîma dans la contemplation du hall, admirant les œuvres qui y étaient exposés — des gravures d'un artiste local. L'Auberge du Pommier était l'endroit le plus chic de la ville. Située dans une demeure historique rénovée, elle jouxtait un verger en aplomb de la Schuyler River.

La décoration était réduite au minimum : quelques tables disposées autour d'une piste de danse assez réduite, à proximité d'un piano. Le menu, calligraphié à l'européenne, était des plus alléchants. Y figuraient des produits de la région, des poissons et du gibier. C'était un lieu que l'on réservait aux grands événements, aux têtes-à-têtes amoureux et… aux surprises.

Daisy portait une nouvelle robe choisie avec Olivia lors de leur virée shopping. Le jugement de sa cousine s'était avéré sans faille : la robe lui allait à la perfection, et son côté flou et féminin en faisait la robe idéale pour un dîner galant.

Lorsqu'elle s'était montrée à Charlie, celui-ci l'avait gratifiée d'un regard écarquillé d'admiration, d'un grand sourire et de ses pouces levés en signe d'approbation.

— Ma maman, c'est la plus jolie maman du monde, avait-il déclaré.

Après quoi, ils avaient exécuté leur danse à eux, une danse qu'ils avaient inventée un jour qu'ils faisaient les idiots. Mélange de hip-hop et de danse de salon, leur chorégraphie s'adaptait à l'air que diffusait la radio sur le moment.

— Je ferais mieux d'annuler et de passer la soirée avec toi, lui avait-elle dit. Tu me suffis largement.

— Je veux aller chez Olivia, avait-il insisté. J'ai fait mon sac.

Charlie adorait aller chez Connor et Olivia, surtout à cause de sa cousine Zoé. Dormir chez elle, c'était vraiment « super », parce qu'il y avait un lit superposé d'où on descendait par un toboggan, comme ceux qui sont destinés à l'évacuation des passagers d'un avion.

Daisy sourit en pensant à son fils. Pourquoi ne pouvait-il pas lui suffire ? Que faisait-elle, à chercher l'amour, alors qu'elle avait déjà l'amour de sa vie ?

O.K., je m'en vais, décida-t-elle.

Et que M. Mystère interprète son absence à sa guise. De toute façon, le cœur n'y était pas.

Elle fourrageait dans son sac — choisi parce qu'il allait remarquablement bien avec ses escarpins — à la recherche de ses clés de voiture, quand une ombre tomba sur elle.

— Tu vas quelque part ?

Elle releva brusquement la tête.

— Logan ! Qu'est-ce que tu fais ici ?

Il sourit.

— La même chose que toi, répondit-il. J'ai rendez-vous avec quelqu'un.

Oh ! non… A présent, il lui fallait absolument s'en aller d'ici. Pour rien au monde elle ne souhaitait se retrouver dans le même restaurant que Logan et la fille qu'il avait invitée, qui que ce fût.

— Bon… eh bien, amuse-toi bien, dit-elle. Moi, je dois partir.

— C'est bien dommage.

Il était très séduisant, songea-t-elle avec un pincement au cœur. A couper le souffle, même. Beau, mais sans affectation, dans sa veste de sport bien coupée qu'il portait sur un polo de golf et un pantalon de toile. Il semblait être allé chez le coiffeur, lui aussi, et sa nouvelle coupe mettait en valeur ses épaisses boucles brun-roux.

Qui était l'heureuse élue ? se demanda-t-elle. Puis, chassant cette pensée de son esprit, elle se dirigea d'un pas décidé vers la sortie. Cela ne la regardait pas.

Logan lui effleura le bras.

— Et notre dîner ?

Daisy se figea sur place. Quelle fourberie de la part de sa cousine d'avoir organisé ce coup monté ! Car il s'agissait bel et bien d'un coup monté.

— Tu plaisantes, n'est-ce pas ?

Il se contenta de lui sourire en silence.

— Comment, demanda-t-elle, c'est *toi*, mon rendez-vous mystère ?

— Surprise !

— Oh ! bon sang !

A son corps défendant, elle se mit à sourire. De soulagement, surtout. Dieu merci, M. Mystère n'était pas un taré, un dingue ou un obsédé. C'était finalement un type normal qu'elle connaissait très bien.

— Qu'est-ce que c'est que cette histoire, Logan ?

— Et si on en parlait en mangeant ?

Leur salade se composait de laitue pommée, de dés de poire et de cerneaux de noix. Le pianiste interprétait une musique calme, feutrée, de ces airs qui traversent la conscience comme des feuilles au fil de l'eau, notes oubliées sitôt qu'elles ont été jouées.

— Tu fais bonne figure devant ta salade, lui fit remarquer Daisy, qui n'ignorait pas l'aversion de Logan pour le sucré-salé, aversion qu'il avait apparemment transmise à leur fils.

— Merci de t'en être rendu compte. Je suis un ferme partisan de la séparation des fruits, de la salade et des noix. Ce soir, je fais une exception.

— J'ai lu *Pierre Lapin* à Charlie, dans l'espoir que ça l'inciterait à manger davantage de salade. Cela dit, ça pourrait aussi bien avoir l'effet inverse : je risque de le rendre parano! Il va s'imaginer poursuivi par M. McGregor, armé de son râteau.

Logan la dévisagea par-dessus la table. Les nappes étaient blanches et impeccablement repassées, les verres en cristal reflétaient la lueur des chandelles.

— Pouce, dit-il doucement.

— Je te demande pardon?

— Temps mort, si tu préfères. Je vais instaurer une règle unique pour ce soir.

Daisy se braqua instantanément.

— Quel genre de règle?

— Ce soir, on ne parle pas de Charlie.

— C'est absurde! Charlie est notre unique sujet de conversation.

— Justement. C'est pourquoi nous devrions essayer de parler d'autres choses.

De quoi? se demanda Daisy en son for intérieur.

— Pourquoi veux-tu exclure Charlie de notre discussion? insista-t-elle.

Logan prit une gorgée de San Pellegrino et reposa le verre avec une fermeté délibérée.

— Parce que je ne veux pas que Charlie soit la seule chose que nous ayons en commun.

Bien que surprise par cette réplique, Daisy acquiesça:

— D'accord. Bon... et si tu commençais par m'expliquer à quoi rime ce rendez-vous ici?

D'un geste vague, elle engloba le restaurant éclairé aux bougies.

— Tu t'es lancée dans la grande foire aux rencontres, pas vrai?

— Je te l'avais dit.

— Eh bien, j'ai eu envie de t'emmener dîner au restaurant. C'est si étrange que ça?

— Alors pourquoi toutes ces cachotteries, ce complot avec Olivia?

— Je craignais que tu ne m'envoies sur les roses.

— Oh! Logan... Voyons, pour qui me prends-tu?

— Ah, ça, c'est une question piège !
— Tu crois vraiment que j'aurais refusé ?

Après toute une série de déceptions, elle aurait été soulagée d'accepter son invitation. Non, plus que soulagée, même. Ravie.

— Je ne sais pas, avoua-t-il. Au moins, de cette façon, tu ne pouvais pas te défiler.
— C'est une façon de voir les choses.
— Je veux que tu passes une bonne soirée.

Elle termina sa salade et prit un petit pain tiède dans la corbeille.

— Ma foi, franchement, je crois que tu y es parvenu.
— Alors, c'est parfait.

Leurs plats de résistance s'avérèrent excellents. Daisy avait commandé une terrine de légumes grillés, et Logan, une truite arc-en-ciel poêlée.

Au cours du repas, Daisy découvrit qu'ils avaient bien d'autres sujets de conversation, en dehors de Charlie. Elle régala Logan d'un florilège d'anecdotes professionnelles — la mariée dont toutes les amies s'étaient rasé un sourcil lors de son enterrement de vie de jeune fille, le marié qui s'était évanoui, le porteur d'alliances de race canine —, et ils en rirent ensemble. Logan aussi parla de son travail, et il l'étonna en lui avouant le combat qu'il avait dû livrer pour expliquer à son père son refus d'entrer dans l'entreprise familiale.

— Ils ne comprennent pas, conclut-il, faisant allusion à ses parents, notables prospères et farouchement fiers de leur réussite. O'Donnell Industries a été fondée par mon arrière-grand-père et, depuis, l'entreprise a toujours eu un O'Donnell à sa tête, à chaque génération. Mais le transport international, ce n'est pas pour moi.

— Qu'est-ce qui te déplaît, là-dedans ?
— Seigneur, par où commencer ? Par exemple, les contrats sont conclus dans des bars, autour de dizaines de verres. Pas vraiment mon truc, je suppose que tu le sais ?
— Je le sais très bien. Et je suis contente que tu le saches aussi.

L'abstinence est une notion fragile, comprit-elle soudain, et elle éprouva une bouffée de reconnaissance envers Logan, qui s'évertuait à préserver sa résolution de ne plus boire.

— Tu en as parlé à ton père ?

— C'est drôle, mon parrain aux Alcooliques anonymes m'a posé la même question.

— Et ?

— Et mon père ne comprend pas du tout.

— Ah, les parents… On a tous notre lot de problèmes avec eux. Moi y compris. Enfin, la situation s'est arrangée avec les miens, maintenant que chacun est absorbé par sa nouvelle vie.

— Il vous reste un peu de place pour un dessert ? leur demanda le serveur, venu remplir leurs verres d'eau.

— Pas pour moi, merci, dit Daisy.

— Juste un café, répondit Logan. Non, à la réflexion, apportez-nous la tarte framboises-chocolat, et deux fourchettes.

Daisy se pencha vers lui, le regard accusateur.

— Tu es décidé à me corrompre, dit-elle, tout en sachant que le dessert serait succulent.

Quand leurs assiettes furent vides, Logan se leva et lui tendit la main.

— Viens danser avec moi.

— Euh… oui, bien sûr.

Ils rejoignirent les autres couples qui dansaient un slow et commencèrent à se balancer au rythme d'une chanson tendre. Logan la tenait avec délicatesse ; c'était la première fois qu'elle dansait avec lui, songea-t-elle, surprise. Etrange de penser qu'ils avaient fait un enfant ensemble, que Logan lui avait un jour proposé le mariage sur un coup de tête, qu'elle avait refusé, et qu'ils n'avaient jamais dîné au restaurant ni dansé ensemble.

L'expérience lui plut tellement qu'ils continuèrent pendant trois morceaux de plus. C'était facile. Confortable. Ils semblaient s'accorder parfaitement.

— Merci, lui dit-elle, alors qu'ils reprenaient leur place pour le dessert. Merci d'avoir fait l'effort de danser.

Il lui adressa un sourire.

— Je n'en suis pas fou, c'est vrai. Mais j'aime danser avec toi.

— Ah, oui ?

— Ah, oui.

Il se pencha par-dessus la table et baissa la voix :

— C'est peut-être de toi que je suis fou.

L'intonation de Logan, son regard, à cet instant, la firent reculer pour le dévisager attentivement. Elle tenta de déchiffrer son expression : quel but poursuivait-il exactement ?

— Ne fais pas l'étonnée, dit-il.

— Tu es fou de moi ? répéta-t-elle, incrédule.

Cela lui paraissait totalement inconcevable. Non contente d'avoir décliné sa demande en mariage impulsive, elle était partie six mois à l'étranger — une fuite à peine déguisée. Comment pouvait-il être fou d'elle ?

— Peut-être, oui, insista-t-il. Non, c'est même certain. Depuis longtemps. Simplement, tu n'as jamais voulu le voir.

— Mais...

— Je vais te dire. Retournons danser.

Dans un glissando, le pianiste enchaîna sur un autre slow et Logan la prit dans ses bras.

— Et pour ton info, sache qu'après cette soirée je compte t'inviter ailleurs. Mais, cette fois, ce sera un vrai rendez-vous : je viendrai te chercher chez toi, nous irons dîner quelque part et je te ramènerai.

— Pourquoi ?

— Tu me poses la question ? Nous avons fait un enfant ensemble...

— Logan, nous étions nous-mêmes des enfants, à l'époque...

— Nous avons fait cet enfant qui est maintenant notre petit garçon et, pourtant, nous ne sommes jamais sortis ensemble.

— Parce ce que nous ne nous aimons pas. Pas dans ce sens-là, je veux dire. Les gens qui ne s'aiment pas ne devraient pas sortir ensemble.

— Moi, je t'aime beaucoup, insista-t-il en la serrant plus

fort contre lui. Je t'ai toujours aimée. Même quand je me détestais, j'avais de l'affection pour toi.

Daisy ne pouvait s'empêcher d'être émue par son honnêteté sans fard et par la tendresse de son étreinte.

— Si c'est ainsi que tu conçois d'aimer quelqu'un, je préfère ne pas savoir comment tu traites tes ennemis...

— Tu oublies que je tiens un cabinet d'assurances. Je n'ai pas d'ennemis.

Elle éclata de rire. C'était bon de rire en compagnie de quelqu'un, même s'il s'agissait de Logan, avec qui ses rapports, déjà compliqués, étaient sur le point de se compliquer encore. Mais tant pis, elle était prête à prendre le risque. Elle promena ses doigts sur le revers de sa veste de sport.

— Je te crois, murmura-t-elle.

— Tant mieux. Ça me fait plaisir.

Sa main se resserra encore autour de sa taille, et ce qui avait débuté comme une danse se transforma en une tendre étreinte. C'était merveilleux de se sentir dans les bras d'un homme. Cela faisait bien trop longtemps qu'elle n'avait pas éprouvé cette sensation.

— Que signifie ce sourire ? s'enquit-il.

— Qu'il est bien agréable d'être dans les bras de quelqu'un qui n'est pas maculé de confiture et de beurre de cacahuètes.

Un sourire flottait encore sur ses lèvres lorsqu'elle rentra chez elle, beaucoup plus tard, après quelques danses supplémentaires et une conversation qui s'était prolongée. Comme c'était simple de profiter d'une soirée à l'extérieur ! Elle était stupéfiée par l'allégresse que lui procurait le simple fait d'avoir mis de côté son stress et ses inquiétudes, pour se détendre en compagnie de Logan.

Elle resta dans la voiture le temps d'écouter la fin de la chanson qui passait à la radio. Puis elle en sortit et ferma la porte du garage. Logan lui avait dit qu'il voulait l'inviter *pour de vrai*. Sur le parking du restaurant, ils avaient été à deux doigts de s'embrasser, et elle s'était surprise à se demander l'effet que cela lui aurait fait.

Le claquement sourd d'une portière qui se refermait la fit tressaillir. Scrutant l'obscurité, elle distingua la forme luisante du SUV de Logan.

— Ah ? dit-elle en allant à sa rencontre dans l'allée. Tu as oublié quelque chose ?

— On peut dire ça comme ça, oui.

Il l'attira dans ses bras et lui donna un long et tendre baiser.

— Voici ce que j'avais oublié.

L'espace de quelques secondes, elle resta interdite. Ce baiser constituait une délicieuse surprise.

— Je suis ravie que tu t'en sois souvenu à temps, lui dit-elle.

— Je me souviens de beaucoup de choses, Daisy.

Il lui prit les clés des mains et alla ouvrir la porte d'entrée.

— Je ne suis pas sûre que ce soit une bonne idée, objecta-t-elle.

— Alors, que dirais-tu de t'en assurer ? Ce ne serait pas la première fois.

— Ecoute, nous avons couché ensemble pendant un week-end. Ce n'est pas vraiment une base pour construire un avenir.

Il lui donna de nouveau un baiser profond.

— Et ça ? On peut construire un avenir sur ça ?

Reprenant ses esprits, elle protesta pour la forme :

— Ce n'est pas fair-play, comme procédé.

C'est à peine s'ils arrivèrent à refermer la porte derrière eux. Logan l'attira brutalement contre lui et l'embrassa longuement, avec fougue, tandis qu'elle s'agrippait à lui avec tout le désespoir né de la cruelle solitude des temps derniers. Ils ne prononcèrent plus une seule parole, accaparés par la frénésie subite de se débarrasser de leurs vêtements. Ils se dépêchaient d'agir, comme si, par un accord tacite, ils ne voulaient pas être détournés de ce qu'ils allaient faire.

Daisy n'émit plus un souffle de protestation. Elle aussi en avait envie. Elle voulait relâcher la pression et s'abandonner aux caresses de Logan, au poids bienvenu de son corps qui la recouvrait tout entière, comblant ses vides, et à ses bras, qui l'enlacèrent jusqu'au matin.

C'était la première fois que Daisy passait une nuit entière avec un homme. Elle en retira une sensation mitigée. D'un côté, c'était délicieusement enivrant de se blottir contre un grand corps tout chaud — elle se sentait choyée et comblée d'une manière encore inédite pour elle. Mais, d'un autre côté, vu justement que Logan était grand, il prenait beaucoup de place, et vu justement qu'il était tout chaud, il avait tendance à repousser draps et couvertures. Elle commençait à comprendre pourquoi les gens investissaient dans des lits *king size*.

Mais, tout bien pesé, l'ivresse l'emportait sur le reste. Elle était faite pour l'amour, pour être enlacée, caressée et embrassée jusqu'au bout de la nuit, et pour s'endormir agréablement épuisée.

Elle se réveilla de bonne heure et resta immobile dans le lit. Logan dormait encore ; sa respiration était forte mais il ne ronflait pas vraiment. Rattrapée par un début de crampe dans la nuque, elle s'écarta de lui.

— Hep, pas si vite…, marmonna-t-il en glissant un bras autour de sa taille pour l'attirer contre lui. Je n'en ai pas encore fini avec toi. Loin de là.

— Je dois y aller.

— Aller où ? Le jour se lève à peine et c'est dimanche.

— Je dois prendre une douche avant d'aller à l'église.

— Fais l'impasse sur la douche, rétorqua-t-il en lui bécotant la nuque. Fais l'impasse sur l'église.

A vrai dire, l'idée ne manquait pas d'attrait. Et, du reste, il y avait quelque chose d'un peu immoral à se rendre à l'église après une nuit de péché… A moins justement qu'elle n'eût *besoin* de l'office religieux.

— Je compte retrouver Olivia à l'église pour récupérer Charlie.

— Douchons-nous ensemble, alors. Et nous irons aussi ensemble à l'église.

Daisy se dressa sur son séant, le drap coincé sous les aisselles.

— Ouh là… Je ne pense pas que ça soit possible.

— Pourquoi pas ? Je te laverai le dos. Je suis très doué pour ça.

Un petit frisson d'excitation la parcourut tout entière.

— Non, je parlais de l'église. Ce n'est pas une bonne idée. Pas aujourd'hui, en tout cas.

— Toi, je ne sais pas, mais moi, je ne vois aucun inconvénient à ce que les gens sachent que nous sommes en couple.

— Comment pourrions-nous former un couple ? Jusqu'à ce que je te rencontre hier soir dans le hall du restaurant, j'ignorais même que nous *sortions* ensemble !

— Chérie… Il y a belle lurette que tout le monde s'y attend.

— Nous n'avons même pas établi le cadre exact de notre relation. Comment pourrions-nous seulement la définir ?

— Qui a dit qu'il le fallait ? Nous sommes ensemble, nous avons le plus merveilleux petit garçon du monde, et la vie est absolument fan-tas-ti-que.

Il s'étira voluptueusement, renversant la chemise en carton posée sur la table de nuit.

— Désolé, dit-il en ramassant les photos qui s'en étaient échappées. C'est du boulot ?

Nerveuse, Daisy se mordit la lèvre en le voyant parcourir les photos. Il s'agissait de clichés très intimes, son projet d'adieu à Julian, les photos prises le jour du pèlerinage qu'elle avait accompli dans tous les endroits qui leur étaient particulièrement chers.

— Dans un sens, oui. Mais pas pour la boîte.

— J'espère bien. Bon sang, qu'est-ce que c'est déprimant ! dit-il en fronçant les sourcils devant le gros plan d'une feuille emportée par le courant.

— Ah bon ?

Daisy regarda les clichés et n'y vit que des superpositions d'états d'âme, pas de dépression.

— J'envisageais de les soumettre au jury du MoMA, pour qu'elles soient exposées si mon travail est sélectionné. La compétition est rude, mais c'est quelque chose que j'ai toujours voulu faire.

— Tu veux démoraliser encore plus de gens, c'est ça ? Inutile de t'escrimer à décrocher des expos ou à prendre des photos déprimantes, chérie. Je te rappelle que tu as été élue meilleure photographe de mariage du comté d'Ulster, cette année. Tu devrais t'en tenir à ton domaine d'excellence.

— J'y réfléchirai sous la douche.

Elle se glissa hors du lit et, aussitôt, se sentit gênée d'être nue devant lui. Elle s'empara rapidement de son peignoir de bain et s'en couvrit en toute hâte.

— Oh... Qu'est-ce que c'est embarrassant, comme moment !

Logan se renfonça dans les oreillers avec un grand sourire.

— Pas pour moi. Un moment de gêne n'a jamais tué personne.

— C'est vrai.

— Et c'est vite passé.

— C'est bien pour ça qu'on parle d'un moment, lança-t-elle nerveusement.

C'est nul comme réplique, Daisy ! se morigéna-t-elle.

Elle fila à la salle de bains, non sans poursuivre son sermon intérieur.

Tais-toi avant de sombrer encore plus dans la nullité.

Depuis qu'elle avait pris la décision de rencontrer quelqu'un, il lui fallait redoubler de vigilance vis-à-vis d'un nombre plus important de choses, comme l'état de la salle de bains, par exemple. Sa toilette prenait également une nouvelle importance. Charlie se moquait bien qu'elle oublie de se raser les jambes mais, à présent, elle était bien obligée de veiller à de tels détails. Pas ce matin, cependant. Ce matin, elle avait juste envie de se dépêcher.

Sa maison était une bâtisse ancienne et, lorsqu'elle ouvrit le robinet de la douche, la tuyauterie se lança dans un concert de grincements et de plaintes. Elle disposait d'une baignoire, une antiquité à pattes de lion, parfaite pour prendre un bain, mais qui, de nos jours, avait encore le temps de prendre des bains ? Quant à la douche, c'était une installation artisanale composée d'une pomme de douche et d'un rideau en plastique accroché à une tringle métallique branlante. L'eau chaude eut cependant un effet divin sur ses tensions cervicales, qu'elle s'employa à dénouer en se frictionnant doucement la nuque de sa main savonneuse.

Un mouvement agita le rideau de douche et, soudain, Logan apparut.

— Mais…
— Il n'y a pas de mais. Passe-moi le savon, tu veux ?
— Mais il n'y a pas assez de place pour nous deux ! Nous ne tiendrons jamais !

Il fit tendrement courir ses mains sur son cou et ses épaules.

— Avec de la bonne volonté, on y arrivera.

Malgré l'eau chaude qui ruisselait sur son corps, Daisy fut saisie d'un frisson de réminiscence. Ces paroles, Logan les avait déjà prononcées, des années auparavant. La nuit où ils avaient conçu Charlie.

15

Novembre 2006

Daisy avait menti effrontément pour obtenir de ses parents la permission de passer le week-end à Long Island. Frida, sa copine de lycée, lui fournirait un alibi. La famille de Frida possédait une résidence secondaire sur la plage de Montauk, et Daisy avait supplié ses parents de la laisser passer le week-end là-bas.

C'était ça, le mensonge.

Les O'Donnell aussi possédaient une maison à Montauk. Tout le lycée avait été mis au courant par la bande que Logan O'Donnell organisait une soirée monstre. Ses parents étaient en Irlande. Ses amis et lui auraient la maison tout à eux.

Daisy n'était pas fière de sa tromperie, mais il lui fallait s'éloigner. C'était nécessaire. Il régnait dans la maison une ambiance funèbre, la tristesse était tapie dans les moindres recoins, imprégnant les rideaux et suintant par les interstices du parquet. Ses parents leur avaient annoncé, à son frère et à elle, que c'était désormais officiel. Ils jetaient l'éponge. Leur mariage était mort. Finies les séparations à l'essai, terminés les faux-semblants. Papa et maman se séparaient. Les Bellamy ne formeraient plus jamais une famille.

Max, son petit frère, avait plutôt bien vécu cette annonce, en tout cas mieux qu'il n'avait vécu leur mariage. Au bout de tant d'années, les efforts des parents pour sauver leur couple avaient fini par perturber Max. Ce dernier était sujet à de violents accès de colère, et il refusait carrément d'apprendre à lire, ce qui les rendait fous. Mais, dès que leurs parents s'étaient résignés à divorcer, Max avait changé de comportement. Il était devenu un enfant équilibré, heureux, ce qui signifiait sans doute qu'à long terme leurs parents avaient pris la bonne décision.

Daisy, elle, était plus lente à se remettre. D'après le psy chez qui ses parents l'avaient emmenée, il fallait qu'elle aille au bout de son ressentiment, sous quelque forme que ce soit. Elle avait transformé son chagrin et sa colère en une aptitude aiguë à la tromperie, et obtenu de ses parents la permission de partir pour le week-end. Sans doute se montraient-ils plus coulants, au vu de la situation familiale.

La soirée promise se révéla un week-end de folie, une fiesta à tout casser. Exactement le genre de chose dont elle avait besoin. Avant même d'entrer dans la maison, perchée à l'extrémité de Long Island, elle entendait pulser dans son ventre la sono beuglant le dernier tube d'Usher. L'endroit se trouvait à un jet de pierre de la résidence de Bernie Madoff, une espèce de milliardaire, genre « mec le plus friqué de New York ». Elle se tourna en souriant vers son amie Kayla.

— Je crois qu'on a trouvé.

— Après toi, dit Kayla. Allons-y, ça caille dehors.

C'était une journée venteuse, à la lisière de l'hiver.

Daisy entra dans la maison.

L'escalier était bourré à craquer de jeunes du lycée. Le moindre centimètre carré au sol était recouvert de sachets de chips béants, de bouteilles de bière et de vin. Le plan de travail supportait un gigantesque casier à homards, rempli de punch Everclear. Vive le bienheureux oubli ! songea-t-elle. Elle descendit quelques gobelets de punch, tressaillant à chaque gorgée. La douceur sucrée du breuvage n'arrivait pas à masquer la morsure brutale de l'alcool. Mais le punch lui procura un bien-être rapide, et elle alla se mêler joyeusement à un groupe de jeunes qui dansaient dans le séjour à l'éclairage tamisé. Dans l'air flottait une odeur de hasch, une senteur renfermant la promesse évocatrice de l'oubli.

Peut-être fumerait-elle un joint, tout à l'heure. Elle taxerait une cigarette à quelqu'un.

Non, pas de ça. Elle avait renoncé pour de bon à la cigarette, l'été dernier. L'été dernier, avec Julian Gastineaux. Elle le lui avait promis.

C'était drôle… Le seul fait de penser à lui l'emportait vers un endroit plus agréable. Elle ferma les yeux, commença à se balancer au rythme de la musique et, en quelques minutes, elle fut de nouveau au camp Kioga, l'été précédent, au milieu de ces paysages majestueux que balayait une brise tiède.

Sans le projet de rénovation du camp d'été, ils ne se seraient jamais rencontrés. Julian venait d'une petite ville industrielle, à l'est de L.A., alors qu'elle était issue de l'Upper East Side de Manhattan.

Le destin se montrait parfois espiègle, à sa façon.

Entre eux, ça n'était pas un amour de vacances. Les amours de vacances ne durent que le temps d'une saison. L'amour qu'elle éprouvait pour Julian, ce lien qui les unissait alors même qu'il vivait à cinq mille kilomètres de là, était trop intense et trop profond pour se limiter à un seul été : c'était un sentiment qui dépassait en force tout ce qu'elle avait connu jusque-là.

Cependant, ils n'avaient rien fait ensemble, à part devenir amis. Ils n'avaient pas couché ni flirté, et ce n'était pourtant pas faute d'en avoir envie. Mais Daisy était trop ravagée par le divorce de ses parents. Elle avait besoin d'un ami, pas d'un petit ami. Elle ne voulait pas tout gâcher en introduisant trop tôt une dimension physique dans leur relation. Julian était trop important pour elle.

Cela dit, leur relation était peut-être vouée à la stricte amitié. Après tout, il y avait de fortes chances pour qu'ils ne se revoient jamais. Cependant, elle chérissait le lien particulier qui les avait unis, cet été-là, et déplorait seulement de ne pas avoir pu passer tout son temps avec lui. Julian lui donnait le sentiment d'être unique, et, plus important encore, il lui donnait envie de s'améliorer. De s'approcher de son modèle, lui qui était honnête, fort et capable d'affronter tout ce que le destin jetait sur son chemin.

Mais ses bonnes résolutions avaient eu du mal à tenir la route durant la procédure de divorce de ses parents. C'est dur d'être une fille bien, quand on se sent aussi malheureuse.

Elle termina son gobelet de punch et décida de passer au vin blanc. Une boisson d'adulte. Le genre de truc que les gens boivent en pleine procédure de divorce.

— Hé, salut, « Daisy-Bell » !

Un bras robuste l'enlaça par la taille.

— Salut à toi, répliqua-t-elle. Supersoirée, Logan.

— Maintenant que tu es là, oui.

Ils se sourirent.

Daisy connaissait Logan depuis qu'ils étaient tout petits, depuis le jour où, par accident, elle l'avait fait saigner du nez avec une balle de jokari. Persuadée que c'était la fin du monde, elle s'était mise à brailler encore plus fort que Logan. A partir de là, elle s'était juré de ne plus jamais faire de mal à personne.

Au fil des ans, ils s'étaient fréquentés avec l'aisance familière que confère une longue amitié. Pourtant, depuis cet automne, Logan s'était mis à la regarder différemment. Il se trouvait dans une position assez rare pour Logan O'Donnell : entre deux filles. Il avait obstinément tenté de la convaincre de sortir avec lui. Jusque-là, elle avait résisté. En le regardant, maintenant, elle se demandait bien pourquoi.

Le fond de son verre de vin était excessivement sucré.

— Tu es mignon, tu sais ?

— C'est ce qu'on me dit. Mais je parie qu'on te le dit à toi aussi.

— Moi, je suis nulle. Je préférerais être… intéressante. Intelligente. Douée. Ou, du moins, capable de remplir un formulaire de candidature à l'université sans avoir l'impression d'être un imposteur.

Il resserra son bras autour d'elle.

— Ne m'en parle pas ! Mes vieux me cassent les pieds avec la fac depuis la maternelle. Ils veulent que j'aille à

Columbia, à Harvard ou dans une bonne école de jésuites, genre Boston College. Tu vois le topo ? Bonjour la pression !

— Et toi, où tu veux aller ?

Il l'attira contre lui.

— Là où la vie m'emportera.

Et levant une bouteille à long col, il vida le reste de sa bière. Puis il lui prit la main.

— Allons sur la plage.

Elle le suivit dehors. La nuit était froide, et pourtant l'air était empreint d'une senteur marine, subtil rappel d'une période plus clémente.

La plage de Montauk était vaste et intemporelle, un paysage lunaire de dunes couleur crème bordées çà et là de clôtures anti-érosion et semées de touffes éparses d'herbe sèche. La plage elle-même s'étalait à perte de vue, pour disparaître dans l'obscurité de la fin de l'automne. Ce soir, la lune était levée et sa lumière scintillant sur les vagues bouillonnantes baignait l'eau écumeuse d'une lueur bleuâtre.

Mue par une impulsion subite, Daisy fit valser ses baskets et descendit en courant jusqu'au bord de l'océan.

— Allez, viens ! cria-t-elle à Logan.

— J'arrive !

Un instant après, ils avaient retroussé le bas de leur pantalon et pataugeaient dans le ressac jusqu'aux genoux. En fait, l'eau leur semblait tiède, par contraste avec la température de l'air.

Daisy écarta les bras et lança un long cri inarticulé en direction du ciel. Logan joignit sa voix à la sienne et ils se mirent à rire jusqu'à l'épuisement. Elle s'écroula contre sa poitrine.

— J'espère qu'on a pas réveillé les voisins !

— Y a personne, à cette époque de l'année.

De fait, seules brillaient les lumières des systèmes de protection aux façades des autres résidences. La maison des O'Donnell flamboyait de lumière et de bruit. De la sono pulsait un grondement de basse qu'on sentait vibrer au creux de l'estomac. Par les vitres des fenêtres, Daisy apercevait les invités se trémoussant dans tous les sens, telles de petites figurines occupées à danser ou à discuter.

— C'est exactement ce dont j'avais besoin, décréta-t-elle.

— Moi aussi, répliqua Logan avant de se mettre à rire. Alors, dis-moi pourquoi on reste dehors dans le froid, trempés comme des rats ?

— Parce que tu es complètement cinglé.

— Et bourré.

— Aussi.

Elle lui tendit la main, l'obligea à se lever d'un seul coup, et le conduisit vers le sable sec, là où ils s'étaient assis, face à l'océan baigné de clair de lune.

— Je regrette de ne pas avoir pris mon appareil photo, dit-elle. J'aurais pris une photo très spéciale de cette nuit.

— Toutes tes photos sont très spéciales. On t'a pas donné un superprix pour ton travail, ou un truc comme ça ?

Elle opina.

— Si, le Prix Saloutos des arts photographiques, en septembre dernier. Dans la catégorie nature.

Elle avait présenté un cliché du lac des Saules au soleil levant, une photo qu'elle avait prise l'été dernier. Elle s'était éveillée à l'aube par une belle journée sans nuages pour aller prendre une série de clichés du soleil levant. La photo qui avait remporté le prix avait saisi l'essor d'un plongeon huard vers le ciel. Derrière lui s'étirait une chaîne de gouttelettes d'eau, comme si l'oiseau était attaché au lac par un fil doré à l'éclat métallique. A l'horizon, la fine ligne de nuages orangés créait un arrière-plan dramatique. Avertie de sa consécration, elle avait couru chez elle pour l'annoncer à ses parents, mais elle les avait trouvés une fois de plus en pleine dispute, toujours à propos de la même chose. Sur le moment, il ne lui avait pas paru convenable de claironner son succès, et son triomphe s'était dégonflé. Elle n'avait rien dit, mais elle avait posté la nouvelle sur sa page Facebook.

— Tu peux toujours revenir ici avec ton appareil, suggéra Logan.

— Tu me servirais de modèle !

Elle fit mine de le cadrer sous différents angles.

— Tu as la vibration Ralph Lauren en toi…

— Ouais, marre-toi… Vise un peu ces mollets.

Il retroussa le bas de son jean humide et fléchit la jambe dans un style burlesque.

— C'est quoi, cette cicatrice ? lui demanda-t-elle en baissant les mains.

Il se mit à glousser :

— Ça ? Une ancienne blessure de guerre.

— Non, sérieux.

— C'est quand je me suis niqué le genou au foot. Mon père ne s'est pas rendu compte de la gravité de la blessure, et vu qu'il y avait un titre en jeu, il m'a dit de continuer à jouer. Ce que j'ai fait, comme un idiot, jusqu'à ce que mon genou soit tellement bousillé que je doive subir une méga-intervention : on m'a remplacé des tas de trucs à l'intérieur. Enfin, on a quand même gagné le tournoi, c'est déjà ça.

Daisy était outrée.

— C'est dingue ! Les parents, il y a des fois où ils me font halluciner. Les trucs qu'ils nous font faire, je te jure… Si jamais j'ai des gosses, je serai pas comme ça.

— Mon paternel pensait pas à mal, dit Logan d'un ton conciliant. Et puis, hé, c'est grâce à toute cette histoire que j'ai rencontré mon nouveau pote, Oxy.

Il s'allongea et pêcha au fond de sa poche un flacon de comprimés prescrits sur ordonnance.

— Tu as déjà essayé ça ? Vas-y, tente le coup.

Les termes appropriés explosèrent dans la tête de Daisy. *Dangereux. Illégal. Addictif.* Tous bien différents du seul mot qu'elle prononça :

— D'accord.

Elle fourra le comprimé dans sa bouche, en se disant que les adultes exagéraient toujours le danger.

— Je suis censée ressentir quoi ?

— Rien.

— Rien ? Ça me branche bien, ça.

— C'est du genre : vacances pour l'esprit. Tu verras.

— En parlant de vacances...

Elle bondit, arracha son pull, son chemisier et son jean, et les jeta sur le sable.

— Le dernier à l'eau est un dégonflé ! hurla-t-elle, et elle entra en courant dans les vagues du bord.

L'eau était merveilleusement bonne, une étreinte de liquide chaud.

Logan la suivit, vêtu de son seul boxer.

— Tu es dingue, dit-il en l'enlaçant. Daisy-Dingue.

— Ça ne va pas marcher, le prévint-elle, alors qu'elle se laissait aller contre lui, les mains plaquées sur son torse. Toi et moi, je veux dire. Ça ne va pas marcher.

— Avec de la bonne volonté, on y arrivera.

Charlie fut conçu ce soir-là. A vrai dire, les occasions ne manquèrent pas, car ils ne firent guère autre chose. Absorbés l'un par l'autre, leur insouciance était totale et le sexe les aidait à s'échapper de leur vie. Ni l'un ni l'autre ne réfléchirent aux implications irrévocables de leur acte. Ils pensaient tous deux — mais pensaient-ils seulement ? — que leur relation n'était que temporaire.

16

— Nous sommes navrés, mademoiselle Bellamy, déclara M. Jamieson, directeur du concours des Artistes émergents du MoMA. Nous ne présenterons pas votre travail cette année. La compétition était particulièrement féroce.

Il poussa l'épais dossier de candidature accompagné du carton à dessins vers Daisy, assise de l'autre côté du bureau.

Reçue dans le bureau clair mais encombré situé au centre de Manhattan, elle s'efforçait de conserver sa dignité. La mauvaise nouvelle, elle la connaissait déjà depuis la veille ; elle lui était parvenue par courriel. Cela ne l'avait pourtant pas empêchée, pendant tout le trajet en train jusqu'à Manhattan, d'entretenir la chimère que le comité de rédaction reviendrait sur sa décision. « Nous avons commis une terrible erreur de jugement, diraient-ils. Il est hors de question que nous puissions organiser l'exposition de cette année sans vos œuvres. »

Elle aurait dû supprimer le courriel et reprendre son travail. Au lieu de quoi, elle avait décidé de leur apporter son carton en personne, déplacement qui lui donnerait l'occasion de passer la journée avec Sonnet. Elle avait tenté de s'épancher auprès de Logan, mais celui-ci restait complètement hermétique à sa déception.

— Ce n'est pas bien grave, avait-il déclaré. Tourne la page.
— Mademoiselle Bellamy ?

D'un ton aimable, le directeur la ramena à la réalité. Les bruits de Manhattan — coups de Klaxon, cris, sifflets, sirènes — emplissaient l'air du dehors.

— Je comprends, dit-elle, d'un ton qui se voulait détendu

et professionnel. Je vous suis reconnaissante d'avoir examiné ma candidature.

— Vous avez beaucoup de fans au sein du jury, et ce depuis que vous nous avez soumis votre première candidature, il y a de cela quelques années. La décision n'a pas été facile à prendre. Vous êtes passée tout près.

Tout près, songea-t-elle. *C'est bon à savoir.*

— J'espère que vous postulerez de nouveau pour l'exposition de l'année prochaine — la persévérance s'avère toujours payante. C'est un lieu commun, je le sais bien. Mais, dans votre cas, c'est vrai. La plupart des artistes retenus ont posé leur candidature de nombreuses fois.

— Je ne manquerai pas de m'en souvenir.

Le refus faisait partie du jeu, elle l'avait toujours su. Depuis son tout premier prix Kodak Kids remporté en CE2, elle avait parfaitement conscience que lorsqu'on présentait ses créations artistiques, les gens portaient sur vous un jugement complètement subjectif.

La première photo de la série représentait le chat tigré d'une amie, parfaitement découpé sur un rebord de fenêtre, sa queue en point d'interrogation faisant écho à la forme d'une branche d'arbre toute proche. Le cliché s'était placé second, et un juge avait émis la remarque que de nombreuses personnes étaient allergiques aux animaux. La meilleure photo de chat du monde n'allait pas impressionner quelqu'un qui n'aimait pas les chats.

— Sur un plan plus personnel, poursuivit M. Jamieson, je veux que vous sachiez que je fais partie de vos fans. Depuis votre précédente candidature, j'ai perçu une grande évolution dans votre travail. Ce press-book est plus mûr, et votre point de vue plus fort. On sent une tonalité nettement plus sombre.

Sans doute parce que j'ai perdu l'amour de ma vie, pensa-t-elle avec amertume.

Elle retrouva Sonnet près du bâtiment de l'ONU, et elles prirent le métro pour aller déjeuner dans Chinatown.

— Ils sont malades ! s'indigna Sonnet, quand Daisy lui rapporta les résultats du concours. Complètement tarés.

C'est eux qui devraient te supplier à genoux pour que tu leur laisses exposer tes œuvres !

— Merci, mais ne t'en fais pas. Je ne vais pas me laisser démoraliser.

— Bravo ! L'année prochaine sera là avant que tu aies eu le temps de te retourner.

Daisy tâcha de ne pas penser à toutes les heures de travail et de concentration qu'il lui faudrait accumuler pour se constituer un nouveau press-book. Pour beaucoup de gens, prendre des photos se résumait à cadrer un sujet et à appuyer sur le déclencheur. Il ne leur venait pas à l'esprit qu'il était pénible d'attendre dans un froid glacial que la lumière atteigne une certaine qualité, ou de passer des heures à retoucher une image pour l'élever au niveau de l'expression de son art.

— Ça ira, affirma-t-elle. Bon, dis-moi quelque chose de positif… Comment ça se passe, dans ton travail ? Dans ta vie ?

Sonnet s'illumina :

— J'ai un poste génial. Mon travail, c'est toute ma vie.

— Essaie quand même de te ménager quelques loisirs à côté, d'accord ?

— C'est plus facile à dire qu'à faire. J'ai des horaires démentiels et je travaille souvent dans l'improvisation. Cela dit, je me suis fait de très bons amis au boulot et nous sortons chaque fois que c'est possible.

— Tu vois quelqu'un en particulier ?

— Oh ! ne me lance pas sur ce sujet !

— Je pensais que tu allais rencontrer toutes sortes d'étrangers exotiques et classieux, à l'ONU…

Sonnet planta sa fourchette dans une olive de Kalamata.

— J'en rencontre sans arrêt. « Exotique », ça, je ne sais pas, mais je continue de chercher. Je suis sortie avec un Finlandais hypermignon mais, au bout d'un verre, il a commencé à me peloter. Du coup, ça m'a donné l'occasion de mettre en pratique mes cours d'autodéfense, et c'est avec grand plaisir que je te signale que je ne suis pas rouillée du tout.

— C'est vrai ? Tu as fait un scandale ?

— Non. Je dois faire attention, à cause de mon travail.

Mes obligations exigent que je « fasse preuve d'intégrité en incarnant les valeurs de l'ONU et ses normes éthiques », récita-t-elle. De toute façon, il était bien trop gêné. Il a filé sans demander son reste. Une issue satisfaisante. Ah, et je suis aussi sortie avec un Ghanéen, mais celui-là, il avait des problèmes…

— Quel genre de problèmes ?

— Des TOC, je pense. Il n'arrêtait pas de se laver les mains avec du gel désinfectant et de frapper la table des deux poings. Je suis aussi sortie avec un type de la délégation lettone, mais non content de ressembler à un troll, il buvait comme un trou. Bon sang, où trouve-t-on encore des hommes normaux, de nos jours ?

— Dans les contes de fées. Les dessins animés de Walt Disney.

Sonnet poussa un profond soupir.

— Exactement. Ce n'est pas un hasard si le *Tarzan* de Disney est mon film préféré. Et toi, alors ? Comment se passe ta quête de l'homme idéal ?

— Etonnamment bien.

Sonnet se pencha en avant.

— Ah, oui ? C'est génial. Tu sors avec quelqu'un en particulier ?

Daisy hésita.

— En fait, oui. Avec Logan.

— Logan O'Donnell ? *Arrête,* tu me fais marcher !

Sonnet suivait le feuilleton de sa vie sentimentale depuis le début, depuis l'époque où elles étaient encore adolescentes. Elle avait vu Daisy débarquer à Avalon, le cœur et la tête encore emplis de souvenirs de son été passé avec Julian. Elle avait été parmi les premières à apprendre la nouvelle dévastatrice de sa grossesse. Et elle avait été témoin des retombées du match de boxe « Logan contre Julian. » Après l'incident, Daisy avait juré qu'elle en avait fini avec ces deux-là, et sans doute avec les hommes en général. Belle promesse ! Elle s'était fiancée avec l'un et, à présent, elle sortait avec l'autre.

— Au départ, expliqua Daisy, nous avons été victimes d'un coup monté. Organisé par Olivia. Elle nous a envoyés au restaurant chacun de notre côté, sans qu'on sache avec qui on avait rendez-vous, et ç'a marché… très bien, même.

— Très bien, jusqu'où ?

Daisy rougit et détourna les yeux.

— Dieu merci ! Tu as enfin couché avec un homme.

— Je plaide coupable.

— Quel soulagement ! Je craignais que tu te laisses dépérir jusqu'à la fin de tes jours. Alors, ça se passe comment ?

— Ma foi, c'est… agréable. Extrêmement agréable.

Sa nouvelle relation avec Logan avait marqué une sorte de réveil pour Daisy. Enfin, elle se libérait de la douleur et du chagrin du passé. Et lorsqu'elle envisageait le futur, les jours à venir lui paraissaient teintés d'espoir.

— Et maintenant, comment vois-tu la suite ? lui demanda Sonnet.

— Je n'en sais rien. Nous restons vraiment très discrets là-dessus à cause de Charlie. Je ne veux pas lui donner de faux espoirs. Mais il se passe quelque chose dans ma vie. Et ça fait du bien.

— Ma foi ! Je ne sais pas trop quoi dire.

— Tu trouveras bien.

— J'ai toujours eu du respect pour Logan. Disons que vous n'avez pas vraiment suivi le parcours classique pour fonder une famille, mais il ne s'est pas défilé, il a assumé ses responsabilités, et c'est vraiment un très bon père. J'avoue que tout ça me plaît bien.

Sonnet dégusta sa salade jusqu'à la dernière feuille.

— A moi aussi, conclut Daisy.

Elles réglèrent l'addition et partirent faire du lèche-vitrines en flânant dans l'historique Orchard Street.

— Que j'aime cette ville ! s'écria Daisy en respirant à pleins poumons les odeurs de New York. Relents de gaz d'échappement, de containers à ordures, parfums de nourriture et de café vendus par les marchands ambulants à chaque coin de rue.

La cohue stimulante des piétons combinée à l'air vibrant d'excitation formait un tel contraste avec la placide sérénité d'Avalon ! On avait l'impression qu'ici il se passait des choses, que la vie allait de l'avant.

— Tu devrais venir me voir plus souvent, lui fit remarquer Sonnet.

— C'est vrai. J'essaierai.

Elles écumèrent les étals des petits commerces typiques qui se déversaient sur les trottoirs, mais aussi les boutiques, à la recherche de l'accessoire idéal mais pas cher. Pour Sonnet, ce fut un châle à franges couleur rubis qui, déclara-t-elle, conviendrait à merveille pour les longues réunions qui se déroulaient dans les salles de conférences frisquettes de l'ONU, toutes de verre et d'acier. Pour Daisy, ce fut une paire de délicats pendants d'oreilles ouvragés, tout sauf pratiques, mais si exquis qu'il les lui fallut sur-le-champ. A l'étal d'un bouquiniste, Sonnet dénicha un volume de poésie persane, prétendant ne pas avoir le temps de lire un roman ou un essai. Daisy, elle, opta pour le dernier thriller de Robert Dugoni, son auteur favori. Le soir, lire constituait sa méthode de relaxation et d'endormissement et, par un phénomène assez pervers, plus l'histoire était dérangeante, mieux elle dormait.

Même si, ces derniers temps, elle avait une nouvelle façon de se détendre : faire l'amour avec Logan avant de s'endormir dans ses bras. Pourtant, elle n'était toujours pas prête à s'engager avec lui, et vu qu'elle ne voulait à aucun prix semer la confusion dans l'esprit de Charlie, ils étaient obligés de se voir en cachette, comme des adolescents. Logan repartait en catimini avant le lever du soleil... Parfois, elle regrettait qu'il ne puisse rester, mais elle n'avait toujours pas décidé de ce qu'elle allait dire à Charlie.

— Comment va Zach ? s'enquit Sonnet d'un ton délibérément dégagé.

— Je me demandais quand tu te déciderais à me poser la question.

Daisy avait toujours senti l'attirance qui couvait entre ces deux-là. Ils étaient prompts à la nier, mais ils n'en étaient pas moins attirés l'un par l'autre.

— Zach est en pleine forme, répondit-elle. Comme toujours.
— Il voit quelqu'un, en ce moment ?
— A part toi quand il contemple ta photo, non.
— C'est vrai ? Il contemple ma photo ?
— Sans arrêt.
— Et c'est un bon portrait ?
— Ce n'est pas la même chose que l'original en chair et en os. Tu devrais passer le voir.

17

— Daisy, je veux que nous mettions Charlie au courant de l'évolution de nos rapports, déclara un jour Logan.

C'était une chose à laquelle il avait longuement réfléchi. Tout allait bien entre eux, et il souhaitait passer à l'étape suivante.

— Nous sommes ensemble depuis suffisamment longtemps pour savoir qu'il ne s'agit pas d'une passade. Il est temps.

Il veillait à s'exprimer sur un ton raisonnable. Ni autoritaire ni agressif — il avait déjà essayé, dans le passé, et ça n'avait jamais marché. Il suffisait qu'il dise blanc pour que Daisy dise noir. Mais sa réaction le surprit.

— Tu as raison, répondit-elle. D'ailleurs, j'ai déjà essayé de mettre au point une petite explication, de mon côté. Charlie sait que nous avons... hum... passé pas mal de temps ensemble.

Mis en confiance, Logan lui glissa un bras autour de la taille.

— Pas autant que ce que je voudrais. Donc nous mettons les choses au point avec lui ce soir, au dîner?

— Ce soir?

— Le plus tôt sera le mieux. Quand Charlie saura à quoi s'en tenir, nous pourrons enfin nous afficher ensemble.

Daisy soupira.

— Ce serait... formidable. En effet, je crois que nous devrions lui en parler. A la longue, c'est bizarre de jouer la comédie.

Logan fut submergé par une vague de soulagement. C'était

son objectif depuis longtemps, et il arrivait enfin à distinguer un avenir à trois. Tout allait bien se passer.

— Je vais te dire…, reprit-il. Nous allons l'emmener se baigner au parc, après mon travail. Ça sera l'occasion de tout lui expliquer.

Daisy détourna brusquement la tête, avant de reposer son regard sur lui.

— Très bien. On fait comme ça, alors.

Ils se retrouvèrent plus tard au parc Blanchard, qui possédait une aire de baignade dotée d'une plage et d'un ponton. Charlie était transporté de joie à l'idée d'aller se baigner. Des enfants couraient dans tous les sens, poursuivant des ballons gonflables, jouant à chat, se précipitant dans l'eau fraîche et claire du lac.

Daisy avait pris une vieille couverture et des serviettes, sans oublier Blake, tenue en laisse. Logan et Blake s'étaient installés dans un mode de tolérance mutuelle. Entre eux, ce n'était pas le grand amour, mais ils faisaient partie de la même famille et, par la force des choses, ils s'apprêtaient encore à resserrer leurs liens. Daisy étala la couverture sous un arbre et attacha la chienne. Blake trottait au bout de sa laisse comme si elle patrouillait tout autour du périmètre.

— Prêt à te mettre à l'eau, mon bonhomme ? demanda Logan à Charlie.

— Prêt.

Charlie ôta son T-shirt.

— Attends, lança Daisy. De l'écran solaire. Il est tard, mais tu peux encore attraper un coup de soleil.

Charles s'exécuta avec des airs de martyr et, les bras écartés, il présenta son dos à sa mère.

— Crois-moi, renchérit Logan, l'écran solaire, ça vaut mieux qu'un coup de soleil. Une fois, j'ai tellement brûlé que je me suis retrouvé avec des cloques.

— Berk ! s'exclama Charlie, se tournant avec une moue dégoûtée, tandis que sa mère l'enduisait de crème.

— « Berk », c'est bien le mot. Nous avons la même peau blanche, toi et moi, et crois-moi, elle n'aime pas beaucoup le soleil.
— Pourquoi on a la peau blanche ?
— Ah, c'est le côté irlandais des O'Donnell : peau blanche et taches de rousseur. Ça contribue à notre apparence virile.

Logan prit une pose de body-builder que Charlie imita aussitôt.

Musclé et robuste, Charlie était grand pour son âge, et il jouissait d'une excellente coordination physique. Avec ses cheveux d'un roux flamboyant et son nez semé de quelques taches de rousseur, c'était un O'Donnell à cent pour cent. Logan s'enorgueillissait de leur ressemblance, mais il tempérait sa fierté avec prudence. Faire reposer toute sa fierté et ses attentes sur les épaules de son enfant peut être néfaste. Logan était là pour en témoigner, lui qui s'était démoli le genou à seule fin que son père le voie disputer ce fichu match de foot, au lycée. Baissant les yeux sur la cicatrice en forme de faucille, il se remémora physiquement la douleur qui avait explosé dans son genou, tel un geyser brûlant. Malgré sa blessure, il était parvenu à marquer le but de la victoire et à savourer l'expression de fierté béate sur le visage de son père. Le jeu en valait-il la chandelle ?

Une petite voix discordante lui murmura que oui. Restait que la joie de son père lui avait coûté son genou, bon sang ! Les comprimés d'Oxy avaient rendu tout cela plus supportable : l'atroce douleur physique, autant que son besoin d'échapper à l'emprise psychologique de son père. Et le cycle avait continué, un cycle qu'il était bien décidé à *ne pas* répéter avec son propre fils.

Il ôta son polo de golf, légèrement gêné d'exhiber sa bedaine naissante. Fichu travail de bureau !

— Quelque chose ne va pas ? s'enquit Daisy.
— Je me disais simplement qu'il me fallait aller plus souvent au club de gym.

Le visage de Daisy s'adoucit, et elle glissa les bras autour de sa taille.

— Arrête. Tu es très bien comme ça. Moi, je trouve que tu ressembles à Russell Crowe jeune.

— Je suppose que c'est une bonne chose ?

— Une très bonne chose.

Elle recula d'un pas, ôta le T-shirt XXL qu'elle portait et Logan oublia ses lamentations. Il oublia même tout ce qui n'était pas elle et émit un grognement approbateur.

Elle lui adressa un sourire taquin.

— Sois sage.

— Oui, m'dame.

— Prêts ? leur demanda Charlie, qui trépignait d'impatience.

Ils le prirent chacun par une main et coururent ensemble jusque dans l'eau, au milieu des cris de joie stridents de Charlie.

— Regardez, papamaman, regardez comme je nage ! leur ordonna-t-il en leur faisant signe de s'écarter.

Fort de ses récents cours de natation au complexe aquatique municipal, il avait été promu du rang de Têtard à celui de Vairon. Ses brasses étaient maladroites et vaguement désespérées, mais il couvrit plusieurs fois la distance qui séparait ses deux parents avant d'être essoufflé.

— Impressionnant, mon gars, dit Logan. Tu es le meilleur.

— Ouais, c'est moi le meilleur !

Il se cogna la poitrine de ses petits poings, dans le genre homme des cavernes, mais faillit couler ce faisant.

— Ils n'ont pas encore abordé le surplace, en cours de natation, fit remarquer Daisy en attrapant son petit bras blanc.

Dans l'eau peu profonde, ils se poursuivirent à grand renfort d'éclaboussures. C'était ça, le plus agréable quand on avait un enfant : pouvoir se lâcher et s'amuser comme des fous, à mille lieues de tout souci. Logan savait qu'il était devenu père beaucoup trop tôt, mais il s'était approprié ce rôle. Il avait arrêté l'alcool et la drogue depuis des années et sa plus grande motivation se trouvait là, sous son nez, cette boule d'énergie de dix-huit kilos qui se trémoussait en riant.

Et tout allait si bien, avec Daisy ! Pour la première fois depuis longtemps, il osait croire qu'ils pourraient former une famille. Il croisa son regard, et ils échangèrent un sourire rempli de promesses.

Charlie se calma un peu pour regarder des enfants qui couraient jusqu'au bout du ponton pour sauter dans l'eau ; Logan lut dans ses yeux qu'il brûlait de les imiter.

— Tu veux faire pareil ? Tu veux sauter du ponton ?

Charlie fit non de la tête et saisit la main de sa mère.

— Allez…, insista Logan d'un ton enjôleur. Je vois bien que tu en as envie.

Charlie secoua la tête avec encore plus de vigueur et se cramponna à Daisy.

« Tu es une poule mouillée, ou quoi ? » La voix railleuse de son père résonna dans la tête de Logan. « Arrête de faire le bébé. »

Il relégua ce souvenir obsédant dans un recoin sombre de son esprit. C'était la technique de son père, pas la sienne.

— On peut y aller ensemble, si tu veux, proposa-t-il à Charlie. Je te tiendrai, p'tit gars.

— Non. Je préfère attendre Papa-p'tit.

Pour Logan, ce fut comme si l'eau du lac s'était transformée en glace. Les yeux de Daisy reflétaient une telle souffrance qu'il l'éprouva par procuration.

Très vite, elle parvint à se ressaisir :

— Charlie, je t'ai expliqué, pour Julian. Il ne reviendra pas.

— Comment je vais arriver à sauter, alors ?

Logan était stupéfait que l'enfant se souvienne encore de Julian. Dans le monde de Charlie, une semaine représentait une éternité, et Julian était mort depuis bien plus longtemps que cela.

Daisy haussa les épaules, l'air désemparé, et Logan décida de rompre ce moment de tension.

— Bon, et ce repas, alors ?

— Le repas !

Charlie s'illumina.

— Je pensais vous emmener au Tastee-Freez.

— Oui, oui, oui !

Fou de joie, Charlie se mit à bondir dans l'eau peu profonde.

Daisy éclata de rire.

— Bien joué, Logan !

— Ne me dis pas que tu n'aimes pas manger au Tastee Freeze ?

— Tu veux rire ? Tout le monde aime manger au Tastee-Freeze, Charlie le premier.

— Eh bien, séchons-nous et allons-y.

L'un des principaux avantages de ce restaurant, c'était son drive-in. Totalement à l'ancienne, avec des serveurs en rollers et des plateaux qui s'accrochaient aux vitres des voitures. Chaque place de parking disposait d'un menu illustré avec des boutons qui s'allumaient quand on appuyait dessus pour commander quelque chose.

Et pour commander, ils commandèrent ! Des hamburgers, des frites bouclées, un plateau enfant sur le thème du dinosaure pour Charlie, et des glaces à l'italienne en dessert.

— Alors, ça, s'exclama Charlie, c'est trop top !

Daisy et Logan partirent d'un éclat de rire. Ils adoraient entendre le petit garçon s'exprimer comme un adulte.

— Promets-moi juste de ne pas être malade en voiture au retour, dit Logan.

— Promis, juré ! s'exclama Charlie en levant une menotte poisseuse.

Charlie protesta : il ne voyait pas la nécessité de prendre un bain, vu qu'il s'était déjà baigné dans le lac ! Malgré tout, Logan réussit à le faire entrer dans la baignoire en lui promettant qu'il aurait le droit de jouer cinq minutes sur sa Xbox avant d'aller au lit. Il lui donna donc son bain, puis lui fit enfiler son pyjama des Yankees, conscient de la tension particulière qui régnait ce soir dans la maison.

Ils n'avaient toujours pas abordé avec Charlie la nouvelle tournure qu'avait prise leur relation. La conversation aurait dû avoir lieu depuis longtemps, et c'était Daisy qui allait en assurer la majeure partie.

Charlie, perché sur son petit marchepied, se brossa les dents à toute vitesse.

— C'est bon, je suis prêt pour la Xbox !

— D'accord, dit Logan en le portant sur son dos jusqu'au séjour. Mais, tout d'abord, ta mère et moi voulons te parler de quelque chose.

— Ça ira vite ?

— Je n'en sais rien. Oui, je suppose, si tu nous écoutes très attentivement.

Daisy, assise sur le sofa, tapota le siège à côté d'elle.

— Viens ici, toi.

Charlie grimpa sur le sofa et Logan s'installa de l'autre côté, surpris par l'onde de nervosité qui se propageait soudain dans sa poitrine. Et si Charlie se braquait contre le fait qu'un homme fasse irruption dans la vie de sa mère ? Après tout, peut-être y avait-il un fond de vérité dans tout ce boniment freudien qui voulait que les petits garçons soient inconsciemment jaloux de leur mère. Et si Charlie se remettait à parler de Julian ? Et si...

— Dis-moi, Charlie, lâcha Daisy d'une voix enjouée. Ça te fait très plaisir, n'est-ce pas, que ton père vienne ici et que vous fassiez des choses ensemble ?

— Mmm... comme jouer à la Xbox.

— Oui, et puis nager, aller manger des glaces ou rester à la maison. Tu as l'air de bien aimer ça.

— Voui.

— Eh bien, il se trouve que moi aussi, j'aime ça. J'aime former une famille avec ton père et toi.

— Comme les trois ours de *Boucle d'Or*, fit observer Charlie.

— C'est ça. Et, hum... j'aime aussi être avec ton père quand tu n'es pas là. Nous sommes, euh... comme un amoureux avec son amoureuse. Tu sais ce que ça veut dire ?

— Voui. Vous vous faites des bisous et l'amouuur...

Le petit garçon se mit à agiter son pied avec impatience.

— Waouh ! Tu en sais plus long sur le sujet que ce que je croyais...

Sentant croître la nervosité de Charlie, Logan intervint :
— Nous voulions être certains que ça ne t'ennuyait pas que ta maman et moi, nous partagions des bisous et de l'amour.
— Non, ça va.
Il se mit à agiter l'autre pied.
— Et imagine, par exemple, qu'on fasse une soirée pyjama ? poursuivit Logan. Ça t'irait, ça aussi ?
— J'aime bien les soirées pyjama.
— Je veux dire, le genre de soirée pyjama où je dormirais dans le lit de ta maman.
Charlie fronça légèrement les sourcils :
— Moi, des fois, je dors avec maman.
— Tu peux continuer à le faire, affirma Logan. Des fois.
— Bon.
— Alors, ça ne te dérange pas que ton père et moi nous soyons ensemble ?
— Non. Je suis prêt pour jouer à la Xbox.
Logan sourit à Daisy par-dessus la tête de leur fils. Il n'était pas facile de savoir ce que Charlie avait entendu de la conversation, et dans quelle mesure il l'avait vraiment compris.
L'avenir le leur dirait.

18

Penchée sur son ordinateur, Daisy travaillait sur un cliché qu'elle envisageait d'inclure à son nouveau press-book. Ayant décidé de prendre le dernier refus du MoMA comme un défi personnel, elle s'efforçait de reprendre confiance en elle. Baisser les bras était inconcevable.

Mais la persévérance avait un prix. Obligée de grappiller des heures par-ci par-là chaque fois que c'était possible, il lui arrivait de se sentir coupable de délaisser sa famille ou sa vie sociale au bénéfice de la photo.

Néanmoins, c'était un travail absorbant dont la récompense résidait souvent dans le résultat obtenu. L'image actuellement à l'écran était une composition complexe qui lui avait demandé des jours pour arriver à la saisir, et des heures pour la retoucher en vue d'atteindre la perfection. Daisy avait voulu capturer dans son objectif une vue bien particulière de la bibliothèque municipale d'Avalon, massif bâtiment de pierre construit dans le style grec, entouré d'un bosquet aux allures de parc planté de gigantesques marronniers d'Inde.

Quand le soleil brillait de cette manière et que des gens et des chiens peuplaient le parc, on aurait dit une scène tirée d'un rêve. Un rêve intéressant, du reste, peut-être une œuvre qu'aurait pu peindre Seurat. L'image était teintée de nostalgie sans pour autant présenter la brillance de la mièvrerie. Au contraire, elle semblait représenter une tranche de vie de la commune, tout en exprimant l'histoire que Daisy avait envie de raconter.

Avalon lui inspirait des sentiments extrêmement mitigés.

Certes, c'était l'endroit où elle avait choisi de se fixer, la ville où elle avait trouvé le soutien de ses amis et l'amour de sa famille. Restait qu'une part d'elle-même — une part téméraire, secrète — aspirait parfois à une autre vie. Ces quelques mois passés en Allemagne avec Charlie avaient représenté une incroyable aventure, sauf que ce séjour, au lieu d'assouvir son envie de voyager, lui avait ouvert l'appétit.

Quelque chose dans sa photo d'Avalon exprimait cette impatience subtile, intérieure, sous le voile des patients ajustements effectués par le biais de son logiciel de retouche, et en cela, ce cliché lui apparaissait comme un élément important de sa réflexion artistique.

La porte à moustiquaire claqua comme une tapette à souris, la faisant sursauter.

— Salut, chérie ! lança Logan, qui rentrait du jardin avec Charlie. Avec mon petit copain ici présent, on se disait qu'on irait bien voir le match des Frelons, cet après-midi. Qu'est-ce que tu en penses ?

— Allez, maman ! Dis oui !

La perspective d'un après-midi de base-ball suscita en elle le dilemme habituel. Se consacrer aux loisirs en famille revêtait pour elle une importance inestimable, mais la date butoir du concours lui imposait un temps limité pour se constituer un nouveau press-book. Et comme elle avait un mariage à photographier ce soir, il lui faudrait jouer serré pour caser le match et la noce dans la même journée. Autant dire que, pour aujourd'hui, le press-book passerait à la trappe.

— C'est-à-dire que je mettais la touche finale à ces clichés de la bibliothèque.

Elle désigna l'écran, curieuse de connaître leur opinion.

— Sympa, dit Logan.

— Joli, dit Charlie. Alors, maman, on peut y aller ?

Elle les considéra tous les deux, le père et le fils, si semblables dans le charme que leur donnaient leurs cheveux couleur rouille, leurs yeux verts et leur expression implorante.

— Bien sûr. Je finirai ça une autre fois.

Daisy fit pivoter son fauteuil vers l'écran afin de sauvegarder son travail et cliqua sur « oui » dans la boîte de dialogue qui s'était affichée à l'écran.

Au même instant, elle comprit l'erreur stupide qu'elle venait de commettre. La boîte de dialogue avait affiché « Annuler toutes les modifications ? » Et, d'un clic de souris, elle venait d'effacer des heures d'un labeur minutieux, impossible à reproduire.

Son moral dégringola en flèche et son estomac se noua. Il n'y avait rien — *rien* — d'aussi frustrant que de savoir que tout son travail était perdu, en même temps que l'énergie qui l'avait inspiré.

— Je n'arrive pas à y croire ! J'ai effacé toutes mes retouches ! Je suis revenue au fichier brut !

Logan jeta un coup d'œil à l'écran.

— Personnellement, je ne vois pas beaucoup de différences. Allez, viens, on ferait mieux d'y aller.

Daisy se mordit littéralement la langue. Ce n'était pas à Logan de comprendre sa bourde professionnelle et de compatir à ses lourdes conséquences. Et de toute façon, sans lui, elle n'aurait pas pu travailler tout ce samedi matin.

Elle donna le change d'une voix qui se voulait enjouée :

— Nous disions donc… Un match des Frelons.

— D'après le programme, c'est aujourd'hui la journée du souvenir à la mémoire de George Bellamy, lui rappela Logan.

— Oh ! là, là ! J'avais complètement oublié ! Bien sûr qu'il faut que j'assiste au match !

— C'est qui, George Bellamy ? demanda Charlie en se coiffant de sa chère casquette des Frelons.

— Le frère aîné de ton arrière-grand-père. Nous ne l'avons jamais vu car nous étions en Allemagne à l'époque où il est venu à Avalon.

— Et, aujourd'hui, on va le voir ?

— Non, il est mort. Si on organise une journée du souvenir, c'est pour que les gens se souviennent de lui, surtout aujourd'hui.

Avant sa mort, George avait octroyé un legs à la ville,

afin de lui permettre de financer le terrain de base-ball à perpétuité.

— Moi, je n'aime pas ça, quand les gens meurent, lâcha Charlie.

La brutale vérité de la déclaration de son fils fit tressaillir Daisy. Le temps avait estompé l'acuité du chagrin qui avait été le sien après la mort de Julian mais, de temps à autre, un souvenir se rebiffait et l'assaillait par surprise, la poignardant dans un repli invisible de son âme.

— George était vraiment très vieux, tu sais ? Et malade. Ton arrière-grand-père va être très content de nous voir au stade de base-ball aujourd'hui. Bon, nous devrions y aller.

Elle vérifia son allure dans le miroir. Jambes récemment rasées, cheveux lavés de ce matin. Pas mal. Depuis l'évolution de ses rapports avec Logan, elle avait repris ses habitudes de jeune fille. Le soin qu'elle apportait à sa toilette prenait un sens nouveau.

— Contente de te voir revenue dans le monde des vivants, dit-elle à son reflet dans le miroir.

Les Frelons d'Avalon faisaient la joie et la fierté de la petite ville — c'était une véritable équipe professionnelle qui jouait dans la ligue Can-Am. En outre, ils faisaient une saison remarquable et le club se targuait de l'arrivée d'un tout nouveau lanceur, Danny Alvarado. Autant de raisons qui expliquaient que la foule soit compacte et les places de parking peu nombreuses.

— Regarde ça, dit Logan en considérant plusieurs rangées de gradins à proximité de la troisième base. On dirait une réunion de famille chez les Bellamy.

— Waouh ! Heureusement que tu m'as rappelé de venir. Merci, Logan.

— Y a pas de lézard.

Il passa un bras autour de ses épaules et l'attira tout contre lui.

Quelques minutes plus tard, ils étaient assis au milieu

de tous les êtres chers à Daisy. Son père et son frère étaient là, ainsi que ses grands-parents accompagnés de toute une ribambelle de tantes, d'oncles et de cousins. Le visage de son père s'illumina à sa vue.

— Ah, tu es venue ! Installe-toi ici, dans les tribunes des supporters.

Daisy s'efforça de chasser sa frustration professionnelle et se cala contre le dossier de son siège, bien décidée à profiter de ses proches et du match.

— Bonté divine, murmura sa grand-mère Jane en s'installant à côté d'elle, mais vous êtes fous amoureux, tous les deux, n'est-ce pas ?

Elle désigna Logan, fort occupé à montrer à Charlie comment gober un pop-corn lancé en l'air.

— Ça m'en a tout l'air, oui, acquiesça Daisy.
— Tu as l'air d'être heureuse. Et ça me rend heureuse.

Jour après jour, Daisy apprenait à redéfinir sa vision du bonheur. Ce n'était plus l'acceptation souriante du lendemain, mais un choix concerté. Elle tenta de s'intéresser au match. Les phases de jeu étaient annoncées par une demi-célébrité, Kim Crutcher, une commentatrice sportive dont le mari était lanceur chez les Yankees. Mais Daisy ne pouvait détacher son regard de Logan. Il s'intégrait à sa famille avec un naturel étonnant, comme s'il était déjà l'un d'eux. Penché vers son père, il lui confiait quelque chose qui faisait rire celui-ci.

Un marchand ambulant passa, chargé d'un plateau de bières fraîches, et Daisy fut sans doute la seule à voir l'envie nostalgique qui se peignit sur le visage de Logan. Logan avait ses propres démons, mais il les dominait. Elle savait que ce n'était pas facile pour lui, que cela ne l'avait jamais été tout au long de son cursus universitaire, quand les soirées étudiantes se donnaient à une porte de sa chambre.

Sa principale motivation était assise à ses côtés, balançant les jambes et mangeant du pop-corn. Charlie idolâtrait son père. Daisy les regarda boire leur soda végétal de concert et lâcher un rot en même temps, saluant leur succès en se cognant mutuellement leur poing fermé.

— Ils forment une sacrée paire, tous les deux, lança sa grand-mère.

— Ça, tu peux le dire !

Elle eut un petit rire.

— Qui aurait cru que Logan et moi sortirions un jour ensemble ?

— Quel mal y a-t-il à cela ?

— Nous avons tout fait dans le désordre : d'abord l'enfant, ensuite la garde partagée, et maintenant… ça.

Sa relation avec Logan n'était pas facile à définir. La petite famille qu'ils formaient lui donnait une impression de sécurité et, après tout ce qui s'était passé, c'était un sentiment précieux.

Sa grand-mère sourit.

— Il y a autant de parcours de vie que de gens sur la Terre. L'essentiel, c'est de vivre pleinement.

— Charlie est complètement dingue de son père. J'adore le rapport qu'ils ont ensemble.

— Et toi ?

— Moi ?

— Quels sont tes sentiments envers le père de Charlie ?

— Je…

C'était la première fois qu'on lui posait directement la question.

— Logan a été merveilleux. Grâce à lui, j'ai l'impression d'avoir de la chance. Je suis presque sûre que c'est notre destin d'être ensemble.

Olivia, assise de l'autre côté, se pencha vers elle :

— Est-ce que ça voudrait dire ce que je pense ?

Daisy piqua un fard.

— Peut-être.

Et, de fait, c'était bon de pouvoir enfin se débarrasser du pesant fardeau du chagrin, de l'entreposer dans un coin sombre où elle n'était pas obligée de l'éprouver tout le temps. Un chagrin d'amour représente un obstacle à une vie épanouie, et Daisy était reconnaissante à Logan de l'avoir tirée de ces ténèbres.

Parfois, l'amour advenait spontanément, comme un arc-en-ciel… ou comme un accident. Ou comme Julian. D'autres fois, elle était en train de l'apprendre, c'était à elle de le provoquer, de le construire, couche par couche. En regardant Logan évoluer au sein de sa famille, elle comprenait qu'elle lui devait d'essayer — à lui, mais aussi à Charlie et à elle.

Ils parlaient d'emménager ensemble quand le mois d'août arriva. Daisy ne savait trop qui avait mis l'idée sur le tapis. Peut-être Logan, qui, avec dérision, évoquait sa maison comme un endroit idéalisé lui servant de dépôt pour son courrier électronique et les vêtements livrés par la teinturerie, car il n'y vivait plus. Ou peut-être était-ce elle qui, un jour qu'elle regardait dans le réfrigérateur, avait pris conscience que son contenu avait changé du tout au tout.

— Il est rempli de nourriture masculine, dit-elle un matin, en fourrageant à l'intérieur à la recherche du jus de pamplemousse.

Logan leva les yeux de son iPhone.

— Des aliments masculins ? Qu'est-ce que tu veux dire par là ?

— Ma foi, tu sais bien, le genre d'aliments que mangent les hommes.

— Quoi, par exemple ?

— Eh bien, du bacon, pour commencer.

— Qui n'aime pas le bacon ?

— Là n'est pas la question. Personnellement, j'aime beaucoup le bacon, mais je n'en achète jamais, sauf si c'est du bacon de dinde.

— Du bacon de dinde…

Logan frissonna.

— Si tu aimes le bacon, tu devrais acheter du vrai bacon.

— Et ça ? Cinq sortes de charcuterie. Des saveurs de moutarde qui n'existent pas dans la nature. Du lait entier. C'est de la nourriture d'homme.

— Bon, d'accord, je plaide coupable. Qu'est-ce que tu attends de moi, exactement ?

— Rien. C'était une simple constatation.

— Et qu'est-ce qu'il y avait avant, dans ton frigo ?

— Des yaourts. Des légumes. Du lait de soja.

— De la bouffe de fille ! Pas étonnant que Charlie veuille que je m'installe ici.

Elle se figea aussitôt, à deux doigts de paniquer.

— Tu as abordé le sujet avec lui ? s'enquit-elle d'un ton sec.

— Allons, Daisy... Pour qui me prends-tu ? Quand nous déciderons de lui en parler, nous le ferons ensemble.

— Evidemment. Pardon... Je sais que jamais tu ne ferais une chose pareille.

— Bon. Donc, à propos de Charlie... quand veux-tu que nous en discutions avec lui ?

— D'abord, nous devons réfléchir à ce que nous allons lui dire.

Cette perspective lui nouait l'estomac, et elle prit conscience que cette conversation les concernait davantage que leur fils. Quel dommage qu'elle ne puisse emprunter à Logan un peu de son aisance vis-à-vis de la situation...

— Ce n'est pas bien compliqué, déclara ce dernier. Nous allons lui dire que nous l'aimons, mais que nous aussi, nous nous aimons, et que nous voulons vivre ensemble. Il sera d'accord, tu le sais bien.

Logan avait raison. Charlie n'aimait rien tant qu'ils soient tous les trois réunis. Et, à vrai dire, Daisy éprouvait le même sentiment. Entre Logan et Charlie, elle se sentait à sa place.

— Il va vouloir des détails, objecta-t-elle. Par exemple, dans quelle maison va-t-on habiter ? Et où va-t-il mettre ses affaires ?

— J'y ai réfléchi. Ma maison s'y prête mieux. Chez toi, c'est une location et c'est assez petit. Nous nous installerons dans ma maison de Caliburn Avenue.

Logan habitait un quartier bourgeois de demeures anciennes, dans une rue aux trottoirs ombragés par des arbres. La location de Daisy était située dans un petit quartier plus ou moins bohème de la ville, peuplé d'habitants sympathiques qui avaient plus d'idées que d'argent. Le quartier de Logan représentait un petit paradis pour les gens en pleine ascension sociale, ce qui, aux yeux de Daisy, n'allait pas sans une certaine ironie. Logan était né dans la fortune que les O'Donnell avaient amassée dans le secteur des transports. S'il s'était conformé au projet de sa famille, il aurait pu vivre n'importe où, mais il avait quelque chose à prouver. Il tenait à être le seul auteur de sa vie.

Daisy l'approuvait à cent pour cent. Ses propres parents l'avaient soutenue dès qu'elle leur avait annoncé qu'elle serait mère célibataire à dix-neuf ans. Chacun de son côté, ils lui auraient volontiers facilité la tâche, de toutes les façons possibles, en lui procurant tout ce dont elle avait besoin.

Néanmoins, elle avait opté pour l'indépendance ; elle avait trouvé sa propre maison et instauré un équilibre entre ses études, son travail et Charlie. Le chemin avait été plus ardu, mais au bout du compte, les récompenses s'avéraient plus gratifiantes. Etre une bonne mère pour Charlie impliquait qu'elle se forge sa vie à elle.

Or, voilà que se présentait une nouvelle opportunité : la possibilité de former une famille conventionnelle avec Logan.

Une idée révolutionnaire !

— Très bien. Réfléchissons au moment et à la façon dont nous allons le lui annoncer.

Logan se mit à rire, l'entraîna dans une étreinte bourrue et la fit sauter jusqu'à ce que ses pieds quittent le sol.

— Ça, chérie, c'est le plus facile ! Et, d'ailleurs, j'ai une excellente idée.

Daisy ferma les yeux et se laissa emplir par le rire de Logan, sachant qu'elle était enfin prête à s'engager dans un avenir qu'elle n'avait jamais imaginé.

19

La nuit l'étouffait et sa tête était trop lourde pour qu'il puisse la soulever. Ses bras et ses jambes aussi… trop lourds. Même ses paupières — elles étaient comme scellées. Il tenta de remuer la mâchoire. En vain. Putain de merde. Se pouvait-il qu'il soit dans le coma ? Il avait lu que, dans certains cas, la personne semble être dans le coma, mais qu'elle conserve suffisamment de fonctions cognitives pour jouir d'un certain degré de conscience.

Pas question, pensa-t-il. *Plutôt crever que de se résigner à ce genre de destin !*

Un bruit inarticulé s'échappa de sa gorge. Il était pratiquement sûr que ce son émanait de lui. Il n'arrivait pas à former des mots, mais il émettait un grondement rauque. Puis il parvint à entrouvrir ses yeux, réduits à des fentes ; ses cils rendaient sa vision floue. Le fauteuil roulant qui était son refuge — son *enfer* — depuis plus d'un an lui apparut lentement.

Il s'efforça désespérément de chasser les derniers lambeaux de son rêve. De son cauchemar. Mais, en fait, ça n'était ni l'un ni l'autre : juste un souvenir qui le hantait, qu'il soit endormi ou éveillé. Le rêve, qui tournait en boucle dans sa tête, le torturait par ce rappel qu'il n'avait échappé à la mort que pour tomber en enfer.

Son esprit récapitula les événements qui l'avaient conduit jusqu'ici. Il n'était jamais reparti de Colombie. L'explosion l'avait projeté hors de l'hélico et il était tombé du ciel.

Dans les premières heures qui avaient suivi l'accident, il s'était retrouvé dans un état de complète désorientation. Des lumières lui éblouissaient les yeux ; un étrange engourdissement avait envahi son corps. Il se souvenait d'avoir tenté de comprendre où il se trouvait. Et son unité ? Etait-elle à sa recherche ?

Une fois revenu à lui, il avait découvert une chambre blanche. Un plafond et des murs blanchis à la chaux, des stores blancs occultant l'unique fenêtre. Ses jambes inertes recouvertes de draps blancs. Une porte blanche qui s'ouvre à la volée, un type en blouse blanche.

C'est ça, avait-il pensé. *Je suis à l'hôpital.*

— Essaie de bouger les pieds, lui avait dit le médecin en portant sur lui un air d'ennui.

Pourquoi le médecin s'adressait-il à lui en espagnol ?

— Fais un effort, s'il te plaît. Bouge les pieds, avait répété une voix, toujours en espagnol.

Un type en treillis kaki était entré dans la chambre. Coiffé d'une casquette plate et arborant une barbe fournie, il était armé d'un pistolet semi-automatique et d'un ceinturon lesté de chargeurs. Sur sa poitrine, un badge en toile indiquait son nom imprimé au pochoir : « Palacio ».

— Je vois qu'il est réveillé. Il faut qu'il ait un sacré bol pour avoir survécu à une chute pareille dans l'océan. On va voir si sa bonne étoile marche aussi avec don Benito.

Lentement, Julian avait compris qu'il n'était plus dans le camp des gentils. Il était prisonnier, et l'hôpital faisait partie de l'empire du baron de la drogue. Benito Gamboa disposait d'une armée privée, mieux financée que l'armée colombienne. Apparemment, Palacio appartenait à la force de sécurité de Gamboa, et le médecin était sans doute à sa botte, lui aussi. A moins qu'il ne fût pas médecin du tout. La blouse blanche indiquait peut-être un simple technicien du laboratoire produisant la cocaïne. Ou encore un spécialiste de la torture.

Durant ses premières heures de captivité, Julian s'était efforcé de bouger les pieds, mais ceux-ci ne répondaient plus. Il voyait ses jambes et ses pieds nus, sa peau livide entre les coupures et les ecchymoses, mais ses membres inférieurs ne semblaient plus rattachés à lui.

— Je ne peux pas, avait-il répondu.

— Essaie encore.

Ses jambes étaient inutilisables. Pas même engourdies. Mortes… c'est tout.

— Je ne peux pas.

Le médecin avait sorti une seringue dotée d'une longue aiguille. Puis une autre. Il les avait remplies de mystérieuses injections. Ensuite, le toubib avait enfoncé l'aiguille d'abord dans un orteil, puis dans l'autre. Dans la cheville de Julian, enfin, à l'endroit le plus tendre : aucune sensation ne lui était parvenue. Il serrait les dents, mais son esprit hurlait un déni silencieux. Il se rappelait le calvaire de son père, qui, en une seconde, s'était retrouvé paralysé. C'était une espèce de mort.

Il parvint malgré tout à se détacher de la scène, à fuir mentalement vers un autre endroit. Le lac des Saules, sa surface aussi immobile qu'une plaque de verre. Il était l'eau de ce lac, immobile, pas même troublé par une brise infime.

— Alors ? demanda l'adjoint.

— Aucune fonction ni sensation dans les extrémités inférieures.

— Je ferai une note aux interrogateurs.

Cette déclaration l'avait glacé par sa nature toute pragmatique. Julian avait alors compris qu'il serait torturé.

Le médecin s'était raclé la gorge, mal à l'aise.

— Le protocole standard implique un programme de rééducation fonctionnelle afin de restaurer ce qui peut l'être.

— Ce service n'est pas proposé aux prisonniers. Finalement, il n'a peut-être pas autant de chance que ce que je pensais. Don Benito décidera s'il veut le garder en vie ou non.

Le médecin n'avait rien répondu. Une semaine après, Julian avait été installé dans un fauteuil roulant, on lui avait mis un bandeau sur les yeux et il avait été transféré. Dans les mois qui avaient suivi, il avait été déménagé à plusieurs reprises, on lui avait fait subir des choses qu'il ne pouvait même pas évoquer dans ses pires cauchemars.

Il avait depuis longtemps perdu tout espoir d'être sauvé ou libéré. Ceux qui le détenaient gardaient son existence secrète, par crainte de représailles américaines ou des forces multinationales. Il ne savait trop pourquoi il était encore en vie, ni pour quel but. Ses geôliers le tuaient à petit feu, par leur indifférence et leur négligence entrecoupées de séances de torture qui le laissaient pantelant.

Julian referma les yeux, priant pour que les cauchemars et les souvenirs cèdent la place à la seule chose qui le maintenait en vie — son rêve de retrouver Daisy, au lac des Saules.

20

— Encore *Pirates des Caraïbes* ! supplia Charlie, le visage rayonnant d'enthousiasme. S'il te plaît !

Le chaos en Technicolor que représentait Disneyland tourbillonnait autour du petit garçon. Daisy échangea un regard avec Logan, sachant qu'ils étaient d'accord tous les deux. Ce n'est pas tous les jours qu'on va à Disneyland, et ils étaient bien décidés à en profiter au maximum.

Elle se tourna vers Charlie :

— Je vais vous dire, les gars. Vous y retournez ensemble et, pendant ce temps, je vais vous prendre en photo.

— Super ! Allez, viens, papa !

Ce n'était pas le genre de photos qu'elle prenait d'habitude, mais toute cette activité délirante, avec ses couleurs, ses lumières et son mouvement frénétique commençait à l'inspirer. Elle captura dans son objectif le père et le fils hilares, la tête rejetée en arrière, tous deux grisés par la surprise et le ravissement.

— Bien joué, Logan, murmura-t-elle à part soi. C'est une façon idéale de fêter le cinquième anniversaire de Charlie.

Lorsqu'elle avait accepté d'annoncer à Charlie qu'ils allaient vivre ensemble, Logan avait suggéré d'agir tout de suite après son anniversaire : ils ne voulaient pas lui annoncer la nouvelle le jour même, car le message aurait été faussé.

Logan, qui n'avait jamais été un adepte de la demi-mesure, avait organisé à sa façon extravagante une grande aventure de trois jours, insistant bien pour aller à Disney*land* et non à Disney*world*, car, avait-il argué, rien ne valait l'original.

Durant leur absence, une entreprise de déménageurs d'Avalon se chargerait de transporter les affaires de Daisy dans la maison de Logan.

Non, rectifia-t-elle intérieurement, *pas toutes ses affaires*. La boîte contenant ce que lui avait donné Julian — souvenirs, photos, petits présents, sa bague de fiançailles —, elle l'avait entreposée chez sa mère. Elle ne pouvait s'en débarrasser, pas plus qu'elle ne pouvait la faire suivre dans sa nouvelle vie avec Logan.

Les comparaisons devaient s'arrêter là. La mort de Julian resterait à jamais une blessure dans son cœur, et jamais elle ne reproduirait le bonheur qu'ils avaient connu ensemble. Au fond d'elle-même, force lui était d'admettre que ce qu'elle partageait avec Logan n'avait rien de commun avec la folle passion qu'elle avait vécue avec Julian. Ils avaient vécu un amour tel qu'on n'en rencontre qu'une fois dans sa vie, et Daisy avait trop de bon sens pour s'imaginer le retrouver avec quelqu'un d'autre. Sa relation avec Logan était calme et sécurisante : un lien forgé par leur amour mutuel pour Charlie. Elle devait cesser de penser à ce qu'elle avait perdu pour se focaliser sur ce qu'elle pouvait obtenir. A leur retour, ils vivraient tous sous le même toit. Une famille.

Cette perspective l'emplissait d'un projet de vie. Elle n'avait pas accepté cela à l'aveuglette ou sur un coup de tête. Elle s'y était engagée, ainsi que Logan, et tous deux étaient résolus non seulement à réussir leur cohabitation, mais aussi à trouver une nouvelle forme de bonheur à trois. Logan lui procurait confort, sécurité, stabilité, protection. Et soulagement — Dieu, qu'elle était soulagée de ne plus avoir à se livrer au petit jeu des rencontres organisées ! Elle connaissait Logan depuis toujours et son amitié l'avait aidée à surmonter son chagrin.

Elle était en mesure d'envisager un avenir avec lui. Logan ne lui briserait jamais le cœur... puisqu'elle ne le lui avait jamais donné, contrairement à Julian.

Logan et elle allaient s'engager sur cette route, en pleine conscience. Cela n'aurait rien d'une sinécure, mais il aurait fallu être naïf pour supposer le contraire, ce qu'ils n'étaient ni l'un ni l'autre. Entamer une relation sérieuse, c'était un peu comme s'installer dans un pays étranger. Il lui fallait apprendre une nouvelle langue, une nouvelle culture. Mais elle était prête à le faire.

En attendant qu'ils arrêtent de jouer aux pirates, elle photographia encore quelques détails de Disneyland. En cette journée d'août, il faisait une chaleur caniculaire à Anaheim, et le parc d'attractions grouillait de familles et d'enfants surexcités. Il y avait une singulière beauté dans tout cet artifice : les impeccables jardins agencés de façon géométrique, les moulinets aux couleurs coordonnées, où qu'on tourne la tête. Les bâtiments disgracieux étaient camouflés derrière des façades, de judicieuses plantations, des rochers en résine et des grosses têtes.

A un endroit de l'enceinte, le système d'arrosage était apparemment défectueux. De la haie ne subsistaient que les restes squelettiques de quelques buissons morts. Au-delà, elle apercevait une clôture de chaînes et un parking bondé d'autocars de tourisme et de bus scolaires jaune canari. Un bus se gara contre le trottoir et déversa une cohue d'enfants délirants de joie, la plupart à la peau noire ou basanée, tous vêtus du T-shirt de leur école.

Daisy zooma sur une fillette si excitée qu'elle pirouettait dans l'allée, ses innombrables tresses volant autour de sa tête.

Daisy remarqua alors l'inscription qui courait sur le flanc du bus : « Secteur scolaire unifié de la Chino Valley ».

C'était là que Julian était allé au lycée. Il n'avait jamais été très disert à propos de Chino, Californie, se contentant de mentionner qu'il avait eu des ennuis là-bas, ennuis qui étaient entièrement sa faute. Il avait dit cela avec un sourire, ajoutant : « Si je n'avais pas été un mineur délinquant, on ne m'aurait pas expédié au camp Kioga et je ne t'aurais jamais rencontrée. »

Des souvenirs de Julian lui revenaient souvent insidieusement à l'esprit, malgré sa volonté de se polariser sur l'avenir. Depuis la disparition de Julian, nombre d'amis bien intentionnés avaient cru la consoler : « Au moins, tu as des souvenirs à chérir. »

Et de fait, des souvenirs, elle en avait, des souvenirs qu'elle chérissait sans réserve, mais qui lui procuraient bien peu de réconfort lorsqu'elle considérait tout ce qu'elle avait perdu au fond de l'océan. Julian et elle n'avaient pas eu assez de temps, voilà tout. Ils avaient partagé des rêves, des fantasmes, des aspirations. Mais pas assez de temps. Et du temps, ils n'en auraient jamais plus.

— Ohé, maman-Daisy ! cria Logan, employant un petit nom qu'elle n'aimait guère.

Il portait Charlie sur ses épaules et souriait d'une oreille à l'autre.

— Tu t'es éloignée en flânant. On a cru qu'on t'avait perdue.

Daisy leva son appareil à hauteur de visage et les prit en photo.

— Je suis là, dit-elle.

L'aéroport d'Anaheim ne proposant pas de vol de retour direct, ils se posèrent à Las Vegas le temps d'une longue escale et, pour couronner le tout, leur avion fut immobilisé au sol en raison de problèmes mécaniques. Les passagers se virent proposer de généreuses primes pour renoncer à leur place sur d'autres vols déjà largement surbookés.

— Chiche, on le fait ! lança soudain Logan. On renonce à nos places et on passe la nuit à Vegas.

— Ouais ! Vegas, baby ! s'écria Charlie, bien qu'il n'eût visiblement aucune idée de ce que représentait cette ville.

Daisy hésita.

— Mais...

— S'il te plaît ! l'implorèrent-ils en chœur.

Elle se mit à rire devant leur expression suppliante. Elle appela Olivia, qui leur gardait Blake, pour lui laisser un message, puis elle contacta Zach au studio.

— Pas de souci, affirma ce dernier lorsqu'elle lui

expliqua les raisons de son retard. On n'a rien de prévu avant vendredi soir.

— Merci, Zach. Dis à tout le monde que je les verrai mardi.
— Je n'y manquerai pas. Las Vegas, hein ?
— Oui, nous avons la journée pour visiter la ville. C'est la première fois que je viens à Vegas.
— J'ai entendu dire qu'on pouvait se mettre dans le pétrin jusqu'au cou, là-bas.

Elle se mit à rire.

— Nous ferons de notre mieux. Pour l'instant, nous essayons d'attraper un taxi.
— D'accord. Bon, ne fais pas trop de folies.
— Moi ? Jamais.

Logan réussit à arrêter un taxi. Ils auraient pu attendre la navette d'un hôtel, mais la chaleur était accablante et Charlie affamé et grognon.

Dans le taxi, Logan étudia le bon qui lui avait été remis par la compagnie aérienne.

— Airporter Express, marmonna-t-il en faisant une boule du document. Tu sais quoi ? J'ai une meilleure idée.
— Quoi encore ?

Daisy le considéra d'un œil soupçonneux.

— On nous offre une nuitée à Las Vegas. On peut trouver mieux que l'Airporter Express.
— Je ne comprends pas.

Il se pencha en avant pour s'adresser au chauffeur :

— Conduisez-nous au Bellagio.
— C'est quoi, le Bellagio ? s'enquit Charlie.
— Un genre de Disneyland, mais pour les grands.

Logan n'exagérait pas. En fait, tous les artifices de Disneyland faisaient pâle figure face à l'incroyable spectacle de lumières qu'offrait le Strip de Las Vegas. Charlie, bouche bée, en oublia momentanément sa faim.

— Hé, papa, maman ! Regardez tous ces gens !

Le nez collé à la vitre du taxi, il contemplait les artistes de rue, les poivrots, les touristes et les prostituées qui déambulaient sur fond d'imposants hôtels-casinos.

— C'est quoi cette ville ?
— Je crois bien qu'on a quitté le Kansas, ironisa Daisy.
— Super ! Il y a une piscine à l'hôtel ? s'enquit Charlie, l'esprit braqué sur la seule commodité qui comptait pour lui.
— Je ne sais pas. Qu'en dis-tu, Logan, il y a une piscine ?
Logan se mit à rire.
— S'il y a une piscine ?

Des piscines, le Bellagio en comptait plusieurs, mais ce n'était pas là son principal atout. L'hôtel s'enorgueillissait également d'un gigantesque spectacle de jets d'eau jaillissant au rythme de la musique. En bons touristes qu'ils étaient, Logan, Daisy et Charlie restèrent pantois devant la monumentale attraction. Massés devant le garde-fou en béton sculpté, les gens admiraient le spectacle. Logan acheta pour Charlie et lui des hot-dogs à un marchand, histoire de tenir le coup jusqu'au dîner. Pas moins de trois couples de jeunes mariés s'arrêtaient pour se faire photographier. Daisy était en congé, mais cela ne l'empêcha pas d'apprécier en professionnelle la joie débordante des mariées et la manière dont les jets d'eau illustraient leur explosion de bonheur.

Comme un couple entrait dans le hall, elle entendit le groom leur demander :
— Pouvez-vous me rappeler votre nom ?
— Je veux mettre mes oreilles de Mickey, dit Charlie.

A Disneyland, un Mickey géant lui avait serré la main. Aussitôt, les oreilles en question étaient devenues pour lui un objet sacré.

— *No problemo*, répliqua Logan en s'approchant de la réception.

Tandis qu'il réservait une chambre, Daisy et Charlie entreprirent d'explorer le hall. Il était somptueux et ornementé à l'excès, de manière agressive. Des œuvres d'art fabuleuses côtoyaient des pièces de verre soufflé, des tableaux de maîtres anciens ainsi que des sculptures dans des alcôves éclairées. Des boutiques remplies de bijoux étincelants, de vêtements bariolés, de cadeaux, de sacs et de bagages luxueux bordaient le hall. Ce scintillement artificiel donnait à Daisy l'impression d'avoir atterri dans une espèce d'univers alternatif. Derrière cet étalage de luxe, elle percevait vaguement le bruit du moteur qui alimentait toute la ville : les tintements et divers gargouillis électroniques des jeux et des machines à sous, émanant d'un casino invisible à ses yeux.

— C'est incroyable, confia-t-elle à Logan dans l'ascenseur qui les amenait à leur chambre. Je suis scotchée.

— Moi aussi, admit Charlie.

— Et nous n'avons pas encore vu la chambre, leur fit remarquer Logan.

Celle-ci se trouvait au dernier étage. Daisy retint son souffle pendant que Logan insérait la clé magnétique. Puis il ouvrit la porte en grand et elle ne put retenir une exclamation. La pièce était inondée par la lumière filtrant de tentures arachnéennes.

Le balcon surplombait le cœur de Las Vegas. Il y avait un salon équipé d'un bar et d'une télévision grand écran. Le vaste lit *king size* était drapé d'une gloire toute rococo. Charlie se précipita à la fenêtre et colla son nez au carreau.

— J'adore Las Vegas, déclara-t-il.

Logan le prit dans ses bras en riant.

— Nous allons profiter au maximum de notre soirée ici, d'accord ?

— On peut aller nager, maintenant ?

Logan acquiesça d'un hochement de tête et Charlie se rua sur sa valise, à la recherche de son maillot.

— Je n'avais pas prévu cette escale quand j'ai fait les bagages, dit Daisy en récupérant le maillot encore humide de Charlie, qu'elle avait enveloppé d'un sac en plastique.

— C'est pas grave, maman. De toute façon, on va se mouiller, dans la piscine.

Daisy plissa le nez.

— Qu'y a-t-il de pire que d'enfiler un maillot de bain humide ?

— J'ai une excellente idée, dit Logan. Tu vas descendre t'acheter un maillot neuf dans les boutiques du hall. Et une robe, aussi. Achète-toi une très jolie robe pour ce soir.

— Oh ! non, Logan, je ne crois pas que...
— Allez, pour me faire plaisir. Regarde, on m'a donné une réduction de vingt pour cent dans une des boutiques du hall, quand j'ai pris la chambre.
— Mais je n'ai pas besoin d'une...
— Allez, Daisy... Je serais tellement content. Charlie et moi, on t'attendra à la piscine.
— Une façon de me forcer la main ! Je ferai vite.

La boutique indiquée sur le bon d'achat s'appelait Lola, et le panneau en vitrine proclamait : « Tout ce que veut Lola, elle l'obtient ! » La collection affichait une très nette tendance pour les imprimés tropicaux, les lamés or et les grandes tailles. Hormis Daisy, il n'y avait qu'une personne à la caisse, une femme d'âge mûr à la peau flétrie par l'excès de soleil, qui portait ses cheveux desséchés rabattus d'un côté, dans un style passé de mode depuis les années 1980.
— Bienvenue chez Lola, lui dit-elle d'une voix de fumeuse.
Elle avait un gentil sourire qui ne masquait pas complètement cette espèce de solitude que Daisy connaissait bien.
— Euh... Je viens voir si vous avez des maillots de bain, bredouilla-t-elle, se sentant quelque peu piégée au milieu de tous ces tissus métallisés.
— Ah, oui ! Votre mari m'a appelée.
— Mon mari ?...
— M. O'Donnell. Suite 3347.
Immédiatement, Daisy pensa à Charlie.
— Il y a un problème ?
— Pas du tout. Il voulait simplement s'assurer que vous achèteriez tout ce qu'il vous fallait ici, et il m'a demandé de tout mettre sur sa note.
Logan adorait les gestes de panache comme celui-ci.
La vendeuse désigna les rayons pleins à craquer en gloussant.
— Vous en avez, de la veine ! Allez-y, lâchez-vous !
— Merci, répondit Daisy, certaine à présent qu'elle ne

pourrait pas sortir de chez Lola sans acheter un article, parmi tous ces vêtements bariolés de style bohémien.

Elle adopta un ton diplomatique.

— Il y a tant à regarder… En fait, je n'ai besoin que d'un maillot de bain.

— Voyons ce que nous avons dans votre taille. Vous êtes un peu plus petite et un peu plus jeune que mes clientes habituelles. Mais je ne devrais sans doute pas le dire.

Avec une précision experte, elle s'empara de deux articles suspendus à un portant.

— En petite taille, je risque de n'avoir que ces deux-là.

Le choix consistait en un Bikini imprimé léopard et un maillot une pièce en tissu argenté, qui tenait plus de la combinaison spatiale que du costume de bain. Daisy songea à son maillot rouge encore humide et regretta d'avoir fait la délicate.

Elle n'avait pas prononcé une parole, mais la femme lut dans ses pensées.

— Voyons si nous avons quelque chose à votre taille dans la réserve.

Daisy envisagea de prendre ses jambes à son cou. Comment un vol tout simple avec escale s'était-il transformé en quelque chose d'aussi compliqué ?

Passer d'une famille de deux à une famille de trois n'allait pas sans défis, et elle savait que chaque jour lui en réserverait de nouveaux. Cela dit, sa nouvelle situation comportait aussi des avantages, et c'était là-dessus qu'elle devait se concentrer.

Histoire de tuer le temps, elle passa les robes en revue, au cas où un modèle lui sauterait aux yeux. Que portait-on pour dîner à Las Vegas ? Visiblement, quelque chose en plume, en tissu métallisé ou en velours frappé. Deux des robes réunissaient les trois critères : un triplé du mauvais goût.

Elle avait dans sa valise de quoi lui fournir une alternative plus tentante, même si cela impliquait un peu de repassage.

— Mon chou, j'ai décroché le jackpot, comme on dit chez nous, à Sin City.

La femme émergea de son arrière-boutique exiguë, des vêtements passés sur son avant-bras.

— Ceux-ci vont faire un effet du tonnerre sur vous.

Daisy s'était déjà résignée à un achat de pure compassion, par égard pour la vendeuse, qui était sans doute payée à la commission. Avec un sourire poli, elle emporta les maillots jusqu'à la cabine d'essayage, fermée par un rideau qui occupait un coin de la boutique.

— Je ne porte pas beaucoup de blanc, dit-elle en ôtant promptement son jean et son débardeur. Mon petit garçon a une fâcheuse tendance à poser ses mains crasseuses partout et… Oh!…

Elle ajusta le Bikini et contempla son reflet dans le miroir.

— Alors ? lui demanda la vendeuse.

Daisy écarta le rideau et alla se voir dans le miroir à trois faces.

— J'aime beaucoup. Je n'aurais jamais cru qu'un maillot blanc pourrait me plaire.

— Celui-ci est entièrement doublé, ainsi vous n'aurez pas à vous en faire pour d'éventuelles transparences, sec ou mouillé. J'ai toujours aimé les blondes en blanc. Ça fait toujours beaucoup d'effet et c'est très élégant.

Daisy lui accorda ce point. Le maillot avait des touches de doré, mais seulement sur le passepoil en bordure du décolleté.

— Génial. Je le prends.

— Essayez donc la robe. Elle est de la même créatrice. La fille fait dans le rétro, mais avec un côté humoristique, je trouve.

La robe aussi était blanche, avec un corsage dont les bretelles se nouaient autour du cou et une jupe ample et vaporeuse. Quand Daisy sortit de la cabine d'essayage, la vendeuse joignit les mains de ravissement.

— C'est aussi joli que ce que j'espérais. Vous ressemblez à Marilyn Monroe dans la fameuse séquence de la bouche de métro. On peut dire que la robe s'en inspire.

Marylin Monroe appartenait à l'époque de sa grand-mère, mais Daisy connaissait la séquence légendaire de *Sept ans de réflexion*. Cette photo avait marqué à jamais la carrière du photographe Sam Shaw. Aujourd'hui encore, les étudiants en photographie discutaient des avantages et des inconvénients d'une carrière jugée à l'aune d'une seule image.

— Les deux articles sont démarqués, dit la vendeuse. Ce sont les derniers qu'il me reste.

Daisy succomba.

— Dans ce cas, je les prends tous les deux.

— Avec ça.

La vendeuse lui offrit une paire de sandales à talons dorés, enjolivées de perles en cristal.

— Les chaussures complètent la tenue.

Les garçons étaient déjà à la piscine — l'une des cinq piscines d'inspiration méditerranéenne — lorsque Daisy les rejoignit, après avoir terminé ses emplettes. Logan tirait Charlie en lui faisant décrire des cercles, tandis que tous deux imitaient le bruit d'un bateau à moteur.

Elle repéra leurs affaires posées sur une chaise longue et se débarrassa de son peignoir en tissu-éponge. Quand Logan l'aperçut, il se figea comme si l'eau de la piscine s'était transformée en glace.

— Waouh ! s'exclama-t-il avec un regard encore plus éloquent.

— Maman !

Charlie lui adressa un sourire rayonnant.

— Enfin ! Ça fait des heures qu'on t'attend.

Elle se glissa dans la piscine, un tantinet empruntée dans son maillot tout neuf.

— L'eau est bonne, non ?

— Superbonne !

Les cils de Charlie étaient effilés comme des pointes d'étoile. Il irradiait le bonheur et, brusquement, Daisy se réjouit de cette escale forcée. Charlie lui rappelait constamment que chaque jour est porteur d'une nouvelle aventure.

Le regard de Logan s'attardait sur elle avec une ardeur

qui suscita en elle une autre sorte de rappel : elle avait enfin une vie sexuelle. Elle en avait trop longtemps été privée.

Une onde de chaleur la parcourut et elle plongea sous la surface de l'eau claire. Ils jouèrent tous les trois à s'éclabousser, grisés par le plaisir de ces vacances inattendues.

Au bout d'un moment, l'attention de Charlie se mit à errer vers un groupe d'enfants de son âge, qui entraient et sortaient comme des flèches du jet d'eau qui jaillissait dans le petit bassin.

— Je peux y aller ? leur demanda-t-il.

— Bien sûr, répondit Logan avant que Daisy ait pu réagir. Ta mère et moi, on te surveille.

— Tu lui as mis de l'écran solaire ? s'enquit Daisy.

— Evidemment. La lotion qui résiste à l'eau, dans la bouteille bleue.

— Merci. Pardon d'être aussi mère poule.

— Crois-moi, je n'ai pas plus envie que toi que Charlie prenne un coup de soleil. Il frirait comme un œuf sur le plat.

Logan lui montra son épaule.

— Tu vois cette cicatrice, là ? Ça date de mon stage de foot en sixième. Je faisais partie de l'équipe qui jouait sans maillot, et j'ai littéralement grillé. J'ai même eu des cloques, et j'ai vomi toute la nuit pour être resté au soleil.

— Mon pauvre chéri…

Daisy émergea de l'eau et lui embrassa une épaule, puis l'autre. Il était toujours aussi beau, un vrai play-boy irlandais. Il avait forci, bien sûr, mais cette corpulence lui allait bien : elle lui conférait de la solidité, et une certaine maturité.

Charlie s'était déjà intégré au groupe d'enfants qui jouaient à bloquer des passes de foot avec un ballon gonflable. Il essayait d'attraper le ballon avec force rires et braillements ; il s'en donnait à cœur joie.

— Il est vraiment très sociable avec les autres enfants, fit remarquer Daisy. Je suis très fière de lui, parce que, avant, il était plutôt timide.

— Il est en train de surmonter tout ça.

Elle eut un temps d'hésitation.

— Je trouve qu'il a gagné en confiance et en autonomie, depuis que nous sommes ensemble.

Logan eut un immense sourire.

— Ah, oui ?

— Tu lui fais du bien. Tu *nous* fais du bien.

— Ma foi, je te retourne le compliment.

Il passa un bras autour d'elle.

— Charlie grandit si vite…, soupira-t-elle. Comprends-moi, Logan. C'est vrai que j'ai un côté mère poule, une mère poule qui n'a plus d'œuf à couver. Je suis trop jeune pour vivre dans une maison sans enfants.

Il se pencha pour l'embrasser.

— Rien ne t'y oblige.

— Qu'est-ce que c'est censé vouloir dire ?

Elle craignait presque d'entendre sa réponse.

— Attends une seconde.

Il se hissa hors de la piscine et alla vers les chaises longues où s'étalaient leurs affaires. Il revint quelques secondes plus tard avec un prospectus à trois volets imprimé sur papier glacé.

— Je me demandais si tu avais des projets pour ce soir.

— Qu'est-ce que tu as en tête ?

Logan lui montra la brochure d'une main qui tremblait légèrement.

— Et si on se mariait ?

— Je te demande pardon ?

— Tu m'as très bien entendu.

Il lui prit les mains dans la sienne, alors qu'elle avait de l'eau jusqu'à la taille.

— Ecoute, je ne vais pas mettre un genou en terre pour te faire ma demande. J'ai déjà essayé une fois, et nous savons tous deux comment ça s'est terminé. Mais mes sentiments pour toi n'ont pas changé, Daisy. Je désire toujours faire ma vie avec toi et Charlie. Je ne suis pas Julian. Je ne suis pas GI Joe, qui part sauver le monde. Mais je suis celui qui, depuis le premier jour, a toujours été là pour toi, et je ne compte pas aller ailleurs.

Daisy sentit les battements de son cœur s'accélérer. Elle ne rêvait pas ? Logan prononçait vraiment ces mots ?

Chacune de ses paroles était le strict reflet de la vérité. Dès l'instant où elle lui avait annoncé qu'elle était enceinte — alors qu'elle s'attendait à ce qu'il nie sa responsabilité et lui tourne le dos —, il avait représenté un point d'appui stable dans sa vie ainsi que dans celle de Charlie. Le jour de la naissance de Charlie, il lui avait apporté une pizza à la maternité et lui avait promis de toujours être là pour leur fils. Jusqu'ici, il avait tenu parole.

— Mais... le mariage ?

Elle s'adossa au rebord du bassin, sur le point de se hisser hors de l'eau.

Elle ne s'était pas rendu compte qu'elle avait parlé à voix haute, jusqu'à ce que Logan déclare :

— La chapelle des Liens éternels nous attend à 18 heures ; ensuite, j'ai réservé la meilleure table au Cirque, pour nous trois.

— Quand as-tu fait tout ça ?

— J'ai pris le forfait nuptial « Impulsion romantique » à la réception. Et j'ai aussi acheté une paire d'alliances à la bijouterie du hall.

Daisy hésitait, à moitié dans l'eau, à moitié dehors. Se pouvait-il que Logan parle sérieusement ? A cette idée, elle se sentit... étrange. Etrangement heureuse. Mais aussi... manipulée.

Par ailleurs, sans Logan, où en serait-elle aujourd'hui ? Elle irait à la dérive, amoureuse d'un fantôme, incapable de se détacher de ses souvenirs. Ce n'était pas sain pour elle, et encore moins pour Charlie.

Une seconde d'hésitation s'écoula. Puis elle se replongea dans l'eau. Avec un rire d'abandon, elle éclaboussa Logan.

— Tu es fou !

— Mes bien chers frères, mes bien chères sœurs...

Daisy, vêtue de sa robe à la Marylin Monroe, se tenait

aux côtés d'un Logan tiré à quatre épingles et étonnamment nerveux, tandis que Charlie, assis non loin sur une chaise en plastique moulé, suivait la scène, très ému. On lui avait donné un bouquet de daphnés à petites fleurs roses dont le parfum capiteux lui chatouillait les narines. Un enregistrement de musique d'orgue s'échappait des baffles dissimulés derrière les colonnes factices d'or et de marbre qui bordaient la chapelle des Liens éternels. Entre les notes, on entendait le bruit de la circulation.

L'officiant était un jeune Asiatique prénommé M. Lee, qui semblait prendre son devoir très au sérieux. Il lisait d'une voix douce et régulière un prospectus intitulé « Version courte ».

Dans quelques minutes, Daisy serait officiellement Mme Logan O'Donnell.

L'un face à l'autre, ils répétèrent les phrases que leur dictait l'officiant en se tenant les mains. En dépit des circonstances, leurs vœux semblaient avoir un poids réel.

Daisy avait du mal à croire qu'elle avait accepté de marcher dans ce plan. D'un autre côté, ce mariage impromptu faisait incontestablement branché. *Vous vous êtes mariés à Las Vegas ? Sans rire ?*

Etrangement, tout cela lui donnait un sentiment d'inéluctable. Logan et elle avaient toutes les raisons du monde de se marier. Ils se connaissaient depuis toujours et souhaitaient donner à Charlie une famille traditionnelle — ils vivaient d'ores et déjà ensemble. Ce mariage s'inscrivait dans la progression naturelle des choses, non ?

Un peu plus tôt, tandis qu'elle s'apprêtait en vue de la cérémonie, quelques scrupules l'avaient effleurée. Elle avait été tentée d'appeler sa mère et Sonnet, d'obtenir leur bénédiction, voire leur approbation. Pour avoir confirmation que ce coup de tête téméraire les mènerait à quelque chose de positif. Mais, en fin de compte, elle ne les avait pas appelées. Elle voulait prendre sa décision en pleine confiance, sans subir l'influence de quiconque.

De plus, elle n'avait aucune envie de se faire incendier par sa mère et sa meilleure amie, qui ne manqueraient pas de lui reprocher de les avoir privées de l'occasion d'organiser son mariage. La noce aurait été amusante, évidemment, mais c'était son avenir qui se jouait là, pas un simple jour de fête.

Elle faisait un acte de foi, autrement dit elle devait croire en son âme et conscience au bien-fondé de son union avec Logan. D'expérience, Daisy savait que les actes de foi réussissent souvent.

Enfin, ceux qui ne sont pas catalogués comme des *erreurs*, bien entendu.

— Daisy…

Logan imprima une douce pression à ses doigts, pour l'inciter à répondre.

— Oh ! pardon…

Elle se ressaisit.

— Hum… oui. Oui, je veux être ta femme.

Logan s'était procuré de très jolies alliances assorties, en or finement guilloché. Lorsqu'il les lui avait montrées, un peu plus tôt, elle avait essayé la sienne.

— Elle me va parfaitement.

— Je pensais bien que ton tour de doigt n'avait pas changé depuis…

Il n'avait pas achevé sa phrase.

Tous deux se rendaient compte qu'il était sans doute mal venu d'évoquer cette ancienne demande en mariage ratée. Ce n'était pas le moment. Tout cela paraissait si lointain, comme un événement qui serait arrivé à quelqu'un d'autre, dans une autre vie.

A présent, l'anneau d'or flambant neuf glissait le long de son doigt tandis que Logan récitait les vœux traditionnels du mariage. Daisy fit de même, d'une main que la portée de l'acte symbolique faisait trembler. Du coin de l'œil, elle voyait Charlie s'agiter impatiemment sur sa chaise en balançant les jambes.

Tiens bon, mon bonhomme, pensa-t-elle. *C'est presque fini.*

L'officiant la satisfit à son insu en concluant rapidement la cérémonie.

— Vous pouvez à présent embrasser la mariée.

Logan lui sourit et déposa un tendre et rapide baiser sur sa bouche.

— Bienvenue dans le monde, madame O'Donnell, murmura-t-il.

Il recula d'un pas pour la contempler avec un air de fierté et de triomphe.

Daisy lui rendit son sourire, puis se tourna et tendit la main en direction de Charlie.

— Alors, que dis-tu de ça ? Ton papa et ta maman sont mariés.

L'enfant leur adressa un sourire radieux.

— Enfin !

Son inflexion singulièrement adulte rompit l'atmosphère de tension, et tous éclatèrent de rire. M. Lee désigna une table ronde recouverte d'un napperon à franges.

— Il nous reste encore un peu de paperasse à remplir et, après ça, vous pourrez partir.

L'acte de mariage fut signé par tout le monde, y compris par l'assistant de M. Lee, qui s'occupait de la sono et jouait le rôle de témoin.

— Félicitations.

M. Lee leur tendit les documents officiels.

— Je vous souhaite beaucoup de bonheur.

Logan opina avec conviction.

— C'est ce qui est prévu.

TROISIÈME PARTIE

21

A travers les fentes de ses paupières, Julian fixait l'aiguillon électrique qu'on tenait au-dessus de son visage. Son cœur cognait à une vitesse anormale, comme animé d'une volonté propre — la volonté d'échapper à son corps tourmenté. Il était attaché par des sangles à un fauteuil roulant déglingué qui portait les éraflures et les entailles de ses précédents utilisateurs, y compris *Jesús me guarde* gravé sur la peinture noire qui s'écaillait. Sa tenue de prisonnier — une blouse ample et un large pantalon en toile de jute rêche — avait été mouillée afin de mieux conduire le courant électrique.

La *picana electrica* était un instrument de torture à l'ancienne, employé au départ par les gauchos d'Argentine sur leurs troupeaux de bétail. Aujourd'hui, l'aiguillon était couramment employé sur les prisonniers, moyen efficace et pas cher de procurer des souffrances atroces au sujet sans avoir à le tuer.

Julian ne connaissait pas ces interrogateurs. Chaque fois qu'on le transférait dans un lieu différent, il était confronté à une nouvelle équipe. Depuis le début de sa captivité, il avait été transféré au moins une douzaine de fois, cagoulé et aveuglé par un bandeau sur les yeux. Sans doute pour l'empêcher de monter une évasion. Et le procédé fonctionnait. Il n'avait tout bonnement pas le temps d'élaborer une stratégie.

L'interrogateur, un homme mince en uniforme paramilitaire, ressemblait plus à un bureaucrate grincheux qu'à un tortionnaire chevronné. Il se pencha vers lui.

— Tu ne nous donnes rien et nous t'offrons tout, lui dit-il en anglais. La liberté, l'évasion, en échange de la simple vérité.

Ils voulaient des renseignements sur les opérations militaires menées en coopération avec leur pays. Julian arrivait tout juste à faire fonctionner sa mâchoire pour leur répéter les seules informations qu'il était autorisé à divulguer : son nom, son grade, son numéro de Sécurité sociale et sa date de naissance. Chaque fois, on le transférait vers un lieu différent et un nouvel interrogateur prenait le relais. Mais, malgré les passages à tabac, les décharges électriques, les privations de sommeil et la coercition, il n'avait rien lâché. Son entraînement aux techniques d'évasion et de survie, le SERE — Survie, Evasion, Résistance, Echappatoire — lui avait été utile dès les premiers instants de sa captivité, et il continuait obstinément à s'accrocher aux rudes enseignements qu'il avait reçus. De toute façon, s'il tentait de s'échapper, il risquait probablement d'y rester. Il n'avait vraiment pas le choix.

— Encore, sur la tempe, ordonna l'interrogateur en espagnol.

Julian était maître dans l'art de la dissimulation. D'où lui venait ce don, il l'ignorait, mais il s'en servait à chaque instant de la journée. Il feignait de n'avoir qu'une compréhension rudimentaire de l'espagnol et, tandis qu'on lui insérait l'épais morceau de caoutchouc dans la bouche, il ne montra par aucun signe qu'il savait où l'aiguillon allait lui être appliqué.

Il se retira dans un recoin de son esprit, une technique qu'il avait répétée lors des simulations d'interrogatoires qu'on lui avait fait subir au cours de sa formation. Il se força à retourner à l'époque de son enfance, quand il vivait à La Nouvelle-Orléans avec son père célibataire. Son père était un homme brillant, bien plus doué que ne l'impliquaient ses humbles origines, qui plongeaient leurs racines dans le sud de la Louisiane. Il avait aimé son fils à sa façon distraite mais sincère, choisissant de lui enseigner les principes de la fuséologie pour établir des liens affectifs avec lui.

Julian se souvenait du moment exact où il avait pris

conscience que l'amour le rendait courageux. Il devait avoir six ans. C'était une journée d'été caniculaire et les fenêtres de leur maison à ossature de bois laissaient entrer un air frais à l'odeur de mildiou. Ils habitaient une petite dépendance coincée entre deux belles demeures dans Coralie Street, à distance commode de l'université. Son père était installé dans la salle à manger encombrée — qui ne servait jamais à manger —, attelé à un problème ou à une théorie quelconque. Julian, qui avait chaud et qui s'ennuyait, avait décidé de grimper au sommet du figuier qui poussait dans le jardin de derrière, car c'était là, tout en haut, que se trouvaient les fruits les plus sucrés et les plus mûrs. L'escalade l'avait considérablement amusé et, se hissant de branche en branche, il était parvenu au sommet du monde. Etre en haut d'un arbre avait été pour lui une révélation. Le monde d'en dessous ne lui apparaissait plus aussi vaste, compliqué et déconcertant. Non, il l'intriguait plutôt ; c'était quelque chose de compréhensible où il pouvait s'imbriquer comme une pièce de puzzle. Tout était en perspective. Pas étonnant que les oiseaux paraissent s'envoler pour le seul bonheur de prendre leur essor. Qui n'aurait envie de s'élever le plus haut possible dans le ciel ?

— Papa ! avait-il crié, espérant que son père l'entendrait en dépit du halètement poussif du vieil appareil de climatisation, qui, logé dans la fenêtre, ruisselait de condensation. Hé, papa, regarde comme je suis haut !

La branche sur laquelle il se tenait ploya mais ne rompit pas. Elle le laissa choir presque avec grâce. Il se rattrapa à une autre branche qu'il parvint à agripper d'une main. Il resta un bref instant suspendu, abasourdi par la distance qui le séparait du sol, mais bizarrement stimulé par le danger. Il lutta pour tenir bon, sachant depuis le début que c'était un combat perdu d'avance. La gravité s'exercerait sur lui comme elle le fait sur toute chose. Avec un père physicien, difficile de l'ignorer.

L'écorce lisse ne lui offrait aucun recours et l'arbre le laissa tomber. A la seconde où il lâcha prise, il éprouva une immédiate sensation d'apesanteur. Sensation brutalement interrompue quand il traversa une série de branches inférieures, puis qu'il s'écrasa au sol avec un bruit sourd.

Il n'avait pas souvenir d'avoir crié en tombant, et pourtant quelque chose devait avoir alerté son père. Peut-être le bruit de sa longue chute à travers les branches du vieil arbre noueux avait-il attiré son attention.

Sous l'effet de l'impact, Julian avait senti ses poumons se vider instantanément. Le souffle coupé, il suffoquait comme un poisson hors de l'eau. Muet, le regard paniqué, il avait levé les yeux et vu son père au-dessus de lui, le dominant de toute sa hauteur, aussi imposant que le Seigneur dans les cieux. Une fois parvenu à accommoder, il avait vu la frayeur de son père, imprimée dans le blanc de ses yeux écarquillés.

Celui-ci était resté à ses côtés jusqu'à l'arrivée de l'ambulance. Durant cette attente, il lui avait davantage parlé qu'il ne l'avait fait en six ans, sur un ton rassurant, lui disant qu'il l'aimait, et priant pour qu'il ne soit pas blessé.

Aux urgences, on l'avait examiné de la tête aux pieds, au-dehors comme au-dedans. On lui avait braqué une petite lumière dans les yeux, mis un casque sur les oreilles pour tester son ouïe, on l'avait ausculté sous toutes les coutures avec des stéthoscopes et des échographies, on lui avait fait des radios du corps et un scanner du cerveau.

Ce jour-là, Julian avait appris deux nouveaux mots : « abrasions » et « contusions ». C'était une façon élégante de désigner des écorchures et des bleus. Il avait également appris que, même si leurs manifestations bénignes étaient douloureuses, les choses auraient pu être plus graves. Bien plus graves. Mais les médecins avaient eu beau chercher et palper, ils n'avaient trouvé chez lui aucune atteinte plus sérieuse.

Et tout au long de ces examens et de ces observations, son père était resté à ses côtés, projetant sur lui son angoisse, son amour et son soulagement. Julian n'avait pas souvenir que son père se soit jamais focalisé sur lui aussi longtemps. Il ne s'était jamais senti aussi aimé et protégé.

Tout ça parce qu'il avait osé grimper dans un lieu en hauteur.

— Tu as eu beaucoup de chance, jeune homme, avait déclaré le médecin en signant un formulaire.

Julian s'était senti envahi de chaleur.

— Oui, monsieur.

Après sa mésaventure, il était devenu courageux à tout propos. Il s'en sentait capable, puisque son père l'aimait. Il n'était pas idiot : il se rendait bien compte qu'il n'était pas invincible, mais le courage né de sa confiance en lui le portait vers de nouveaux lieux. Il repoussait sans cesse les limites du danger, grimpant aux arbres et aux châteaux d'eau, escaladant des murs, sautant de ponts et de chevalets de train, empruntant en vélo ou en skate-board des descentes à donner la chair de poule. Il ne se faisait jamais gronder. Son père croyait, dans le sens le plus scientifique du terme, qu'à chaque action correspond une réaction et que cela valait aussi pour les garçons en pleine croissance. Tout ce que faisait un enfant avait des conséquences, ce qui rendait les réprimandes inutiles.

Cette théorie, bien sûr, Julian l'avait découverte à la dure, quand il avait dû affronter des propriétaires renfrognés, la police de la route, les agents de la circulation et ses enseignants. Son père ne l'avait jamais jugé, il s'était contenté de l'aimer à sa manière distraite mais sincère.

Et quand le Pr Gastineaux s'était retrouvé en fauteuil roulant à la suite d'un accident de voiture, Julian avait sombré dans le désespoir et perdu la foi. L'amour qu'il portait à son père ne suffisait pas à le guérir. Julian s'était senti stupide pour l'avoir jamais cru.

— Ne te tracasse pas, mon garçon, lui avait dit son père, entouré par toutes sortes d'équipements médicaux de pointe. Je ne risque plus rien, maintenant.

Pour Julian, cette affirmation dépassait l'entendement. Comment pouvait-on se sentir en sécurité quand on était privé de l'usage complet de son corps ? Mais son père prétendait qu'il pouvait encore penser, théoriser et enseigner, et que pour lui, c'était l'essentiel.

Il avait été placé dans un établissement de soins pour se préparer aux contingences de sa nouvelle vie, dans le cadre d'un programme de rééducation fonctionnelle incluant des gestes du quotidien — boire un soda ou se rendre aux toilettes. Durant ce processus, Julian, alors âgé de huit ans, avait été envoyé en colonie de vacances au camp Kioga, où son demi-frère travaillait comme moniteur.

Le camp Kioga avait donné à Julian un aperçu d'une autre vie. C'était la première fois qu'il voyait des gens vivre ainsi. Leurs journées s'axaient autour d'activités organisées, de chants, de repas faits maison et servis à la bonne franquette sur les longues tables d'un pavillon désuet.

Ce séjour s'était avéré être l'ultime cadeau de son père. A son retour à La Nouvelle-Orléans, on lui avait annoncé que son père n'avait plus beaucoup de temps à vivre.

Ce « plus beaucoup » avait duré quelques années, durant lesquelles Julian s'était fait un devoir d'assimiler la moindre parcelle de connaissance et d'amour que lui offrait son père. Il s'était familiarisé avec la douloureuse intimité qu'il y a à s'occuper d'une personne en fauteuil roulant, et jamais il n'avait tenu rigueur à son père de ses besoins physiques. Tout jeune qu'il était, quelque chose en lui avait compris que lorsque le temps est compté, il faut en profiter au maximum.

Il avait une mère qu'il ne connaissait pas. Elle avait soi-disant essayé de s'occuper de lui après sa naissance, mais, aux alentours de six mois, elle en avait eu assez et avait confié la responsabilité de son éducation à son père. Elle, qui, sans désemparer, tentait de lancer sa carrière d'actrice, n'avait pas caché le désarroi que lui avait causé le retour de son fils dans sa vie. Par malheur, quand le père de Julian était paisiblement décédé dans son sommeil, ni Julian ni elle n'avait eu d'autre choix.

Ulcéré de solitude et de chagrin, il avait été forcé de partir pour la Californie. Là, il avait traversé l'adolescence à cent à l'heure, dans une logique d'autodestruction. Il avait vécu chaque jour avec témérité, prenant des risques et se fourrant sans arrêt dans le pétrin, toujours à deux doigts d'échouer au pénitencier pour mineurs délinquants. A la fin de son année de première, sa mère exaspérée l'avait de nouveau envoyé au camp Kioga, cette fois pour prêter main-forte à son frère qui rénovait le village de vacances. Sans cet été, il aurait sans doute quitté le droit chemin depuis longtemps. Au lieu de quoi, cet été était devenu l'été de Daisy Bellamy.

La réalité lui revint en pleine figure quand on lui balança dessus le contenu d'un seau d'eau. L'étrange odeur de l'électricité à haute tension — davantage une sensation qu'une odeur, en fait — se mêla à l'âcre puanteur de la prison. Un filet de salive s'accumulait dans un pli de sa chemise.

— Tu t'es déjà demandé si on pouvait guérir la paralysie avec le courant électrique ? demanda l'homme chargé de régler le voltage. Moi, un jour, j'ai vu une grenouille morte s'animer sous le choc.

Il tira d'un geste sec sur le cordon qui retenait le pantalon de Julian à la taille et eut un mouvement de recul lorsqu'il découvrit l'étui pénien qui conduisait l'urine dans la poche qui lui était reliée.

— Bon Dieu, qu'est-ce que c'est que ça ?
— Il faudra que tu l'enlèves si tu comptes lui envoyer une décharge dans les parties génitales, fit observer une voix laconique.

Julian se crut victime d'une hallucination auditive. Francisco Ramos ? Mais il ne remua pas et ne trahit aucun signe qu'il l'avait reconnu. Qu'avait-on dû faire subir à Ramos, son compagnon qui s'était rendu lors de leur mission de reconnaissance, pour qu'il devienne membre de cette organisation ? Leurs regards se croisèrent l'espace d'une fraction de seconde.

— Bah, c'est dégueulasse, dit l'homme. Laisse tomber.
— De toute manière, il n'a aucune sensation, renchérit Ramos. C'est pour ça qu'il ne peut pas pisser tout seul.

Faire ses besoins était le cadet des soucis de Julian. Son père, cloué dans un fauteuil roulant depuis le jour de son accident jusqu'à la fin de sa vie, lui avait rendu ces choses-là banales.

Mais où diable te trouves-tu, gros malin ? se demanda-t-il. Coincé dans un trou perdu quelque part dans la jungle, prisonnier sans espoir de justice. Voilà ce qu'il avait récolté en voulant être un type bien, en se tenant à carreaux et en s'enrôlant dans l'armée. Avec le recul, il aurait peut-être connu un sort plus agréable en versant dans la délinquance juvénile.

Cette pensée l'emplit d'une sombre gaieté. Autre technique de survie. Si on arrive à garder le sens de l'humour ou, du moins, une certaine ironie, on n'est pas complètement cuit.

Une autre tactique consistait à appliquer la technique dite d'imagerie autoguidée. En d'autres termes, il s'agissait d'envoyer l'esprit vagabonder dans un endroit meilleur. C'est à ce stade-là qu'intervenait Daisy. Julian s'était entraîné à évoquer son image jusque dans les moindres détails : l'ombre de ses cils sur ses joues, la forme de ses ongles, le son de son rire, la façon dont elle l'illuminait par son sourire lorsqu'il entrait dans une pièce, le parfum de ses cheveux quand elle appuyait sa tête contre sa poitrine. Il veillait à penser à elle plusieurs fois par jour afin qu'elle ne s'échappe pas de sa mémoire.

Daisy était la femme de sa vie. Il en portait la certitude chevillée au cœur. Il l'avait senti dès l'instant où il avait posé le regard sur elle, belle et rebelle, amère et perturbée. Même alors, sa douceur transparaissait, aussi irrépressible que le soleil levant.

Daisy. C'était pour elle qu'il ouvrait les yeux chaque matin. Pour elle qu'il inspirait chaque souffle d'air. Pour elle qu'il trouverait un moyen de s'échapper de cet enfer.

Il l'imagina dans son coin préféré, en train de se relaxer sur le ponton surplombant le lac des Saules. Il voyait ses bras hâlés repliés sous sa nuque, sa tête rejetée en arrière, son visage offert au soleil. Elle avait toujours porté long ses cheveux de soie, blonds comme les blés — elle prétendait ne pas avoir assez confiance en elle pour les couper. Lui prétendait qu'elle était trop belle comme cela. C'était agréable, comme dispute. La perspective de toute une vie à argumenter avec elle lui permettait de rester sain d'esprit et étayait sa volonté de s'en sortir.

Santé mentale et détermination, se rappelait-il sans cesse. Santé mentale et détermination. Dans sa situation, les deux étaient nécessaires.

Ramos avait une démarche bien distincte, sans doute à cause de sa blessure à la jambe qui l'avait poussé à se rendre. Lorsqu'il entendit ses pas devant sa cellule, Julian resta parfaitement immobile, il ne manifesta aucun signe de reconnaissance.

— Donne-lui ça avec son repas, dit Ramos.
— Pourquoi on devrait lui filer des trucs à lire ? s'insurgea le garde.
— Mieux vaut lui occuper l'esprit avec de la fiction. Et, de toute façon, c'est mieux que de le laisser au lit toute la journée à comploter des plans d'évasion.

En même temps que ses rations pour la journée — le sempiternel bouillon de haricots accompagné d'arepa, ce pain rassis qui s'effritait —, on lui apporta deux livres de poche abîmés, écrits en anglais. Ramos n'était sans doute pas hermétique à l'ironie des thèmes abordés. Il y avait là une édition Penguin Classics du *Comte de Monte-Cristo* et un exemplaire d'*Alice au pays des merveilles* aux pages cornées et jaunies. Julian dévora les deux ouvrages, passant le texte au peigne fin au cas où Ramos y aurait glissé un renseignement codé. Les seuls indices possibles étaient deux pages cornées dans *Alice* : « C'est que, voyez-vous, tant de choses extraordinaires venaient de se produire, qu'Alice en arrivait à penser que rien, ou presque, n'était véritablement impossible… »

Julian n'aurait su dire si cet endroit avait été marqué à dessein ou par coïncidence.

Il lisait ces deux romans de façon obsessionnelle, assimilant les mots, allant même jusqu'à mémoriser des passages entiers. Chacun représentait une sorte de fantasme : un conte sur l'injustice, l'endurance, l'évasion et la vengeance. En surface,

Monte-Cristo semblait refléter la situation de Julian : un homme emprisonné et oublié de tous, déterminé à s'évader.

Pourtant, il se sentait plus en affinité avec Alice s'efforçant de retrouver le terrier du lapin blanc. Comme elle, il était étranger dans une terre étrangère, peuplée de personnages mal intentionnés ou, au mieux, totalement indifférents à son égard. Certains étaient aussi fous que le Chapelier, le cerveau grillé par la coke et le foie marinant dans l'*aguardiente*, cet alcool qui se montrait plus qu'à la hauteur de sa traduction littérale, « l'eau brûlante ».

Edmond Dantès incarnait une planche de salut d'un autre genre. Dans les pages effilochées du *Comte de Monte-Cristo*, Julian apprenait que l'endurance est une qualité plus puissante que la colère volcanique. Le pauvre Edmond Dantès avait dû attendre dix-sept ans pour connaître la réussite. Julian, lui, ne perdait jamais son sang-froid, quels que soient les tourments qu'on lui infligeait. Et il avait dégagé un autre enseignement de ses lectures : les choses peuvent toujours être pires que ce qu'elles sont. Toujours.

Le personnage d'Alice était plus déconcertant, peut-être parce que c'était une fille. Un autre passage susceptible — ou non — d'avoir été délibérément signalé par un pli sur la page lui donnait matière à penser : « A ce moment précis, Alice éprouva une étrange sensation qui l'intrigua quelque peu, jusqu'à ce qu'elle en ait découvert la cause : elle recommençait à grandir. Elle songea d'abord à se lever et à quitter la salle d'audience ; mais, à la réflexion, elle décida de demeurer où elle était aussi longtemps qu'il y aurait pour elle assez de place. »

22

— Eh bien, regarde-toi !

Sonnet, entrée sans façon chez Daisy, la trouva en plein travail, occupée à appliquer une lasure couleur érable sur les plinthes de la salle à manger.

— Merci, mais je préfère éviter, répliqua Daisy en soufflant sur une mèche de cheveux qui lui tombait sur les yeux.

Elle avait bien besoin d'aller chez le coiffeur.

— Tu fais tellement… femme au foyer. Une vraie Mme Félicité, la ménagère aux doigts de fée.

— Tu parles, c'est tout moi, ça !

L'expression apparaissait dans un manuel d'économie domestique démodé qu'on leur avait fait étudier au lycée. De toute évidence, ses auteurs assimilaient l'épouse oisive à une créature du diable et préconisaient de lui occuper les mains à tout prix.

— Mais qu'est-ce que tu fabriques ? J'arrive de New York pour garder Charlie à l'occasion de votre premier anniversaire de mariage, et je te trouve en train de faire… quoi ? Tu peins les boiseries ?

— Je les teinte, rectifia Daisy. Je teinte les boiseries parce qu'elles en ont besoin.

— Ma foi, j'espère en tout cas que tu as de grands projets pour ce week-end, vu que ton mariage a été une sorte de non-événement.

Daisy s'assit sur ses talons.

— Tu m'en veux encore, n'est-ce pas ?

— T'en vouloir ? Pourquoi en voudrais-je à ma meilleure amie et demi-sœur d'avoir filé se marier en douce ?

— Ça ne s'est pas passé comme ça. Ça s'est fait... spontanément.

— Tu étais ma seule chance d'être un jour demoiselle d'honneur, et cet espoir m'a été brutalement ôté par ton coup de folie à Las Vegas.

— Bonjour les violons...

Daisy prit un chiffon pour faire pénétrer un peu plus de lasure. Elle savait que Sonnet lui avait pardonné depuis belle lurette.

— Sérieusement, comment ça se passe ? s'enquit Sonnet. Et je ne parle pas de tes boiseries.

Daisy baissa la tête et se mit à frotter le bois avec encore plus d'ardeur.

— Superbien, dit-elle, ignorant le spasme qui lui noua l'estomac. Nous avons donné une famille à Charlie. C'est ce que j'ai toujours voulu faire. Je...

Le téléphone sonna.

— Tu peux répondre ? J'ai les mains dégoûtantes.

Sonnet décrocha.

— Tiens, salut, Logan ! C'est ta « demi-belle-sœur. » Tu sais, celle qui est parfaite.

Elle laissa passer quelques secondes.

— D'accord, pas de problème. Je vais le lui dire.

Elle raccrocha.

— Logan rentrera tard ce soir. Il dit de ne pas l'attendre pour manger.

Daisy hocha la tête. Il arrivait fréquemment à Logan de ne pas être rentré à temps pour le dîner. Ses affaires étaient prospères, mais le revers de la médaille, c'était qu'il travaillait tard. Il était consumé par l'envie de réussir. Son ambition engendrait donc des soirées solitaires, mais Daisy était résolue à ne pas se plaindre.

— Donc, conclut Sonnet, nous ne serons que trois pour le dîner.

— Appelle Zach, proposa Daisy en mettant la dernière

touche aux plinthes. Il adore venir manger à la maison et il apporte toujours une tarte de la boulangerie Sky River.

— Tu persistes à vouloir jouer les entremetteuses !

— Tu as beaucoup d'affection pour lui et tu le sais. Depuis toujours.

— Zach ? Ce type me rend folle.

— C'est bon signe.

— Qu'il me rende folle ?

— Tout à fait.

A son corps défendant, Daisy se rappela avoir été si amoureuse de Julian que toute sa lucidité en était anéantie. Encore aujourd'hui, elle arrivait à retrouver ce sentiment : un frémissement du cœur, une passion dévorante qui s'apparentait sans conteste à une sorte de folie.

Elle refréna néanmoins cette pensée. A présent, elle était l'épouse de Logan. De *Logan*. C'était un bon mari qui était venu au-devant d'elle, lui avait offert sa maison et avait transformé leur trio en véritable famille.

— Appelle Zach, répéta-t-elle.

— Très bien, comme tu veux.

Sonnet composa son numéro sur le téléphone.

— Boîte vocale, annonça-t-elle. Zach, salut, c'est moi. Daisy t'invite à venir manger ce soir. Elle dit que tu apportes une tarte. Et tant que tu y es, j'aimerais autant qu'elle soit à la pêche. Alors à 18 heures, d'accord ?

Daisy ne put réprimer un sourire. Le seul fait de s'adresser à la boîte vocale de Zach mettait des étincelles dans les yeux de Sonnet.

— C'est fait, dit cette dernière. A présent, la balle est dans son camp.

— Et tu t'es montrée fort gracieuse avec lui… Moi qui croyais que ton travail à l'ONU t'aurait appris la diplomatie…

— Je ne suis pas en service.

Daisy se releva et considéra le résultat de ses efforts. La salle à manger brillait de la richesse du vieux bois, ravivée par le procédé de la lasure.

— Pas mal, hein ?

— Toute la maison est magnifique. Le rôle de femme au foyer te sied à merveille.

— Hum… Je ne suis pas sûre d'avoir la vocation. En revanche, j'aime vraiment m'occuper de cette maison.

Daisy avait toujours rêvé de posséder une maison en bordure du lac, mais Logan préférait ce quartier, avec ses avenues bordées d'arbres, à proximité des écoles et de la ville. Etrangement, elle éprouvait un besoin irrépressible de l'embellir. Pour des raisons qu'elle se refusait à analyser, il était capital pour elle de créer un beau jardin et un joli intérieur. C'était plus que de la simple fierté de propriétaire. Elle voulait que cette maison ressemble au genre d'endroit où une famille heureuse peut vivre et prospérer dans le bonheur.

Car c'était ce qu'ils étaient, une famille heureuse.

Blake, la petite chienne, entra d'un air nonchalant et éternua en respirant une bouffée de lasure. Logan n'avait jamais vraiment sympathisé avec le terrier mais, par égard pour Charlie, il la tolérait. L'enfant et la chienne étaient inséparables.

— Salut, toi.

Sonnet s'accroupit pour frictionner sérieusement le ventre de Blake. Les yeux de la petite chienne brillaient de béatitude.

— Que la vie est simple quand on est un chien…, lâcha Sonnet.

— C'est pour ça que c'est sympa de l'avoir. Elle me rappelle chaque jour de rester simple.

Blake, soudain aux aguets, se retourna et ses oreilles se dressèrent.

— Regarde ça, dit Daisy. Elle est capable d'entendre le bus de ramassage scolaire à un pâté de maisons d'ici.

Ses minuscules griffes grattant le parquet, la chienne fila comme une flèche vers la porte d'entrée. Quelques instants plus tard, Charlie déboulait dans la maison. Il se jeta par terre sur le tapis de l'entrée, pendant que Blake le couvrait de baisers de chien.

— Salut, bonhomme ! dit Sonnet. Et moi alors, je n'ai pas droit à un bisou ?

D'un bond, Charlie se précipita sur elle. Les joues rondes comme des pommes, les cheveux roux, les yeux d'un vert brillant, il n'avait plus rien d'un bébé.

— Tatie Sonnet, je ne savais pas que tu venais !
— Je reste dîner. Et Zach apporte une tarte pour le dessert.
— Génial !
— Comment ça se passe, au CP ?
— Bien, répondit-il très vite.

Sonnet n'avait sans doute pas remarqué le vacillement d'incertitude dans son regard, mais Daisy, elle, ne manqua pas de s'en apercevoir. Elle se dirigea vers Charlie et déposa un baiser au sommet de son crâne.

— Salut, petit homme.
— Tu sens bizarre.

Il plissa le nez.

— Je passais de la lasure sur les plinthes.
— Tu fais toujours des trucs dans la maison.
— Parce que c'est la nôtre et que je veux qu'elle soit belle.
— Pff… C'est pas marrant.

Elle ramassa son sac à dos.

— Comment ça s'est passé à l'école ?

De nouveau, cette lueur dans le regard de Charlie.

— Charlie ?
— J'ai un mot de Mme Jensen, marmonna-t-il.

Le moral de Daisy s'effondra. Elle tira sur la fermeture Eclair du sac et pêcha à l'intérieur une longue enveloppe blanche. *Qu'est-ce que c'est que ça, maintenant ?* se demanda-t-elle, échangeant un regard avec Sonnet tout en dépliant la lettre. Avant même de la lire, elle savait que c'était une mauvaise nouvelle. L'année scolaire commençait à peine que l'institutrice tirait déjà le signal d'alarme.

« Charlie persiste dans son attitude indisciplinée au lieu de se concentrer sur ses leçons, » disait le mot calligraphié en écriture cursive. Mme Jensen était de la vieille école, elle préférait une note écrite à un e-mail. « Il présente encore un retard en matière de lecture. Je souhaiterais vous rencontrer à l'heure qui nous conviendra mutuellement. »

Charlie la regardait, la mine contrite.

— J'ai fait une bêtise ?

Daisy inspira profondément.

— Nous en reparlerons quand ton père rentrera. Misère, je n'arrive pas à croire que j'aie dit ça... Charlie, tu me fais devenir comme ma mère !

— Hein ?

— Laisse tomber. Pour l'instant, on va sortir avec Sonnet.

— Il fait une journée magnifique, affirma celle-ci. Et si on emmenait Blake dans le jardin, histoire de jouer à lui lancer un bâton ?

— Ouais !

De nature aussi versatile que son père, Charlie était aussitôt passé de l'abattement à l'impatience. Il les précéda jusqu'à la porte du jardin.

— Attendez, il faut que je me nettoie, dit Daisy. Je redescends dans une minute.

Elle rangea le matériel de peinture et monta à l'étage pour se laver les mains, le visage, et se changer. Le rire de Charlie lui parvenait par la fenêtre ouverte, suivi des aboiements de Blake.

En entrant dans la chambre, Daisy tenta de chasser son sentiment de malaise. Une chambre est censée être un sanctuaire de tranquillité, non ? Olivia l'avait aidée à la décorer en choisissant du blanc et une nuance subtile de bleu, le tout soigneusement harmonisé pour cette vitrine de la maison tout entière.

Elle enfila un jean plus élégant, ainsi qu'un débardeur ample et fluide. *Une famille heureuse*. Evidemment, ils avaient leurs hauts et leurs bas, comme tout le monde, mais dans l'ensemble tout allait bien.

En gros.

Réussir son mariage, c'était un long processus. Logan et elle se devaient d'être patients et compréhensifs l'un envers l'autre, de même qu'ils l'étaient envers Charlie. La soirée du lendemain leur fournirait l'occasion d'une parenthèse privilégiée. Ils avaient réservé à l'Auberge du Pommier pour fêter leur première année de mariage.

Alors qu'elle se brossait les cheveux, elle s'immobilisa, le bras en l'air.

Génial, ses plaques de boutons étaient revenues... Depuis des mois, elle était accablée d'une étrange éruption cutanée qui apparaissait et disparaissait de manière inexpliquée. Peut-être était-ce dû à tous ces produits d'entretien chimiques, songea-t-elle en enfilant un pull léger destiné à cacher ses boutons.

— Tu es trop maigre, déclara Sonnet lorsqu'elle les rejoignit dans le jardin.

— Qui, moi ?

— Je ne vois pas d'autre personne aussi décharnée que toi dans les environs. Personnellement, je souffre du penchant congénital des Romano pour les pâtes et le pain, et Charlie, lui, tient de son père. Costaud comme un docker.

— Ça, oui !

— Je suis costaud, moi ?

— Ah, mais c'est une très bonne chose ! Costaud, ça veut dire en pleine forme, expliqua Sonnet.

Charlie repartit en courant avec Blake, et Sonnet se tourna vers Daisy.

— Tu vas bien ?

— Très bien. Et je ne suis pas maigre, contrairement à ce que tu prétends.

— Bon, d'accord. Mais... prends soin de toi.

Daisy regarda son petit garçon taper avec exubérance dans un ballon de foot et poursuivi par la chienne.

— Comme d'habitude.

23

« Je peux vous raconter les aventures qui me sont arrivées... depuis ce matin, répondit, d'une voix quelque peu hésitante, Alice. Mais il est inutile que je remonte jusqu'à la journée d'hier, car alors j'étais une autre personne. »

Julian posa le livre et orienta son fauteuil roulant vers les pâles rais de lumière qui s'allongeaient en diagonale sur le sol de sa cellule. Lorsque le vent soufflait dans cette direction, il sentait l'odeur de la liberté entrer par les volets du panneau d'aération fixé au mur. C'était, venue de l'ouest, la senteur de la fraîche brise océane, teintée de l'odeur plus légère de l'eau de rivière, du parfum des fleurs et de l'âcre puanteur des produits chimiques employés pour la production de cocaïne.

De temps à autre, il captait aussi une bouffée de gaz d'échappement. C'était cette odeur-là qui retenait le plus son attention. Combinée à la plainte de tondeuse à gazon d'un petit moteur, elle lui indiquait qu'un hydravion effectuait des allers et retours réguliers à la base. L'appareil venait ici deux fois par semaine, les jours que Julian estimait être le lundi et le vendredi, bien qu'en réalité il n'en sût rien. Au son, l'avion était trop petit pour servir au transport de drogue. Il servait probablement à transporter un seul individu, un ouvrier qualifié, peut-être.

Julian regrettait de ne pas voir à l'extérieur. Il se représentait un quai sur une rivière, où la marchandise pouvait être chargée sur des embarcations et emportée vers le large.

Dans le cadre de l'enseignement qui lui avait été dispensé des années auparavant, ses compagnons et lui avaient subi une privation sensorielle dans tout un éventail de situations, exercice qui, sur le moment, leur avait paru absurde. Privés de la vue, comment pouvaient-ils se servir de leurs autres sens pour évaluer leur environnement ? Dans une salle totalement noire, on leur avait demandé d'identifier des sons, des odeurs et des textures afin de trouver la sortie. Des exercices similaires leur avaient appris à fonctionner sans le recours à l'ouïe ou à la parole. A l'époque, ils avaient du mal à imaginer qu'une telle situation pourrait un jour advenir.

Mais, depuis sa capture, il avait appris que tout pouvait arriver. On l'avait tellement déplacé qu'il commençait à se demander combien d'endroits contrôlait don Benito Gamboa. Il y avait certainement une limite à son empire, non ?

Julian lui-même avait une limite. Et cette limite, il l'avait atteinte. Il le sentait jusque dans ses os. S'il devait endurer encore longtemps toute cette saloperie, il allait devenir cinglé.

Parfois, il pensait si longuement à Daisy, et avec une telle intensité, qu'il était sûr qu'elle devait sentir sa présence.

C'était peu probable, cela dit. Julian était d'un tempérament réaliste. Ce n'était pas parce que son esprit hurlait silencieusement : *Je suis vivant, je rentre chez moi*, que les autres pouvaient l'entendre de leur côté.

Lançant des petits cailloux contre le mur, il étudiait les petites marques qu'il avait grossièrement gravées dans le plâtre afin de barrer les jours. Il lui paraissait important d'en tenir le compte. *Chaque jour compte* — ce serait le message clé de ses vœux de mariage avec Daisy. Avant son départ des Etats-Unis, ils avaient tous deux accepté de rédiger leurs propres vœux. Lui avait séché sur sa feuille, se demandant comment caser tout ce qu'il ressentait dans un discours de deux minutes, mais, à présent, il avait conscience que le message devait être simple et clair : il voulait passer sa vie avec elle, en célébrant au quotidien leur bonheur d'être ensemble.

La seule solution, se disait-il chaque jour, c'était de se tirer de ce trou, de ne pas devenir un prisonnier plein de ressentiment, comme Dantès dans le roman qu'il avait lu et relu.

Mais il lui fallait calculer froidement son évasion. Il ne bénéficierait qu'une fois de l'effet de surprise.

Sa formation lui avait enfoncé un principe dans le crâne : il y a toujours une issue.

Il s'accrochait à cette idée comme à une bouée de sauvetage. Tout en sachant que le passage du temps était en soi une espèce de torture.

Il n'avait aucune idée de ce qu'on avait annoncé à sa famille. Porté disparu en service commandé ? Tué en service commandé ? Pourvu que non ! Et pourtant, c'était dans le champ des possibilités. Mais non. Ça ne marchait pas comme ça.

Dès les premiers temps de sa captivité, il avait tendu l'oreille, à l'affût du moindre signe d'intervention de l'unité de sauvetage — le bruit sourd de l'hélico, le bruissement des godillots dans la nuit, le doux crépitement d'une radio. Il n'avait rien entendu. Soit il n'y avait pas d'unité de sauvetage, soit elle n'avait pu pénétrer l'organisation labyrinthique de Gamboa.

Sa cellule était dotée d'une couchette en fer rivée au sol, d'un mince matelas recouvert d'une housse maculée de taches, et d'un seau qui lui servait de tinette, dont il devait assumer seul l'entretien, cette corvée dégoûtant ses geôliers. Tout autre élément de confort aurait sans doute pu constituer une arme potentielle contre les gardiens qui s'occupaient de lui.

Assis dans le fauteuil roulant ou étendu sur la couchette, il avait observé le cycle de vie complet d'une grosse araignée marron. Il y avait un certain côté zen à contempler sa toile infiniment délicate, tendue dans un coin, et ses fils espacés qui attendaient de se transformer en une étreinte douce et collante qui piégerait le prochain repas de l'araignée. Celle-ci était à la fois patiente et sélective, elle prenait son temps, choisissait ses combats. Elle ne se frottait pas à une guêpe, par exemple ; pas plus qu'elle ne mangeait de mite. L'une était sans doute une ennemie trop coriace, et l'autre une proie toxique.

N'entreprends que les batailles que tu es capable de remporter.

Miguel Cuevas était de service ; Julian avait mémorisé la rotation du personnel. Cuevas n'était pas un gardien trop vigilant, et il travaillait le vendredi, le jour où l'hydravion se posait au crépuscule. Quand il s'ennuyait, Cuevas lui parlait de sa petite amie et de son chat, et il envoyait sans arrêt des SMS sur son téléphone portable. Il était grand, large d'épaules et il portait la barbe. Ce dernier point pourrait s'avérer important.

Julian espérait qu'il n'aurait pas à le tuer. Cependant, il n'hésiterait pas à le faire s'il y était obligé.

Malgré le caractère nonchalant du gardien, son plan comportait une forte probabilité d'échec, autrement dit une forte probabilité de décès. Cette éventualité lui déplaisait au plus haut point.

Comme d'habitude, Cuevas lui apporta son plateau.

— *Ola, amigo.*

— Comment vas-tu, aujourd'hui ?

— Je suis très content, si tu veux tout savoir. Ma *novia*, Celisse, c'est une belle femme. Une sacrée belle femme.

L'homme se rengorgea légèrement.

C'était une conversation qu'ils avaient déjà eue de nombreuses fois, un échange de routine. Les veilles de week-end, Miguel était généralement bavard et peu pressé de s'atteler à ses autres corvées. Et, comme d'habitude, il reçut un SMS. C'était l'élément crucial.

Tout le monde sait qu'on ne doit pas tourner le dos à un prisonnier, mais Julian, cloué dans son fauteuil roulant, ne représentait pas une menace.

Tandis que Cuevas s'affairait à composer la réponse au SMS, Julian passa à l'action.

Il jaillit du fauteuil et cravata Cuevas par-derrière. Le téléphone tomba des mains du gardien, qui sombra dans l'inconscience. Il aurait été plus prudent de le tuer, mais Julian s'en abstint. Il récupéra l'arme de Cuevas, déchira son maillot de corps, lui fourra la bande de tissu dans sa bouche et le bâillonna.

Puis il troqua ses vêtements contre ceux du gardien et l'étendit sur le lit. Il déchira encore plusieurs bandes de tissu pour le ligoter, allant jusqu'à lui attacher la tête à la couchette pour l'empêcher de donner l'alerte en la cognant contre le mur.

Julian laçait ses chaussures quand Cuevas reprit lentement connaissance. Il émit un bruit de gorge et fixa Julian, qui, en équilibre sur un pied, enfilait le pantalon qu'il lui avait emprunté.

— Surprise! dit-il. Désolé que tu aies dû l'apprendre de cette façon. Mais qu'est-ce que je raconte, moi? Non, je ne suis pas désolé du tout.

Bon sang, qu'est-ce que c'était bon de retrouver son corps, de cesser de jouer la comédie! Il avait gardé sa guérison secrète; ses geôliers lui avaient facilité la tâche en ne le confiant pas aux soins d'un médecin. A la suite de ce premier jour où le médecin de l'infirmerie, après lui avoir fait deux piqûres, l'avait diagnostiqué paraplégique, Julian était resté seul. Le toubib avait suggéré un programme de rééducation fonctionnelle, mais personne n'avait pris la peine de donner suite à ses recommandations.

Les sensations étaient revenues petit à petit, peu de temps après sa capture. Tout d'abord, il avait remarqué un spasme dans son orteil. Très vite, il avait pu remuer les pieds, plier les genoux. Il était devenu son propre kinésithérapeute, travaillant en secret, à la faveur de la nuit, gagnant en force grâce à des flexions et des mouvements de stretching, tandis que, dans la journée, il tirait au flanc dans son fauteuil, urinant dans une poche et exagérant son handicap. La plupart de ces types auraient été bien incapables de repérer une paraplégie simulée, mais Julian disposait sur le sujet d'un savoir de première main. Après l'accident de son père, ils avaient tous deux appris à s'adapter. Julian savait de quoi il retournait, il savait ce qu'il fallait faire. Quand il avait demandé des suppositoires et des gants en latex à ses geôliers, ceux-ci s'étaient contentés de lui en fournir sans poser de questions.

Accroché à l'intérieur du ceinturon de Cuevas, il trouva un pistolet de petit calibre. En plus de l'arme, l'homme portait sur lui un canif, des pinces multifonctions Leatherman, une paire de jumelles, une boîte de cigarillos accompagnée d'allumettes, des préservatifs, une petite somme d'argent liquide et le sempiternel sachet de basuco, ce dérivé de cocaïne sous forme de pâte de qualité inférieure. Le basuco abondait dans la région et les hommes prenaient plaisir à en fumer.

— Tu es un vrai boy-scout, toi, hein ? marmonna Julian.

Il s'empara de tout ce petit attirail. Il se serait senti plus à l'aise s'il avait pu mettre la main sur l'une de ces mitraillettes qu'appréciaient tant les rebelles, mais Cuevas n'en était pas équipé. Peut-être serait-il forcé d'abattre un garde à l'extérieur, afin de s'emparer d'une arme plus puissante. Il se tailla grossièrement les cheveux à l'aide du couteau et coiffa la casquette du gardien, faite d'une toile vert kaki et d'une énorme visière.

Deux nouveaux SMS s'affichèrent sur l'écran du téléphone de Cuevas. Julian s'empressa de mettre l'appareil en mode silencieux.

— Ta copine t'a envoyé une photo cochonne, signala-t-il à son prisonnier. Ne t'inquiète pas, je n'ai pas regardé. L'objet du message était largement explicite.

Il hésita, se demandant comment Cuevas réagirait au texte qu'il venait de recevoir. Immédiatement, voilà comment. Les SMS faisaient l'effet du crack à ce type.

Julian fit dérouler quelques-uns des messages envoyés pour se faire une idée du style de Cuevas. L'argot espagnol n'était pas sa spécialité à l'écrit. Il indiqua à la *novia* qu'il avait écopé de corvées supplémentaires à la place d'un d'absent et qu'il lui répondrait plus tard, de façon plus appropriée.

Il lui faudrait balancer le téléphone à un moment ou à un autre, au cas où l'appareil serait muni d'une balise de géolocalisation. Il consulta la montre du gardien — c'était tellement bizarre de savoir l'heure exacte, après être resté si longtemps dans le flou : 19 heures. La fin de la journée, donc. L'avion n'allait pas tarder à atterrir.

Il était temps de s'aventurer au-dehors. Il espérait de toutes ses forces qu'il pourrait raser les murs une fois qu'il aurait quitté la cellule.

Chaque fois qu'on le transférait quelque part, on lui bandait les yeux, aussi n'avait-il qu'une très vague idée de ce qui l'attendait. Il sortit dans un couloir, éclairé par une ampoule électrique nue, et referma la porte derrière lui. Il y avait plusieurs autres portes, mais il n'essaya pas de les ouvrir ; il se dirigea vers un escalier qui menait à l'étage et vers la sortie.

Ses mains étaient crispées sur le couteau et le pistolet. Il sortit en clignant les yeux. La lumière était d'un doré éblouissant, filtrée par une épaisse canopée d'arbres et de plantes grimpantes. Une pente envahie par la végétation descendait vers une large rivière ou un canal, il n'aurait su le dire.

Au bruit qui lui parvenait de l'extérieur, il avait compris qu'il se trouvait au cœur d'une base importante, mais il ne s'attendait pas à ce qu'elle soit d'une telle envergure. Des paquets de cocaïne étaient chargés sur une énorme péniche. On aurait dit l'un de ces engins amarrés sur le front de mer de Long Beach, en Californie. Le long du toit plat de l'enceinte, des hommes munis d'armes à feu et de jumelles faisaient le guet. Des ouvriers déplaçaient les palettes de marchandise au moyen de grues et de chariots élévateurs. Il y avait des mitrailleuses montées sur des 4x4 Chevy Blazer déglingués. Des rangées et des rangées de fûts bordaient le quai, et le chariot élévateur continuait d'en apporter d'autres. A l'aide des jumelles, Julian les observa attentivement. Ils contenaient sans doute des produits chimiques employés dans la fabrication de cocaïne : du kérosène ou de l'essence, de l'acétone, de l'acide sulfurique. Il n'arrivait pas à déchiffrer les inscriptions, mais le symbole qu'il avait repéré sur les fûts ne laissait pas place au doute : une tête de mort.

Parfait, songea-t-il.

Des pas crissèrent sur l'allée de gravier qui traversait la

partie avant de l'enceinte. Julian porta le téléphone à son oreille, rentra la tête dans les épaules et se dirigea vers le bord de l'eau. Son physique métis avait beau lui donner l'air vaguement latino, il ne ressemblait guère à Cuevas. En le voyant, n'importe qui d'un peu observateur comprendrait qu'il était étranger à la base. Il ne lui restait qu'à tabler sur la supposition que tous ces gens étaient, pour la plupart, accaparés par le cours de leur vie et qu'ils ne cherchaient pas les ennuis.

L'homme qui avançait sur le chemin gravillonné lui jeta à peine un regard. Julian ralentit le pas, s'efforçant de ne pas se presser.

Un gémissement nasillard annonça l'arrivée de l'avion. Son pilote le fit amerrir avec habileté et le guida jusqu'au quai où un ouvrier l'aida à l'amarrer. La mince porte s'ouvrit et un homme en treillis et lunettes de soleil à verres miroir émergea de l'appareil. Il émanait de lui un air d'autorité tandis qu'il parcourait à grands pas le quai, à proximité des fûts alignés et des palettes chargées de paquets de cocaïne.

Toujours sans se faire remarquer, Julian se dirigea vers l'avion. En supposant qu'il arrive à réquisitionner l'appareil, il volerait sans aucune notion de l'endroit où il était. Restait à espérer que les instruments de navigation l'assisteraient. La difficulté principale consistait à monter à bord avant que le pilote ne descende de l'avion. L'attention générale semblait concentrée sur le passager. Il se pouvait que ce soit don Benito en personne. Julian s'en fichait. Il voulait simplement foutre le camp d'ici.

Des soldats chargeaient les kilos de cocaïne empaquetés sur des palettes à destination de la péniche. Imitant les autres ouvriers, il transféra une douzaine de paquets, estampillés d'un logo représentant une araignée noire, sur le chariot de manutention, et s'engagea sur la pente qui descendait vers le quai où attendait une autre palette. Il gardait la tête baissée, l'œil vigilant, luttant contre l'envie irrépressible de se dépêcher. Sur le quai, un *jefe* empilait les paquets à côté des fûts avec un soin maniaque.

Une prépondérance de panneaux interdisant de fumer marquait la zone. Assez près maintenant pour distinguer les étiquettes des fûts, Julian s'aperçut qu'ils contenaient une espèce de soupe de feuilles de coca macérant dans du kérosène. Celles-ci seraient ensuite séchées puis traitées à l'acide sulfurique ainsi qu'à d'autres substances, et la pâte brute serait enfin raffinée pour obtenir du chlorhydrate de cocaïne, la poudre blanche.

Les rangées de fûts formaient un écran partiel entre le quai et la zone de transit. Julian songea aux cigarillos et aux allumettes. Plus haut, certains hommes fumaient mais, en bas, il n'en était pas question. Trop risqué. Mais, de toute façon, tout ce qu'il faisait était trop risqué.

Il s'interrompit dans sa besogne et sortit un mince cigarillo de couleur brune. Il n'avait jamais su très bien fumer. Sa mère l'avait surpris en flagrant délit quand il était jeune. Mais, au lieu de le punir, elle avait insisté pour lui faire fumer des cigarettes mentholées, les unes après les autres, jusqu'à ce que la tête lui tourne et qu'il se mette à vomir. Thérapie par aversion. Sur lui, la méthode avait admirablement fonctionné.

Il ouvrit la boîte d'allumettes, en gratta une, alluma le cigarillo et tira dessus jusqu'à ce que l'extrémité soit bien embrasée. Il n'y avait pas beaucoup de vent ; il ne faudrait pas longtemps avant que quelqu'un repère la fumée.

Ces derniers mois d'ennui l'avaient bien préparé, et il avait pu perfectionner sa technique. Combien de fois ses doigts inactifs avaient-ils lancé un caillou ou un bâton sur un point précis du mur ? Avec l'aisance que confère une longue pratique, il lança le cigarillo en direction des fûts. L'extrémité incandescente atterrit sous le rebord d'un baril. Il allait sûrement s'éteindre, mais ça valait la peine de tenter le coup.

Julian se dirigea d'un pas décidé vers l'avion, un monomoteur dont il n'identifia pas le modèle — russe, peut-être. Il gratifia le pilote d'un signe de la main, mais le type était au téléphone. Julian dénoua prestement les deux amarres enroulées autour des taquets. C'était l'instant crucial. Si le pilote comprenait trop tôt sa manœuvre, Julian se retrouverait dans de sales draps. Et si la porte était verrouillée… Elle ne l'était pas, par bonheur. Julian prit place sur le siège voisin de celui du pilote.

— *Ola, amigo*, dit-il en lui enfonçant simultanément son pistolet sous la mâchoire.

D'un même geste, il lui arracha son téléphone mobile et l'éteignit.

— Fais ce que je te dis et tout ira bien.

Ces derniers temps, il s'exprimait dans un espagnol presque parfait, ce qui excluait tout risque de malentendu entre le pilote et lui. Julian s'empara du couteau et du pistolet de ce dernier. C'était une bonne arme, un pistolet semi-automatique à longue portée.

— Fais tourner le moteur et prépare-toi à décoller.

Le pilote blêmit.

— Où ? Mais t'es qui, bordel ?

C'était un type costaud, âgé d'une quarantaine d'années et vêtu d'un treillis paramilitaire qui semblait être la tenue de rigueur à l'intérieur de la base.

— Contente-toi de faire ce que je te dis. Vite.

— S'ils croient que je trafique quelque chose, ils vont tirer.

Julian n'avait pas besoin de lui demander qui étaient ces « ils » : les gardes postés sur le toit et les patrouilles au volant des Blazer. Tous étaient munis d'un arsenal suffisamment lourd pour dézinguer le frêle appareil.

— Si tu préfères, répliqua-t-il froidement, tu peux tenter ta chance avec moi. La différence, c'est que moi, je te descendrai *maintenant*. Pas de casque. Mets le contact, c'est tout.

Le ronron familier s'éleva. Julian ne quittait pas des yeux le pilote dont le visage ruisselait maintenant de sueur. Toutefois, Julian percevait un déplacement de son attention. Pas de doute, dans la base, les gens s'intéressaient à l'avion.

— Allez, grouille ! ordonna-t-il.

Le pilote s'exécuta, traçant un sillage au milieu du canal. Lorsqu'ils se furent éloignés d'une cinquantaine de mètres, Julian lui ordonna :

— Descends.
— Mais...
— Tout de suite.

Il enfonça plus profondément le canon du pistolet sous la mâchoire de l'homme.

Le pilote ouvrit la porte. Aidé par la vitesse, il tomba de l'appareil. Julian réussit à attraper la porte battante et la referma. Il ne prit pas le temps de voir si le pilote s'en était tiré.

Une rafale de mitrailleuse en rase-mottes cribla d'impacts la surface de l'eau. Merde ! Il espérait avoir davantage de temps. Il se rabattit et s'éleva avec juste assez de vitesse pour maintenir la sustentation. Un coup d'œil au port lui permit d'apercevoir des petits nuages de fumée s'épanouissant au canon de la mitrailleuse montée sur le Blazer.

Les tirs reprirent. Par-dessus le bruit du moteur, il n'entendait rien, mais il voyait des hommes descendre la pente en courant vers le quai, certains armés de fusils à longue portée.

Julian actionna les commandes avec ses genoux, de façon à avoir les mains libres pour ôter le cran de sécurité du semi-automatique du pilote. Ouvrant la fenêtre latérale, il arrosa les fûts d'un tir nourri. Tout d'abord, rien ne parut se passer. Puis il y eut une vive lueur, suivie par une explosion qui se propagea d'abord au ralenti, ensuite dans une boule de feu.

La force du souffle de l'explosion roula sur l'eau comme un raz-de-marée. Julian mit pleins gaz pour s'en éloigner, en priant pour atteindre une vitesse suffisante.

— Allez, marmonna-t-il entre ses dents serrées. Allez, allez, allez...

L'avion prit de la vitesse, s'élevant au-dessus des vagues bouillonnantes. Enfin, l'appareil gagna de l'altitude, rasant à peine la cime des arbres. L'explosion avait créé une violente turbulence qui luttait contre l'avion, mais Julian la combattit, s'élevant aussi vite que possible.

Au-dessous de lui, l'épaisse canopée de la jungle se déroulait en pente douce jusqu'à l'océan, à l'infini, semblait-il. Il vérifia le niveau de carburant et alluma le GPS qui pourrait enfin lui indiquer l'endroit où il se trouvait. Baissant le regard vers la droite, il cligna les yeux devant le spectacle de destruction qu'il laissait dans son sillage. La péniche avait pris feu. Un énorme nuage de fine poussière s'élevait des décombres, semblable à un gigantesque champignon, et Julian comprit soudain qu'il s'agissait de cocaïne.

24

L'Auberge du Pommier, réputée pour être le « restaurant le plus romantique des Catskills », n'avait pas de table à offrir à Logan et Daisy pour leur anniversaire de mariage.

— Nous pouvons vous trouver une table d'ici à trois quarts d'heure — une heure, dit l'hôtesse d'accueil.

Logan se tourna vers Daisy.

— Tu n'avais pas réservé ?

Elle secoua la tête.

— Je pensais que c'était toi qui t'en occupais.

Un peu gênée, elle s'adressa à l'hôtesse.

— Je crois qu'il y a eu un petit problème de communication entre nous.

De délicieuses odeurs leur parvenaient de l'élégante salle à manger lambrissée. Il y régnait une ambiance où se mêlaient la musique douce, les rires en cascade et le murmure des conversations. Trois quarts d'heure, ce n'était pas si long que ça, pensa-t-elle. Ses repas du soir se composant habituellement de nuggets de poulet, de sandwichs au fromage et de salades de fruits, elle avait attendu toute la semaine ce dîner avec impatience.

— Vous pouvez toujours patienter au bar, suggéra l'hôtesse. Nous faisons une promotion sur le Scotch pur malt…

— Ou nous pouvons aussi aller nous promener le long de la rivière, s'empressa de suggérer Daisy.

— Non, merci, dit Logan en traversant le hall. Je meurs de faim. Nous reviendrons une autre fois.

Daisy le suivit dehors, non sans un soupçon de contrariété.

— Alors, quel est ton plan B ?
— Je n'en ai pas. Et toi ?
— Moi non plus. On pourrait monter au camp Kioga ? Il y a toujours de la place pour nous, au pavillon.

Quand sa cousine Olivia avait repris la gérance du camp, quelques années plus tôt, le pavillon-réfectoire avait été transformé en haut lieu de la gastronomie.

— Non, je n'ai pas très envie. Il commence à se faire tard.

Depuis quand, se demanda-t-elle, 20 h 30 était-elle une heure tardive ?

— Je porte une nouvelle robe, dit-elle en tournoyant sur elle-même pour mettre en valeur la tenue de soie qu'elle s'était offerte pour l'occasion. Et mes chaussures de danse.

Logan l'attira contre lui et la fit plonger.

— Et tu es absolument torride. La plus jolie épouse du monde.
— Tu crois ?
— Je le sais.

Il se dirigea vers la voiture.

— Tu me donnes des complexes, quand je vois comme je suis gras.
— Tu n'es pas gras.

Il tapota son ventre, qui s'était indéniablement alourdi.

— C'est la malédiction des O'Donnell. Regarde mon père.

Le père de Logan, un homme d'âge mûr, était sans conteste corpulent, mais il avait conservé toute sa prestance.

— Quand je te regarde, dit-elle, moi aussi, je te trouve absolument torride. Tu m'as toujours fait cet effet-là, d'ailleurs.

Logan se mit à glousser en sortant la voiture du parking.

— Toujours ?
— Depuis notre première rencontre à la maternelle, dans la classe de Mme Laughlin.

Daisy se laissa aller contre l'appuie-tête.

— Waouh... On se connaît depuis une éternité, dis donc !
— L'éternité, c'est long, fit-il remarquer. Et ça ne fait que commencer...
— Ne prends pas cet air sinistre quand tu dis ça !

Elle lui donna une tape espiègle sur le bras.

— Désolé. Tu me connais. Quand j'ai l'estomac vide, je deviens hargneux. Comme Charlie.

— Bon, alors, et ce dîner ?

Mentalement, elle passa en revue les possibilités qui s'offraient à eux. Chez Carminucci, les pizzas et les pâtes étaient succulentes, mais l'ambiance était un peu trop décontractée. Il y avait aussi un bon restaurant thaï, sauf qu'il devait être aussi bondé que l'Auberge du Pommier.

Logan interrompit ses réflexions :

— J'ai une idée assez originale.

— Ça me va.

En réalité, l'endroit où ils dîneraient lui importait peu. Le but, c'était de passer la soirée à fêter leur première année de mariage.

— Surprends-moi, dit-elle en allumant la radio.

La station passait *Wonderful Tonight* d'Eric Clapton ; elle reconnut l'air dès la première mesure. C'était la chanson sur laquelle Julian l'avait demandée en mariage.

Vive comme l'éclair, elle changea de station.

Même aujourd'hui…, songea-t-elle. *Bon sang, même aujourd'hui.*

— Hé, protesta Logan, sans s'apercevoir de son émoi. Je l'aime bien, cette chanson, moi ! Pourquoi tu l'as enlevée ?

Daisy haussa les épaules et garda le regard obstinément fixé sur la vitre tandis que la musique des Black Eyed Peas emplissait l'habitacle.

— Elle ne correspondait pas à mon humeur.

Quelques instants plus tard, Daisy, toujours assise sur le siège passager, braquait un regard incrédule droit devant elle.

— C'est ça, ton idée originale ?

— Tu m'as dit de te surprendre. Tu es surprise ?

Logan mordit à pleines dents dans son hamburger et but une rasade de soda sirupeux.

Devant eux s'étendait un cinéma en plein air, dominé par

un écran géant. Une armée de bourdons guerriers, mis en valeur par l'imagerie de synthèse, emplissait le ciel.

— Ça, oui, dit-elle en remuant son milk-shake aux extraits végétaux.

Le haut-parleur accroché à la vitre déversait sur eux des flots d'effets sonores assourdissants. Le héros du film était un mercenaire de l'ère spatiale combattant le chef suprême du mal, dans le but de l'empêcher de dominer la planète et de réduire son peuple en esclavage. Le film était surtout un prétexte pour en mettre plein les yeux et les oreilles aux spectateurs, à grand renfort d'effets spéciaux numériques.

De toute évidence, Logan adorait ça. Et pourquoi pas ? Il représentait la cible démographique visée par les distributeurs de cinéma — les hommes de dix-huit à trente ans.

Daisy posa son soda végétal ; un mal de tête commençait à lui enserrer les tempes. Ce n'était pas vraiment la soirée d'anniversaire qu'elle avait imaginée. Cela dit, ce n'était pas vraiment la vie qu'elle avait imaginée. C'était sa vie. Elle espérait avec ferveur l'empoigner à bras-le-corps et en éprouver chaque jour de la reconnaissance.

Elle prit la main de Logan par-dessus la console. Il la porta à sa bouche et l'embrassa avant de se tourner vers elle. Daisy baissa les paupières, dans l'attente d'un baiser.

— Tu ne finis pas tes frites ?

Elle lui tendit le cornet de frites en riant.

— Décidément, tu es un incorrigible romantique.

— T'as raison, c'est tout moi.

Le film continuait de se dérouler dans toute sa pompe grotesque. Le héros endurait la torture de la main de ses ennemis, s'échappait et se faisait capturer maintes fois pour s'enfuir enfin vers la liberté, après un combat acharné, laissant derrière lui une étendue de terre brûlée.

— Ah…, soupira Logan, ravi. Moi, quand je vois ça, je dis chapeau !

Le générique de fin était accompagné par une chanson étonnamment bonne. Daisy se détendit en l'écoutant, s'efforçant de chasser Eric Clapton de son esprit tandis que Logan jetait à la poubelle les reliefs de leur repas. Des voitures commençaient à sortir pesamment du parking.

— Ça, c'est un anniversaire, hein ?

Il se glissa derrière le volant.

— Désolé pour le restaurant.

— Au moins, on s'en souviendra.

— C'est vrai. Nous associerons toujours notre premier anniversaire de mariage à un bain de sang apocalyptique.

— A des milk-shakes aux extraits végétaux et aux frites. Nous ferons mieux l'année prochaine.

Elle sortit de son sac un petit paquet enveloppé de papier cadeau.

— Pour un premier anniversaire, la tradition veut qu'on offre un présent sur papier.

Elle se mit à rire devant l'expression de Logan.

— Hé, ce n'est pas moi qui ai fixé les règles ! Bref, c'est pour toi. Un présent sur papier.

Il déballa le paquet et orienta la photo vers la lumière.

— C'est génial. Merci. C'est une photo vraiment sensationnelle de Charlie.

— Mon sujet de prédilection. Je pensais que ça te ferait plaisir de l'avoir au bureau.

La photo représentait Charlie au comble du bonheur et de l'exubérance. Vêtu de la tenue de son équipe de poussins, il s'entraînait au foot dans le jardin en compagnie de Blake. La petite chienne courait à ses côtés, Charlie riait et le soleil brillait dans ses cheveux. Daisy avait réussi à saisir un joyeux moment d'enfance.

— Le cadre est sympa, lui aussi, dit Logan. Mais on ne dirait pas qu'il est en papier.

— J'ai un peu triché.

Il fouilla dans la console et en tira une petite boîte oblongue.

— Moi aussi, j'ai un peu triché.

— C'est vrai ?

— Ouvre.

Elle déchira avec impatience le papier cadeau et ouvrit l'écrin.

— Oh... Logan, elles sont magnifiques !

Elle souleva un rang de perles qui émettaient une lueur bleutée dans la lumière artificielle. Au centre se trouvait un pendentif en diamant qui lui fit de l'œil.

— J'espère que ça te plaît.

Elle saisit le collier par le fermoir et l'attacha. C'était un ras-de-cou qui épousait agréablement ses formes. Les perles fraîches et lisses caressaient sa peau et le pendentif se nichait au creux de sa gorge.

— Logan... c'est trop.

— Tu le vaux bien, dis donc !

— Un diamant ? Pour notre premier anniversaire de mariage ?

— Le diamant, je ne l'ai pas acheté, je l'ai reconverti. Enfin, c'est ce que m'a dit le bijoutier.

— Reconverti ?... *Oh*... Tu veux dire que c'est...

— Exact. Le diamant de la première bague de fiançailles que je t'ai offerte.

Celle qui l'avait plongée dans une spirale de confusion, et qui l'avait finalement fait s'enfuir à l'étranger durant presque un an.

— Tu comprends, poursuivit-il, c'est une très belle pierre. Je ne voulais pas qu'elle soit perdue.

— Bien sûr que non, assura-t-elle en s'efforçant de chasser son sentiment de malaise. C'est ravissant mais, encore une fois, c'est trop.

— Mais classe. Très classe.

— Comme moi !

Elle se pencha par-dessus la console pour l'embrasser sur la joue.

— Merci, Logan.

— Bon anniversaire.

Le générique ayant fini de se dérouler, l'écran devint noir.

— Nous sommes les derniers, lâcha-t-elle.

— Oui.

— On devrait peut-être passer sur la banquette arrière et flirter.

Logan se mit à rire en mettant le contact.

— Le propriétaire du cinéma est un de mes clients. Mieux vaut réserver notre séance de câlins pour la maison.

— Que tu es sérieux…

— Je m'y emploie. Peut-être qu'un jour je serai un pilier de cette communauté.

— Oh… un pilier !

— Hé, ne te fiche pas de moi !

— Je n'oserai jamais.

Elle porta la main à son cou et effleura le collier de perles.

Sur le trajet du retour, ils passèrent devant la Taverne de la Colline. A l'extérieur, un panneau annonçait que son groupe local préféré, l'Enfant intérieur, donnait un concert ce soir. Emmené par Eddie Haven, une ex-célébrité issue d'une famille connue du show-business, le groupe produisait une musique toujours très particulière.

Elle ne proposa pourtant pas à Logan de s'arrêter. Ça n'aurait pas été correct de lui demander d'entrer dans une taverne.

De retour à la maison, elle pensait déjà à la séance de câlins promise et fantasmait sur la suite de la soirée. Cela faisait trop longtemps, c'était indiscutable. Ils étaient devenus très pris par leurs existences respectives — elle par la photo, Charlie et la maison ; Logan par son travail, ses réunions aux Alcooliques anonymes et son rôle de père.

Elle avait hâte de faire une pause avec lui.

Ils entrèrent sans bruit dans la maison afin de ne pas réveiller Sonnet et Charlie.

— Je vais voir notre petite fripouille, murmura Logan.

— Embrasse-le pour moi, chuchota-t-elle.

Et elle se dirigea vers la chambre, sachant exactement quelle nuisette elle allait choisir.

L'amour avec Logan était vraiment très agréable. Avec le temps, la fréquence de leurs rapports avait diminué mais, d'après les livres et les articles de développement personnel qu'elle lisait assidûment, une baisse du désir chez les jeunes mariés était normale. Les articles ne disaient pas s'il était normal de se languir de cette sexualité des premiers temps du mariage.

Elle ôta sa robe du soir et enfila sa nuisette la plus scandaleuse et rien d'autre. Hormis les perles. Elle garda le ras-de-cou en perles.

Sur son iPod, elle choisit une *playlist* de chansons douces et romantiques. Il lui arrivait parfois d'écouter de la musique pendant qu'elle retouchait des photos de mariage ou créait des montages multimédias pour ses clients. Cela la mettait dans l'ambiance. Mais il n'y avait pas une seule chanson d'Eric Clapton sur l'iPod. Elle y veillait.

Elle ouvrit le lit et s'adossa contre les oreillers en attendant Logan.

— Maman…

La voix de Charlie s'immisça dans sa conscience.

— Hé, maman, réveille-toi !

Daisy se réveilla en sursaut et ramena précipitamment le drap sur son décolleté, clignant les yeux pour se protéger du soleil matinal qui filtrait par la fenêtre.

— Salut, bonhomme. Qu'est-ce qui se passe ?

Par-dessus son épaule, elle jeta un regard à Logan, qui dormait toujours. Son moral dégringola en flèche. Elle avait tout gâché. Elle s'était arrangée pour s'endormir en attendant qu'il vienne se coucher.

— Il ne se passe rien, dit Charlie. On peut aller au lac, aujourd'hui ?

— Peut-être. Mais d'abord on va à l'église.

— Zut.

— Dis donc, tu aimes ça, aller à l'église !

— C'est rasoir. On nous fait colorier des trucs, genre des lys et des colombes.

— C'est une forme particulière de torture.

— Et puis on doit chanter.

— Tu aimes chanter. Tu es à moitié irlandais. Tu chantes très bien.

— Oh, non... Tu dis ça parce que tu es ma mère.
— Je suis donc bien placée pour en parler.
— Sonnet vient à l'église, elle aussi ?
— Non, nous la déposerons à la gare en chemin.
— Zut.
— Et maintenant, file ! Va te préparer un bol de céréales. Papa et moi, on descend dans cinq minutes.
— J'allume la télé !

Il savait que sa mère n'aimait pas qu'il la regarde trop.

— Crapule ! Je descends à toute vitesse.

Dès qu'il fut sorti de la chambre, elle se tourna vers Logan, qui, battant des paupières, émergeait à peine du sommeil. Une barbe naissante adoucissait la ligne de sa mâchoire. Il lui sourit avec les yeux :

— Bonjour.
— Bonjour. Logan, je...
— Daisy, je te prie de m'excuser pour hier soir.
— J'allais te dire la même chose.
— C'est moi qui l'ai dit le premier. Je voulais juste faire un petit câlin à Charlie quand je suis allé le voir dans sa chambre, mais je me suis endormi comme une masse. Désolé.

Autrement dit, il ignorait qu'elle avait fait la même chose...

— Eh bien, peut-être que pendant que Charlie regarde les dessins animés...
— Nom d'une pipe, regarde l'heure qu'il est ! s'écria Logan en s'extrayant du lit.
— Où vas-tu ?
— J'ai rendez-vous à la salle de gym.

Daisy accueillit cette déclaration avec stupéfaction.

— Mais c'est dimanche matin...
— Le meilleur moment pour aller faire de l'exercice.

Il semblait vaguement penaud.

— Je commence à travailler avec un entraîneur personnel.

Il se tapota les flancs.

— Il est temps que je me débarrasse de ces poignées d'amour.
— Oh ! Logan... Tu préfères sérieusement la gym au sexe ?

— J'en ai marre d'être comme je suis. C'est l'inconvénient du travail de bureau.

Daisy se leva et enfila son confortable peignoir râpé par-dessus sa nuisette affriolante. Soudain, le collier de perles l'agaça et elle l'ôta.

Se dirigeant vers la salle de bains, elle lança :

— Pour ta gouverne, sache que je continue à te trouver irrésistible.

— Merci, mais je ne pense pas que ces kilos en trop aient quoi que ce soit d'irrésistible.

— Ça me fait encore plus de toi à aimer !

Au lycée et à l'université, Logan avait été un athlète de haut niveau, beau et musclé, au sommet de sa condition physique. Mais il avait aussi un faible pour les sucreries, et un solide appétit qu'il avait toujours conservé, même après avoir embrassé la carrière d'assureur.

— Eh bien, ne t'y attache pas trop ! Le pneu de rechange n'en a plus pour longtemps.

Il enfila sa tenue de sport et s'empara de son sac. Comme il arrivait au bas de l'escalier, Blake surgit soudain devant lui et le fit trébucher.

— Bon sang ! s'exclama-t-il sèchement. Ce sale clébard est toujours dans mes jambes !

— C'est pas un sale clébard, protesta Charlie, arrivé en courant dans le vestibule. Hein, Blakey ? Pas vrai, mon chien ?

— Tu parles ! lâcha Logan avec humeur en ouvrant la porte.

— Attention, lança Daisy, ne laisse pas la chienne…

Blake sortit comme une flèche dans le jardin.

— … sortir ! acheva-t-elle en dévalant l'escalier.

— Foutu clebs ! répéta Logan. Tu vas rentrer dans la maison, oui ?

Blake repéra un écureuil de l'autre côté de la rue et fila ventre à terre. Une voiture arrivait du coin de la rue. Tout se déroula avec la lenteur inéluctable d'un cauchemar : le coup d'avertisseur, le bruit sourd des freins, le crissement des pneus et le jappement de détresse de la petite chienne.

— Blake ! hurla Daisy, glacée d'horreur.

Charlie éclata en sanglots hystériques.

Logan se précipita dans la rue, Daisy sur ses talons. Il s'accroupit de l'autre côté de la voiture, puis se redressa, la chienne coincée sous son bras.

— Elle n'a rien, lança-t-il.

— Hé, mec ! Laisse pas ton chien traîner comme ça dans les rues ! lança le conducteur avant de repartir.

Daisy s'empara de Blake et la serra contre sa poitrine.

— Elle n'a rien, Charlie. Tu vois ? Elle va bien.

Blake lécha le visage du petit garçon. Charlie inspirait de grandes goulées d'air, complètement paniqué.

— Tu es sûre ?

— Absolument. Elle a eu peur, c'est tout.

Daisy transporta la chienne dans la maison et la posa par terre. Elle n'arrivait même pas à croiser le regard de Logan. Il avait agi sans mauvaise intention, mais la terreur s'attardait au niveau de son estomac comme une boule de glace.

— Pardon, mon bonhomme, dit-il à Charlie. Calme-toi, d'accord ?

— Tu l'as jamais aimée ! cria Charlie. Tu faisais semblant, mais moi, je sais que tu l'aimes pas !

Il sortit en courant de la pièce, la chienne sur ses talons. Logan regarda Daisy avec hargne :

— Je t'avais pourtant bien dit de ne pas prendre de chien !

Et, sur ces mots, il s'en alla.

Logan était en retard à l'église. Il avait dit à Daisy qu'il les rejoindrait là-bas après le sport mais, pour l'instant, elle ne l'avait toujours pas aperçu. Après avoir déposé Sonnet à la gare, elle s'était rendue à l'église avec Charlie, prenant sa place dans le clan Bellamy qui ne cessait de s'agrandir. Sa grand-mère Jane fréquentant cette église depuis son plus jeune âge, le rituel du dimanche matin était profondément ancré dans la tradition familiale.

Bien qu'élevé dans la foi catholique, Logan avait l'habitude d'assister à l'office en compagnie de Daisy et de Charlie. Le service avait commencé depuis dix minutes quand il se glissa à côté d'elle sur le banc, articulant un silencieux : « Désolé pour mon retard. »

Il était tout rouge et ses cheveux étaient encore humides de la douche. Réprimant un restant de colère, vestige de l'incident avec Blake, Daisy lui indiqua la page où ils en étaient sur le livre de prières.

Charlie se trémoussait nerveusement entre eux, mais en silence, exploit qu'il réussissait admirablement. Il s'intéressa sans conviction à la lecture, puis renonça rapidement. De toute façon, les petits caractères étaient trop difficiles à déchiffrer pour le lecteur débutant qu'il était.

Il accusait du retard en lecture, d'après son institutrice. En lecture, mais aussi en maths, et son attitude laissait à désirer. Daisy se mordit la lèvre et tenta de confier son problème à Dieu. Le problème lui revint comme un boomerang : c'était ça, le sens de l'humour divin. Le Seigneur ne donnait jamais de laissez-passer à personne.

Elle n'avait pas encore discuté avec Logan de la dernière note transmise par l'institutrice de Charlie. Elle n'avait pas voulu gâcher leur anniversaire de mariage.

Or, ils avaient remarquablement réussi à le gâcher tous seuls.

Cesse de t'apitoyer sur ton sort! se sermonna-t-elle. Et elle entonna de tout son cœur le chant de communion, un de ses classiques préférés, *Demeure dans mon cœur*.

Tout en chantant, elle promenait son regard alentour, envahie de gratitude d'être entourée de tant de visages connus, de parents, d'amis et de voisins, tous chers à son cœur.

Cependant, dans un secret repli de son âme, elle éprouvait un pincement intempestif qu'elle ne connaissait que trop bien.

Logan et elle… Quelque chose clochait dans leur couple. Cette idée s'insinuait de plus en plus fréquemment dans son esprit, malgré ses efforts pour la repousser en s'occupant sans cesse et en niant sa réalité. Mais ce matin, avec la chienne, et ici, à l'église, elle ne pouvait ni se mentir ni fuir la vérité.

Quand elle observait les couples de sa connaissance —

Connor et Olivia, Rourke et Jenny en étaient de parfaits exemples —, elle devinait qu'ils possédaient quelque chose qui leur faisait défaut, à Logan et à elle. En plus de l'aisance et du paisible confort issus de l'intimité, il y avait entre eux cette alchimie frémissante de désir. Elle avait fait tout son possible pour cultiver cette alchimie particulière avec Logan, mais en vain : tous ses efforts tombaient à plat. Logan s'en rendait-il compte ?

Ils se connaissaient depuis toujours. Ils étaient parents d'un magnifique petit garçon. Ils habitaient une belle maison et avaient tout pour être heureux sur un plan matériel.

Mon Dieu, pria-t-elle, *accordez-moi d'être reconnaissante à la vie pour tous les bienfaits qu'elle m'apporte. Faites que je n'aspire pas à davantage. Faites que je m'en contente.*

Peut-être était-ce cela, au fond, l'amour : éprouver la satisfaction de savoir que ce qu'on a suffit à son bonheur. Sauf que… parfois, cette même satisfaction la fuyait également.

Le service terminé, les paroissiens se rassemblèrent comme d'habitude sur la pelouse derrière l'église. La journée était chaude et claire, l'été jetait ses derniers feux avant que les feuilles ne se mettent à virer aux couleurs de l'automne.

— Comment s'est passé ton entraînement sportif ? demanda-t-elle à Logan.

— J'ai forcé comme un mulet. Et, maintenant, je meurs de faim.

Il s'empara, sur le buffet des rafraîchissements, d'un beignet recouvert d'un glaçage au sucre et l'engloutit d'une seule bouchée.

Daisy se mordit la lèvre sans rien dire. Peut-être son coach lui donnerait-il quelques tuyaux pour maigrir.

— Coucou, mamie Jane !

Charlie se précipita vers ses arrière-grands-parents.

— Papa m'emmène faire du kayak aujourd'hui, pas vrai, papa ?

— Bien sûr, mon bonhomme, admit Logan.

— Tu vas bien t'amuser, on dirait, dit la grand-mère de Daisy.

Daisy étreignit ses grands-parents. Après cinquante-sept ans de mariage, Charles et Jane Bellamy semblaient toujours s'adorer. Ils avaient certainement connu des moments de doute et de conflit, mais pour être encore ensemble au bout de tout ce temps, il fallait qu'il y ait eu entre eux une étincelle particulière au départ.

Daisy regarda Logan repartir vers le buffet. Il se servit un autre beignet et bavarda avec Daphné McDaniel, la réceptionniste du cabinet juridique où travaillait sa mère.

— … fixer une date pour le grand rassemblement familial, ça t'irait ? lui demandait sa grand-mère.

— Pardon, dit Daisy en chassant les pensées qui lui occupaient l'esprit. Que disais-tu, grand-mère ?

— Le grand rassemblement. Il faut que je sache quel jour vous êtes tous disponibles afin de pouvoir fixer une date.

— Ah, oui…

La tradition d'un repas de famille annuel rassemblant tous les Bellamy était née de la tristesse. George, le frère que son grand-père avait perdu de vue depuis une éternité, était revenu à Avalon, ce qui avait permis aux deux branches brouillées de la famille de se retrouver. Peu de temps après, George était décédé en laissant derrière lui quelques vérités simples : la vie est trop courte pour être vécue à moitié. Et quand on a la chance de pouvoir se réunir en famille, il faut sauter sur l'occasion.

— Je t'enverrai les dates qui me conviennent par courriel.

— Pour l'amour du ciel, s'exclama Jane, tu ne vas pas envoyer des courriels à ta grand-mère !

— C'est vrai, qui fait ce genre de chose ? feignit de s'indigner Olivia en se joignant à elles. Qui envoie des courriels à sa grand-mère ?

Daisy se mit à rire.

— Tous les habitants de Seattle, je parie. Sans compter ceux de la Silicon Valley.

— Ah, pas d'impertinence avec moi, je te prie, répliqua sa grand-mère. Passe à la maison, je te montrerai le calendrier de mes propres engagements ; ainsi, nous pourrons décider d'une date ensemble. Je tenais à t'en parler assez tôt à cause de ton agenda professionnel.

— Merci, grand-mère.

Le métier de photographe de mariage dévorait ses week-ends entiers, réduisant presque à néant son temps libre.

— Je suis sûre que nous trouverons un week-end qui ne créera aucun conflit parmi les membres de la famille.

— A propos de conflits…

Olivia tapota l'épaule de Daisy et lui désigna la cour de récréation.

Charlie et un autre petit garçon se disputaient violemment ; Charlie était tout rouge et sa mâchoire saillait. Il bouscula volontairement le petit garçon, qui répondit par une poussée. Daisy se dépêcha d'aller les rejoindre, arrachant Logan à sa conversation avec Daphné.

— Hé ! Mais qu'est-ce que…

— C'est Charlie.

Ils atteignirent les enfants furibonds avant qu'ils ne passent des bousculades aux coups. Logan empoigna Charlie à bras-le-corps et l'éloigna de son adversaire.

— Mais qu'est-ce qui se passe, nom d'une pipe ?

— C'est lui qui a commencé.

Charlie était rouge comme un coq.

— Nous allons discuter de tout ça, déclara Daisy.

Ils trouvèrent un coin tranquille sous un arbre. Les marronniers d'Inde ombrageaient çà et là le terrain jonché de bogues vertes armées de piquants. Charlie en ramassa une et la lança, de toutes ses forces.

— Hé ! dit Logan. Calme-toi.

— Qu'est-ce qui se passe, Charlie ? lui demanda Daisy.

— C'est lui qui a commencé.

— Ce n'est pas ce que j'ai vu. Vous étiez en train de crier tous les deux et, ensuite, tu l'as poussé.

Charlie gonfla les joues.

— Mais c'est lui qui a commencé.

— Explique-nous un peu, suggéra Logan. Qui est ce garçon, et qu'est-ce qu'il t'a fait ?

— C'est Brandon Wilkes, il est dans ma classe.

Génial..., pensa Daisy. Le fils de Misha Wilkes. Misha était omniprésente à l'école. Elle présidait le bureau des représentants des parents d'élèves, la foire aux livres de jeunesse, le comité de soutien scolaire, et sans doute tout un tas d'autres comités dont Daisy n'avait jamais entendu parler. Misha Wilkes était exactement le genre de femme qu'il vaut mieux ne pas avoir comme ennemie.

— Et qu'a fait Brandon pour te mettre aussi en colère ?
— Il m'a traité de mongolien, lâcha Charlie.

Son menton tremblait. Sur son petit visage, Daisy voyait sa rage se mêler de chagrin.

— Il s'agit d'un terme tout à fait inapproprié. D'ailleurs, c'est un mot que nous n'employons pas chez nous.
— Brandon, lui, il me l'a dit.
— Eh bien, c'est un mot complètement stupide.

Logan semblait complètement dérouté.

— Sérieusement, Charlie, tu ne dois pas prêter attention à toutes ces c... bêtises.
— Il me l'a dit des tas de fois ! Il m'a dit que j'étais le plus débile de la classe, que j'allais redoubler et qu'on m'enverrait dans une école spécialisée. Il n'arrêtait pas de me dire ça.

Daisy était accablée. Elle repensa aux différentes notes que lui avait transmises l'institutrice. Charlie se bagarrait-il aussi à l'école ?

— Oui, eh bien, ça n'a aucune importance qu'il te le dise souvent ou pas, répliqua Logan. Tu dois quand même continuer à l'ignorer et à rester à l'écart de lui.
— Alors, il me traitera de trouillard.
— Ce ne sont que des mots, mon bonhomme. Laisse-les glisser sur toi. Dans un match de foot, tu prendrais un penalty.
— Bon, dit Daisy avant qu'ils ne s'éloignent trop du sujet, voici la bonne nouvelle. La bonne nouvelle, c'est que je ne vais pas te mettre au coin ni te priver de quoi que ce soit.

Charlie écarquilla les yeux. C'était pourtant la réponse typique de sa mère à de nombreuses bêtises.

— Mais il y a aussi une mauvaise nouvelle, poursuivit-elle.

Ce n'est pas bien méchant, mais il va falloir que tu te conduises comme un grand garçon.

Le front de l'enfant se plissa d'un air soupçonneux.

— Qu'est-ce que tu veux dire ?

— Nous allons aller voir Brandon sur-le-champ pour que tu lui présentes tes excuses et que vous vous serriez la main.

Elle chercha l'approbation dans le regard de Logan. Il haussa les sourcils.

— Pas question ! lança Charlie, indigné en s'empourprant de nouveau. Je ne peux pas.

— Si, tu peux ; et tu vas le faire.

— Non. C'est lui qui a commencé. Je ne regrette pas de l'avoir poussé. J'aurais dû lui mettre un coup de poing dans la figure.

Il se trémoussa d'un pied sur l'autre.

Logan intervint :

— Moi, je vais te dire, ce Brandon m'a l'air d'être un vrai petit merdeux.

Les yeux de Charlie s'agrandirent de plaisir.

— Oui, c'est ça. C'est un vrai petit merdeux.

— Voyons, Charlie ! protesta Daisy.

— Bref, reprit Logan, il existe un moyen de traiter avec des gamins de ce genre. Tu vas le voir, tu t'excuses bien gentiment et tu lui serres la main, comme t'a dit maman. Et tu vas voir. Ça va le rendre dingue, et tout le monde s'apercevra que c'est un vrai petit merdeux.

— J'peux pas, s'obstina Charlie, mais avec moins de conviction.

— Si tu es assez grand pour provoquer une bagarre, tu es assez grand pour y mettre fin. Regarde, il est là-bas, avec sa mère.

Daisy prit Charlie par la main et le remorqua fermement derrière elle.

— Brandon ! Hé, Brandon ! Charlie a quelque chose à te dire.

La mère de Brandon, Misha, se tourna vers eux. Plus âgée que Daisy, elle avait fait naguère une brillante carrière dans la publicité. Son tailleur St. John et sa coiffure impeccable exsudaient la classe... ainsi qu'un glacial dédain.

— Vas-y, dit Logan en poussant légèrement Charlie vers Brandon.

Charlie fixait le sol. Il marmonna quelque chose.

— Tu dois répéter ce que tu viens dire, insista Daisy. Tu le regardes dans les yeux et tu parles plus fort.

Charlie tremblait. Il planta son regard dans les yeux de Brandon et, d'une voix faible mais intelligible, il s'exécuta :

— Je m'excuse de t'avoir crié dessus et de t'avoir poussé parce que tu m'avais traité de mongolien.

Ce n'étaient pas tout à fait les généreuses excuses que Daisy aurait aimé entendre, mais les mots « Je m'excuse » avaient été prononcés.

De son propre chef, Charlie tendit la main au petit garçon. Brandon, visage angélique et regard bleu glacial, fit un pas en arrière. Sa mère le poussa légèrement en avant. Les deux garçons échangèrent une très brève poignée de main, puis se reculèrent comme s'ils s'étaient brûlés.

— C'est bien, dit Logan. Allons-y, Charlie. A un de ces jours, madame Wilkes.

Daisy remarqua la raideur de Misha Wilkes et son expression de surprise méprisante.

— Mmm... bonne journée, marmonna-t-elle, avant de suivre Logan jusqu'à la voiture.

Une fois à la maison, elle envoya Charlie se changer à l'étage et, pendant ce temps, elle montra à Logan le mot que lui avait transmis l'institutrice.

— Elle veut nous voir. Il ne s'agit pas seulement de ses résultats. Elle dit que Charlie a un comportement agressif et bagarreur envers les autres élèves. Je pense que nous en avons eu un petit échantillon ce matin, après l'office.

— Ce petit merdeux l'avait provoqué, argua Logan. Le traiter de mongolien ! Non, mais sans blague !

— Je veux que Charlie apprenne à ignorer ce genre de chose.

Elle s'assit à la table de la cuisine, submergée par une vague de nausée.

— Oh! mon Dieu...
— Ça va?
— Oui. L'espace d'une seconde, j'ai ressenti comme une bizarre impression de déjà-vu.
— Qu'est-ce que tu veux dire?
— Mon frère, Max. Il s'est bagarré du début à la fin de l'école primaire. Il se mettait dans des rages folles, on ne pouvait pas communiquer avec lui. Mes parents lui ont payé des séances chez le psy et des cours particuliers à gogo. Il n'a véritablement appris à lire que vers l'âge de dix ans. Ensuite, il a maîtrisé la lecture en l'espace d'un été.
— Il doit avoir eu un déclic.

Daisy marqua une pause, se replongeant dans ces années-là.

— C'était l'été où mes parents se sont séparés, dit-elle à voix basse.
— Crois-moi, Daisy, un gosse peut apprendre à lire sans que sa famille implose.
— Je ne dis pas que...

Elle laissa sa phrase en suspens.

— Ça tient sans doute au stress. Enfin, revenons-en à Charlie. La bibliothèque ouvre à midi, le dimanche. Emmenons-le là-bas pour choisir quelques livres et...
— Désolé, mais j'ai des projets pour aujourd'hui. Ligue de foot.
— Oh...

Elle se mordit la langue, partagée entre l'envie de l'envoyer paître, lui et son football, et celle de l'encourager à bien s'amuser.

— Flûte, Logan, tu fais toujours pareil!
— Je fais quoi?
— Dès qu'il y a un problème, tu trouves un prétexte pour te défiler.
— C'est faux, et tu le sais très bien.

— Alors reste ici, et aide-moi.

— Je vais te dire ce qui aiderait Charlie. Que tu te calmes, nom d'une pipe, et que tu lui fiches la paix ! Il va se ressaisir. Je lui lirai une histoire, ce soir.

Facile à dire, pensa Daisy avec amertume. Logan trimait toute la semaine, dans l'attente du week-end où il s'adonnait à ses loisirs d'homme avec sa ligue de foot. C'est alors qu'une idée lui traversa l'esprit.

— Tu n'as pas de réunion, ce soir ?

Sa réunion des Alcooliques anonymes avait invariablement lieu tous les dimanches soir.

— Si, et je n'ai pas l'intention de la louper, répliqua-t-il avec un haussement d'épaules. Ne t'en fais pas, je m'arrangerai pour trouver le temps de lire une histoire à Charlie.

Mais Daisy savait d'avance que le temps ne se matérialiserait pas d'un coup de baguette magique. Parfois, quand Logan se rendait à ses réunions, elle éprouvait un soupçon d'irritation, immédiatement suivi par une bouffée de culpabilité. Il avait besoin de cette camaraderie pour rester sobre. Son existence même en dépendait. Elle se demandait parfois ce qu'il racontait là-bas, ce qui s'y passait. Puis, aussitôt, elle chassait ces pensées de son esprit.

— Je dois aller me changer, maintenant.

Logan monta à l'étage.

Daisy troqua ses escarpins contre des tongs et exhala un long soupir. Un vague malaise l'étreignit, tandis qu'elle essayait de définir ce sentiment. Mécontentement ? Frustration ?

Le mariage était déconcertant. Comment se pouvait-il que l'on ait précisément la vie à laquelle on croyait aspirer, et que l'on soit tiraillé d'envie pour autre chose ?

Sortant de la cuisine, elle alla jusqu'au petit recoin qui lui servait de bureau et tira l'ordinateur de sa veille. Depuis un certain temps, l'élan d'excitation qu'elle éprouvait à l'idée de travailler l'avait désertée. Les Mariages de Wendela lui procuraient la sécurité de l'emploi et une certaine prévisibilité. Ce poste lui avait beaucoup appris. Mais il fallait bien avouer que la photo de mariage avait consumé tout son temps et son énergie créatrice.

Son agenda mentionnait plusieurs séances à venir. Au milieu de la semaine, une case avait été ombrée.

— Zut ! marmonna-t-elle.

— Qu'est-ce qui se passe ?

Logan était redescendu en short, maillot de foot et protège-tibias, ses chaussures à crampons à la main. L'espace d'une seconde, elle le revit lycéen, insolent et sûr de lui — le tombeur de ces dames.

— La date butoir pour l'expo-concours du MoMA tombe cette semaine. Je n'ai pas travaillé sur mon press-book et il est loin d'être prêt.

Elle s'affala sur sa chaise de secrétaire, accablée par la déception.

— Ce ne sont pas eux qui ont déjà refusé ta candidature ?

— Ma foi, à t'entendre, on dirait vraiment que…

— Je ne veux rien dire du tout par là. Mais j'ai l'impression que tu te donnes beaucoup de mal pour constituer une série de photos, et tout ça pour quoi ?

— Pour… la possibilité que je sois retenue, je suppose. Je fais des progrès chaque année. Du moins, j'aime à le penser. Les expos et les concours sont pour moi un moyen de mesurer ma progression, et le MoMA organise le plus prestigieux des événements de ce genre.

— Ça ne me paraît pas valoir tout ce que ça représente, comme stress et boulot supplémentaire.

— Je ne suis pas d'accord.

— Si tu passais un peu moins de temps à trafiquer des photos et un peu plus avec Charlie, il se conduirait peut-être mieux à l'école.

— Tu es en train d'insinuer que mon travail est à l'origine de ses difficultés ?

Un nœud glacé se forma dans son estomac.

— Ton travail ?

Il considéra l'écran d'un air sceptique, puis il se pencha en avant pour ouvrir un dossier et exposer à l'écran tous les press-books des années précédentes. Il cliqua sur une série de portraits qu'elle avait faite de Julian juste après qu'il l'eut demandée en mariage.

— Parce que tu appelles ça du travail ?
— Logan…
— Tu l'as toujours dans la peau.
— Il est mort, Logan.

Elle lui en voulait de l'obliger à énoncer cela à voix haute.

— Comme si je ne le savais pas ! répliqua-t-il.
— Alors, ne m'accuse pas de l'avoir « dans la peau ».
— Je dis ce qui est, c'est tout. Tu ne m'aimes pas comme tu l'aimais. Je ne peux pas rivaliser avec un fantôme.

Il désigna l'écran d'un geste d'impatience.

— Il est parfait, lui ! Il ne te causera jamais ni peine ni déception, il ne se plantera jamais, il ne deviendra jamais ni gros ni vieux.
— C'est un *souvenir*, Logan. Toi, tu es mon mari.
— Ah, oui ? Eh bien, ces derniers temps, j'ai plutôt l'impression d'être ton camarade de chambre, répliqua-t-il sèchement.
— La faute à qui ? riposta-t-elle sur le même ton.

Charlie entra dans la pièce.

— Pourquoi vous vous disputez ? Vous vous disputez tout le temps.
— Mais personne ne se dispute, nom de Dieu ! lâcha Logan avec humeur.
— Surveille ton langage, répliqua Daisy avant d'avoir pu s'en empêcher.
— Quand vous vous parlez méchamment, vous vous disputez, déclara Charlie.

Il passa les bras autour de Blake et les fusilla du regard.

— Vous étiez plus drôles, *avant*.

Il repartit d'un pas furieux, la chienne sur ses talons.

— Bon, moi, je me tire, dit Logan.

Daisy le regarda partir, la mâchoire serrée de frustration. Ils ne pouvaient jamais parler de Julian sans que l'un ne déforme les propos de l'autre. Du reste, ils ne pouvaient jamais parler de ce qu'ils éprouvaient profondément sans s'éloigner l'un de l'autre.

L'estomac noué, elle ouvrit un autre dossier informatique contenant des clichés qu'elle envisageait de soumettre au MoMA. C'était une toute petite série, et aucune des photos n'avait été retouchée de façon satisfaisante à ses yeux. Si elle voulait présenter sa candidature dans les temps, il lui faudrait pratiquement travailler vingt-quatre heures sur vingt-quatre.

Et pour quoi ? Pour ne pas être retenue, ainsi que Logan le lui avait fait remarquer sans mettre de gants.

Ce qu'il ne comprenait pas — ce que personne ne semblait comprendre —, c'est que la photo était sa passion. Ce n'était pas un simple job pour elle. C'était un pan énorme de sa vie. Elle voulait évoluer en tant qu'artiste, raconter ses histoires par le biais de son objectif, obtenir la reconnaissance qu'apporterait l'exposition de ses œuvres, engranger des critiques, bonnes ou mauvaises.

Encore piquée par les paroles de Logan, elle cliqua de nouveau sur le dossier de Julian. Sur le disque dur de l'ordinateur, il était toujours vivant, vibrant et intense, respirant la joie de vivre, la passion pour l'aventure, son amour pour elle. Le chagrin de l'avoir perdu s'était amenuisé en douleur sourde, mais le fait de voir son visage, la lumière de son regard, la vivacité de son esprit, le lui ramenait à l'esprit par un flot de souvenirs.

Elle s'était trompée, tout à l'heure, en pensant que personne ne semblait comprendre sa passion. Julian, lui, l'avait comprise dès le premier jour. C'était avant tout pour lui qu'elle avait persévéré dans la photographie. A l'époque où ils étaient encore adolescents, elle considérait cet art comme un hobby. Mais Julian l'avait convaincue qu'il s'agissait de quelque chose de plus profond, comme s'il avait entraperçu une part d'elle-même qu'elle n'avait pas encore identifiée.

— Merci, articula-t-elle silencieusement en examinant un cliché qu'elle avait pris de lui, lors de leur premier été au lac des Saules.

Il l'avait fascinée, comme personne avant lui. Elle avait

capturé son image tout en haut du tremplin dominant le lac, alors qu'il s'apprêtait à sauter. Sa chevelure formait une masse noueuse de longues dreadlocks et ses yeux brillaient d'excitation.

Mon Dieu, comme il lui manquait ! Jusqu'à la fin de ses jours, elle ne cesserait jamais de...

— C'est qui, sur la photo ? demanda Charlie en retournant dans la cuisine.

Il contempla le large écran de l'ordinateur.

— Tu ne le reconnais pas ?

L'enfant haussa les épaules.

— Il a des cheveux bizarres. On dirait un lion.

— C'est vrai, il y a quelque chose. C'est Julian, avant qu'il n'entre à l'armée et ne se rase la tête.

— Oh ! je le préfère sans cheveux. Je peux avoir quelque chose à manger ? S'il te plaît, s'empressa-t-il d'ajouter.

Elle referma le dossier, emplie d'une agitation désormais familière. Que de rêves elle avait faits concernant sa vie avec Julian ! Des rêves magnifiques, somptueux, où tous trois, ils se seraient frayé un chemin, d'aventure en aventure.

Charlie avait si peu de souvenirs de Julian... Se rappelait-il combien Julian le faisait rire ? Se souvenait-il qu'il l'appelait « Papa-p'tit » et qu'il le suppliait de lui montrer comment sauter du bout du ponton ?

Charlie ne demandait plus jamais à sauter du ponton. Il se bornait à s'immerger tranquillement dans l'eau.

25

— Ça ne me paraît plus du tout bizarre, déclara Daisy à sa mère lorsqu'elles se rencontrèrent devant l'école élémentaire d'Avalon, à l'heure de la sortie.

Elles avaient décidé de laisser leurs enfants respectifs jouer ensemble un petit moment dans la cour de récréation, le temps de se défouler après la fin de la classe, et de s'accorder une petite parenthèse mère-fille.

— Remarque, ajouta-t-elle, c'est peut-être justement ça qui est bizarre.

— La vie ne manque pas d'humour, argua sa mère. Jamais je n'aurais cru avoir un jour cinq enfants, les trois plus jeunes étant de la même génération que mon petit-fils. Voilà, tu as gagné : maintenant, c'est *moi* qui en viens à trouver ça bizarre !

Sophie avait beau être fière de son petit-fils Charlie, elle n'avait certainement pas l'allure d'une grand-mère. Son sens inné de la mode l'avait suivie tout au long de sa carrière d'avocate en droit international jusqu'à son rôle actuel de représentante des parents d'élèves de CM1.

— Mais dans le bon sens du terme, non ?

Daisy se pencha pour jeter un œil à l'intérieur de la poussette où dormait son petit frère. Noah junior avait été qualifié de bébé miracle. Les médecins ayant déclaré à la mère de Daisy qu'elle ne pourrait plus avoir d'enfants, son mari et elle avaient adopté à l'étranger. Sauf qu'un beau jour Sophie s'était aperçue qu'elle était enceinte. Résultat, Daisy avait un demi-frère plus jeune que son propre fils.

— Le meilleur !

Daisy connaissait avec sa mère une intimité qui n'avait pas toujours existé entre elles. A l'époque où le couple de ses parents battait de l'aile, elle lui en avait voulu, la rendant responsable du malheur qui frappait leur famille. Aujourd'hui, elle analysait la situation avec plus de clarté. Sa mère, à l'époque, n'avait pas rencontré le partenaire qui lui convenait, ne menait pas la vie qui lui convenait, et cela en dépit de tous ses efforts pour maintenir l'harmonie dans son foyer.

Aujourd'hui, Sophie menait l'existence en harmonie avec ses aspirations. Il émanait d'elle une sorte de sérénité, une aura de satisfaction qui l'illuminait malgré tout ce qu'elle avait à faire. Daisy était l'une des rares personnes à savoir combien sa mère avait eu du mal à trouver le bonheur.

— Comment va Charlie ?

Daisy sentit son estomac se nouer.

— Je dois de nouveau rencontrer son institutrice. Il ne fait aucun progrès dans son travail.

Ni dans son attitude, d'ailleurs, mais elle n'aborda pas le sujet. Sa mère avait assez de soucis de son côté pour qu'elle ne l'accable pas avec ses inquiétudes concernant Charlie.

— Je suis désolée. Je peux faire quelque chose ?

— Nous essayons de trouver une solution. Charlie fait des efforts, il a l'air de vouloir régler le problème, et puis, tout de suite après, il se referme.

— Il se referme ? Que veux-tu dire ?

— Il croise les bras, il se rencogne sur son siège. Ses yeux se voilent comme s'il partait ailleurs dans sa tête, tu vois ?

Sophie garda trop longtemps le silence.

— Maman ?

— Je connais cette attitude. Je ne la connais que trop bien. Max avait la même à cet âge.

— C'est ce que j'ai pensé, moi aussi, quand tout s'est détraqué. Je me suis rappelé tous les problèmes qu'avait eus Max pour apprendre à lire.

Daisy se remémorait son sentiment de désespoir, petite fille, devant son impuissance à trouver un moyen de réconcilier ses parents. Elle avait essayé d'être parfaite, mais ça n'avait rien arrangé. Elle avait ensuite essayé de se rebeller mais, là non plus, ça n'avait rien arrangé, au contraire. Et pour couronner le tout, elle s'était retrouvée mère célibataire.

La dynamique familiale s'était avérée encore plus destructrice envers Max. A l'école, il avait du retard, surtout dans l'apprentissage de la lecture. Il avait du mal à maîtriser ses colères. Rien n'y faisait, jusqu'à ce que leurs parents, Greg et Sophie, décident de se séparer provisoirement, le temps d'un été passé au lac. Cet été-là, tout avait changé pour les Bellamy, se souvint-elle avec un frisson prémonitoire. Max s'était métamorphosé. Il avait eu une espèce de déclic et ses résultats en lecture avaient atteint le niveau du primaire. Il avait arrêté de provoquer des bagarres et de perdre son sang-froid. Cette période avait marqué une spectaculaire évolution dans la maturité de Max, tandis que leurs parents prenaient la déchirante décision de divorcer.

Sophie se taisait toujours. Enfin, elle sortit de son silence :

— Comment ça se passe entre Logan et toi ?

— A quel niveau ?

— En tant que couple, je veux dire. Et même tous les trois, en tant que famille ?

— Charlie est fou de joie que nous formions un véritable foyer. Logan est un bon père.

— Je suis heureuse de l'entendre. Mais tu sais bien que tu n'as pas répondu à l'autre partie de ma question. Comment ça se passe entre Logan et toi ?

— Bien, je crois.

Daisy se mordit la lèvre, détourna les yeux, puis reporta son regard sur sa mère. C'était sa mère, après tout ! Elle pouvait tout lui dire.

— Je sais : « bien », c'est très moyen, comme réponse. Je préférerais pouvoir te dire que je nage dans le bonheur conjugal.

— Et je préférerais entendre ça. Mais il n'en est rien, n'est-ce pas ?

— Nous sommes dans une situation… délicate. Ne te méprends pas, nous ne sommes pas fâchés, ni rien. Simplement, mon mariage ne correspond pas vraiment à mes attentes. Dans mon esprit, j'imaginais que ma vie de couple ressemblerait à… un mariage. Au lieu de quoi, ça ressemble plutôt à de l'amitié. Ou à un projet commun, comme celui de… redécorer la maison.

Daisy ne voulait pas répéter les erreurs de ses parents. Mais n'était-ce pas justement ce qu'elle était en train de faire ? Supporter un mariage pénible pour maintenir la cohésion familiale ?

Elle redressa les épaules. Logan et elle allaient rectifier le tir. Elle n'allait pas faire subir à Charlie ce que Max et elle avaient enduré durant leur enfance.

— Logan est au courant de ton état d'esprit ?

— Nous voyons quelqu'un — un conseiller conjugal. Mais Logan n'a pas grand-chose à dire, à part qu'il aime faire partie d'une famille. Tu sais, je le vois à peine. Il travaille tard, et quand il rentre, il reste sur l'ordinateur jusqu'à l'heure de se coucher. Le week-end, il ne pense qu'à sa ligue de foot et au dernier sport dont s'est toqué Charlie. Logan parle beaucoup avec son parrain. Son parrain aux Alcooliques anonymes, un type qui s'occupe du programme.

Sa mère savait sans doute qu'il s'agissait d'Eddie Haven, puisqu'il jouait dans le même groupe que Noah, son mari.

— J'espère que Logan parlera aussi avec toi. Même si vous ne vous disputez pas, Charlie doit ressentir la tension ambiante. Les enfants ont des antennes pour ce genre de choses.

Daisy ne répondit pas. Elle se mit à la place de Charlie, histoire de tester la validité de cette théorie.

— Autrement dit, tu penses que Logan et moi pourrions être à l'origine de ses problèmes ?

— Chaque cas est unique, et je ne suis certainement pas l'illustration de l'épouse parfaite. Chercher l'aide d'un professionnel constitue une bonne démarche. Donne à ton couple le temps et l'attention dont il a besoin, Daisy. Dans l'intérêt de Charlie. Dans *ton* intérêt.

— Maman ! cria Aisha, ses petites tresses volant autour d'elle tandis qu'elle traversait la cour de récréation en courant. Tu peux me pousser sur la balançoire ?

— Vas-y, dit Daisy à sa mère. Je reste ici.

Elle posa la main sur la poignée de la poussette. Comme elle regardait les enfants en train de jouer, des souvenirs revinrent semer le trouble dans son esprit. En grandissant, elle et son frère Max avaient été les spectateurs privilégiés des déboires sentimentaux de leurs parents, dont les péripéties s'étaient finalement soldées par un fiasco, après des années de hauts et de bas.

Daisy ne se souvenait pas précisément du moment où elle avait compris que les choses prenaient mauvaise tournure. Elle savait sans savoir. C'était comme un tiraillement inconfortable dans son estomac. Ses parents se disputaient rarement. Il n'y avait pas de cris à la maison, juste une tristesse omniprésente qui, sans être exprimée ouvertement, n'en était pas moins flagrante. Cette force invisible s'était avérée toxique pour les Bellamy.

Daisy avait très tôt développé une obsession pour les photos de famille. Elle passait des heures à collecter des clichés, souriant à l'objectif comme pour convaincre le monde — et surtout elle-même — que tout allait bien. C'est ainsi que, à force de capturer ces instants de bonheur, elle s'était prise de passion pour la photo.

Son art était une illusion. Les images sur papier photo montraient une existence qui n'était pas celle de sa famille.

De nouveau, elle frissonna malgré la chaleur de la journée.

— C'est vraiment nul, le jogging, déclara Logan à Eddie Haven, son parrain de longue date aux Alcooliques anonymes.

— Dis donc, je te rappelle que c'est ton idée !

— Ce n'est pas pour ça qu'elle est bonne. On n'a pas encore fait deux kilomètres, et je suis à moitié mort.

— Une étape après l'autre. Commençons par boucler celle-ci.

— Ce slogan aussi est nul, répliqua Logan.

Mais il sourit et persévéra dans son effort, content d'avoir de la compagnie.

Faire face à la dépendance à la drogue et à l'alcool était un combat de tous les jours, et la présence d'un mentor pour l'aider à franchir les étapes du programme de désintoxication constituait un élément clé de sa guérison. Ils étaient tous deux compagnons de lutte et unis par une solide amitié. En voyant Eddie Haven, personne n'aurait pensé à lui accoler l'expression d'« alcoolique en voie de guérison ». Aujourd'hui, Eddie, marié et heureux en ménage, présentait une allure soignée, un physique typiquement américain et un visage franc et ouvert. Avec sa tignasse de cheveux raides et son bermuda de surfeur, il n'était pas sans évoquer un des Beach Boys. Il ne ressemblait pas à un homme qui cache un lourd passé. C'était pourtant le cas : Logan l'avait entendu en parler lors de précédentes réunions.

Tout le monde a ses petits secrets, songea-t-il. *Tout le monde...*

Après avoir persuadé Daisy de l'épouser, Logan avait eu l'impression d'avoir enfin atteint son but. Ce sentiment de triomphe ne masquait pourtant pas complètement le fait que quelque chose clochait entre eux. Ils partageaient un profond respect l'un pour l'autre, adoraient leur fils, mais leur couple n'avait jamais vraiment fonctionné, et il devenait de plus en plus difficile de donner le change. Logan n'avait jamais totalement compris les sentiments qu'il éprouvait pour Daisy. Il devait *forcément* l'aimer : cela lui était apparu comme une évidence, et c'était exactement ce qu'il s'était convaincu de faire.

Il scruta la piste qui s'étendait devant lui, balisée de bornes tous les cent cinquante mètres. Le jogging faisait partie du programme de remise en forme qu'il s'était lui-même imposé. A son grand désarroi, il lui avait fallu faire face à l'amer constat que sa condition physique n'allait plus de soi. Entre son travail de bureau et un mode de vie sédentaire, il avait cessé de faire attention à sa ligne. En conséquence, il avait supprimé les *kolaches* de la boulangerie Sky River de son café de la matinée, et remplacé sa pause-déjeuner par un jogging quotidien. Eddie, qui exerçait la profession libérale d'auteur-compositeur, avait accepté de se joindre à lui, à la fois pour faire de l'exercice et pour lui tenir compagnie.

— Continue de parler, lui conseilla ce dernier. Ça détournera ton esprit de la douleur physique.

— A moins que ça ne l'oriente vers une autre douleur. Plus morale.

Avec Eddie, il pouvait se permettre d'être d'une franchise absolue, même quand le sujet n'avait rien d'exaltant.

— Je n'aurais jamais cru m'entendre dire ça un jour, mais mon mariage… n'a pas pris la tournure que j'espérais. Et ça n'est pas que dans ma tête. Daisy aussi voit bien que quelque chose cloche entre nous. C'est gros comme une maison.

— Ça fait un moment que tu me dis ça. Vous vous êtes attelés au problème ?

— Nous n'en parlons pas. Je parie qu'on pense tous les deux qu'en n'abordant pas le problème on l'empêche d'exister.

— C'est de la pensée magique, mon pote.

— Tu n'as pas tort. C'est pour ça qu'on a entamé une thérapie conjugale.

C'était une idée de Daisy. Le conseiller leur avait posé des questions difficiles. La plus délicate d'entre toutes avait été la première : « Quand êtes-vous tombé amoureux de Daisy ? » A sa grande honte, Logan n'avait pas su répondre. La première fois qu'ils avaient couché ensemble ? Pas vraiment. Ils étaient tous deux trop jeunes, trop stupides et trop ravagés pour éprouver quoi que ce soit. Quand ils avaient découvert que Daisy était enceinte ? Non plus. Sa première réaction avait été un sentiment d'horreur, pas d'amour. A la naissance de Charlie ? Ah, oui… L'amour l'avait envahi comme une vague de chaleur — mais, aujourd'hui, il savait que cela ne concernait que Charlie.

— Nous en parlons ouvertement, dit-il à Eddie, mais,

au lieu de nous rapprocher, la thérapie nous amène à nous demander si nous n'avons pas commis une erreur irréparable en nous mettant ensemble.

Ils dépassèrent un couple qui faisait de la marche rapide, riant et bavardant comme si leur couple était la chose la plus naturelle au monde.

— J'ai tellement insisté pour l'épouser... J'étais obnubilé par cette idée, convaincu que nous étions faits l'un pour l'autre. Et tu me connais... je n'ai jamais été du genre à accepter un refus.

— Tu connais aussi la valeur du lâcher-prise, lui rappela Eddie.

— Peut-être, mais je n'en suis pas fan pour autant. Chaque matin, je me réveille en me disant que j'ai tout pour être heureux. Un job que je ne dois qu'à moi-même. Une épouse splendide qui est aussi la mère de mon fils. Une belle maison...

— Mon petit doigt me dit que tu t'achemines vers un gigantesque « et pourtant »...

Malgré tous les efforts de Logan pour ignorer les signaux que lui envoyait son cœur, la pénible vérité s'affirmait en lui. Il manquait quelque chose à son couple. Des éléments essentiels, indéfinissables, avaient disparu ; peut-être même n'avaient-ils jamais existé. Son rêve de former une famille avec Charlie et Daisy avait été assez puissant pour étayer sa motivation, mais la réalité n'arrêtait pas de s'immiscer dans sa chimère.

— Tu t'es déjà dit un jour que ton mariage avait été une erreur ? demanda-t-il à Eddie.

— Avec Maureen ? Ah, non, alors ! Toutes mes erreurs, je les ai faites *avant* de l'épouser. Et des conneries monumentales, entendons-nous bien.

— Au début, j'ai cru avoir enfin atteint ce qui a toujours été mon objectif : donner un véritable foyer à Charlie. Mais c'est un sentiment d'accomplissement qui n'a rien à voir avec... je ne sais pas, l'amour conjugal, je pense.

— C'est là que commence le véritable travail d'un couple marié. C'est une tâche qui demande beaucoup de passion.

— Daisy et moi… C'est différent. Nous nous connaissons depuis la maternelle. Nous avons eu Charlie ensemble. Nous l'avons élevé ensemble. Nous nous aimons, mais nous n'avons pas connu la phase lune de miel. Nous formons une famille.

— Et comment ça se passe, pour Charlie ?

— Charlie était fou de joie quand Daisy et moi nous sommes mis en ménage. C'était son rêve de toujours, qu'on forme une famille. Mais, maintenant que c'est le cas, la réalité s'avère moins idyllique. Il est en échec scolaire et il se bagarre à la récré.

— Comment tu expliques ça ?

— Les enfants extériorisent tout et n'importe quoi. Il n'y a pas forcément de raison précise.

— Si Daisy et toi êtes ensemble, c'est uniquement pour Charlie ?

— Je ne peux pas répondre à ça. C'est la question de l'œuf et de la poule.

— Laisse-moi formuler ça en d'autres termes. Est-ce que tu aimes Daisy parce qu'elle est la mère de ton fils ou parce que c'est plus fort que toi ?

— J'en sais rien, merde ! Je n'ai pas la réponse. Ce qui est clair, c'est que nous nous éloignons l'un de l'autre. Notre seul point de rencontre, la plupart du temps, c'est Charlie.

Voilà. C'était dit. L'idée lui trottait dans la tête depuis longtemps.

— C'est aussi ce qu'elle pense ?

— Je n'en suis pas sûr.

— Tu lui as posé la question ?

— Pas dans ces termes exacts. Bon sang, comment tu voudrais que je lui dise ça ? « Hé, mon chou, tu es avec moi parce que tu m'aimes ou à cause de Charlie ? » Elle piquerait une crise.

— Peut-être pas.

Ils arrivaient au terme de leur parcours. Eddie ralentit le pas et se mit à trottiner à un rythme de récupération.

— Il se peut que vous pensiez tous les deux la même chose, mais qu'aucun de vous ne veuille aborder le sujet. Pourtant, taire les choses et prétendre que tout va bien, ça ne vaut rien pour le couple, tu peux me croire, surtout quand l'un des deux a un problème de dépendance. Ne me regarde pas comme ça ! Tu sais très bien ce que je veux dire.

En effet, Logan le savait. Il avait un certain travail d'introspection à accomplir, pas vraiment le genre de processus confortable pour un type comme lui, qui avait déjà commis beaucoup de dégâts dans sa période drogue et alcool. La meilleure chose qu'il ait jamais réalisée dans sa vie, c'était Charlie, et de loin.

Il frémit à l'idée de dire à son fils que tout ne marchait pas comme sur des roulettes avec sa mère. Et qu'ils allaient peut-être faire une pause, une séparation à l'essai, qui pourrait bien devenir définitive. Tout bien réfléchi, la tentation était grande de continuer à faire semblant…

Mais Charlie était loin d'être sot. Le petit garçon flairait les ennuis comme un limier flaire le gibier.

— Décidément, c'est nul, le jogging.

26

Julian était assis seul dans la salle de briefing, au plus profond des confins du Pentagone. Ce n'était que la deuxième fois qu'il y venait. De ce point de vue, le Pentagone ressemblait à n'importe quel bâtiment administratif, froid et utilitaire.

Sa tête cognait. Son estomac était noué. Son esprit passait inlassablement d'une pensée décousue à une autre. Il n'avait pas encore totalement compris qu'il était un homme libre.

Contre l'un des murs, il y avait un bureau muni d'une lampe, d'un bloc de papier et d'un stylo. Au milieu de la salle se trouvait une longue table de conférence agrémentée de carafes d'eau embuées. Il avait déjà vidé plusieurs verres. En captivité, l'eau fraîche était une denrée rare.

En captivité...

Sur le mur, la pendule indiquait 16 h 47. Soixante-douze heures plus tôt, il était encore détenu en Colombie.

Il portait à présent une tenue de civil des plus banales : un pantalon foncé un tantinet trop court pour ses longues jambes. Une chemise blanche, propre et bien repassée. Des chaussures qui lui faisaient un peu mal. Mais il était propre. Douché, rasé, et nourri comme il ne l'avait pas été en vingt-quatre mois. Bon sang, qu'est-ce que ça faisait du bien ! La moitié des problèmes du monde disparaîtraient sans doute si les gens étaient autorisés à manger à leur faim et à se doucher tout leur soûl.

Il se leva et arpenta la salle, s'arrêtant pour lire les légendes sous chacun des portraits qui ornaient les murs. C'était l'un des aspects de la vie de militaire qu'il appréciait le moins :

il fallait toujours se dépêcher, puis attendre. Quelle que soit la situation, si l'armée était dans le coup, on pouvait être certain de devoir ronger son frein. Durant sa détention, il avait beaucoup appris au sujet de l'attente. S'il était encore en vie aujourd'hui, il le devait en premier lieu à la patience et à l'endurance qu'il s'était forcé à cultiver durant ces longs mois sombres.

Un téléphone sans cadran, couleur ivoire, était accroché au mur. Julian se demandait quelles étaient ses chances d'obtenir un numéro extérieur quand, enfin, on frappa à la porte, qui s'ouvrit.

Une femme officier trapue entra. Ses cheveux noirs étaient ramenés en arrière en un chignon bien net.

— Sainte Mère de Dieu ! s'exclama-t-elle. Nigaud !
— Sayers ?

Julian se mit à rire de bonheur et il ouvrit grand les bras.

Elle s'y précipita, toujours aussi robuste que dans ses souvenirs. Tout aussi vivement, elle recula d'un pas, reprenant sa mine autoritaire pour le dévisager.

— Bon sang... Mais où tu étais passé, mon gars ?
— Bonne question. En enfer.

Les yeux de Sayers brillaient de larmes et son air autoritaire s'adoucit.

— Je n'arrive pas à y croire. On a tous vécu un cauchemar, le détachement au grand complet, quand on a appris que tu t'étais fait tuer. Il paraît que tu t'es évadé en simulant la paralysie ?

— Au début, je ne simulais pas. Les toubibs de Palanquero m'ont expliqué qu'il s'agissait sans doute d'un traumatisme de la moelle épinière. Paralysie transitoire ou sidération médullaire, quelque chose comme ça. Ensuite, quand j'ai commencé à récupérer, je n'ai rien dit. Je pensais que l'effet de surprise serait une condition essentielle à mon évasion.

— Mais, enfin, comment tu as fait pour jouer la comédie si longtemps ?

— Mon père était en fauteuil roulant. Je connais tous les trucs, et crois-moi, les gardiens n'étaient pas très chauds pour s'intéresser aux aspects… hum… disons « intimes » de mon état. Ils me laissaient pratiquement livré à moi-même.

Elle lui serra les doigts.

— Ça va aller.

Ce n'était pas une question.

— Bien sûr, affirma-t-il.

Pourtant, il était douloureusement heureux de sentir sa main dans la sienne. En plus de tout le reste, il avait été totalement privé de contact humain, et ne mesurait qu'à présent à quel point une simple poignée de main lui avait manqué.

— Je suis désolée pour ton équipe, dit Sayers.

Julian hocha la tête, les mots bloqués dans sa gorge. Jusqu'à ce qu'il entre dans la base de Palanquero, mains en l'air, sa tenue de prisonnier en lambeaux battant son corps efflanqué, il ignorait que l'hélicoptère s'était abîmé en mer et que sa carcasse n'avait jamais été retrouvée. Cela expliquait pourquoi Ramos et lui avaient été déclarés morts en même temps que les autres, et pourquoi aucune unité de sauvetage n'avait été déployée pour venir à leur secours. Il avait raconté à ses supérieurs comment Ramos s'était sacrifié et comment il avait été forcé d'intégrer la base de Gamboa. La mission pour anéantir le baron de la drogue était toujours en cours. La destruction provoquée par Julian au cours de son évasion s'était avérée une véritable aubaine pour les forces spéciales alliées, même s'il n'arrivait pas vraiment à en retirer une grande satisfaction. Il avait encore du mal à assimiler la perte accablante de ses camarades.

Rusty, Doc, Truesdale, Simon et José, des gars de l'armée colombienne avec lesquels il s'était entraîné. Il les connaissait depuis peu, mais le lien qui les unissait ne ressemblait à aucun autre. Chacun avait remis sa vie entre les mains des autres, en un ultime acte de confiance. Et, à présent, ils avaient tous… disparu. Qu'importait que leur mort remonte à deux ans. Julian, lui, venait à peine de l'apprendre, et sa plaie était aussi vive que si elle datait de la veille.

Sayers le tira de ses sombres pensées :

— Nigaud ? Qu'est-ce qui se passe dans ta petite tête ?

— J'ai l'impression d'être un fantôme.

— Sois indulgent envers toi-même. Tu n'es pas si squelettique que ça. A ce propos, tu vas subir le traitement complet. Je veux que tu me promettes de profiter à fond de tout ce qui va t'être proposé, et pas seulement sur le plan physique. Je veux aussi parler de la thérapie mentale.

— Pas de souci.

Sayers se mit brusquement au garde-à-vous tandis que trois hommes entraient dans la pièce — un sous-secrétaire de l'Armée de l'air, un officiel du ministère des Affaires étrangères et un officier chargé des relations publiques de l'armée. Des saluts furent échangés.

— Repos, ordonna le colonel Garland, le sous-secrétaire. Lieutenant Gastineaux, je suis heureux de vous savoir de retour au pays.

— Merci, mon colonel.

Julian serra tour à tour la main des trois hommes.

Ils s'assirent à la table pour effectuer un débriefing, le troisième de Julian en trois jours. Paulson, l'officiel du ministère des Affaires étrangères, conduisait la réunion.

— Lieutenant Gastineaux, nous avons trop de respect pour vous pour tourner autour du pot. Vous avez pris part à une opération top secret qui se poursuit encore à cette heure. Votre serment de confidentialité vaut toujours.

— Je comprends, monsieur.

Que s'imaginaient-ils, donc ? Qu'il allait vendre son histoire aux journaux à scandales ?

— Parfait, car il s'agit d'un sujet critique.

— Oui, monsieur.

Julian essayait de deviner où l'homme voulait en venir.

— Nous allons vous demander d'être circonspect, de garder à l'esprit que de nombreuses vies dépendent de votre discrétion.

Bon sang, de combien de façons allaient-ils le lui dire ?

— Bien entendu.

— Nous avons préparé un communiqué de presse avec

lequel il faudra vous familiariser, dit Rankin, l'officier des affaires publiques.

Julian parcourut les quelques paragraphes imprimés. Les faits bruts y étaient tous exposés, même si l'opération était décrite comme un exercice d'entraînement de routine. Aucune mention n'était faite de la mission de l'équipe, de Gamboa ou du fait que, au cours de son évasion, Julian avait anéanti la plus grosse base de production de cocaïne de l'ouest de la Colombie.

— Ça me semble correct, dit-il.

— Et voici des documents concernant une permission de longue durée à caractère médical.

— Vous me mettez en arrêt maladie ?

Julian ne s'attendait pas à cela.

— C'est nécessaire. Vous continuerez à bénéficier de tous les avantages sociaux et…

— Pourquoi m'accorde-t-on une permission ?

— Tout est là, dans ces papiers. C'est la procédure standard quand un soldat en mission à l'extérieur a été porté disparu en service commandé.

— Je ne suis pas sûr d'être tout à fait d'accord avec ça, monsieur.

— C'est nécessaire, répéta le sous-secrétaire.

Julian croisa le regard de Sayers ; malgré le passage du temps, il pouvait encore lire en elle à livre ouvert. Elle lui enjoignait de se taire, de réserver ses arguments pour quelqu'un qui serait véritablement en mesure d'agir sur sa situation.

— Très bien, dit-il. C'est entendu. Comme vous voulez.

— Il vous faudra signer un autre serment de confidentialité qui prolonge l'actuel. Il ne doit y avoir aucune fuite de l'incident au niveau de la presse.

Julian gardait le silence. De nouveau, il croisa le regard de Sayers.

— Je suis donc bel et bien un fantôme.

*
* *

Les officiels accordèrent à Sayers la permission de rester avec lui après leur départ.

— Il faut que j'appelle ma fiancée, dit Julian, encore tout étourdi par l'explication de ce qui s'était passé durant son absence. Mon Dieu, je n'en reviens pas ! Dire qu'on lui a annoncé ma mort !

— Tous les occupants de l'hélico sont morts, lui fit observer Sayers. Toutes les familles ont été prévenues.

Julian grimaça en songeant au chagrin qu'avait dû éprouver Daisy.

Je suis désolé, ma chérie, pensa-t-il. *Je rentre à la maison, maintenant…*

— Je préfère ne pas imaginer le choc qu'elle va avoir, dit Sayers. Mais… tu devrais peut-être commencer par appeler ton parent le plus proche.

— Ma mère ?

Il secoua la tête.

— Elle va piquer une crise de nerfs. Peut-être même jacasser dans la presse. Pourquoi est-ce que je l'appellerais en premier ?

— Ta fiancée…

— Daisy.

Il n'arrivait pas à croire que, dans quelques heures à peine, il allait la revoir.

— Est-ce que tu as réfléchi au fait que… Ah, flûte, Nigaud ! Ce n'est pas facile à dire… Bref, elle a peut-être tourné la page, tu vois ?

Aux yeux de Julian, cette suggestion était parfaitement ridicule. Il allait le lui signifier quand le poignard de l'appréhension planta sa lame dans ses entrailles. On avait annoncé à Daisy qu'il était mort. Il serait stupide de croire que, depuis le temps, elle continuait à le pleurer. Evidemment, elle l'aimait, mais il ne pouvait pas s'attendre à ce qu'elle ait passé son temps à se languir d'un défunt. Elle avait un enfant à élever. Une vie à mener.

Sayers lut l'expression de son visage.

— Tu sais, je suis sans doute complètement à côté de la

plaque… Moi, ce que j'aimerais, c'est que tu réintègres ta vie à l'endroit où tu l'as quittée.

— Sauf que nous savons tous deux que ça ne va pas se passer ainsi. J'en suis encore à essayer de me faire à l'idée que tout le monde me croit mort.

Il joignit le bout de ses doigts.

— Quand j'étais petit, l'un de mes épisodes préférés, dans *Huckleberry Finn*, c'était celui où Tom et Huck assistent à leurs propres funérailles. Je me demande à quoi ont ressemblé les miennes.

— A un déluge de larmes. Nous étions tous effondrés, je te jure.

— Parce que tu y étais ?

— Evidemment ! J'ai même mis cinquante sacs pour la couronne mortuaire. Je devrais te demander le remboursement de la somme !

— Je te revaudrai ça. Ecoute, je vais appeler mon frère, Connor. De tous, c'est celui qui risque le moins de péter les plombs quand il va entendre ma voix.

— Bonne idée, dit-elle en lui tendant un téléphone.

Julian composa le numéro de mémoire et compta les tonalités. Et s'il tombait sur une boîte vocale ? Que diable allait-il raconter à une boîte vocale ? *Hé, salut, Connor ! C'est moi, Julian. Ecoute, bonne nouvelle…*

— Davis Construction. Connor à l'appareil.

Julian prit une profonde inspiration.

— Connor, c'est moi, Julian. C'est vraiment moi. Ton frère.

— *Bon Dieu, mais qu'est-ce que…* ?

— Ecoute-moi, Connor, d'accord ? Bon sang, qu'est-ce que c'est bon d'entendre ta voix ! Il y a eu une énorme bourde au sujet de ma mort… Elle a été annoncée par erreur et… Connor, ne pète pas les plombs !

Il éloigna le combiné de son oreille tandis qu'un hurlement sonore se propageait par le fil du téléphone.

— Il pète les plombs, déclara Sayers, hilare.

— Complètement, certfia Julian.

Lorsque Connor, enfin convaincu qu'il ne s'agissait pas

d'un canular, eut retrouvé assez de calme pour écouter ce que son frère avait à lui dire, Julian reprit :

— Je ne sais pas trop comment annoncer la nouvelle. Tu es la première personne que j'appelle.

— Ah, donc tu n'as pas… euh… parlé à Daisy ?

Ce fut son « euh » qui mit la puce à l'oreille de Julian. Cette infime hésitation verbale était en soi très éloquente. Son frère et lui avaient toujours été d'une totale franchise l'un envers l'autre.

Julian l'interrogea :

— Elle va bien ? Qu'est-ce qui se passe ?

— Quand on nous a annoncé ta mort, elle a été durement éprouvée. Très durement. Elle a erré comme un zombie pendant des mois.

Le cœur de Julian se serra à la pensée du chagrin de Daisy. Et il l'imaginait d'autant mieux qu'il éprouverait la même souffrance s'il venait un jour à la perdre.

Un avant-goût de cette souffrance l'étreignit avant même que Connor finisse son explication. D'une certaine façon, il devinait ce qui allait venir. Il se blinda pour parer au coup.

— Il y a environ un an, elle a épousé Logan O'Donnell, lâcha Connor, les mots s'échappant de sa bouche à toute vitesse, comme s'il voulait en finir au plus vite.

Julian sentit la vie se retirer de son corps.

— Julian ? dit Connor dans le silence qui s'ensuivit. Je suis désolé, mon vieux. Mais pour être franc avec toi, même si je comprends que ce soit dur pour toi, je suis tellement heureux que tu sois en vie que je ne peux pas m'arrêter de sourire !

— Rends-moi un service, dit Julian, l'esprit tournant à toute vitesse.

— Tout ce que tu veux.

— Va la voir en personne et dis-le-lui. Pour que… tu vois… elle y soit préparée.

Sayers le regardait avec une inquiétude croissante.

— Je peux faire ça, assura Connor. On va aller la voir tout de suite, avec Olivia.

— D'accord.

Julian brûlait d'envie d'appeler Daisy lui-même, mais il se retrouvait à présent dans une situation impossible. Elle était mariée. *Mariée*. Il y avait des barrières entre elle et lui, désormais. Et, en dépit de ses aspirations, il devait respecter ces barrières.

— J'ignore ce qui va se passer dans l'avenir, dit Connor, mais l'essentiel, c'est que tu sois là. Tu es vivant. Et il me tarde de te voir !

— Pareil pour moi.

— Quand ?

Le regard de Julian se posa sur Sayers. Elle fit un geste comme pour signifier : « Ici, nous en avons fini avec toi. »

— Ce soir, dit-il.

— Tu parles sérieusement ?

— Ça m'en a tout l'air.

Julian éloigna le téléphone de son oreille.

— C'est reparti, il pète les plombs ? s'enquit Sayers.

— C'est reparti, confirma Julian.

27

— Eh bien, dit Daisy avec un sourire heureux. Quel luxe ! il est rare que mes anciens clients me donnent de leurs nouvelles.

Elle avait du mal à croire qu'elle avait photographié leur mariage plus de deux ans auparavant.

Andrea Hubble et son mari, Brian, échangèrent un regard vibrant de tendresse.

— Vous avez fait de si belles photos de notre mariage que j'ai tout naturellement pensé à vous pour photographier notre petit bébé.

Daisy promena un regard circulaire sous la véranda inondée de soleil de leur nouvelle maison, une modeste construction de bois en bordure du lac. La rambarde de la véranda était recouverte d'une plante grimpante à floraison tardive, dont les délicates fleurs blanches exhalaient un merveilleux parfum.

— Inutile d'être un expert pour mettre en valeur cet adorable petit amour, dit-elle.

— Je pensais plutôt à ses parents, répliqua Andrea avec humour. Toutes ces nuits passées à le nourrir ont sérieusement entamé mon capital beauté !

— Vous allez être tous les trois superbes, leur promit Daisy. Nous commencerons dès que Zach arrivera avec le reste du matériel.

Elle opta pour son objectif préféré et parcourut les alentours afin de repérer des cadres intéressants : une jolie balancelle de style ancien, un massif de roses trémières haut de presque deux mètres, une barque sur l'eau, amarrée au ponton érodé par les intempéries.

— Et vous, comment allez-vous ? demanda-t-elle aux Hubble. Je veux dire, à part ce qui crève les yeux.

Brian et Andrea échangèrent un regard.

— Nous avons… tout connu. De l'euphorie des jeunes mariés à la rage que la lune de miel soit finie, en passant par tous les autres stades intermédiaires. Mais nous allons très bien, pas vrai ?

Elle donna un petit coup de coude à son mari.

— J'ai raison ?

— Tu as raison. Ces trois mots sont d'ailleurs devenus mon expression préférée de la langue anglaise.

Daisy commençait à se sentir inspirée. Elle adorait que le sujet dégage une énergie aussi chaleureuse et positive. Penchés l'un vers l'autre, Brian et Andrea étaient abîmés dans la contemplation de leur petit bébé. Leur fierté rayonnait si fort qu'elle en était palpable.

Andrea s'appuyait tendrement contre l'épaule de son mari.

— Notre relation a évolué, et ce n'est pas plus mal. Je suis passée de la passion à un amour plus tranquille. Aujourd'hui, j'ai pris l'habitude d'aimer Brian, et c'est devenu aussi naturel pour moi que de respirer, si tant est que ma comparaison ait un sens.

— C'est très clair, murmura Daisy.

C'était un point sur lequel il lui fallait travailler avec Logan mais, bizarrement, il lui paraissait impossible de s'habituer à aimer quelqu'un.

— Et ça ne vous paraît pas trop mièvre ? s'enquit Andrea, inquiète.

— La vérité n'est jamais mièvre. En tout cas, je suis vraiment très heureuse pour vous deux.

Les Hubble semblaient avoir trouvé leur rythme de croisière, impression subtile, que l'objectif de son appareil photo parvenait néanmoins à débusquer. Daisy continuait à s'interroger sur son couple. Logan et elle avaient-ils trouvé leur rythme de croisière ? A vrai dire, ils avaient tendance à mener leurs vies séparément : Logan avait son travail, ses matchs de foot du week-end, ses réunions aux Alcooliques anonymes et ses conversations avec son parrain. De son côté, elle était prise par sa carrière, ses amies et sa famille.

Chaque couple forme une entité différente. Brian et Andrea, eux, étaient fusionnels : on éprouvait physiquement l'alchimie qui les unissait l'un à l'autre. Daisy l'avait déjà noté lors de la séance photo de leur mariage, mais entre-temps leurs sentiments s'étaient encore renforcés. Et apparemment sans effort. Pour certains couples, l'amour était peut-être un état naturel. D'autres devaient travailler plus dur pour y arriver.

Qu'importe ! Elle n'avait jamais reculé devant l'effort. Et si c'était le prix à payer pour avoir un couple harmonieux, comme l'avait certifié leur conseiller conjugal, elle tâcherait de tenir le coup sur la distance.

Vérifiant l'exposition d'un coin ensoleillé du jardin à l'aide de son posemètre, elle prit note, mentalement, de faire aujourd'hui quelque chose de gentil pour Logan. Préparer du saumon pour le dîner, par exemple, son plat préféré. Ou bien lui proposer d'aller à la gym avec lui, à condition que l'un de leurs parents soit disponible pour garder Charlie.

La dernière fois qu'elle le lui avait suggéré, Logan avait refusé.

— Faire de la musculation chacun à un bout de la salle, lui avait-il fait remarquer, je n'appelle pas ça un moment privilégié à deux.

Daisy continuait d'attendre que la gêne qui persistait entre eux se dissipe, mais elle resurgissait sans cesse, comme des mauvaises herbes dans un jardin. Parfois, la nuit, elle priait dans son lit. *Je vous en supplie, faites que nous ne répétions pas les erreurs de mes parents.*

Ce qui entraînait immanquablement une autre question : ses parents avaient-ils eu tort d'essayer de rester ensemble le plus longtemps possible ? Ou leur plus grande erreur avait-elle été de déclarer forfait ?

Le claquement d'une portière de voiture la ramena au présent.

— Voici Zach. Nous allons commencer la séance dans quelques minutes. Salut, Zach ! lança-t-elle par-dessus son épaule. Je vais avoir tout de suite besoin du stroboscopique et de l'ambiant. Tu pourrais… ?

Elle se tourna et n'acheva pas sa phrase.

— Ça alors, Olivia… Connor. Qu'est-ce que vous faites là, tous les deux ?

— Pardon de t'interrompre en plein travail, dit Olivia en s'excusant d'un hochement de tête en direction des Hubble. Zach nous a dit qu'on te trouverait ici.

Daisy fit les présentations à la hâte ; puis Connor et Olivia la prirent à part.

— Qu'est-ce qui se passe ? leur demanda-t-elle. Tout va bien ?

— C'est Julian, dit Connor.

Encore aujourd'hui, son prénom prononcé à voix haute lui faisait l'effet d'un coup de poing dans le plexus solaire.

— Pourquoi est-ce que tu me parles de lui ? demanda-t-elle, blessée et perplexe.

Olivia mit ses bras autour d'elle.

— Nous avons une bonne nouvelle à t'annoncer, mais tu devrais peut-être commencer par t'asseoir.

Troublée, Daisy sentit ses jambes flageoler, mais elle n'en tint pas compte.

— Merci, mais je préfère rester debout. Dites-moi simplement ce qui se passe.

— Ecoute, dit Connor, il se passe quelque chose de complètement hallucinant, mais d'absolument fantastique. J'ai reçu un coup de fil totalement inattendu. Il est vivant, Daisy ! Il n'a pas péri dans le crash de l'hélicoptère. Il a été fait prisonnier en Colombie, d'où il s'est finalement évadé, et il est de retour.

Daisy chancela contre sa cousine tandis qu'elle s'efforçait de donner un sens aux paroles de Connor. Les mots résonnaient dans sa tête, incompréhensibles. Julian… vivant. Vivant ! *Impossible*. Ses lèvres remuèrent, mais aucun son n'en sortit.

— Je lui ai parlé il y a moins d'une heure.

Daisy s'étrangla, mais parvint à retrouver sa voix.
— Il est... tu veux dire que... tu es *sûr* de ça ?
— Pour l'instant, il est à Washington, mais il sera ici ce soir.

La voix de Connor tremblait d'émotion ; Olivia lui prit la main.

Daisy s'écarta de l'étreinte de sa cousine. Elle ne savait pas quoi faire d'elle-même. Elle se laissa choir sur l'herbe et enserra ses genoux ramenés à la poitrine.

Julian. Vivant. En route pour Avalon.

Des larmes de gratitude et d'incrédulité roulèrent sur ses joues, et sa respiration se bloqua douloureusement dans sa poitrine. Elle tremblait si violemment qu'elle n'y voyait plus clair.

— Je vais prévenir tes clients qu'il va falloir reporter la séance photo à un autre jour.

Connor alla parler aux Hubble sans que Daisy trouve la force de protester. Dire que, tout à l'heure, elle craignait de se laisser déconcentrer...

Olivia s'assit en tailleur à côté d'elle.

— C'est tellement incroyable ! dit-elle. Comme un rêve devenu réalité. Connor est dans un état... Il est bouleversé depuis ce coup de téléphone. Mais bouleversé de joie.
— Je n'arrive toujours pas à y croire.
— Ça prendra davantage de réalité quand nous le verrons en chair et en os ce soir. Il sera là pour le dîner.

La voix d'Olivia tremblait d'émerveillement.

— Je sais que tu es heureuse, Daisy, mais je comprends que la situation soit terriblement embarrassante pour toi. Je n'arrive pas à imaginer l'effet que ça doit te faire.

Ce soir... Comment était-ce possible ? Quelques instants plus tôt, Daisy pensait accompagner Logan à la salle de gym, préparer du saumon pour le dîner et... et, maintenant, ce coup de tonnerre ! Comment Julian pouvait-il passer en une seconde du statut de défunt à celui d'invité ? Elle voulait de toute son âme laisser le monde derrière elle, courir vers lui et se jeter dans ses bras. Mais cela, bien sûr, c'était impossible.

— Il ne m'a pas appelée, dit-elle, l'estomac noué d'une vague appréhension. Pourtant, j'ai toujours le même numéro. Pourquoi ne m'a-t-il pas appelée ?

— Tu sais, Connor lui a expliqué que tu… enfin… que ta situation avait changé.

— Il lui a annoncé que j'étais mariée à Logan, tu veux dire.

— Il n'avait guère le choix.

— Je sais. Je comprends. Mais… Oh ! mon Dieu ! Je regrette tellement qu'il l'ait appris de cette façon et, en même temps, je suis folle de joie qu'il soit encore de ce monde !

Daisy posa la tête sur ses bras. Elle n'avait aucun mal à évoquer le parfum de Julian, la douceur de ses caresses, le son de sa voix et la saveur de ses baisers. Elle était en proie à un maelström d'émotions qui enflait comme un geyser impossible à contenir. Jusqu'ici, elle avait cru avoir une vision claire de son avenir, mais à présent… le retour de Julian changeait tout.

Son désir de le revoir, de le toucher et de lui ouvrir son cœur devait cependant rester secret.

— Quel choc énorme ça doit être pour toi…, fit remarquer Olivia avec compassion. Comment te sens-tu, franchement ?

— Je n'arrive toujours pas à réaliser. Et je me rends bien compte que la situation est sur le point de devenir extrêmement compliquée. Pourtant, je n'éprouve rien d'autre que de la gratitude. Je ne savais pas que le bonheur pouvait être une telle souffrance. Oh ! mon Dieu ! Je ne sais pas quoi faire… Je ne sais pas quoi dire…

— Nous en sommes tous là. Ce genre d'événement est tout à fait extraordinaire.

Olivia sortit son téléphone portable et lui présenta l'écran.

— Connor a demandé à Julian de lui envoyer une photo.

Daisy en eut le souffle coupé. Son cœur bondit vers la photo de la taille d'un écran de téléphone portable.

— Julian, murmura-t-elle. Qu'il est maigre… Mais… il sourit.

Ce visage, elle l'avait vu en rêve, nuit après nuit. Elle pensait que ces rêves s'imposaient à son esprit parce qu'elle n'avait pas encore fait le deuil de leur amour. Julian lui avait été arraché avec une telle brutalité…

— Il a de quoi sourire, tu ne crois pas ? demanda Olivia.

Daisy baissa les yeux sur l'image. Elle reconnaissait ce sourire, c'était toujours le même. Celui qui la réchauffait du bout des orteils jusqu'au sommet du crâne.

28

Compréhensifs, les Hubble avaient accepté de reporter à un autre jour la séance photo avec Daisy. Il lui aurait été impossible de se concentrer sur son travail, car sa tête résonnait encore de cette nouvelle cataclysmique.

En outre, il lui fallait trouver Logan afin de l'avertir, et le plus vite serait le mieux. Elle tenait à être la première à lui annoncer le retour de Julian.

Mais, par-dessus tout, elle ne voulait pas que cela crée de problèmes entre eux. Ils s'en étaient déjà créé suffisamment tout seuls.

Elle se gara devant le cabinet d'assurances de Logan, un ancien bâtiment de brique donnant sur la place. Voisine de la station de radio locale et dangereusement proche de la boulangerie Sky River, l'agence s'intégrait harmonieusement dans le centre-ville modeste mais coloré d'Avalon. La large devanture arborait le logo de la compagnie d'assurances ainsi que le slogan du cabinet d'assurances O'Donnell : « Avec nous, vous êtes en sécurité. »

Le logo, un blason héraldique, n'était pas un choix des plus originaux. Cependant, vu le succès de la compagnie d'assurances, ce choix était sans doute le bon. Le consultant en création d'enseignes auquel Logan avait eu recours en reprenant l'agence avait insisté sur le fait qu'un symbole doit être instantanément reconnaissable.

Daisy resta quelques minutes dans la voiture, s'efforçant de mettre de l'ordre dans ses pensées. La nouvelle du retour de Julian était encore si récente qu'elle lui brûlait la poitrine.

Inspire profondément, se dit-elle. *Inspire profondément.*

Il était impossible d'atténuer l'effet ahurissant d'une telle annonce, mais elle comptait malgré tout choisir ses mots avec soin. Elle alla même jusqu'à faire quelques essais, histoire de s'entraîner.

— Il faut que je t'annonce une nouvelle absolument incroyable…

Non, il s'imaginerait tout de suite qu'elle était enceinte. Ce n'était vraiment pas le sujet à aborder en ce moment.

— Logan, il faut que je te parle…

Non plus. Il croirait sans doute qu'elle voulait discuter une fois plus de leurs problèmes de couple. Ces derniers temps, ils avaient eu un certain nombre de conversations stériles, qui les faisaient tourner en rond sans résoudre les difficultés qui ne cessaient de surgir entre eux.

— Devine un peu ce qui m'arrive… L'homme de ma vie est revenu d'entre les morts.

Sois franche, c'est tout, s'admonesta-t-elle en sortant de la voiture. *Contente-toi de lui dire la vérité.*

Son entrée dans l'agence déclencha un petit carillon au-dessus de la porte.

— Salut, Brandi.

Brandi occupait les fonctions de présidente et d'ingénieur du son de la station de radio locale quand Logan l'avait débauchée pour en faire sa secrétaire de direction. Parfois, elle jouait de la basse dans le groupe de Noah, le beau-père de Daisy. Brandi était loyale et on pouvait compter sur elle.

Elle était aussi d'une beauté renversante et affichait un goût prononcé pour les tenues aguichantes.

Cela n'avait jamais dérangé Daisy, qui préférait du reste ne pas s'interroger sur son indifférence à cet égard. La réponse risquait d'être un peu trop révélatrice.

— Logan est occupé ?

Brandi jeta un coup d'œil au téléphone.

— Non, tu peux y aller.

Le bureau de Logan possédait une porte à l'ancienne mode, avec une vitre au verre gondolé portant son nom dans un lettrage identique à celui de l'inscription en devanture. Daisy prit une profonde inspiration, se composa une expression qui masquerait — du moins l'espérait-elle — son état d'agitation, et ouvrit la porte.

— Bonjour, Logan, dit-elle d'un ton enjoué.
— Salut.

D'un clic de souris, il ferma son logiciel de navigation internet.

Précipitamment, ou était-ce une impression de sa part ? Elle se souvint de la raison qui l'amenait ici.

— Pardon d'interrompre ta journée de travail.
— Ne t'en fais pas pour ça. Moi aussi, je pensais à toi. A nous, plus précisément.
— A nous ?

Il la considéra d'un air solennel.

— J'ai beaucoup réfléchi.

Maintenant ? pensa-t-elle, incrédule. *Maintenant ?*

Mais, déjà, Logan poursuivait :

— Tu sais, comme nous sommes censés le faire pour notre séance de thérapie conjugale.
— Logan...
— Ecoute, Daisy, jamais je ne regretterai de t'avoir épousée à cause de Charlie, mais peut-être que...
— Je t'en prie, ce que j'ai à te dire ne peut pas attendre.
— Parce que tu crois que c'est facile pour moi d'y voir clair dans toute cette merde ? Tu pourrais au moins m'écouter...
— C'est Julian, laissa-t-elle tomber.

Le regard de Logan s'étrécit. Il se renfonça dans son fauteuil et joignit les extrémités de ses doigts.

— Génial. Et alors ?
— On l'a retrouvé. Il est de retour.

Elle lutta pour empêcher sa voix de se briser en une explosion de joie et d'émerveillement.

Logan se pencha en avant, les coudes en appui sur le bureau.

— Qu'est-ce que tu veux dire ? Son corps a été retrouvé ?
— Non... mais... Oui ! Excuse-moi, je suis dans tous mes états. Je viens moi-même d'apprendre la nouvelle.

Connor a reçu un appel de Julian. Il n'était pas dans l'hélico quand l'appareil s'est abîmé en mer. Il… Je ne suis pas au courant des détails. Il a été enlevé par une espèce de groupe colombien — un groupe paramilitaire à la botte d'un baron de la drogue — et il est resté prisonnier tout ce temps-là. Mais il a réussi à s'évader, et aujourd'hui il a appelé son frère depuis Washington. Il est en route pour Avalon. Il sera ici à l'heure du dîner.

Logan était immobile comme une statue. Il promena son regard sur elle avec un calme délibéré.

— Waouh… Plutôt étonnant, comme nouvelle.

— C'est un miracle ! Même en rêve, je n'aurais jamais imaginé qu'une telle chose puisse se produire.

A l'instant où les mots franchirent ses lèvres, elle s'entendit mentir. Elle en avait rêvé, que Julian soit vivant, quelque part, elle en avait rêvé des centaines de fois depuis l'annonce de la terrible nouvelle. En regardant Logan, elle le soupçonna d'être plus perspicace à son sujet qu'elle ne l'aurait cru.

— Et donc c'est quoi, la prochaine étape ? s'enquit-il. Son ascension au ciel ?

— *Logan* !

Il se leva et se mit à tourner autour de la pièce comme un lion en cage.

— Ne te méprends pas sur ma réaction. Je n'ai jamais souhaité la mort de ce type, mais tu m'excuseras si je ne débouche pas le champagne !

Le ton de Logan la fit tiquer.

— Au téléphone, Connor lui a expliqué que nous étions mariés, à présent.

Son estomac se noua tandis qu'elle prononçait ces paroles. *Pardonne-moi, Julian. Je suis tellement désolée… Comment aurais-je pu savoir ?*

Logan se passa une main dans les cheveux, dérangeant l'ordonnance de ses mèches rousses.

— Je me réjouis pour lui et, en même temps, je le plains.

— C'est normal, dit-elle avec douceur.

Plus tard, elle savait qu'elle s'interrogerait sur ces mois

de vie perdus par Julian. Qu'avait-il enduré ? A quel point avait-il souffert ?

— Et pour nous, qu'est-ce que ça signifie ? lui demanda brutalement Logan.

Elle hésita. Une partie d'elle-même — une très grande partie — brûlait de remonter dans le temps, de retourner à l'époque où, fiancée à Julian, elle rêvait à leur avenir commun. Cependant, la réalité était là : elle avait fait la seule chose sensée, et préservé sa santé mentale après avoir reçu la nouvelle tant redoutée. Elle avait rassemblé les morceaux épars de son cœur et l'avait rafistolé du mieux possible. Ensuite, elle avait repris le cours de sa vie.

— Tout ça ne date que de cinq minutes, dit-elle. J'ai encore du mal à réaliser.

— Réponds simplement à une question. Tu vas me larguer, maintenant que tu peux retourner vers ton ancien petit ami ?

Daisy retint sa respiration, sentant son rythme cardiaque s'accélérer.

— Je suis ta femme, Logan. Je t'ai juré amour et fidélité ; ce n'est pas un engagement que je prends à la légère.

— Ça ne répond pas exactement à ma question.

Elle comprenait l'hostilité de son ton. Pour Logan, la nouvelle était plus qu'une surprise. C'était une menace. Elle le dévisagea quelques secondes.

— J'ai besoin de le voir. Est-ce que tu peux comprendre que j'aie besoin de le voir ? Ce soir, s'il est d'accord…

— Pourquoi ne serait-il pas d'accord ?

— En revenant ici, il ne s'attendait certainement pas à me trouver mariée. Il n'a peut-être pas tellement envie de me revoir.

— Ça, c'est son problème.

Estimant que Logan et elle avaient encore besoin de temps pour assimiler la nouvelle, Daisy reprit son sac et se tourna vers la porte. La main sur la poignée, elle marqua une pause.

— Désolée, Logan, je t'ai interrompu, tout à l'heure… Tu voulais me dire quelque chose ?

— Laisse tomber. Ce n'était pas important.

29

En rentrant chez lui après sa journée de travail, Logan passa comme tous les jours devant la Taverne de la Colline. Sauf qu'aujourd'hui il était presque submergé par le désir rageur de s'arrêter au bar. Il sentait presque la froide morsure de la bière tout juste tirée coulant agréablement dans son gosier. Au fond de la chope se trouvait le doux néant qui le conduirait au bienheureux oubli.

Il se surprit à saliver comme le chien de Pavlov.

— Bon sang, ressaisis-toi ! se dit-il à haute voix, en s'emparant de son téléphone portable.

Du pouce, il composa le numéro de son parrain aux Alcooliques anonymes et appuya sur la touche « Envoi ».

— Eddie Haven, dit une voix à l'autre bout du fil.

— Salut, c'est Logan. Je te dérange ?

— Pas du tout. J'allais partir à la salle de sport. Maureen dort comme une souche, la journée a été longue.

— Elle va bien ?

— Elle a l'impression d'être enceinte depuis des années au lieu de quelques mois mais, à part ça, elle va très bien. Nous venons d'apprendre que c'est un garçon. On va l'appeler Jabez. Tu connais Maureen, elle adore tout planifier à l'avance. C'est son côté bibliothécaire.

— C'est super, dit Logan, feignant l'intérêt.

— J'ai comme l'impression que quelque chose te turlupine. Et si tu me rejoignais à la salle de gym ?

— Ça marche.

Logan baissa brièvement les yeux sur sa bedaine en attendant que le feu passe au vert. Les kilos tardaient à s'envoler. Daisy avait toujours été douce et compréhensive, quand il abordait le sujet. « Ça me fait encore plus de toi à aimer », se plaisait-elle à dire. A moins qu'elle ne se plaise pas du tout à le dire, et qu'elle s'efforce d'être gentille.

Gentille. Le terme correspondait parfaitement à Daisy. C'était quelqu'un de gentil. Elle était si sacrément gentille que parfois, ça le rendait dingue. Elle ne disait jamais rien quand son goût pour le sucré prenait le dessus et qu'il se resservait de crème glacée ou qu'il engouffrait des Figolu par poignées. Elle était bien trop *gentille* pour le rappeler à l'ordre.

A moins qu'elle ne s'en moque.

Il repoussa violemment cette sombre pensée et enfila sa tenue de sport. Il avait commencé à soulever de la fonte quand Eddie arriva.

— Quoi de neuf ? s'enquit Eddie en pratiquant des exercices d'échauffement sur un tapis tout proche.

— Le fiancé de ma femme est revenu d'entre les morts.

— Très drôle.

Logan souleva la barre, à peine conscient du poids des disques.

— J'ai l'air de me marrer ?

Aussi succinctement que possible, il lui rapporta les derniers événements.

— Putain ! s'exclama Eddie. Oh ! *putain*… C'est incroyable.

— Je ne te le fais pas dire.

— J'ai une meilleure idée. Toi, dis-moi tout.

— J'ai été à cran toute la journée. D'habitude, il ne me vient même pas à l'esprit de prendre un verre ou de gober un Oxy. Mais, aujourd'hui, j'ai failli m'arrêter à la Taverne de la Colline, c'était limite… C'est là que je t'ai appelé.

— Tu es moins bête que tu n'en as l'air.

Logan ajouta quelques disques à sa barre et se rallongea sur le banc.

— Parfois.

— Alors, qu'est-ce qui te rend si nerveux, en dehors du côté délirant de la situation ?

Logan prit une minute pour réfléchir.

— Daisy et ce type — Julian Gastineaux — ils étaient... comment dire... fous amoureux.

— C'est quoi, ta pire crainte ? Que Daisy te quitte pour ce Gastineaux ?

Logan souleva la barre, accueillant avec gratitude l'effort que lui demandait le poids supplémentaire. Sur le point de dire non, il réfléchit quelques instants. Il revoyait le visage de Daisy quand elle lui relatait le miracle auquel Julian devait d'avoir survécu. A ce moment-là, elle lui était apparue plus vivante qu'elle ne l'avait été depuis des mois.

Il augmenta encore la charge de fonte. Soulever. Reposer.

— Ma pire crainte, c'est qu'elle passe le reste de sa vie à se mordre les doigts de ne pas vivre avec lui.

Cet aveu sortit de sa bouche avec une déchirante honnêteté.

— Note bien, ajouta-t-il, que la situation ne manque pas d'ironie. Avant que Daisy ne lâche sa petite bombe à propos de Julian, je m'apprêtais à lui dire que nous avions peut-être eu tort de nous marier, finalement.

Eddie se dirigea vers le banc voisin de celui de Logan et enfila quelques disques sur une barre. Au bout d'un moment, il déclara :

— Il y a un bon bout de temps que tu te plains de ton mariage. Ça date d'avant la réapparition de Gastineaux.

— Ouais... Mais, avec cette histoire — le retour de Julian —, il n'y a plus moyen de parler de nos problèmes de couple.

— Qu'est-ce que tu veux dire ?

— Si j'en parle à Daisy maintenant, elle va filer droit dans ses bras.

— Et tu te sentirais comment ?

— Comme une merde. Qu'est-ce que tu crois ? Et quel genre d'exemple ça donnerait à Charlie ? De jeter l'éponge au premier signe de problème ?

— Bon sang, Logan ! Tu te poses encore plus de questions que moi.

— Et je n'ai pas les réponses. En tout cas, pas encore.

Nuit après nuit, Julian avait imaginé son retour au pays. C'était l'un des exercices psychologiques qu'il pratiquait régulièrement pour s'empêcher de finir encore plus fou que le Chapelier d'Alice. Il avait pris l'habitude de se représenter mentalement la scène tant espérée, jusque dans le moindre détail. Il se voyait descendant du train. Il serait en treillis, son sac de paquetage jeté sur l'épaule.

A la seconde où il apercevrait Daisy, le sac chuterait à terre avec un bruit sourd.

Elle volerait vers lui — oui, elle volerait, littéralement —, portée par son élan. Il sentirait ses jambes fermes et fuselées enserrer sa taille, ses bras se nouer autour de son cou.

Il adorait son rire quand elle était émue. Dans sa tête, il entendait chaque jour se briser ce rire particulier. Il sentait la soie chaude de ses cheveux, il respirait leur parfum — shampoing fruité — et savourait le goût de sa bouche tandis qu'il la reposait à terre et se penchait sur elle pour l'embrasser.

Oui, sans ce rêve, il aurait vraiment pu devenir fou à lier.

La réalité, son véritable retour, se passa bien différemment.

Il effectua seul la dernière étape de son voyage. Connor lui avait proposé d'aller le chercher à l'aéroport d'Albany, mais Julian avait préféré prendre le train. Il portait les vêtements de civil qu'on lui avait donnés.

Le psychiatre de l'armée lui avait conseillé de ne pas entreprendre de grands changements dans sa vie. Il était censé prendre du recul et laisser le travail de réadaptation s'opérer à son propre rythme. Julian était bien certain que cela lui serait impossible, mais il avait accepté d'essayer.

Le monde extérieur défilait à grande vitesse derrière la vitre. Albany et ses faubourgs étaient mornes, entre les zones industrielles, les centres commerciaux, les grands magasins et les logements sociaux déprimants. Mais, très vite, les couleurs du dehors prirent l'intensité du vert et de l'or des Catskills. Le paysage se peupla de lacs, de rivières, de bourgades et de fermes proprettes, de collines érodées par les siècles et de falaises se dressant à l'ouest.

L'approche d'Avalon fut exactement conforme à la scène qu'il s'était représentée si souvent. Il faisait presque nuit, mais il aperçut le pont couvert enjambant la rivière et, au loin, le lac des Saules, cerné par des terrains forestiers parsemés de cottages.

Le train s'arrêta dans un sifflement et un fracas métallique. Julian jeta sur son épaule le sac qui portait encore son badge — « sous-lieutenant » J. Gastineaux — et il descendit sur le quai. La brise sauvage du nord de l'Etat lui caressa le visage. Avalon était une petite ville ordinaire, comme il en existe tant d'autres aux quatre coins du pays, mais sur le moment elle lui paraissait sacrément chouette ! Tellement… normale.

Il se souvint que l'accueil qu'il avait si longtemps espéré ne lui serait pas accordé. Mais il y avait là son frère, qui l'attendait les bras grands ouverts. Ivres de joie, ils tombèrent dans les bras l'un de l'autre ; au beau milieu de cette fougueuse étreinte, les nerfs de Julian lâchèrent et il se mit à hoqueter de sanglots. Il se sentait enfin complètement en sécurité. Durant son calvaire, il avait oublié cette sensation.

— Je n'arrive pas à y croire…, dit Connor. Je n'arrive pas à croire que tu es là.

— Moi non plus.

Julian se passa la manche sur le visage.

— Je croyais que ce jour n'arriverait jamais.

Connor ramassa son sac.

— Allons à la maison. Lolly t'a préparé un véritable festin. Et attends un peu de voir ta nièce !

Ils montèrent dans le pick-up et Connor démarra.

— Zoé était encore un bébé quand je suis parti.

— A présent, c'est une jeune demoiselle qui a réponse à tout.

Julian se souvenait de Charlie à trois ans : c'était un petit garçon heureux, amoureux de la vie. A quoi ressemblait-il, maintenant ?

— Je suis bien content qu'elle ait réponse à tout, dit-il à Connor, parce que moi, j'ai des tas de questions à vous poser.

— Nous aussi, frérot.

— Rien n'a l'air d'avoir beaucoup changé, par ici. Mais c'est impossible, je le sais bien.

— Tu as toujours tes amis et ta famille. Nous avons tous été anéantis à l'annonce de ta mort. Mais nous t'avons toujours gardé dans notre cœur.

— Je suis… je ne sais pas trop quoi répondre à ça. « Merci de ne pas m'avoir oublié » ?

— Tu peux dire tout ce que tu veux, tu as carte blanche.

Julian comprit que son frère lui tendait la perche, au cas où il souhaiterait parler de ce qu'il avait vécu durant sa captivité. Au cours de son débriefing, on lui avait fortement conseillé de poursuivre sa psychothérapie, et il avait bien l'intention de le faire. Mais, pour l'instant, il avait simplement envie d'être avec son frère.

— C'est gentil, dit-il. Un de ces quatre, je te prendrai au mot.

— Je dois encore te demander quelque chose à propos de ce soir, dit Connor. A propos de Daisy, en fait.

Julian tressaillit en entendant prononcer son nom, mais feignit l'indifférence.

— Quoi, Daisy ?

— Tout d'abord, je regrette vraiment de t'avoir dit ce que je t'ai dit par téléphone.

— Tu sais, il n'y a pas vraiment de bonne façon d'annoncer ce genre de nouvelle.

Il s'était passé et repassé cent fois la conversation dans la tête. Sayers lui avait conseillé de prendre le temps de digérer la nouvelle. Elle ne voulait pas qu'il entre dans une rage folle, qu'il hurle son désespoir devant l'injustice de la situation.

Et s'il voulait être franc avec lui-même, une partie de lui-même était à deux doigts de le faire.

— Je suis content de t'avoir appelé en premier, dit-il. Je suis content que tu sois mon parent le plus proche.

Connor s'engagea dans l'allée.

— A propos, tu as appelé maman ?

— Pas encore. J'ai eu ma dose de drame pour la journée.

— Alors, tu ferais mieux de t'armer de courage, dit Connor alors qu'ils descendaient du pick-up.

Olivia sortit en trombe de la maison, Barkis, son bâtard vieillissant, sur ses talons, et lui jeta les bras autour du cou.

— Bienvenue à la maison ! s'écria-t-elle d'une voix brisée par l'émotion. Entre. Tu as faim ? Je t'ai préparé tous tes plats préférés.

— C'est impossible, répliqua Julian. J'aime tout !

Ils entrèrent dans la maison et il salua sa petite nièce, Zoé. Tout intimidée, celle-ci s'accrocha à la jambe de son père et leva les yeux vers lui.

— Je me souviens de toi, lui dit tendrement Julian, en s'accroupissant pour se mettre à son niveau. Tu avais une couverture rose que tu emmenais partout.

Elle hocha la tête et lui fit un sourire.

— Je t'ai fait un coloriage. En cadeau.

Elle fila aussitôt le lui chercher. Julian la regarda partir en souriant. C'était tellement... *normal*, d'être ici.

— Daisy veut te voir, déclara Olivia.

Il accusa le coup.

— Quand ça ?

— C'est à toi de décider.

Mieux valait en finir le plus vite possible.

— Vois si elle peut venir après dîner.

Après le coup de téléphone de sa cousine Olivia, Daisy avait préparé quelque chose pour le repas. Elle aurait été incapable de dire quoi. Elle rinça les assiettes et, le temps que les restes aient disparu dans la poubelle, elle ne se souvenait déjà plus de ce qu'elle avait servi ce soir.

Son esprit était à des millions de kilomètres de là. Non,

ce n'était pas tout à fait exact. Son esprit était à quelques kilomètres de là, fermement retranché chez sa cousine, dans la maison où Julian l'attendait.

— Jeremiah Butler a un fusil, claironna Charlie en faisant courir un petit soldat sur le bord du plan de travail.

— C'est le titre d'une chanson ? s'enquit Logan.

Avant que Charlie ait pu répondre, il consulta son téléphone portable qui lui indiquait la réception d'un SMS. Ses cheveux étaient humides de la douche qu'il avait prise après sa séance de musculation.

— Mais non, c'est le nom d'un garçon ! expliqua Charlie.
— Un garçon qui a un fusil.

Logan répondit au SMS en faisant courir ses doigts sur les touches du téléphone.

— Ouais, il l'a eu pour son anniversaire.

A l'aide d'un bout de ficelle, le petit soldat de Charlie descendit en rappel la paroi du placard.

— Son père l'a emmené au stage de tir.
— Au... *stand* de tir, rectifia Logan. Il l'a emmené au stand de tir.
— Tu pourras m'emmener au stand de tir ?

Charlie rampait à plat ventre vers le séjour, dans le style commando.

— Peut-être. Un de ces jours.
— Tu dis toujours ça. Quand, un de ces jours ?
— Le jour qui conviendra le mieux à notre emploi du temps.
— Maman dit que tu trouves toujours du temps pour ce qui t'intéresse.

Daisy mit une pastille de détergent dans le lave-vaisselle et se redressa.

— J'ai dit ça, moi ?
— Oui !
— Dis donc, je suis drôlement intelligente. Cependant, je ne suis pas tout à fait d'accord pour que les petits garçons tirent au fusil.
— Je savais que tu dirais ça.

Charlie s'accroupit et entra à reculons dans le séjour.
— Papa…
— Un de ces jours, répéta Logan.
— Je vais te dire, proposa Daisy. Ce soir, je t'accorde une demi-heure supplémentaire de télé, parce que tu as vraiment bien nettoyé ton assiette à table.

Charlie ouvrit de grands yeux.
— Ouais !

Il fila avant que sa mère ne se ravise. Depuis qu'il avait commencé à se bagarrer à l'école, elle avait réduit son temps de télévision à une heure par jour. C'était dire le bonus que représentait pour lui une telle rallonge.

Logan se remit à composer ses SMS. Daisy s'assit en face de lui, de l'autre côté de la table.
— Je dois te demander quelque chose.
— Oui, une seconde.

Il termina son message et posa le téléphone.
— Des histoires de boulot. Ça n'en finit jamais.

Ne sachant comment aborder le sujet sans heurts, Daisy se jeta crânement à l'eau :
— Julian est arrivé chez son frère. Il veut me voir.

Logan s'empara d'un morceau de pain dans la corbeille posée sur la table et le tartina généreusement de beurre.
— Et alors ?
— Et alors, j'aimerais passer le voir.
— Quand ?

Logan prit une grosse bouchée de pain.
— Ce soir. Disons, dans une heure environ.

Chaque fois qu'elle songeait au miracle qui s'était produit, son cœur faisait un bond dans sa poitrine.

Logan finit de mastiquer son pain et resta silencieux quelques minutes. Daisy rongeait son frein. Elle mourait d'envie de se ruer sur la porte et de foncer chez Olivia. Mais elle n'en ferait rien. Elle n'était pas la seule impliquée dans cette affaire. L'enjeu était considérable, et il y avait bien des façons de faire virer ce miracle au cauchemar.

— Nous allons y aller tous les trois, déclara Logan.

Il recula sa chaise en faisant crisser les pieds sur le sol.

Le refus monta violemment en elle, mais elle le refoula. Elle aurait donné n'importe quoi pour se retrouver en tête à tête avec Julian. Toutefois, cela ne signifiait pas qu'elle avait droit à une telle intimité. Son statut était différent, aujourd'hui, de celui qui était le sien la dernière fois qu'elle avait vu Julian. Elle n'était plus sa fiancée. Elle était l'épouse d'un autre homme. Fêter le retour de Julian allait s'avérer une expérience bien différente de celle qu'elle avait imaginée longtemps auparavant, quand ils s'étaient dit au revoir sur un quai de gare.

— Je vais chercher Charlie, dit-elle.

— Tu lui as parlé ?

Elle fut surprise d'entendre une trace d'hésitation dans la voix de Logan. Evidemment, il manquait d'assurance. Qui n'aurait pas douté, à sa place ?

— Je vais de ce pas lui expliquer la situation du mieux possible. Et… Logan ?

— Oui ?

— Pour ta gouverne… Je pensais vraiment ce que je t'ai dit à l'agence, cet après-midi. Je suis ta femme, aujourd'hui.

Elle vit ses épaules se crisper et se demanda pourquoi il ne semblait pas plus rassuré.

— Nous serons prêts dans dix minutes, ajouta-t-elle.

Et elle se hâta d'aller trouver Charlie.

Logan s'empara d'un autre morceau de pain.

Dans le séjour, Daisy éteignit la télévision.

— Mais…, protesta Charlie.

— Il n'y a pas de mais. Changement de programme. De toute façon, c'était une rediffusion.

— C'est ma série préférée !

— Je suis sûre que tu aimeras mieux ce que j'ai à te proposer. Monte avec moi et je te dirai tout pendant qu'on se prépare.

Charlie, intrigué, la suivit à l'étage.

Daisy n'avait aucune idée de ce qu'elle allait se mettre. Elle ne voulait pas paraître trop habillée, ni avoir l'air de s'être mise en quatre pour plaire à Julian. D'un autre côté, elle ne voulait pas non plus sembler indifférente à son retour. Tout son être exultait.

— De quoi te souviens-tu, au sujet de Julian ? demanda-t-elle à Charlie.

— Quand j'étais petit, je l'appelais Papa-p'tit. Tu allais te marier avec lui, mais il a été tué dans l'armée de l'air.

Daisy n'arrivait pas à comprendre que cet enfant s'enfonce dans l'échec scolaire. Sa mémoire était sans défaut.

— Tout le monde croit que c'est ce qui est arrivé, dit-elle. Moi aussi, je le croyais, ainsi que l'armée de l'air et son frère, Connor.

Elle passa en revue le contenu de sa penderie. Le haut vert d'eau, peut-être. Non, c'était un cadeau de Logan, qui avait étonnamment bon goût en matière de mode féminine.

Le corail, alors, avec ses manches vaporeuses. Elle passa dans la salle de bains, enfila le corsage, puis sortit sa trousse à maquillage d'un tiroir. Charlie alignait les photos de famille encadrées sur le grand bureau.

— Nous avons appris aujourd'hui qu'il y avait eu une terrible erreur. Julian n'a pas été tué, finalement. Il a échappé à l'accident et, à présent, il est de retour à Avalon.

Charlie cligna les yeux, mais ne parut pas du tout choqué par la nouvelle.

— Il est où ?

— Chez ma cousine Olivia. Nous sommes invités à aller le voir tout de suite. Ça te va ?

— Tu crois qu'il se souviendra de moi ?

— Bien sûr. Même si tu as beaucoup grandi depuis la dernière fois qu'il t'a vu.

Elle s'assit à sa coiffeuse et tira sur la fermeture Eclair de sa trousse à maquillage. *Aie la main légère*, se rappela-t-elle. Elle appliqua un nuage de poudre sur son visage, ajouta un soupçon de blush. Du mascara, une touche de gloss sur les lèvres. Elle se brossa les cheveux et se leva.

— Tu t'es faite belle, fit remarquer Charlie. Moi aussi, je dois me faire beau ?

— Oh ! je ne me suis pas particulièrement pomponnée. Mais je trouve normal de faire quelques efforts de toilette pour un homme qui...

Un coup de Klaxon l'interrompit.

— Ton père est prêt à partir.

Après le dîner, durant lequel il prit trois fois de tous les plats avec un appétit d'ogre, Julian s'employa à trier le contenu d'une cantine qu'il avait laissée dans le garage de Connor avant de partir pour la Colombie.

L'inventaire en était prosaïque : des photos, des souvenirs, des vêtements de civil, ses livres de chevet et un gant de base-ball, entre autres équipements sportifs.

— Merci de ne pas t'être débarrassé de mes affaires, dit-il à son frère.

— Merci d'être revenu les chercher, répliqua Connor avec un grand sourire.

Dans la chambre d'amis où il dormirait cette nuit, Julian enfila un jean récupéré dans la cantine, un sweater de Cornell, agréablement feutré et délavé, ainsi qu'une paire de baskets. Le jean, lui, était trop grand, mais c'était agréable de pouvoir enfin porter ses propres vêtements. Il se sentait davantage lui-même.

Parmi ses affaires, il y avait également une boîte à chaussures remplie de cartes, de cartes postales, de photos et de lettres de Daisy, une correspondance qui datait du lycée. Il l'évita scrupuleusement. Il ne jetterait sans doute jamais cette boîte, mais il ne regarderait plus son contenu.

Le claquement d'une portière de voiture lui fit tourner la tête vers la fenêtre : elle était arrivée. Son cœur bondit comme s'il allait s'échapper de sa poitrine. Bon sang, qu'elle était belle... Tout ce qui avait changé chez elle — sa coupe courte, ses nouveaux vêtements qu'il ne connaissait pas — lui rappelait le temps qui s'était écoulé. Malgré tout, certains détails étaient immuables, comme sa démarche et l'inclinaison de sa tête, alors qu'elle se dirigeait vers la maison. Et ce visage, ces yeux… Il en avait rêvé, chaque nuit. Son visage semblait plus mûr, à présent.

Puis quelqu'un d'autre descendit de la voiture : Logan. Son mari. Il sortit du SUV dernier modèle, suivi par Charlie et Blake. Ils formaient une famille, désormais. Cela sautait aux yeux.

Charlie tapota sa cuisse et appela la chienne.

Charlie… Se pouvait-il que ce grand garçon soit Charlie ? Julian dévala l'escalier et sortit sous la véranda, le cœur dilaté de joie et de souffrance. Il tenta de se ressaisir rapidement, mais ses bras douloureux de désir, comme mus par une volonté propre, empoignèrent Daisy, et il l'étreignit de toutes ses forces. Il faillit fondre en larmes en sentant l'odeur de ses cheveux et le poids de son corps contre le sien. Dans un coin de son esprit, il prit conscience que c'était peut-être — que ce devait être — la dernière fois qu'ils se touchaient. Daisy était mariée, à présent.

Il desserra son étreinte et recula d'un pas. En dépit de tout, il ne pouvait réprimer un sourire.

— Surprise ! dit-il.

— Ça, tu peux le dire !

Elle pleurait — à gros sanglots, entre deux hoquets de rire —, mais s'efforçait de se ressaisir en prenant de profondes inspirations. Julian se tourna vers Logan et lui tendit la main.

— Salut, ça me fait plaisir de te voir.

— Moi aussi, je suis content que tu sois de retour, répliqua Logan.

Ils étaient ennemis jurés, à l'époque où ils se disputaient l'amour de Daisy. Mais, aujourd'hui, leur rivalité n'était plus de mise : Logan avait gagné. De plus, comparé à tout ce que Julian avait enduré au cours des deux dernières années, leur antagonisme était bien insignifiant. Depuis cette époque, il avait appris la patience et l'endurance.

— Salut, Charlie ! Tu te souviens de moi ?

Intimidé, le garçonnet le considéra avec un sourire hésitant. Il était toujours aussi mignon, mais il avait grandi, incontestablement. Ce n'était plus un bébé.

— Oui, je me souviens de toi. Tu nous as offert Blake.

En entendant son nom, la chienne se mit à cabrioler autour d'eux.

— Entrez donc, lança Olivia depuis la véranda. Il y a une tarte aux cerises pour le dessert.

— Tu aimes la tarte aux cerises ? demanda Julian à Charlie.

— Tout le monde aime la tarte aux cerises !

Le sourire de Charlie réapparut et, cette fois, se maintint assez longtemps pour que Julian s'aperçoive qu'il lui manquait une dent de devant.

Ils se dirigèrent tous à l'intérieur de la maison. Blake trottinait dans tous les sens, tentant au passage d'entraîner Barkis dans son jeu, mais le vieux chien se mit à grogner et l'ignora. Zoé eut plus de chance auprès de Charlie.

Julian s'efforçait de ne pas dévisager Daisy avec trop d'insistance, mais il ne pouvait détacher son regard d'elle. Au demeurant, elle semblait avoir le même problème que lui, car leurs yeux n'arrêtaient pas de se croiser, de se fuir et de se croiser de nouveau.

— Je n'arrive pas à croire que tu es là, dit-elle.

— J'ai l'impression d'avoir été absent durant une éternité, coincé au fond d'un terrier pendant que la Terre continuait de tourner sans moi. Je peux te garantir que là où j'étais, ils ne connaissent pas la tarte aux cerises.

— Elle vient de la boulangerie Sky River, indiqua Zoé.

— Pas étonnant qu'elle soit si bonne.

— Où tu étais, Julian ? demanda Charlie.

— Oui, où tu étais ? fit Zoé en écho.

— Très loin, dans un pays qui s'appelle la Colombie. J'ai disparu pendant longtemps mais, aujourd'hui, je suis de retour.

La situation semblait presque banale. Pour Julian, il était à la fois normal et étrange de manger une tarte à la table de la cuisine. Il sentait en permanence sur lui le regard de Daisy, qui lui faisait l'effet d'un contact physique. C'était à la fois gênant et excitant. *Mariée*, ne cessait-il de se répéter. *Elle est mariée*. Il y avait certaines limites à ne pas dépasser.

Il se leva pour débarrasser la table et Daisy se précipita pour l'aider.

— Et si on jouait à la bataille ? proposa Olivia, citant un de leurs jeux de cartes préférés.

— Ouais ! s'écria Charlie en boxant dans le vide. On fait équipe, papa !

— Y a intérêt ! assura Logan.

— Sortons, murmura Daisy à Julian. D'accord ?

Il ne répondit pas mais se dirigea vers la véranda de derrière. Connor et Olivia avaient une maison magnifique. Ils en avaient dessiné les plans de façon à ce qu'elle s'intègre au paysage, dominé par la rivière qui dévalait les collines jusqu'au lac. La véranda de derrière donnait sur un versant tapissé de champs et d'érables à sucre, et qu'une source divisait en son milieu. Avant sa mésaventure, Julian avait passé des heures à imaginer la vie qu'il mènerait avec Daisy, et ses fantasmes ressemblaient beaucoup à ce tableau.

Il faisait nuit noire, mais la lune était si brillante que les arbres projetaient leurs ombres sur la pelouse.

— J'ai prévenu Logan qu'il me fallait passer un peu de temps avec toi. Il comprend.

Non, il ne comprend pas, songea Julian, *mais il n'a pas exprimé son refus à voix haute. Ce qu'il veut, c'est que je reste mort. Et je ne peux pas lui en vouloir. Aucun homme sain d'esprit ne voudrait voir ressusciter l'ancien fiancé de sa femme.*

Daisy se tenait adossée à la rambarde de la véranda.

— Tu es un miracle. Un miraculé.

— Je préférerais que tu évites de dire ce genre de choses. Jamais je ne pourrai me hisser à la hauteur d'une telle réputation ! Quel numéro est-ce que je pourrais faire, maintenant ? Marcher sur l'eau ?

— Ne fais rien. Contente-toi de rester en lieu sûr.

— Je ne crains plus rien, à présent.

Elle hocha la tête et prit une inspiration tremblante. Julian devina qu'elle était de nouveau au bord des larmes. Il la connaissait encore suffisamment pour en avoir la certitude. Il s'agrippa à la rambarde pour s'empêcher de la toucher.

— Tu ne vas pas pleurer à cause de moi…

— J'essaie de me retenir. Dieu sait pourtant que tu m'auras fait pleurer toutes les larmes de mon corps, Julian Gastineaux !

— Jusqu'à ce que je parvienne à retrouver le chemin de la base aérienne de Palanquero, jeudi dernier, j'ignorais ce qu'on t'avait dit. Je ne savais pas que l'hélico s'était écrasé. Je suis désolé que tu aies cru que j'étais mort avec le reste de l'équipage.

Il tenta d'imaginer l'effet que cela devait faire, d'apprendre la mort de l'homme qu'on aimait et qu'on s'apprêtait à épouser.

— Je suis navrée pour le reste de l'équipage, dit Daisy. Vous étiez proches ?

— Comme des frères.

Il y avait tant de choses qu'il aurait voulu lui dire, mais il se retint. Il n'avait plus la liberté de se confier à elle. Plus maintenant.

— Je suis vraiment désolée, Julian. C'est affreux. Sache simplement que… que tu t'en remettras. Tu ne seras plus jamais le même, mais tu t'en remettras.

— C'est bien mon intention, dit-il à voix basse. Et toi ? Comment vas-tu ?

— Personne ne pouvait rien faire pour atténuer l'horreur de ma situation, mais tout le monde s'est montré gentil et prévenant avec moi.

Et Logan, s'interrogea Julian, *était-il gentil et prévenant ?* Combien de temps avait-il attendu avant de s'avancer sur la ligne des prétendants ?

— Je t'aimais tellement…, chuchota-t-elle. Et mes sentiments ne se sont pas taris d'un coup, le jour où on m'a annoncé que tu avais été tué. J'en suis venue à croire que l'amour ne meurt jamais. Je te garderai toujours dans mon cœur, quoi qu'il advienne. C'est cette conviction qui m'a finalement fait sortir du brouillard. Dans l'intérêt de Charlie, dans l'intérêt de ma propre santé mentale, je devais m'arracher à mon deuil et reprendre le cours de ma vie.

— Je sais tout ça, Daisy. Vraiment. Et je le respecte. Mais, maintenant, il faut que tu m'écoutes bien parce que je ne le redirai pas. Tu dois comprendre que, pendant tout ce temps, mon amour pour toi n'a fait que croître jour après jour. La plupart du temps, la pensée de te revoir était la seule chose qui me raccrochait à la vie. Si j'ai survécu, c'est parce que tu m'as donné le désir de rentrer au pays.

Elle poussa une exclamation étouffée, le visage empreint d'un terrible mélange de joie et de désespoir.

— Je comprends. Mais, pendant que tu étais dans cette logique de pensée, moi, je pleurais ta mort. Et pour moi, c'était un cauchemar éveillé. Au bout du compte, j'ai dû me ressaisir. Je t'ai *enterré*, Julian. Je n'avais pas d'autre choix.

Il tressaillit. Il aurait préféré ne pas entendre la souffrance que trahissait la voix de Daisy. Avant son départ, ils avaient discuté de tout cela. Ils avaient eu la pénible conversation que tout soldat doit avoir avec ses proches avant de partir en mission. Il lui avait recommandé de vivre sa vie, de chercher le bonheur et l'amour. Il le lui avait écrit dans la lettre qui devait lui être remise s'il venait à disparaître. Il l'avait encouragée à tourner la page. Pourtant, à l'époque, tout cela restait très théorique et abstrait : il n'imaginait pas que cette éventualité puisse se réaliser.

— Je ne peux pas revenir sur une décision que j'ai prise, alors que je pensais t'avoir perdu à tout jamais, dit-elle d'une voix noyée de larmes.

— Tu as raison. Jamais je ne te demanderais une telle chose.

— Je suis désolée, dit-elle, comme si ses mots lui étaient arrachés. Je regrette tellement ! Dès l'instant où je t'ai rencontré, mon seul souhait a été de vivre avec toi. Et, pourtant, je n'ai pas cessé de tout faire capoter. Je suis tombée enceinte et ma vie a pris un virage à cent quatre-vingts degrés, m'éloignant encore plus de toi. Nous avons suivi des chemins séparés. Et puis, alors que tout indiquait que nous allions enfin connaître le bonheur ensemble, je t'ai de nouveau perdu.

— Il n'y a rien à dire là-dessus. Ce qui est fait est fait, et ça vaut pour chacun de nous. Ce n'est la faute de personne.

— Je veux savoir ce qui t'est arrivé. Enfin, si tu peux en parler. C'est-à-dire, si tu *veux* m'en parler…

— C'est une longue histoire. Avec des passages assez noirs.

Il n'en dit pas davantage, mais regretta de ne pouvoir continuer.

Daisy l'encouragea :

— Je sais bien écouter, tu le sais.

— En effet, je le sais. Mais je ne veux pas de ça.

— Qu'est-ce que tu veux dire ? Je suis assez forte pour affronter ce genre de situation, Julian.

Il perçut dans sa voix une émotion indéfinie — un soupçon d'irritation, peut-être ?

— Si j'ai pu survivre à l'annonce de ton décès, je suis sans doute capable d'affronter le récit de ta survie.

— Sans aucun doute.

Il tenta de s'expliquer.

— Comprends-moi, Daisy, à l'époque où tu t'apprêtais à devenir ma femme, je n'aurais vu aucun inconvénient à t'accabler du fardeau que représente toute cette saloperie.

— Je ne l'aurais pas vécu comme un fardeau.

— Attends, écoute-moi d'abord jusqu'au bout, d'accord ? Nous ne pouvons plus compter l'un sur l'autre. Maintenant que tu es…

Qu'était-elle au juste pour lui ? Son ex ? Son « ancienne veuve » ?

— Maintenant que tout a changé entre nous, nous ne pouvons plus nous permettre d'avoir ce genre de conversation.

Daisy s'essuya prestement la joue du revers de la main. Il mourait d'envie de la serrer contre lui, de lui murmurer que tout allait s'arranger. Mais c'était impossible. *Rien* ne lui garantissait que tout allait s'arranger.

Ils restèrent sans parler dans le noir, debout sous la véranda. Julian voyait les autres par la fenêtre. Réunis autour de la table de la cuisine, ils jouaient aux cartes en riant. Logan et son fils se ressemblaient énormément ; tournés l'un vers l'autre, ils se regardaient, hilares.

Daisy s'était créé une famille. Il ne le lui reprochait pas, il ne lui en voulait pas le moins du monde d'avoir retrouvé le bonheur. Il regrettait seulement que cela le fasse souffrir comme un damné. Le plus pénible, c'était que lorsqu'il plantait son regard dans le sien, il voyait au fond de ses yeux quelque chose qu'il n'aurait sans doute pas dû voir : l'amour et le désir, aussi forts qu'ils l'étaient le jour de son départ.

30

Ce samedi après-midi, Logan se trouvait seul à la maison, ce qui lui arrivait rarement. Daisy était prise par une séance photo — une bar-mitsva à Phoenicia, où elle passerait la nuit plutôt que de revenir en voiture aux premières heures du matin. Charlie était parti camper avec sa troupe des Tigrons. Pour la première fois depuis longtemps, Logan était seul.

Cela ne lui déplaisait pas.

Evidemment, il avait eu à cœur de fonder une famille avec Charlie et Daisy, mais la seule chose à laquelle il n'était pas préparé, c'était leur présence autour de lui. Une présence… constante. Permanente. Il était sur le pont sept jours sur sept, vingt-quatre heures sur vingt-quatre, sans autorisation de souffler un peu. Tout en sachant que son destin était d'être père de famille, il n'avait rien contre un jour de repos.

Cependant, il s'aperçut assez vite que l'oisiveté présentait un inconvénient majeur : il commençait à gamberger un peu trop. Incapable de rester en place, il se mit à faire un peu de jardinage, principalement pour s'occuper les mains.

Le type d'à côté, qui avait récemment emménagé dans le quartier, le salua de l'autre côté de la clôture.

— Salut, voisin ! s'exclama-t-il. La vie est belle ?

— Elle m'envoie beaucoup trop de mauvaises herbes. Et toi, Bart ? Vous avez pris vos marques, dans votre nouvelle maison ?

— Oui, c'est génial, ici ! Cela dit, ma femme m'a laissé en plan pour le week-end. Elle est partie à la chasse aux antiquailles avec son club.

Il sourit largement.

— Les femmes ont des clubs pour tout.

Logan se mit à glousser, se coulant dans une agréable camaraderie avec son nouveau voisin. Bart et Sally Jericho semblaient être un couple chaleureux et plein d'humour, désireux de se lier d'amitié avec Daisy et lui.

— Figure-toi que moi aussi, on m'a laissé tomber, lança-t-il. Daisy avait du boulot et mon fils est parti camper.

— Regarde-nous, les deux ballots en train de jardiner ! Alors qu'on devrait coincer la bulle sous la véranda, une bière bien fraîche à la main, en se racontant des histoires cochonnes.

L'image d'une bière fraîche déclencha chez Logan une réaction viscérale. Une envie dévorante prit possession de lui, comme une maîtresse affriolante. Il entendait nettement le cliquetis du verre et le sifflement de l'air qui s'échappe de la bouteille qu'on ouvre, il sentait les bulles glacées dansant sur sa langue, glissant le long de son gosier, et répandant un doux sentiment d'oubli dans chacune des cellules de son corps.

Il eut un petit rire.

— Pas de répit pour les braves ! répliqua-t-il.

Et il se remit à l'arrachage des mauvaises herbes.

Ses parents n'en revenaient toujours pas de le voir s'adonner à des tâches telles que le jardinage ou les corvées ménagères. Il avait été éduqué de façon différente, par des gens qui préparaient les Martini au shaker et faisaient appel à un entrepreneur pour remplacer une ampoule grillée.

Logan s'était créé une vie différente. Sa famille n'avait pas compris sa volonté de s'installer dans une petite ville pour y monter son propre cabinet d'assurances. Parfois, lui-même ne comprenait pas non plus ce qui avait motivé sa démarche. Son diplôme en poche, il avait emménagé à Avalon avec pour seul objectif d'être un bon père. Et pour lui, cela revenait à épouser la mère de son fils. Peu de temps après son coup de tête à Las Vegas, il s'était surpris à réexaminer le bien-fondé de sa décision de se marier. Bien avant la résurrection miraculeuse de Julian Gastineaux, il s'était aperçu que quelque chose manquait entre Daisy et lui. Ce sentiment l'avait pris au dépourvu. Et, à sa connaissance, Daisy l'éprouvait comme lui.

Ils s'obstinaient tous deux à donner le change, mais entre eux le fossé ne cessait de se creuser. Logan commençait d'ailleurs à ressentir les effets de la tension qui régnait à la maison.

Il poussa un profond soupir et alla se doucher, histoire de se débarrasser de la transpiration et des brins d'herbe, vestiges de sa séance de jardinage. Cela fait, il s'assit devant l'ordinateur afin de consulter son courrier. L'appareil était un Mac, doté de tous les gadgets possibles et imaginables dont se servait Daisy dans son travail de photographe. Personnellement, Logan trouvait cet ordinateur particulièrement pénible. Il regrettait de n'avoir pas pris l'ordinateur portable qu'il utilisait au bureau.

Sa liste de messages n'était pas bien longue. Il expédia les différentes questions professionnelles avec une bouffée de satisfaction : il aimait s'occuper de ses clients. Pour lui, le travail était un sujet simple. Le mariage l'était beaucoup moins.

Il y avait un petit mot de sa mère : « Comment s'est passé le match de foot de Charlie ? Montauk est si beau en cette saison... »

Montauk. L'endroit où Charlie avait été conçu par deux ados inconscients, lors d'un week-end particulièrement arrosé.

Il cliqua sur la touche « Répondre », puis ouvrit un dossier afin d'insérer en pièce jointe une photo du match de foot montrant Charlie en pleine action. L'un des gros avantages qu'il y avait à vivre avec une photographe de premier ordre, c'était que Daisy rendait compte à merveille du déroulement de la vie de Charlie. Logan trouva une photo du petit garçon bondissant dans les airs après un ballon de foot, et l'envoya à sa mère.

Daisy était très organisée pour ses photos : elles étaient toutes répertoriées par dates, noms et événements. Logan fit défiler le dossier « Charlie », chronique en images de la vie de son fils. A la vue des clichés où on les voyait tous les deux, Logan sourit. Au fil des années, il était devenu un bon père. Il n'en doutait pas. Dans ce rôle, il se sentait sûr de lui.

Il repéra un autre dossier intitulé « Julian ». Julian… Planant toujours au-dessus d'eux comme une menace, comme un virus dans le disque dur de l'ordinateur. Une certaine propension au masochisme poussa Logan à ouvrir le dossier. Gastineaux se trouvait là dans toute sa gloire, depuis son époque punk à dreadlocks jusqu'au jour où il était parti sauver le monde. Logan se força à fermer les yeux sur l'évidence — ce type ressemblait à une star de film d'action — et imagina l'état d'esprit de Daisy au moment où elle avait pris ces photos. Un bon photographe laisse parler son cœur au travers des clichés qu'il prend. Et Daisy était une excellente photographe. Logan décela dans ces images la passion dont elle brûlait pour cet homme, une passion qu'elle était incapable d'éprouver envers quelqu'un d'autre.

Pas même envers son propre mari.

— Hé, ho, voisin ! Tu es là ?

Posté derrière la porte moustiquaire, Bart Jericho l'appelait depuis la véranda de derrière. Lui aussi s'était douché et il avait passé une chemise hawaïenne à motifs criards.

— Entre, entre ! lui cria Logan.

Il éteignit aussitôt l'ordinateur et repoussa la chaise du bureau.

Bart promena un regard circulaire sur la vaste cuisine ensoleillée qui s'ouvrait par une arche sur la salle à manger, le séjour et le bureau.

— C'est sympa, chez toi.

— Merci. Nous avons complètement rénové la maison. Au départ, elle était plutôt pourrie.

— C'est une superbaraque. Rien de tel que les maisons anciennes.

Avec Daisy, ils avaient mis beaucoup d'eux-mêmes dans la réhabilitation de leur maison. A présent, elle ressemblait exactement à l'illusion que contemplait leur voisin : une belle maison. Le genre d'endroit qui abrite une famille heureuse.

Bart interrompit le cours de ses pensées :

— Dis donc, j'ai une superidée. Puisqu'on est tous les deux célibataires pour l'après-midi, si on allait se taper quelques hamburgers ?

Logan comptait se rendre à la salle de musculation avant d'enchaîner avec une réunion des Alcooliques anonymes mais, tout à coup, l'idée de déguster un hamburger avec son nouveau copain lui parut plus alléchante.

— Génial ! Tu as un endroit en tête ?

— C'est l'autre moitié de ma superidée. Notre candidature au Country Club vient d'être acceptée, et les nouveaux membres ont droit à une remise spéciale. Alors c'est moi qui t'invite.

Logan lui sourit largement, songeant déjà au hamburger juteux dont il allait se régaler.

— Encore mieux !

Le Meadows Country Club d'Avalon était une institution à l'ancienne, dotée d'un portail à l'entrée et d'une large allée qui se déroulait jusqu'au majestueux club-house de style edwardien. Des pelouses luxuriantes, des courts de tennis, une piscine et un parcours de golf entouraient le bâtiment. Dès l'instant où leur voiture s'engagea dans l'allée, Logan éprouva une chaleureuse sensation de familiarité. Il se trouvait en terrain connu. Les Bellamy étaient membres du Country Club depuis très longtemps, mais Daisy n'avait jamais voulu y venir, arguant qu'elle y photographiait tant de mariages que l'endroit était davantage synonyme, pour elle, de travail que de détente.

Pour Logan, c'était l'inverse. Il appréciait la tranquille élégance du club-house, avec son spectacle de golfeurs flânant sur le parcours, entrant et sortant des ombres de l'après-midi. Même les sons lui procuraient une sensation de familiarité et d'apaisement : le bruit sourd des volées de tennis et le rire des enfants s'éclaboussant dans la piscine, la présence fluide et discrète des serveurs chargés de plateaux de boissons, le murmure des conversations interrompu par des éclats de rire à l'occasion, le cliquetis des glaçons contre le cristal. L'animation du pont ensoleillé le ramenait à une époque moins compliquée, l'époque de son enfance, quand le monde s'ouvrait encore sur tout un horizon de possibilités.

— C'est la belle vie, hein ? lança Bart en se laissant aller contre le dossier de sa chaise longue, les yeux rivés sur la scène qui se déroulait devant eux.

Logan opina. De la piscine en contrebas leur parvinrent soudain des cris suraigus de petites filles. Apparemment, l'une d'elles fêtait son anniversaire.

Bart étudia la carte posée sur la table.

— Eh, il y a un cocktail qui s'appelle le Bellamy Hammer, tu savais ça ? C'est pas Bellamy, le nom de jeune fille de ta femme ?

— Si, absolument.

— C'est un cocktail censé t'assommer, c'est ça ? lui demanda Bart dans un gloussement de rire. « Bellamy Hammer », il y a un rapport avec ta femme ?

— Tu l'as dit, certains jours, je me demande même si ce n'est pas carrément *elle*, le Bellamy Hammer.

La phrase lui avait échappé.

— Tiens, tiens... Du rififi au paradis ?

Logan haussa les épaules.

— Le cocktail tient son nom d'un de ses grands-oncles, George Bellamy, un vieux schnoque qui a cassé sa pipe depuis. Il voulait avoir une boisson à son nom ; ça faisait partie d'une liste de souhaits qu'il voulait réaliser avant de mourir.

Il repoussa le menu.

Le garçon vint prendre leur commande de boissons. Il leur présenta à chacun une carte imprimée.

— Bonjour, messieurs. La boisson du jour est un rare bourbon *single barrel*. Je vous le recommande tout particulièrement.

— J'avoue que je ne vois pas trop ce que c'est, dit Bart, mais je suis preneur.

— Moi, je vois très bien ce que c'est, assura Logan, mais...

— Alors mon pote aussi en prendra un, poursuivit Bart avec exubérance. Et apportez-nous des doubles, hein ? Ça vous économisera un voyage.

Logan prit une inspiration. Il ouvrit la bouche pour annuler la commande, mais le serveur fut plus rapide que lui et repartit vers le bar avant qu'il ait pu dire un mot. Quelques instants plus tard, il revenait avec les boissons. Le liquide ambré resplendissait dans les grands verres en cristal étincelant. Un seau à glace en argent ainsi qu'une carafe d'eau furent posés au centre de la table.

L'envie d'alcool submergea Logan. La lutte quotidienne que constituait son abstinence fut reléguée aux oubliettes. Plus rien n'existait en cet instant que ce magnifique verre à whisky, dans toute sa perfection. Il avait vaguement conscience de la présence de ce type, de l'autre côté de la table — son nouvel ami qui ignorait qu'un verre était capable de lui faire perdre tout contrôle de soi.

Foutaises! pensa-t-il, en s'emparant du lourd verre en cristal taillé. Tout ça, c'étaient de pures foutaises. Il n'était plus un ado irresponsable ! Il pouvait bien prendre un verre avec Bart, sans aller plus loin.

— A ta santé, voisin ! lança Bart en trinquant avec lui. Cul sec !

La délicieuse odeur de pin du précieux bourbon lui parvint aux narines, portée par la brise qui soufflait sur le Country Club, lui mettant presque les larmes aux yeux. Au bord de la piscine, des piaillements d'enfants surexcités emplissaient l'air, se mêlant aux rires et aux conversations des adultes. De sa lèvre inférieure, Logan effleura le rebord du verre. Puis, d'un geste décontracté du poignet, il prit sa première gorgée d'alcool — un instant de pur bonheur.

Une boule de feu le traversa, suscitant en lui une jubilation sombre et provocante.

Julian ne savait trop quoi offrir comme cadeau à sa nièce pour ses quatre ans. Voyant qu'il allait arriver en retard à son anniversaire, organisé au Country Club, il décida de piocher au hasard dans chaque catégorie de jouets. Certes, c'était un peu exagéré, comme méthode, mais le magasin de jouets d'Avalon, le Château de la reine Guenièvre, regorgeait d'articles pour enfants. Julian dénicha un coin où tout était rose et prit une brassée de tout ce qui était susceptible de plaire à une petite fille : un caniche en peluche, une baguette magique, un miroir parlant, un livre de princesses animé avec découpes en relief...

— Hé, doucement ! dit une voix amusée. Vous, j'ai l'impression que vous n'êtes pas du genre à vous prendre la tête trop longtemps, pas vrai ?

Julian se retourna et vit une vendeuse qui le considérait avec un sourire légèrement taquin. Elle était jolie, âgée d'une vingtaine d'années sans doute. Une Noire, ce qui n'était pas très commun à Avalon.

— Je suis pressé, expliqua-t-il. Je me rends à un anniversaire.

La jeune fille regarda la brassée de jouets.

— Pour combien d'enfants ?

— Seulement ma nièce.

— O.K., mon grand.

Elle remit méthodiquement en place chaque article sur son étagère.

— Parlez-moi un peu de votre nièce, et je vous aiderai à lui choisir le cadeau idéal.

— Merci. Elle s'appelle Zoé.

— Et comment vous appelle-t-elle ?

— Parfois « tonton », répondit-il avec une légère réticence. Parfois Julian. C'est important ?

Les yeux de la jeune fille se mirent à briller encore plus fort.

— Pour moi, oui. Je voulais savoir votre nom.

Sa réplique lui arracha un petit rire.

— Julian Gastineaux. Et vous êtes ?

— Guenièvre Johnson.

— C'est votre magasin, alors ?

— Non, j'ai hérité du prénom *à cause* du magasin. Il

appartenait déjà à ma mère avant ma naissance. Bizarre, vous ne trouvez pas, qu'il porte le nom d'une femme notoirement adultère ?

— La plupart des gens ne pensent sans doute pas à ça.

— Enfin, bref... Parlons plutôt de Zoé. Est-ce qu'elle aime les déguisements, ou est-ce qu'elle est plutôt du genre garçon manqué ?

— Elle aime se déguiser, c'est sûr. Sa chambre ressemble à un dressing burlesque rempli de boas à plumes et de... ces trucs de princesse qu'on se met sur la tête.

— Des diadèmes.

— Oui, voilà... c'est apparemment son accessoire de base. Son anniversaire a lieu au Country Club. Ses parents ont organisé une « piscine party ».

— Et elle préfère le sport ou les poupées ?

— Je dirais les poupées. Ça ressemble à un test de compatibilité, non ?

— Je ne fais que mon travail, en tâchant de rassembler toutes les infos.

Ils finirent par se fixer sur un poupon doté de plusieurs tenues de rechange. Guenièvre allait s'emparer d'un poupon noir quand Julian l'arrêta.

— A mon avis, elle préférera une poupée blanche. Zoé a un teint de lys.

— Tiens ?

— J'ai une famille très hétéroclite.

— C'est *cool*...

La jeune vendeuse insista pour lui faire un paquet cadeau. Elle semblait prendre tout son temps, bavardant tout en s'activant.

— Alors comme ça, vous habitez Avalon ?

— Pour le moment. Je suis en permission de longue durée de l'armée de l'air.

— Ah, oui ? C'est la première fois que je rencontre quelqu'un qui est dans l'armée de l'air. C'est comment ?

— C'est... intéressant. J'ai posé ma candidature à une formation de pilote. J'attends la réponse.

— Ma foi, c'est très impressionnant. J'adorerais en savoir plus.

Leurs mains s'effleurèrent tandis qu'elle lui rendait sa carte de crédit.

La question ne se posait même plus : elle flirtait ouvertement avec lui. Cette fille mignonne et amusante le draguait, et il aurait été le dernier des imbéciles de l'ignorer.

Sauf qu'il était bel et bien un imbécile. Tout, chez cette fille, était attirant, mais son amour pour Daisy n'était pas un objet dont il pouvait se débarrasser, ni un sentiment dont son psychiatre pouvait le détourner par des explications rationnelles. Daisy était inscrite dans sa chair et dans son sang. Idée assez effrayante. Etait-il perdu pour toutes les autres femmes ?

Julian franchit les grilles en fer forgé du Country Club. Dépassant les statues de jockeys en plâtre portant leur lampe à la main, il se fit la réflexion qu'à une époque — pas si lointaine — un type comme lui serait arrivé par l'entrée de service plutôt que par la grande porte.

Le changement avait du bon, songea-t-il. C'était bien agréable de vivre dans un monde où toutes les portes lui étaient ouvertes.

Toutes, sauf une.

Daisy et lui s'employaient remarquablement à s'éviter. Elle s'en tenait à sa promesse de rester fidèle à ses vœux conjugaux, et lui n'avait pas d'autre choix que de respecter sa décision.

Son équipe médicale — médecin traitant, psy, kinésithérapeute — n'arrêtait pas de lui seriner d'être patient avec lui-même et de prendre le temps de se réadapter à la vie. Mais, en réalité, tout ce qu'il voulait, c'était se réveiller un matin, guéri de l'amour qu'il vouait à Daisy. Il tâchait de son mieux de se focaliser sur l'amélioration de son état et sur l'étape suivante de sa carrière.

L'anniversaire de Zoé avait lieu autour d'une table ombragée, près de la piscine. Dès qu'elle l'aperçut, la fillette courut vers lui et le gratifia d'une embrassade humide. Son maillot de bain arborait des nageoires et une queue de poisson brillante, et elle portait des lunettes de plongée incrustées de strass.

Comme elle filait rejoindre les autres enfants au bord de la pataugeoire, Julian se dirigea d'un pas tranquille vers son frère et sa belle-sœur. Depuis son retour, Connor et Olivia avaient été merveilleux pour lui : ils lui avaient offert un toit, sous lequel il pourrait vivre à sa guise, le temps qu'il décide de l'orientation à donner à son avenir.

— Un peu de jus de sirène ? lui proposa Olivia en désignant une carafe remplie d'un liquide vert fluo.

— Merci, sans façons.

— Il y a un bar, là-bas, pour les adultes.

Elle lui indiqua un quai surplombant la piscine, auquel on accédait par un escalier latéral.

— Je ne dirais pas non à une bière. Vous voulez quelque chose ?

— Je prendrai une bière, moi aussi, dit Connor.

— Je reviens tout de suite.

Il se dirigea vers le bar. A mi-escalier, il marqua un temps d'arrêt et promena un regard alentour, chose qu'il avait pris l'habitude de faire depuis son évasion. Plus jamais il ne prendrait quoi que ce soit pour acquis, pas même l'occasion de passer quelques secondes à respirer l'air pur en contemplant le paysage. Il écouta le bruit des gens qui jouaient à s'éclabousser dans la piscine, le claquement sec d'un club de golf frappant la balle, le doux murmure de jazz s'échappant des haut-parleurs invisibles. Ce n'était pas son univers, mais il s'y sentait à l'aise. Vu les endroits qu'il avait fréquentés, il était capable de s'intégrer n'importe où.

Tandis qu'il approchait du bar, il entendit un fracas, suivi par le rire rauque d'un homme.

— Ouh là ! lança quelqu'un. Ce gars-là commence l'apéro de bonne heure...

Julian regarda par-dessus son épaule. Un type complètement soûl se relevait du pont, parmi les débris d'un plateau retourné et de verres cassés. Le compagnon de l'ivrogne, un homme en chemise hawaïenne et pantalon de toile, se tenait en retrait, dardant des regards dans tous les sens, comme s'il avait voulu disparaître dans un trou de souris.

Julian sentit son estomac se serrer lorsqu'il s'approcha de l'homme ivre, qui entre-temps était retombé. Il aurait reconnu n'importe où ces cheveux roux et cette allure baraquée.

Il se pencha et empoigna le bras de Logan.

— C'est bon, mon vieux, la fête est finie.

L'homme en chemise à fleurs interrogea Logan :

— C'est un ami à toi ?

Logan fixa Julian d'un regard assassin et chancela sur ses jambes.

— Ouais, ça fait un bail qu'on se connaît, lui et moi, ce bon vieux Julian…

— Combien de verres a-t-il bus ? s'enquit Julian.

— Quelques-uns, avoua l'homme. Euh… plusieurs. Des doubles. Bon sang, je vais avoir une note vertigineuse !

— C'est pour moi, déclara Logan d'une voix pâteuse. Allez, on s'en jette encore un, c'est moi qui paye.

Sur le moment, Julian détesta Logan. Il n'avait jamais aimé cet homme, mais, jusqu'ici, il admirait son engagement à rester sobre et sa dévotion envers son fils. Il n'en avait même pas voulu à Logan d'avoir épousé Daisy, une fois que lui-même avait quitté la scène de manière définitive.

Mais le type aux yeux vitreux qui titubait devant lui, à présent, lui apparaissait comme une autre personne.

— Je vais le ramener chez lui, assura-t-il à l'autre homme.

Puis il se tourna vers le serveur, furieux d'avoir été heurté par Logan.

— Désolé. Nous partons.

— Sûrement pas ! rugit Logan. C'est la journée bourbon *single barrel* !

— D'accord.

Julian ne prit pas la peine de discuter. Il s'empara du bras de Logan et lui fit contourner le bâtiment afin de lui éviter la traversée du club-house dans cet état.

— J'ai toujours eu un problème avec toi, lâcha Logan en trébuchant.

Julian intervint pour l'empêcher de tomber une fois de plus.

— Je suis le cadet de tes soucis.

Une fois dans la voiture, l'attitude de Logan vira à l'agressivité.

— C'est pas tes oignons, connard !

— Maintenant, si. Daisy est chez vous ? Et Charlie ?

— Daisy bosse, où tu veux qu'elle soit le week-end ? Charlie est parti camper. Et au cas où tu m'aurais pas bien entendu, c'est pas tes oignons, j'te dis !

Julian réfléchissait. Il pouvait le ramener chez lui, le déposer sur le pas de la porte, voire le flanquer sous la douche tout habillé. Mais, finalement, ce n'était peut-être pas une très bonne idée. Dieu sait ce qui pouvait passer par la tête de Logan, dans l'état où il était… Il risquait de vouloir prendre sa voiture, ou toute autre idiotie de ce genre.

— Gare-toi là ! ordonna Logan en lui indiquant du pouce un magasin de vins et de spiritueux à sa droite. Faut que j'aille acheter un truc.

— J'ai une meilleure idée, répliqua Julian, en donnant un coup de volant à gauche, vers le parc Blanchard. Arrêtons-nous plutôt ici.

Il dépassa un bar à *latte* et se gara près du lac. Là, il jaillit de la voiture, détacha la ceinture de sécurité de Logan et arracha brutalement ce dernier à son siège.

— Mais qu'est-ce que…

Logan se débattit, mais il n'avait plus assez de coordination pour se défendre.

Julian le conduisit contraint et forcé jusqu'au bout du quai et, sans plus de cérémonie, le poussa par-dessus bord. Logan heurta la surface de l'eau dans une gerbe d'éclaboussures et remonta à la surface en crachant.

— Fils de pute ! rugit-il.

— Oui, c'est tout moi. Allez, rends-toi service, dessoûle un peu !

— Non, mais t'es complètement malade ! Tu veux me noyer !

Logan hoqueta, avala de l'eau et se mit à tousser.

— Si j'avais voulu te noyer, déclara Julian, tu dormirais déjà avec les poissons.

Le regard de Logan semblait un peu plus vif. Rien de tel que le choc de l'eau glacée du lac pour ramener quelqu'un à la raison.

— Va te faire foutre ! lança Logan d'une voix plus ferme.

Julian, qui avait entendu bien pire de la part de ses frères d'armes, le considéra d'un œil froid.

— Sors de l'eau. On m'attend à un anniversaire.

— Qu'est-ce que j'en ai à carrer ? Putain, Gastineaux, qu'est-ce que tu veux de moi, à la fin ? Qu'est-ce que ça peut te faire que j'aie bu un ou deux verres ?

— Si j'ai bien compris, tu n'es pas censé en prendre un seul, pas même une gorgée.

— C'est Daisy qui t'a dit ça ?

— Bien sûr que non.

— Tu crois que c'est facile de gérer toute cette merde ?

A ces mots, Julian éclata d'un rire bref.

— Ah ! Tu crois peut-être que tu es l'ivrogne élu de Dieu ? Tu t'imagines que tu es différent des autres ? Eh bien, laisse-moi te dire une bonne chose, mon pote. On est tous comme toi. Et tu es comme nous tous. Sauf que tu as davantage à perdre. Tu ne vois pas à quel point tu es verni ? Tu as tout ce que je veux — tout ce que *tu* veux, plutôt.

Logan nagea maladroitement jusqu'à l'échelle de bois.

— Tu es un bel enfoiré, tu sais ça ?

Il empoigna l'échelle et tenta de se hisser hors de l'eau. Il glissa, tomba en arrière et repartit sous l'eau. Il y resta suffisamment longtemps pour éveiller une légère inquiétude chez Julian. Puis il réapparut à la surface, toussant et crachant de nouveau.

— Donne-moi la main, bordel !

Au moment où il se baissa, Julian comprit son erreur.

Logan l'empoigna et le fit tomber à l'eau. Le froid lui coupa le souffle. Il refit surface, furieux.

Logan tenta de lui faire un plaquage et le fit couler. Il était plus lourd que lui, mais son avantage s'arrêtait là. Julian était entraîné à toutes sortes de combats, y compris au combat aquatique.

— O.K., gros malin ! lança-t-il. Tu as choisi ma technique de combat préférée.

Il n'eut aucun mal à prendre le dessus sur Logan ; il lui immobilisa les bras dans le dos et lui plongea le visage dans l'eau. Puis, entendant que Logan s'asphyxiait, il le tira brutalement en arrière.

— Tu en prends souvent des cuites comme celle-là ? lui demanda-t-il d'un ton cassant, inquiet à l'idée de ce que Daisy avait dû endurer.

— C'est pas tes…

Julian lui enfonça de nouveau la tête sous l'eau, avant de le faire émerger d'un geste sec.

— Tu es un crétin d'enfoiré, pas vrai ?

— Va te faire foutre, Gast…

Julia le fit plonger une troisième fois, lui maintint la tête sous l'eau, puis le ramena à la surface.

— Putain, c'est quoi ton problème, Logan ? s'écria-t-il. Tu as fini par avoir tout ce que tu voulais, non ? Et maintenant, tu fous tout en l'air !

— Je t'ai déjà dit que c'était pas tes oignons, connard !

Une fois de plus, Julian lui maintint la tête sous l'eau. Il songea soudain à en finir avec Logan une bonne fois pour toutes, ici et maintenant. L'idée ne fit que l'effleurer furtivement, mais sa noirceur l'inquiéta au point qu'il écourta le séjour de Logan sous l'eau.

— Tais-toi et écoute. Si tu veux, on peut continuer toute la journée comme ça. Mais si tu veux qu'on arrête, ferme ta gueule. Je me fiche de savoir s'il s'agit de mes oignons ou des tiens, et franchement, je me fous royalement que tu te soûles jusqu'au coma. Mais je ne me fiche pas du sort de

Daisy et de Charlie, et ils n'ont pas à supporter un ivrogne dans ton genre.

— Qui es-tu pour me juger, bordel !...

Un dernier plongeon, pensa Julian. Un dernier, pour le plaisir. Mais il le laissa remonter rapidement à la surface. Un bras passé sous l'aisselle de Logan, il le ramena jusqu'au rivage, avant de le traîner jusqu'à sa voiture comme un prisonnier. Leurs vêtements et leurs chaussures émettaient des bruits de succion à chaque pas.

Julian contourna le véhicule, prit place derrière le volant et démarra.

— Tu vas bousiller le revêtement des sièges, andouille..., maugréa Logan.

— Ouais, ça me bouleverse.

La voiture datait de ses études à l'université ; c'était un tas de ferraille qui n'avait rien à craindre d'un peu d'eau du lac. Il se gara devant le stand de *latte* et commanda un grand café, noir. Il exhuma son porte-monnaie du fond de la poche détrempée de son pantalon et paya avec un billet humide et un peu de monnaie. Sourcils levés, le serveur le considéra avec surprise, mais prit l'argent.

— Tiens, bois ça, ordonna Julian. Et tâche de ne pas t'ébouillanter.

— Va te faire foutre.

Logan prit un peu de café et regarda droit devant lui, le regard sombre. Au bout de quelques gorgées supplémentaires, il tira un iPhone de sa poche et jura :

— Et voilà, foutu ! A cause de toi, il est foutu.

Julian ne discuta pas.

— Tu as besoin de passer un coup de fil ?

— Non. J'ai besoin d'un téléphone, bordel !

Il but encore de son café, puis se laissa aller contre l'appui-tête et ferma les yeux.

— Je t'interdis d'appeler Daisy, siffla Julian, les dents serrées.

— Mais non, crétin, faut que j'appelle mon putain de parrain !

Julian perçut une pointe de remords dans la colère de Logan,

— Qui est-ce, et où habite-t-il ?

Quelques minutes plus tard, il montait vers un bungalow en bordure du lac, orné de jardinières fleuries disposées sous les fenêtres ; des mangeoires à oiseaux étaient suspendues aux branches d'arbre. Julian alla à la porte d'entrée. Un type aux cheveux hirsutes, en jean et T-shirt, vint lui répondre. Il ne haussa même pas le sourcil à la vue de Julian dans ses vêtements trempés. Ce dernier se présenta et s'effaça en désignant la voiture.

— Je vous ai amené un ami. J'espère que je ne vous dérange pas.

Eddie jeta un coup d'œil à Logan. Il ne posa pas de questions.

— Vous ne me dérangez pas.

31

L'été s'acheva dans un brouillard doré. Les fleurs s'épanouissaient avec exubérance et abandon, inconscientes de leur fin prochaine.

Il y a du bon à ignorer de quoi sera fait le lendemain, songeait Daisy. On se donne à fond, on brûle toutes ses cartouches d'un coup…

— Comment ça se fait que papa ne vient pas avec nous ? s'enquit Charlie depuis la banquette arrière.

— Il nous rejoindra un peu plus tard.

— Pourquoi on appelle ça la *ruine* de la famille Bellamy ?

— La réunion, rectifia-t-elle. C'est une occasion particulière où nous nous rassemblons tous pour le plaisir de former une famille. Tu te souviens de celle de l'année dernière ?

— Non.

— Mais si… Tante Sonnet s'est fait piquer par une abeille, et comme elle est allergique, elle a dû se faire une auto-injection d'adrénaline.

— Ah, oui, c'était super !

— Et puis on s'était bien amusés, hein ?

— Oui. Pourquoi on fait une réunion ?

— Pour veiller à ce que tous les membres de la famille restent en contact, où qu'ils soient dans le monde.

Daisy éprouvait le désir à peine avoué de voir de nouvelles choses, de connaître de nouvelles expériences. Elle n'avait pas bougé d'Avalon depuis leur nuit passée à Las Vegas.

Arrête…, se sermonna-t-elle. Mieux valait se montrer reconnaissante pour la vie qu'elle menait et pour les bons moments que lui procurerait la réunion. Les Bellamy venaient pour certains du Japon, d'Afrique du Sud et de Santa Barbara, pour le seul but de passer un week-end au camp Kioga. Les festivités débuteraient ce soir par un barbecue suivi d'un feu de joie au bord du lac. Demain, il y aurait au programme un pique-nique, des jeux, du canotage ou une séance de farniente pendant laquelle on s'enquérait des nouvelles des uns et des autres.

— Quand est-ce qu'il vient, papa ? lui demanda de nouveau Charlie.

— Je ne sais pas trop exactement. Je vais te dire. A notre arrivée au camp, tu pourras lui envoyer un SMS depuis mon téléphone portable.

Charlie garda le silence.

— D'accord ?

— Papa doit nous rejoindre plus tard parce qu'il a une réunion chez les Alcooliques anonymes, dit-il, preuve, une fois de plus, que très peu d'événements lui échappaient.

— En effet.

Daisy s'appliquait à garder une voix égale, mais elle soupçonnait son fils de voir au-delà de son calme extérieur. Depuis l'écart de Logan, elle s'était rendu compte que Charlie comprenait bien plus de choses qu'elle ne l'aurait cru.

La rechute de Logan avait marqué un tournant dans leur couple. Ce n'était certes pas une offense impardonnable — loin de là. Mais la crise avait eu pour conséquence de les contraindre à affronter des choses qu'ils avaient scrupuleusement ignorées depuis le jour où ils s'étaient mariés sur un coup de tête. Qui avaient-ils cru duper ? se demanda-t-elle.

L'écart de Logan l'avait totalement prise au dépourvu, même si un faux pas restait toujours de l'ordre du possible. En rentrant de son week-end de travail, le dimanche, elle l'avait trouvé qui l'attendait à la maison, sortant de la douche et rasé de frais, l'air pâle et la mine profondément contrite. Etrangement fragile.

— Je me suis soûlé hier soir, avait-il lâché, et c'était comme si des vannes s'étaient ouvertes en lui.

D'un trait, il lui avait raconté toute l'histoire : le nouveau voisin, le Country Club… le rôle de Julian.

Julian… Quelle terrible et merveilleuse ironie qu'il se soit retrouvé, lui entre tous, dans le rôle du sauveur de Logan !

Un peu plus tard, ce dimanche-là, quand Charlie était rentré de son excursion en camping, Logan l'avait emmené dans le jardin de derrière où ils avaient échangé des passes avec un ballon de foot. Lorsqu'ils étaient rentrés, Charlie affichait un air éteint, songeur. Il n'avait pas commenté l'événement jusqu'à ce jour.

— J'espère que ça ne te dérange pas que ton père assiste à ces réunions.

Charlie haussa les épaules.

— Ça l'aide à ne pas boire d'alcool.

— C'est ça.

Elle se gara à proximité du pavillon principal. Il y avait quantité de places, car ce week-end, exceptionnellement, la résidence de vacances était fermée au public.

— Tu veux lui envoyer un SMS ? demanda-t-elle à Charlie en lui tendant son téléphone.

— Non… Il sait où me trouver.

Les yeux de l'enfant s'illuminèrent en apercevant un groupe de personnes amassées autour du pavillon principal. Il dégringola de la voiture et partit chercher des enfants avec qui jouer au bord du lac. Quatre générations de Bellamy étaient représentées, depuis le patriarche de la famille, Charles — le grand-père de Daisy —, jusqu'au plus jeune, un nourrisson récemment arrivé chez Jenny et Rourke McKnight, dont c'était le second enfant.

Daisy se dirigea vers l'aire de réception afin de saluer ses parents et de renouer avec sa famille dispersée. Elle s'entretint plus particulièrement avec Ivy Bellamy, une cousine au second degré qu'elle ne connaissait que depuis peu, et qui était artiste à Santa Barbara. En surface, les deux cousines ne paraissaient pas avoir grand-chose en commun, mais Daisy avait l'étrange intuition qu'Ivy était la femme qu'elle-même aurait pu devenir, si ses choix avaient été différents dans le passé. Ivy était célibataire, sans enfant, passionnément dévouée à son art et d'une gaieté insouciante. Elle vivait dans une maison au bord de la plage, dans le sud de la Californie, et semblait être le genre de personne qui sait extraire tout le suc de la vie. Daisy se surprenait à souhaiter jouir d'un peu de plus de temps, pour pouvoir en goûter quelques gouttes, elle aussi.

— Quel plaisir de te revoir ici ! dit-elle à Ivy. J'espérais bien que tu viendrais à la réunion.

— Je ne la manquerais pour rien au monde.

Ivy regarda le lac par la fenêtre.

— J'adore venir ici. Bien que ce lieu suscite en moi des sentiments doux-amers. Ça me fait regretter mon grand-père, et en même temps, je me sens plus proche de lui ici que partout ailleurs.

Le grand-père d'Ivy, George Bellamy, avait passé ses derniers jours ici même, au lac des Saules, dans un chalet baptisé le Refuge d'été. Daisy détourna ses pensées de ce deuil récent.

— Je suis navrée, Ivy. Ça va aller ?

— Peut-être après quelques tequilas. Tu m'accompagnes ?

Daisy était tentée. Cependant, vu la situation de Logan, elle avait secrètement fait vœu de s'abstenir de boire.

— Non, je vais en rester à la limonade. Ma grand-mère a confectionné sa recette spéciale, une limonade aromatisée à la lavande.

Elle saisit la carafe embuée et s'en versa un verre, tandis qu'Ivy faisait un bref aller-retour jusqu'au bar.

— Alors, raconte-moi tout, dit-elle en rejoignant Daisy.

Les deux cousines trinquèrent.

— Tu étais jeune mariée la dernière fois que je t'ai vue. Qu'est-ce que tu deviens ?

— Ça va, répondit Daisy en affichant un sourire lumineux.

Plus tard, quand elles auraient profité d'un bon moment d'intimité — des heures et des heures, par exemple —, elle lui parlerait plus en détail des hauts et des bas qu'elle subissait depuis le retour de Julian.

— Je veux tout savoir de toi et de ta fabuleuse vie de sculpteur.

— Que veux-tu que je te dise ? C'est fabuleux, justement. Je vais participer à quelques expos-concours ; autrement dit, je suis débordée de travail. Dans le bon sens du terme, cela dit. Le souffle de la date butoir sur ma nuque me fait donner le meilleur de moi-même. Je parie que c'est pareil pour toi.

Daisy ne répondit pas, car elle n'en était pas du tout certaine. Ivy sirotait sa margarita.

— Ahhh… Et toi ? Comment se passe ton travail ? La dernière fois qu'on s'est parlé, tu préparais un press-book pour une grande expo-concours.

L'expo-concours du MoMA — toujours elle… Pour Daisy, c'était comme le rocher de Sisyphe : une épreuve insurmontable. Un soupçon de culpabilité l'envahit. Une fois de plus, elle laissait la vie faire barrage entre elle et ses aspirations profondes.

— La photo de mariage me procure une activité régulière, mais j'enrage de ne pas arriver à dégager le temps nécessaire pour faire du travail en studio.

— Ne sois pas trop exigeante envers toi-même. Le moment venu, tu y parviendras. La vie est longue et chaque jour est un trésor.

Daisy sourit.

— J'aime ta façon de voir les choses. Ça doit venir de tout ce soleil californien. Je ne suis allée qu'une fois en Californie — à Disneyland.

— Disneyland, ça ne compte pas, affirma Ivy. Viens me voir à Santa Barbara. Tu seras conquise, je te le promets.

— L'idée me plaît beaucoup. Parfois, j'aimerais vivre dans un endroit aussi attrayant que celui-là. Ou même pas attrayant. Différent… c'est tout.

Daisy entendit avec surprise les mots s'échapper de sa bouche.

— Et alors ? Qu'est-ce qui t'en empêche ? C'est tout à fait à ta portée.

Ivy leva son verre et le vida d'un trait.

— Je te prie de m'excuser. Je viens d'apercevoir Ross et Claire. Je ne les ai pas encore salués.

— Vas-y. Je vous rejoins dans un petit moment.

Ross et Claire formaient un couple d'une beauté renversante. Ils avaient vécu l'idylle la plus dramatique de toute la famille Bellamy, mais, par bonheur, tout s'était bien terminé pour eux. L'air satisfait et en sécurité, Claire était blottie contre Ross, qui appliquait une main au creux de ses reins. Ils avaient convolé depuis deux ans, mais gardaient cette aura caractéristique des jeunes mariés, quand ils se regardaient les yeux dans les yeux.

Logan et elle avaient-ils conservé cette aura, à condition qu'ils l'aient jamais eue ? Daisy se gourmanda intérieurement. *Arrête ! N'établis pas de comparaisons.*

Elle se détourna de Ross et de Claire, et se figea sur place. Julian venait d'entrer en compagnie de son frère.

Elle eut beau lutter, quelque chose s'embrasa en elle en le voyant. Elle se rappela qu'elle était mariée. Julian et elle, c'était fini. Ils avaient manqué leur chance. Elle l'avait clairement compris le premier soir de son retour à Avalon, quand il avait refusé de lui confier des détails intimes sur sa captivité, sur le calvaire qui avait été le sien en Amérique du Sud. Elle ne pouvait imaginer les horreurs qu'il avait dû endurer. Mais elle ne s'attendait pas à ce qu'il lui en parle. Elle ne pouvait partager avec lui ses souffrances et ses secrets les plus intimes. Ce rôle ne lui était plus permis, aujourd'hui. Elle n'était pas sa femme. Elle n'avait pas le droit de l'aimer et de porter ses peines. Mais alors, auprès de qui Julian pouvait-il s'épancher ? Etait-il à la recherche de quelqu'un d'autre ?

Choisis-moi ! hurla son cœur, à l'encontre de sa raison. Aussitôt, elle éprouva un douloureux mélange de désir et de culpabilité. Elle s'était crue capable d'affronter la situation — voir Julian tout en gardant ses distances. Pourtant, bien loin de faciliter leurs relations, leurs rencontres étaient chaque fois plus pénibles. Néanmoins, elle n'avait franchi aucune ligne blanche, et elle était bien résolue à ne pas le faire. Julian et elle n'avaient pas eu de conversation intime depuis le soir de son retour à Avalon. Elle lui avait parlé de l'engagement qu'elle avait pris envers Logan et, après cela, il n'y avait plus rien eu à dire. Encore moins maintenant, après la rechute de Logan : il était inconcevable pour elle de l'abandonner au moment où il était vulnérable, au moment où il avait le plus besoin de son affection. Néanmoins, il se passait un phénomène curieux, avec Logan. Il n'avait pas paru très fragilisé ni particulièrement en demande d'affection, à la suite de cet épisode. Quelque chose en lui se renforçait. Pour autant, cela ne signifiait pas qu'elle était libre de jeter ses vœux de mariage aux orties.

Mieux valait se débarrasser au plus vite de ces salutations gênantes.

— Salut, dit-elle en s'approchant de Julian.

Ses yeux s'éclairèrent quand il la vit, mais immédiatement il tempéra sa réaction.

— Salut.

Daisy contempla son visage, ses mains fortes et sa haute stature. Il arborait des cicatrices qu'il n'avait pas en partant d'ici. Elle avait tant de choses à lui dire, tant de choses qu'elle devait taire !

Mais, de toute façon, elle n'avait pas besoin de lui parler. Entre eux, l'échange d'un seul regard était aussi éloquent qu'une longue conversation. Depuis toujours. Avec le temps, leur complicité s'estomperait peut-être, mais aujourd'hui elle restait puissante et emplissait Daisy d'un désir torride et interdit.

— Je... euh... je voulais te remercier d'avoir aidé Logan. Tu sais, il m'a dit que tu t'étais occupé de lui.

Exprimer sa gratitude à Julian était pour elle à la fois normal et facile. Elle lui était profondément reconnaissante d'être venu à la rescousse de Logan, ce jour-là. Il aurait pu détourner le regard, laisser Logan tomber en disgrâce et se ridiculiser devant les membres du Country Club. Mais ce n'était pas dans la mentalité de Julian. Face à un individu en détresse, il agissait. Même si cela revenait à tendre la main à son rival.

Que c'était embarrassant ! Comment pouvait-elle être aussi gênée avec lui, alors que tout ce qu'elle voulait, c'était… *Non*. Elle ne pouvait laisser son esprit s'égarer dans cette direction.

— Pas de problème, répliqua Julian. Il va bien ?

Daisy hocha la tête de manière affirmative.

— Il a dérapé. Ça arrive. Il a repris son programme aux Alcooliques anonymes.

— Et toi ? Ça va ?

— Très bien, répliqua-t-elle, très vite, d'un ton très enjoué. Je vais superbien. Au travail, ça roule… Je suis très occupée. Charlie va bien, lui aussi.

Quand il n'a pas de problèmes à l'école.

— Il va être tout excité de te voir, ajouta-t-elle.

— Je vais aller lui dire bonjour dans une minute. Daisy…

Elle le coupa, désireuse de changer de sujet :

— Et toi, alors, comment vas-tu ?

— J'espère en avoir bientôt fini avec cette permission à caractère médical. Il me reste encore les séances de rééducation et les évaluations psychologiques — d'autres obstacles à franchir.

Elle brûlait d'envie de s'enquérir de ses projets, mais elle ne pouvait se permettre de s'intéresser à l'avenir de Julian. Cela ne devait pas influer sur sa vie.

— J'espère que tout se passera bien pour toi.

La tension entre eux était extrême, au point de lui picoter le cuir chevelu.

— Julian ?

— Oui ?

— Je…

Elle s'interrompit alors que Logan franchissait la porte. Celui-ci leva la main en la voyant.

— Tiens, voilà ma femme volage !

Elle lui sourit.

— Moi ? Volage ?

— Salut, Logan.

Julian s'avança pour lui serrer la main.

— J'étais sur le point de sortir. A tout à l'heure.

Il s'éloigna sans se presser, d'un pas nonchalant, mais Daisy devina qu'il ne tenait pas à s'attarder.

Logan recula d'un pas.

— Et comment va notre ami Julian ?

— Bien, je crois.

— Vous discutiez de mon fiasco de l'autre jour, tous les deux ?

Daisy tiqua.

— Je le remerciais de t'avoir aidé, c'est tout.

— Toujours grand seigneur...

Cette remarque déchaîna chez Daisy une colère qu'elle réprimait depuis longtemps. Jusqu'ici, elle s'était efforcée d'agir au mieux mais jour après jour, son mariage lui apparaissait de plus en plus intenable. A deux doigts de perdre son sang-froid devant toute la famille réunie, elle prit une profonde inspiration :

— Bien. A ce propos...

Elle s'empêcha d'aller au bout de sa phrase, sachant que la conversation n'aboutirait à rien de bon pour eux. Tournant les talons, elle s'empara de sa sacoche et partit faire quelques photos.

— Ne t'éloigne pas, lança-t-il.

Une dispute imminente couvait au fond de ses yeux.

— Logan, ce n'est vraiment pas le moment.

— Ça ne sera jamais le moment, répliqua-t-il.

Elle marqua un temps d'arrêt, prenant conscience de ce que signifiaient ces mots.

— Nous allons en discuter, dit-elle enfin.

— D'accord. Je te rejoindrai plus tard.

Elle le suivit du regard quelques secondes, déplorant de ne pas se sentir plus proche de lui. Mais, depuis sa rechute, le malaise silencieux qui plombait leur relation s'était accentué. Comme si Logan était parti pour un pays étranger et qu'il en était revenu changé. Contrariée, elle s'affaira à prendre des photos, le regard confortablement dissimulé par l'appareil.

Elle capturait les émotions et les rires sur le visage de ses cousins, de ses oncles, de ses tantes et de ses parents proches. En braquant son objectif sur des couples, des groupes de parents, des enfants et des grands-parents, elle fut frappée par la diversité des parcours amoureux : même pour ses propres parents, dont les débuts conjugaux avaient présenté une étrange similitude avec les siens. Ils s'étaient mariés pour le bien de leur fille. Ensuite, ils avaient serré les dents et pris leur mal en patience durant des années. Daisy se souvenait d'une phrase que lui avait dite son père, un jour. Le plus douloureux, ce n'était pas le divorce en soi. Le véritable chagrin découlait du mariage raté qui l'avait précédé.

Enfant, avait-elle remarqué de la tristesse chez ses parents ? Pas consciemment, non. Elle s'était focalisée, tel un objectif d'appareil photo, sur les moments heureux, et peut-être son frère avait-il fait de même. Cela ne les avait pas empêchés d'être tous deux victimes de dommages collatéraux : elle avec sa conduite imprudente, et Max avec ses problèmes scolaires.

Elle dirigea son objectif vers la pelouse où son père et sa femme, Nina, étaient opposés dans une partie acharnée de pétanque à son oncle Philip et à sa seconde épouse, Laura. Son père et son oncle avaient fait des remariages heureux. Ils n'avaient connu le succès qu'à la seconde tentative.

Etrangement culpabilisée par le cours de ses pensées, elle retourna vers l'endroit où se tenait le banquet, immortalisant au passage la petite Zoé, qui couronnait avec application sa part de crumble aux fruits rouges d'une généreuse part de crème fouettée. En arrière-plan, Logan et Max se resservaient en bavardant.

— J'aime qu'un homme ait un bon coup de fourchette, décréta une voix dans son dos.

— Grand-mère…

Daisy écarta l'appareil de son visage et étreignit la vieille dame.

— Quelle journée magnifique, n'est-ce pas ? Le temps

idéal pour un rassemblement. Viens t'asseoir avec moi. Je dois reposer mes pieds quelques minutes.

Elles se retirèrent vers les deux luxueux fauteuils club qui paraient l'aire de réception désertée.

— Et maintenant, s'enquit sa grand-mère, dis-moi ce qui te tourmente.

Daisy émit un rire bref.

— Toujours aussi directe.

— Ma petite chérie, tu sauras qu'à mon âge, on apprend à ne pas tourner autour du pot.

— Qu'est-ce qui te fait croire que quelque chose me tourmente ?

— Je connais ce regard.

— Quel regard ?

— Celui qui tu avais à l'instant, quand tu photographiais ton mari.

Daisy prit une profonde inspiration. Elle pouvait se confier sans crainte à sa grand-mère. Celle-ci comptait parmi les personnes qu'elle aimait le plus et à qui elle faisait le plus confiance.

— Logan et moi sommes dans une situation bizarre.

— Ne te méprends pas, ma chérie, c'est le mariage qui est bizarre. Parfois, je me demande pourquoi on l'a inventé.

— Grand-mère !

— Alors, parle. Parle-moi de votre situation bizarre d'un point de vue métaphorique.

— Logan et moi... ça ne marche pas comme on l'avait imaginé. Et ne va pas t'imaginer que j'aie à un seul moment romancé la réalité ou attendu l'impossible.

— C'est ta première erreur. Parfois, le seul moyen de traverser les périodes difficiles, c'est de romancer à l'extrême et de viser la lune. On doit considérer un par un les défauts les plus agaçants de l'autre et les transformer en qualités. Je me rappelle avoir passé l'année 1967 à faire semblant d'aimer la barbe de hippie que s'était laissée pousser ton grand-père.

Daisy se mit à rire en imaginant son grand-père, si guindé,

avec une barbe. Puis elle secoua la tête et son rire céda la place à un douloureux hoquet de larmes.

— J'ai bien peur que… que dans notre cas, toute prétention soit vaine. Ça ne fait que renforcer le fait que nous faisons semblant. L'année dernière, je croyais encore que la situation pourrait s'améliorer. Nous donnons le change, mais c'est de plus en plus difficile et de plus en plus usant.

Elle avala la boule de profond désespoir qui lui bloquait la gorge.

— Il y a quelques mois, nous avions pratiquement conclu que ce mariage était peut-être une énorme erreur de notre part. Nous avancions vers une conversation extrêmement pénible… concernant notre divorce. Et puis Julian est réapparu et… et ça ne m'a plus semblé convenable.

— Tu ne voulais pas larguer ton mari pour le seul motif que ton ex-fiancé repointait le bout de son nez, résuma abruptement sa grand-mère.

— En partie, oui. Mais seulement en partie. J'ai tellement peur de répéter les erreurs de mes parents!

— Daisy, que veux-tu faire?

— Je veux être passionnément, follement amoureuse de mon mari.

Elle chassa résolument le fantasme qui lui traversa l'esprit, un fantasme qui n'avait rien à voir avec Logan.

— Et je veux que mon mari éprouve la même chose pour moi. Mais je commence à douter que ce soit possible avec *quiconque*.

Sa grand-mère tourna vers le lac ses yeux embués de larmes. Daisy avait le sentiment qu'elle revivait un pan de son lointain passé.

— Oh! que si…, murmura la vieille dame. C'est tout à fait possible.

— Je me pose chaque jour la question. J'avais commencé à m'interroger bien avant le retour de Julian. Et j'ai l'impression que Logan se demande la même chose. Mais ni lui ni moi ne sommes parvenus à une réponse satisfaisante.

— Moi non plus.

— Pourtant, je m'y emploie. Vraiment.

Jane hésita, puis tourna son regard pâle vers sa petite-fille.

— Il arrive parfois que nous n'obtenions pas ce que nous désirons, et ce malgré tous nos efforts. Ecoute-moi bien, ma chérie. Je suis loin d'être parfaite, mais j'ai quand même appris une ou deux choses dans la vie. L'essentiel, c'est d'écouter son cœur. Que te dit ton cœur ?

Daisy se mordit la lèvre.

— Que je suis un monstre de m'être mariée pour de mauvaises raisons, et que maintenant Charlie va en subir les conséquences. Et que... et que je n'ai jamais vraiment oublié Julian, même quand tout le monde le croyait mort.

Sa voix se brisa sur ces dernières paroles.

— Je suis *vraiment* un monstre.

— C'est faux. Tu es humaine, donc faillible, et l'autoflagellation ne te mènera nulle part.

Sa grand-mère lui prit la main.

— J'aimerais bien être aussi sage que vieille, mais, hélas, je suis humaine, moi aussi. Voilà le seul conseil que je peux te donner, Daisy : vis ta vie et sois heureuse. C'est la seule chose à faire.

32

Daisy autorisa Charlie et Blake à passer le week-end du grand rassemblement Bellamy au camp Kioga, dans l'un des chalets-dortoirs d'époque, en compagnie de toute une ribambelle de cousins. Elle les imaginait, veillant jusqu'à une heure impossible, se racontant des histoires de fantômes en pouffant, se faufilant en douce dans la cuisine pour un festin de minuit. Comme tous les enfants, Charlie était surtout heureux au grand air et quand on lui laissait la bride sur le cou. Daisy savait qu'il rentrerait à la maison épuisé et grognon, mais la tête pleine de souvenirs.

Elle tourna vers la maison, se gara et descendit de voiture. Le crépuscule tombait, baignant le quartier d'une douce lumière dorée. C'était vraiment une jolie maison ; on leur en faisait constamment la remarque. Logan y avait effectué des travaux pendant des années. Elle se souvenait encore du jour où elle était arrivée à temps pour le voir glisser du toit. Elle frémirait toujours de la peur qu'il lui avait causée cette fois-là. C'est si fragile, un être humain… Mais Logan avait survécu à sa chute et, aujourd'hui, cette maison était devenue leur foyer.

Elle-même avait fait sa part de travail en matière de décoration et d'agencement des pièces, ainsi qu'en transformant le jardin en une explosion de fleurs. Certes, la clôture de piquets blancs faisait terriblement cliché, mais elle délimitait parfaitement le devant de la pelouse. Bientôt, les érables à sucre se pareraient de leur feuillage d'automne et les couleurs se modifieraient. Quand le vent soufflait dans cette direction, elle pouvait déjà sentir l'arrivée de l'automne.

Tandis qu'elle sortait ses affaires de la voiture, leurs voisins, Bart et Sally Jericho, la saluèrent d'un signe de la main en arrivant chez eux. Toutefois, ils ne s'attardèrent pas. Daisy avait nourri de grands espoirs concernant une éventuelle amitié, mais depuis que Bart avait été témoin du spectacle lamentable qu'avait donné Logan au Country Club, leurs relations s'étaient nettement rafraîchies.

Passant en bandoulière son gros fourre-tout en paille et la sacoche de son appareil photo, elle se dirigea à l'intérieur. La maison était trop silencieuse, et il régnait dans l'air une odeur indéfinie. Pour une raison étrange, cette ambiance la déprimait : ces murs, ces plinthes et ces meubles sur lesquels elle s'était acharnée, en une vaine poursuite du bonheur avec Logan... S'occuper les mains n'est pas un substitut au véritable bonheur.

Elle alluma la radio, histoire de créer un bruit de fond. Le claquement sourd d'une portière de voiture l'avertit de l'arrivée de Logan. Il entra dans la maison, l'œil rivé à l'écran de son iPhone.

— Salut, dit-elle.
— Salut.
— Qu'est-ce que tu as pensé du grand rassemblement familial ?
— Du bien. C'était sympa de revoir tous les gens de ta famille. Charlie était comme un poisson dans l'eau.
— Oui.
Elle hésita.
— Il est encore tôt. Tu veux qu'on aille voir les films qui passent au Palace ?
— Non, merci. J'ai des trucs à faire sur mon ordinateur. Ensuite, j'irai me coucher de bonne heure.
— Ah bon... Logan...
— Daisy...
Ils avaient parlé en même temps, se coupant mutuellement la parole.

— Toi d'abord, dit-elle.

Tous ses muscles étaient tendus, comme pour parer au coup à venir.

— Je m'en veux terriblement pour mon écart de l'autre jour, déclara Logan. Et pour aujourd'hui, aussi. Je n'étais pas de très bonne humeur.

— Ne te fais pas de mauvais sang pour ça. Je suis contente que tu aies repris le programme. Et puis, moi aussi, je te dois des excuses. Avec le temps, j'avais oublié à quel point c'était dur pour toi de rester sobre, tellement tu donnes l'impression que c'est facile. Je t'ai laissé en plan à la maison, l'autre jour, et je suis partie travailler. Je regrette de...

— Daisy. Il faut qu'on parle.

Une conversation agréable ne commence jamais par ces mots : *Il faut qu'on parle.*

Durant la pause qui s'ensuivit, elle fut tenté d'agir à la manière de l'ancienne Daisy, de les rassurer tous deux en s'empressant d'affirmer que tout allait bien, très bien, même. Elle évitait toujours de bouleverser Logan afin de ne pas lui donner des raisons de boire. A présent, elle avait compris que ce n'était pas son rôle. Il était le seul à pouvoir respecter son vœu d'abstinence.

Daisy sentait qu'ils étaient sur le point d'avoir la discussion la plus franche de toute leur vie. Une boule glacée se forma dans sa gorge.

— Vas-y, dis-moi le fond de ta pensée.

Logan prit un soda mousse dans le réfrigérateur et le lui tendit. Elle secoua la tête. Il décapsula la bouteille et en but une longue rasade.

— Je pense qu'il est temps d'affronter les faits.

— Les faits... à propos de nous ? s'enquit-elle d'une voix hésitante.

Il posa la bouteille de soda.

— Personne n'est à blâmer, ni toi ni moi. Nous sommes des gens bien.

— Quelqu'un a-t-il dit le contraire ?

— Non. Ecoute-moi, d'accord ? Nous avons commis une erreur. J'ai commis une erreur.

— A notre sujet, tu veux dire.

Daisy avait la tête qui tournait, une vague nausée montait en elle.

Logan hocha la tête.

— Durant des années, j'ai cru que tu étais l'amour de ma vie, mais c'était ta vie que j'aimais.

Une lueur de compréhension se fit dans l'esprit de Daisy, cédant la place à un profond sentiment de défaite.

— Ma vie, dit-elle, n'était pas à proprement parler une partie de plaisir.

— Ça, je le sais, mais je voulais y prendre part, parce que tu avais ce petit garçon merveilleux qui se trouvait être le mien, et une grande famille qui m'avait totalement accepté. Tout ça, c'était terriblement attirant pour moi. A tel point que je suis resté ton soupirant fidèle, et quand tu as été anéantie par l'annonce du décès de Julian, j'ai été là pour toi. Lorsque nous nous sommes mariés, j'ai d'abord eu l'impression d'avoir touché le gros lot : la femme, l'enfant, la vie. Ça ne masquait pas complètement le fait que toi et moi, nous… Ah, zut ! Nous avons fait un enfant formidable, mais nous ne formons pas un couple formidable.

Daisy restait figée sur place, oubliant presque de respirer. Elle qui souhaitait de la franchise, elle en était assaillie. Logan lui disait des choses qu'elle s'était dites elle-même, mais qu'elle avait enfouies si profondément dans son cœur qu'elle ne les avait jamais exprimées. A présent, elle en éprouvait la pénible vérité. Logan et elle avaient un profond respect l'un pour l'autre, ils adoraient leur fils, mais leur couple était bancal, et il devenait de plus en plus difficile de sauver les apparences. Le retour de Julian n'avait pas provoqué cette situation, mais il les forçait à la regarder en face.

D'un geste large, Logan engloba la cuisine, les rideaux à mi-fenêtre, parfaitement alignés, les meubles disposés avec goût.

— Nous n'avons pensé qu'à donner une famille à Charlie, sans penser à faire notre vie ensemble.

Daisy baissa la tête, abîmée dans la contemplation du parquet en chêne à la teinte chaleureuse.

— Je déteste l'idée que nous avons échoué.

— Alors, n'en faisons pas un échec. Tu es la mère de mon fils et je t'ai toujours aimée pour ça. Ce que je sais, ce que nous savons tous les deux, c'est qu'être les parents de Charlie a créé entre nous un lien indéfectible, sauf que ça ne constitue pas une base suffisamment solide pour construire notre vie dessus.

— Oh ! Logan…

Elle s'interrompit, la gorge nouée.

— Charlie le sait, lui aussi. Peut-être pas de façon aussi lucide, mais il sait que quelque chose cloche entre nous, et ça n'est pas bon pour lui. Nous en avons la preuve dans son comportement à l'école. Cette situation n'est bonne pour aucun de nous.

— Tu crois qu'il nous reste encore une chance de rectifier le tir ?

— Il y a toujours une chance. Mais… Et si nous passons les vingt, quarante ou cinquante prochaines années de notre vie à faire des efforts sans que ça marche jamais entre nous ?

Daisy frémit intérieurement, se refusant à envisager la réponse. S'agissant du mariage, au bout de combien de temps était-il légitime de déclarer forfait ?

— Je regrette tellement ce qui nous arrive, dit-elle en pressant son estomac, pour lutter contre une douleur à laquelle elle ne pouvait échapper. Comment en sommes-nous arrivés là ?

— Je suis enfin parvenu à admettre au moins une chose : ni la résurrection de Julian ni la façon dont son retour a tout chamboulé n'ont quoi que ce soit à voir là-dedans. Nous avions déjà des problèmes avant.

— Oui, reconnut-elle d'une voix tremblante.

— Je pensais que tu avais besoin de moi.

— Je le pensais aussi, Logan. Je le pense toujours…

— Non, tu as besoin de… je ne sais pas. A l'époque où nous nous sommes mis ensemble, je n'ai rien vu venir. J'ai vu la femme avec qui j'avais eu Charlie, et ça m'a paru la bonne solution. Et peut-être que ça l'était, à ce moment-là. Mais ça n'a pas duré. Nous nous sommes mariés pour de mauvaises raisons, et ça ne marche pas. Tu le sais, Daisy. Tu le sais très bien.

— Et maintenant ? lui demanda-t-elle dans un murmure accablé.

Les larmes coulaient le long de ses joues.

— Maintenant, nous allons revenir sur terre. Ce serait bien de parvenir à une sorte d'accord avant le retour de Charlie.

— Tu me quittes, c'est ça ?

Logan vida la bouteille de soda mousse dans l'évier avant de se tourner vers elle.

— Daisy-Bell… *Nous* nous quittons.

Le divorce fut horrible, comme tous les divorces, même quand les deux parties sont d'accord pour se partager les torts. Ils avaient expliqué leur décision ensemble à Charlie. Il avait pleuré, et Daisy et Logan aussi avaient pleuré et dit tout ce qu'il faut dire en la circonstance — qu'ils l'aimaient toujours autant, qu'ils seraient toujours une famille, qu'ils réussiraient leur nouvelle vie, d'une manière ou d'une autre. Finalement, Charlie en était arrivé à une calme acceptation. Daisy s'était réfugiée avec lui et Blake à l'Auberge du lac des Saules, où ils logeaient dans le hangar à bateaux de la propriété. A l'ombre de l'inquiétude silencieuse de son père, elle s'était vouée corps et âme à aider Charlie à surmonter cette épreuve.

Quand elle alla annoncer la nouvelle à Julian, ce fut avec un sentiment de défaite, et non de joie.

— J'ai besoin de temps, lui expliqua-t-elle. Pour l'instant, je dois me concentrer sur Charlie. Et… je ne suis pas prête à parler de tout ça.

— Je comprends, répondit-il.

Mais elle en doutait.

Comment un homme qui avait été emprisonné et torturé pouvait-il être en empathie avec quelqu'un comme elle ? Julian lui prit les mains dans la sienne. C'était la première fois qu'ils se touchaient depuis son retour, et elle faillit fondre en larmes tant son geste était tendre.

— Je dois m'en aller quelque temps, dit-il.

Elle retira ses mains de la sienne.

— T'en aller... Où ça ?

L'armée ne pouvait pas le lui reprendre ! Elle se rappela alors qu'il ne lui appartenait pas.

— L'établissement porte un nom bizarre : Hôpital de la santé comportementale pour héros de guerre. Ils soignent le personnel militaire souffrant de séquelles psychologiques et de syndrome de stress posttraumatique.

Daisy sentit sa gorge se contracter d'angoisse. La guérison de Julian avait été si rapide ! Il avait l'air en pleine forme... Mais, quelque part à l'intérieur de lui, il souffrait de blessures secrètes, encore à vif. Elle avait été stupide d'imaginer qu'il reprendrait tout bonnement le cours de sa vie à l'endroit où il l'avait laissée. Il y a certaines choses, songea-t-elle, que même l'amour ne peut pas guérir.

— Oh ! Julian... évidemment, tu dois partir !

Elle glissa de nouveau sa main dans la sienne.

— Ordre du médecin, dit-il.

— Oui.

— Mais, Daisy... fais-moi plaisir.

— Tout ce que tu veux.

Il la gratifia de son fameux sourire qui la faisait fondre, avant. Et encore aujourd'hui.

— Attends-moi.

— Le temps qu'il faudra, promit-elle d'une voix douce.

Elle ne savait pas quoi dire d'autre. Ils étaient tous deux tellement meurtris par ces événements ! Elle pria pour qu'une fois remis ils puissent se retrouver.

***

Insensiblement, les jours se muèrent en semaines, puis en mois. Désireuse de s'éloigner de son père et de sa belle-mère, Daisy se trouva une maison à elle — il était trop tentant de se couler de nouveau dans une relation de dépendance. Au plus profond d'elle-même, elle sentait qu'elle avait bien fait de se séparer de Logan, mais elle n'en demeurait pas moins hantée par la tristesse et la culpabilité. Les coups de téléphone quotidiens de Julian lui apportaient une bouffée d'espoir. Néanmoins, elle savait qu'il lui faudrait en priorité arriver à se réconcilier avec la solitude avant de pouvoir songer à revivre avec quelqu'un d'autre — fût-ce Julian.

— Il y a quelque chose de si… décourageant dans toute cette histoire, confia-t-elle à Sonnet, qui était venue passer le week-end pour l'aider à déménager. Tu vois, j'ai commis une erreur monumentale et…

— Hé là, attends un peu !

Sonnet posa un panier de vêtements qu'elle avait apporté dans la nouvelle maison de Daisy. Celle-ci avait déniché un cottage à louer en bordure du lac, avec parc canin et petit ponton. C'était un logement coquet, mais cela ne ressemblait pas à un foyer. Daisy elle-même aurait été bien en peine de dire ce que c'était au juste.

Sonnet se tourna vers elle.

— Tu as fait le meilleur choix possible, au vu des circonstances, et ton mariage n'était pas une erreur.

— Mais Charlie…

— … va s'en remettre. Il a toujours son papa et sa maman qui l'aiment. Il se sent en sécurité, et il sait que la vie est belle. Un enfant n'a pas besoin d'autre chose. Crois-moi, je suis bien placée pour le savoir.

Daisy s'arrêta pour dévisager Sonnet — sa demi-sœur, sa meilleure amie —, submergée par une vague de gratitude. Sonnet était l'exemple même de la fille qui a grandi dans une famille monoparentale.

— Ça, je n'en doute pas une seule seconde. Excuse-moi,

je suis là à m'angoisser sur ma situation, alors que toi, tu l'as vécue, et que ta réussite est spectaculaire.

C'était la pure vérité. Les parents de Sonnet — sa mère, Nina, et son père, un ambitieux cadet afro-américain issu de l'académie militaire de West Point, n'avaient jamais vécu ensemble. Pourtant, Sonnet avait réussi à grandir heureuse et en bonne santé. Devenue adulte, elle s'était construit une vie brillante et remarquable.

— Pour le moment, contente-toi de savoir que Charlie et toi, vous allez vous en sortir.

— Parfois, j'y crois à fond. Et d'autres fois, je me demande ce que je fais de ma vie.

— La bonne nouvelle, c'est que, pour l'instant, tu n'as plus à te prendre la tête pour ça. Commence par t'installer dans ta nouvelle maison, inspire profondément et prends ton temps.

— Ecoutez-la faire la maligne, ironisa Zach.

Il entra à reculons dans la maison, tirant un chariot où s'empilait une montagne de cartons.

— Tu as un meilleur conseil à lui donner ? s'enquit Sonnet. Parce que, dans ce cas, nous pourrons peut-être te pardonner d'écouter aux portes.

— Je n'écoutais pas aux portes ! J'écoutais votre conversation sans me cacher.

— Où est la différence ?

Leur prise de bec amena un sourire sur les lèvres de Daisy. Elle savait — elle avait toujours su — ce que cela masquait.

— Où est Charlie ? lui demanda Zach.

— Chez son père. Je le récupère demain.

— Comment ça se passe ? s'enquit Sonnet.

— Je l'ai élevée seule jusqu'à ses cinq ans. Ce n'est pas très différent, sauf que Charlie est plus âgé et qu'il pose davantage de questions.

Elle ne s'autorisait pas à spéculer sur l'impact de cette transition sur son fils. Charlie avait un sixième sens pour déceler les moindres tensions.

La thérapeute familiale qu'ils voyaient désormais lui avait

conseillé de se détendre, d'être franche avec elle-même et de se pardonner, ainsi qu'à Logan.

Aux côtés de Sonnet et de Zach, le déménagement se poursuivait sans accroc. Daisy organisait peu à peu sa nouvelle maison. Blake semblait ravie de flairer et d'explorer chaque recoin. De temps à temps, Daisy s'arrêtait pour contempler le lac, dont la surface était troublée par une forte brise rabattant des nuages noirs venus de l'ouest. Il y avait quelque chose d'apaisant dans cette vue, même par temps agité. Le lac des Saules avait toujours occupé une place à part dans son cœur. Son immensité, le demi-cercle formé par les arbres le long du rivage, la qualité de la lumière qui se réverbérait à sa surface, l'emportaient ailleurs, vers un horizon de clarté et de simplicité.

Pendant de grands moments, quand elle avait de la chance.

Un bref ronronnement et le crachotement d'un moteur lui signalèrent l'arrivée du courrier. Blake lança un aboiement, mais obéit quand Daisy lui ordonna de rester sous la véranda, le temps qu'elle remonte l'allée jusqu'à la boîte aux lettres et en rapporte le contenu, une liasse de lettres et de catalogues. Le fatras habituel de courrier indésirable : catalogues remplis d'articles dont elle n'avait nul besoin, sollicitations pour des cartes de crédit afin de lui faire dépenser l'argent qu'elle n'avait pas, une carte de remerciement de la part d'une mariée reconnaissante : « Merci pour avoir su immortaliser le bonheur que Matt et moi connaîtrons toute notre vie. »

— Eh bien, voilà, c'est officiel ! Je crois qu'on peut dire que j'habite ici, dit-elle en regagnant la maison. J'ai reçu ma première facture d'électricité. Et…

Elle s'interrompit net et se mordit la lèvre. Là, prise entre un paquet de bons de réduction et la facture d'électricité, se trouvait une enveloppe blanche au papier épais portant le cachet du tribunal du comté. Son estomac se souleva, mais ce fut d'une main qui ne tremblait pas qu'elle décacheta la lettre.

Son divorce était prononcé.

Elle fixa longuement le document. Ce fichu truc était si… froid, et ces mots se détachaient si brutalement, noir sur blanc… Ils n'auraient pas pu inclure une lettre d'accompagnement, non ? Bien sûr, ç'aurait été bizarre. Qu'aurait pu contenir une telle lettre ?

« Madame, nous avons le plaisir de vous informer que… »
Ou bien :
« Félicitations, vous êtes une femme libre ! »

Peut-être l'enveloppe aurait-elle pu simplement contenir une toute petite note, genre facturette de carte de crédit, histoire de diminuer les frais de port : « Désormais, plus besoin de traquer les toiles d'araignées avec la tête-de-loup télescopique Bilko ! »

Ou encore une petite liste de conseils dans le genre de la lettre d'informations que joignait la compagnie de distribution d'électricité à ses factures. « Dix façons de conserver votre santé mentale ». Ou encore : « Que faire quand on vous pose des questions embarrassantes ? »

Ils auraient au moins pu faire les choses plus joliment, pensa-t-elle en pliant en quatre le document qu'elle fourra dans une boîte de café vide posée sur le plan de travail.

Sonnet attendait toujours la suite :

— Et ?…
— Et, depuis hier, je suis officiellement divorcée.

Voilà, c'était dit. Elle tenta d'analyser son état d'esprit. Se sentait-elle différente ? L'impression d'étrangeté se mêlait à un enivrant sentiment de liberté. Qu'est-ce qui avait changé et qu'est-ce qui restait identique ? Son patronyme n'avait pas changé. Durant son mariage, elle avait conservé son nom de jeune fille. Elle ne s'était pas fait un nom dans sa profession. Elle n'était personne. Mais « Daisy O'Donnell » sonnait de façon bizarrement factice à ses oreilles.

— Eh bien, dit Sonnet, je ne sais pas trop comment accueillir cette nouvelle. Dans la délégation des îles Tonga, ils diraient peut-être un truc du genre…

Elle débita un chapelet de mots parfaitement incompréhensibles.

— « Que les bienfaits du moment éclipsent les abcès du passé », traduisit une voix grave depuis le pas de la porte.

— Julian !

Daisy se retourna, et son cœur fit un bond dans sa poitrine. Blake, folle de joie, lui fit la fête en aboyant et en sautant partout. Julian était revenu à Avalon à la fin de l'été ; son séjour dans le Colorado avait fait de lui un homme neuf. A présent, il logeait de nouveau chez son frère, en attendant le terme officiel de sa permission à caractère médical.

— Pas les « abcès », gros malin ! riposta Sonnet.

— Tout le monde ne peut pas être polyglotte ! s'excusa-t-il avec un grand sourire.

— C'est moi que tu traites de polyglotte ?

— Que fais-tu ici ? lui demanda Daisy.

— Mon petit doigt m'a dit que tu pourrais avoir besoin d'un coup de main pour déménager.

Il désigna Sonnet du menton.

Daisy remercia mentalement sa demi-sœur. Pour rien au monde, elle n'aurait fait cette démarche elle-même.

— Ma foi... merci.

Elle se demanda si Julian savait de quoi Sonnet et elle étaient en train de parler à son arrivée.

— Et si je m'attelais à l'organisation de la cuisine ? suggéra cette dernière. Tu sais que je suis beaucoup plus douée que toi dans ce domaine.

— Bien sûr. Merci.

— Zach peut venir m'aider, ajouta Sonnet.

Sa manœuvre n'était pas des plus subtiles mais, pour l'heure, Daisy s'en moquait éperdument.

— Où veux-tu mettre ça ? demanda Julian en indiquant une pile de boîtes d'archivage de photos.

Toutes portaient l'année et le sujet correspondants.

Chacune représentait les projets inachevés de l'année. Ses photos d'art étaient toujours reléguées au second plan par les séances rémunérées et le train-train quotidien de la vie.

Elle se retrouva seule avec Julian, à installer son PC de travail dans le bureau de la taille d'un timbre-poste.

— Tu as de la chance, déclara-t-il. Un des principaux objectifs de ma formation était de me transformer en petit génie de l'informatique. Je vais te configurer tout ça en un clin d'œil.

— Merci. On ne peut pas vivre sans internet.

— C'est ce que j'ai découvert.

— Comment vas-tu ? lui demanda-t-elle, d'un ton impliquant qu'il s'agissait plus que d'une simple question.

— Bien. J'attends la réponse pour la formation de pilote.

— Ah… Eh bien, j'espère que tu seras pris.

Elle le pensait vraiment. Si Julian entreprenait une formation de pilote, cela voudrait dire qu'il allait réellement mieux, qu'il avait surmonté son épreuve. Quant à ce que cela signifiait pour elle… pour l'instant, elle se refusait à l'envisager.

— Oui, moi aussi, dit-il.

Par pure coïncidence, ou plus vraisemblablement à dessein, Sonnet et Zach étaient allés s'asseoir sur le ponton. Daisy les voyait d'ici, blottis l'un contre l'autre pour se protéger du vent. Zach glissa un bras protecteur autour de Sonnet. Ce simple geste rappela à Daisy tout ce qu'elle avait perdu quand Logan et elle s'étaient séparés : cette confortable douceur que l'on éprouve auprès de l'autre.

C'était la première fois qu'elle se trouvait seule avec Julian, depuis son retour. Contrairement à ce que tout le monde croyait, elle ne s'était pas jetée dans ses bras au lendemain du divorce. Julian n'était pas la cause de sa rupture avec Logan ; il n'en était pas même le catalyseur. Mais à présent, il était ici.

— Merci pour le coup de main, Julian. Je voulais te parler de ma situation, mais je n'ai pas pu. Je ne trouvais pas correct de déverser sur toi mes problèmes avec Logan.

— Bonté divine, Daisy ! Parfois je me dis que je ne te comprendrai jamais.

— Réfléchis, Julian. Confier mes problèmes de couple à mon ex-fiancé, que tout le monde croyait mort ? En quoi est-ce que ça aurait aidé qui que ce soit ?

Il ne répondit rien, mais acheva de configurer son ordinateur.

— Et voilà. Ton poste de travail est opérationnel.

— Merci.

Daisy se sentait encore intimidée par sa présence, attitude complètement absurde. A une certaine époque, Julian était le gardien de ses rêves, le confident à qui elle pouvait tout dire. Aujourd'hui, les chemins qu'ils avaient suivis avaient fait d'eux des étrangers à bien des égards.

L'économiseur d'écran entra en action, exposant un diaporama de ses photos les plus réussies.

— Celles-ci sont vraiment bien, assura Julian d'une voix douce.

— Merci.

L'image obsédante du lac pris dans un orage apparut quelques secondes à l'écran.

— Je n'ai pas abandonné l'idée de présenter mon travail à une expo-concours, mais je n'ai jamais le temps de préparer mon press-book.

— Cette histoire de manque de temps n'est qu'un prétexte, Daisy, répliqua-t-il sans ménagement, tandis qu'il arrangeait les boîtes d'archivage sur une étagère. Qu'est-ce qui t'empêche vraiment de travailler là-dessus ?

Elle hésita.

— Personne ne m'a jamais posé cette question.

— Eh bien, moi, je te la pose.

— Je ne suis pas sûre d'avoir la réponse. C'est si facile, si confortable, de m'en tenir à ce que je connais…

Elle s'interrompit, prenant conscience de ses paroles. N'était-ce pas justement cela qui avait motivé la plupart de ses choix ? Ce confort de la sécurité ? Elle n'ignorait pas que sa décision d'épouser Logan tenait en grande partie au fait qu'elle le connaissait bien — c'était un choix sans risque. *Et regarde le résultat !* songea-t-elle, exaspérée. Après être devenue mère célibataire, elle avait cessé de prendre des risques.

— Promets-moi quelque chose, dit Julian.

Son ton autoritaire l'adoucit vaguement.

— Ça dépend de ce que tu me demandes.

— Promets-moi que tu vas t'y remettre. Tu es une surdouée de la photo, Daisy. Je sais ce que ça représente pour toi.

Etait-elle en mesure de lui faire une telle promesse ? Et si oui, était-elle capable de tenir parole ?

— Très bien, dit-elle néanmoins. Marché conclu.

— Et pas n'importe quand. Tu vas t'y mettre sur-le-champ. Demain. Ou du moins cette semaine.

— Bien, chef, acquiesça-t-elle en singeant un salut militaire.

— Super !

Julian ouvrit un grand carton.

— Draps et serviettes, annonça-t-il. Ça va où ?

— Dans la chambre.

Elle le conduisit au bout du couloir. Le lit était monté, le matelas posé encore à nu. En se retournant, elle s'aperçut que Julian sortait des draps du carton.

— Non, pas la peine de…

— Tu veux rire ? Tu ne comptes pas sérieusement te priver d'une leçon dispensée par un maître du couchage militaire ?

— Suis-je sotte !

Il lui montra comment assembler les draps afin de former un coin à angle droit d'une telle netteté qu'on aurait dit un pli de carton. Puis il lui expliqua la manière de disposer la couverture, et enfin les oreillers de façon symétrique. Quand ils eurent terminé, Daisy contempla le lit d'un air admiratif.

— C'est une véritable œuvre d'art.

— Des années de service pour arriver à ce résultat !

— Il ne manque qu'une seule chose.

Elle extirpa du carton une couette à rayures jaunes et blanches.

— Comment s'y prendrait le soldat avec ceci ?

— Qu'est-ce que c'est ?

— Une couette.

— Une quoi ?

— Un genre d'édredon, si tu préfères.

Elle lui apprit comment enfiler une housse de couette.

Dire qu'elle était en train de faire son lit avec Julian ! Elle était pleinement consciente du côté à la fois ironique et suggestif de la situation. Et lorsque son regard croisa le sien, elle comprit que cet aspect-là ne lui avait pas échappé non plus.

— Oui, bon..., admit-elle. C'est vrai que c'est gênant.
— Tu n'as qu'à exprimer ta pensée et ça ne le sera plus.
— Si tu savais...
— Dis toujours.
Très bien, il l'aurait voulu.
— Tout le monde croit que je vais me jeter dans tes bras.
— Et c'est ce que tu souhaites ?

Une partie d'elle-même mourait d'envie de hurler : *Oui ! Je n'ai jamais rêvé d'autre chose !* Au lieu de quoi, elle secoua la tête. Elle ne voulait pas rendre Julian responsable de l'échec de son mariage. Son arrivée avait simplement coïncidé avec la fin inévitable de son histoire avec Logan. Pour le moment, Charlie avait encore besoin de temps pour s'adapter à la nouvelle situation, et elle-même devait analyser ses véritables aspirations.

— Je dois me remettre de mon divorce, Julian, et Dieu sait combien de temps ça va me prendre ! Je n'ai pas le droit d'espérer que tu as conservé tes sentiments à mon égard.

Julian ne répondit rien, et Daisy en éprouva à la fois de la déception et du soulagement. Il aurait été téméraire d'énoncer si tôt leurs attentes respectives ou de jeter les bases d'une relation entre eux. Tous deux avaient surmonté des événements dramatiques, et il leur fallait maintenant se familiariser avec une nouvelle donne, avant de s'atteler à reconquérir tout ce qui faisait leur ancienne relation.

Daisy craignait de découvrir l'ampleur de ce qu'ils avaient perdu. Il se pouvait qu'au fond leur amour se soit modifié. D'ailleurs, existait-il encore ? Cette pensée la fit frissonner.

Ils achevèrent de faire le lit. Elle retapa les oreillers et se recula.

— *Home, sweet home...* Pour le moment, en tout cas.

Ils se penchèrent au même instant sur le lit pour effacer un pli. Leurs mains se frôlèrent et Daisy ressentit immédiatement la chaleur de son contact. Elle se reprit très vite, mais cet effleurement lui rappela que le temps et l'éloignement n'étaient pas toujours aussi déterminants que le voulait l'adage.

Elle osa croiser le regard de Julian et vit dans ses yeux le reflet de son propre désir.

— Je vois une thérapeute, lâcha-t-elle. Histoire de nous aider à émerger au mieux de cette transition, Charlie et moi.

— C'est sûrement une bonne idée.

— Ça m'aide vraiment. C'est étonnant, mais ça marche. J'apprends à me pardonner et à aller de l'avant. Et la leçon que j'ai tirée de ma précédente... relation, c'est qu'il me faut du temps. Beaucoup de temps. Parce que la personne que je suis actuellement est vouée à évoluer.

33

— Elle a dit ça ? s'insurgea Connor, le soir venu. Elle t'a vraiment sorti cette connerie ?

— Absolument. Et comment veux-tu remettre en question le conseil d'un professionnel de la santé mentale ?

— En lui disant qu'il est complètement idiot.

— D'ailleurs, il faut rendre justice aux professionnels en question. A mon retour de Colombie, j'étais complètement à côté de mes pompes.

C'était la vérité. Il se rendait compte aujourd'hui que l'armée de l'air avait eu raison de lui imposer une permission de longue durée. Il était revenu de Colombie empli de rage et de désirs bruts — pas franchement le cocktail idéal pour se réinsérer dans la vie normale.

— Sans le Dr Abernathy, je serais sans doute encore en hôpital psychiatrique, complètement azimuté. Si j'étais allé directement voir Daisy — et crois-moi, je n'aurais pas hésité une seule seconde, si j'avais eu le choix —, nous nous serions sûrement détruits mutuellement.

— O.K., message reçu.

Connor, mieux que quiconque, avait été témoin de l'évolution de Julian depuis son retour. L'homme qu'il avait retrouvé au bord du gouffre avait recouvré toute sa lucidité et son équilibre psychologique. Connor était au courant de ses cauchemars, des souvenirs qui lui revenaient en pleine figure ; il était aux premières loges pour observer le combat quotidien que menait Julian pour trouver un sens à ce qui lui était arrivé, et reprendre le cours normal de sa vie.

— Je me sens frustré pour toi. Avec Daisy, vous aviez une relation unique. Vous l'avez toujours, d'ailleurs, et je détesterais vous voir vous en détourner maintenant.

— Je n'ai jamais dit que j'allais m'en détourner. Mais nous ne pouvons pas reprendre notre histoire à l'endroit où nous l'avions laissée, pas après tout ce qui s'est passé.

— Mais toi, qu'est-ce que tu veux faire ?

Julian n'était pas prêt à répondre à cette question — lui-même n'en savait rien. Il avait appris les vertus de la patience et de l'attente. C'était l'un des enseignements qu'apportait un séjour prolongé dans une prison colombienne. Cependant, il connaissait aussi les limites de l'endurance.

— J'attends le rapport définitif du médecin de l'armée de l'air certifiant que je ne suis plus fracassé de l'intérieur.

— Mais tu ne l'as jamais été, frangin. Jamais.

Par un chaud après-midi, Charlie descendit du bus. L'été indien jetait ses derniers feux avant l'arrivée du froid et de l'obscurité de l'hiver. Comme d'habitude, il fut accueilli par une Blake extatique, qui lui fit fête comme si elle ne l'avait pas vu depuis longtemps. Ils se roulèrent tous les deux sur le sol du séjour en gloussant de joie, conformément à leur rituel quotidien. Daisy, qui retouchait des photos sur l'ordinateur, sauvegarda son travail et alla le voir.

— Salut, p'tit gars.

Elle lui ébouriffa les cheveux et ramassa son sac à dos.

— Comment s'est passée ta journée ?

Charlie ne répondit pas tout de suite.

— J'ai un mot de la maîtresse.

Daisy sentit son estomac se nouer. Un mot de la maîtresse, cela ne présageait jamais rien de bon.

Elle lui indiqua le sac.

— Tu l'as là-dedans ?

Charlie opina du chef en prenant Blake sur ses genoux.

Daisy trouva le mot et le fit glisser de l'enveloppe standard

portant le tampon « Datez et signez pour accuser réception, SVP. »

— « Chère Mme Bellamy, lut-elle à haute voix. Je vous écris pour vous tenir au courant du comportement de Charlie et de l'évolution de ses résultats scolaires. »

Génial ! Elle qui croyait qu'il avait fait des progrès…

— « C'est avec grand plaisir que je peux vous faire part d'une nette amélioration dans les deux domaines. »

Daisy faillit s'étrangler en lisant ces mots.

Charlie lui adressa un sourire.

— Continue.

Ce qu'elle fit, le cœur empli de soulagement et de fierté en prenant connaissance des exemples positifs énumérés par l'enseignante.

— « Je me réjouis des progrès de Charlie et vous remercie tous les deux pour vos efforts communs. »

Daisy afficha la lettre sur le réfrigérateur au moyen d'un aimant, et se tourna vers son fils, radieuse.

— Que de chemin parcouru, Charlie ! Viens ici que je t'embrasse.

Elle le serra dans ses bras — pas trop longtemps : c'était un garçon, après tout —, absorbant la chaleur de son corps et respirant son odeur, un mélange d'air du dehors, de chien et de transpiration d'enfant.

L'un des pires aspects du célibat, c'était le manque de contact physique. Quel bonheur d'avoir tout simplement quelqu'un à serrer dans ses bras… Daisy était reconnaissante à Charlie pour un tas de choses, mais celle-ci venait peut-être en tête de liste.

Elle relâcha son étreinte au premier signe d'impatience de sa part.

— Il faut fêter ça ! Ce soir, tu peux manger ce que tu veux. Nous pouvons aller au restaurant ou rester ici. C'est toi qui choisis.

— D'accord. Et tu sais bien que je veux rester à la maison…

— Laisse-moi deviner. Tu veux manger un petit déjeuner à la place du dîner.

— Oui ! Un petit déjeuner à la place du dîner ! Des pancakes, des œufs brouillés, du bacon et du jus de fruits.

Aussi heureux que s'il avait gagné à la loterie, il fit le tour de la pièce en courant, puis sortit par la porte de derrière, la chienne sur ses talons.

Daisy se posta à la fenêtre de la cuisine pour les regarder jouer. Le rire de Charlie fusait entre les aboiements de la chienne. Il lui arrivait parfois de regretter que Charlie n'ait pas de frères et sœurs. Il en aurait peut-être, un jour, mais elle ne voulait pas y penser maintenant.

Son moral était au beau fixe : elle avait enfin pris conscience qu'elle allait mieux. Elle avait surmonté son divorce, et le monde ne s'était pas écroulé.

Logan semblait aller mieux, lui aussi. Il avait l'air en forme depuis qu'il avait enfin perdu les kilos en trop accumulés durant leur mariage. Quelle que soit sa méthode, elle paraissait lui réussir.

Pour sa part, elle s'était entourée de parents et d'amis, et s'était jetée à corps perdu dans le travail. Elle n'affrontait plus chaque journée l'estomac noué et la tête bourdonnante de questions auxquelles elle n'avait pas la réponse.

Ces derniers temps, elle se sentait plus détendue, et son esprit n'abritait plus autant d'interrogations. Certes, elle n'avait toujours pas de réponses aux questions les plus épineuses — « Est-ce que je fais ce qu'il faut ? », « Est-ce que j'agis au mieux pour Charlie ? » — mais elle avait compris qu'il n'existait pas de réponses correctes à ce genre de doutes. Avec le recul que donnent le temps et la distance, elle analysait mieux la dégradation de son mariage — ainsi que la dégradation de l'attitude de son fils. Avec Logan, ils avaient passé le plus clair de leur temps à s'éviter et, par conséquent, à éviter Charlie. Maintenant que leur fils obtenait davantage d'attention de leur part, il avait recommencé à s'épanouir.

La leçon à tirer de toute cette épreuve, c'était que chacun fait des choix qui lui sont propres et que chacun mène sa vie en y insufflant autant d'amour et de joie que possible.

Jetant un coup d'œil au téléphone, elle songea à appeler

quelqu'un pour partager la bonne nouvelle concernant Charlie. Mais qui ? Logan ? Cela ne se passait plus comme ça, entre eux. Sa mère ? Sonnet ?

Elle se dirigea vers son ordinateur, bien décidée à se ménager une heure de travail avant le repas. Elle avait trois diaporamas à réaliser et ses clients s'impatientaient.

Sa somme de travail ne diminuait pas. Les mariées défilaient les unes après les autres sur son écran. Elle ne s'intéressait pas aux clichés réalisés sur son dernier mariage. C'était surtout sa fibre artistique qui criait famine. Sur ces dernières photos, son inspiration l'avait désertée ; les images lui paraissaient plates et sans âme.

Agacée, elle pivota sur sa chaise — et se figea. Là, punaisée au panneau de liège fixé au-dessus du bureau, se trouvait une brochure sur papier glacé annonçant l'expo-concours du MoMA de cette année. Elle l'avait trouvée dans sa boîte aux lettres quelques jours plus tôt, barrée de ces quelques mots écrits par Julian : « Vas-y, fonce ! »

Il la connaissait bien. Depuis toujours. Elle lui avait avoué avoir évité de présenter sa candidature au concours, flirtant avec les dates butoirs, les oubliant. Bien entendu, elle pouvait mettre sa réticence sur le compte d'autres facteurs — manque de temps, autres obligations, incapacité à se concentrer, événements de la vie —, mais ce n'étaient là que des prétextes. En réalité, elle avait évité ce concours par peur, purement et simplement.

Un homme tel que Julian ne comprenait pas la peur. A moins qu'il ne la comprenne que trop bien.

— Il n'y a pas de peur à avoir, estima-t-elle à voix haute, refermant d'un clic de souris le dossier des photos de mariage.

Elle ouvrit le dossier intitulé « MoMA » et découvrit avec stupeur qu'elle n'avait pas accédé aux fichiers depuis des mois. C'était son œuvre. Sa passion. Et, pourtant, elle l'avait négligée.

Qu'il était donc facile d'ignorer les choses les plus importantes ! Et qui plus est, bizarrement, ça marchait.

En revoyant les images, elle fut surprise par leur qualité

plus qu'honorable. Elle ne s'en souvenait pas. Mais, bien sûr, la route était longue entre une photo correcte et un cliché digne de figurer dans son press-book.

Il ne lui restait plus beaucoup de temps pour travailler mais, quand elle s'arrêta, elle avait un dossier. Elle savait ce qu'elle allait soumettre au jury du concours. Fini les excuses. Elle allait foncer.

Passant tendrement la main sur le message de Julian, elle lui parla à haute voix, comme s'il se trouvait dans la pièce.

— Tu sais ce qui est bon pour moi. Tu m'as toujours fait du bien.

C'était un autre homme qui était revenu de l'enfer, mais l'essence de sa personne était restée la même. Elle adorait son exubérante joie de vivre et sa capacité à prendre des risques. Elle adorait tout en lui, elle n'avait jamais cessé de l'aimer, même lorsque la nouvelle de sa mort lui était parvenue.

Pourtant, une fois de plus, ils se retrouvaient victimes d'un mauvais timing. Chaque fois qu'ils avaient paru se rapprocher, chaque fois qu'ils s'étaient crus en mesure de tenter leur chance, un obstacle s'était dressé sur leur chemin. Et, pour finir, Julian lui avait été arraché avec la rapidité et la cruauté d'une amputation.

Aujourd'hui, enfin, ils semblaient en mesure de risquer l'aventure. Bien des choses s'étaient passées, mais le cœur de Daisy était habité du même amour, et sa flamme n'avait jamais vacillé. Elle n'était pas naïve au point de croire que tout s'arrangerait comme par magie. Et après ? Ces dernières années lui avaient prouvé qu'elle était plus forte qu'elle ne se l'imaginait. Elle était pleine de ressources, et parfois, même, il lui arrivait de faire preuve d'intelligence.

Son bon sens lui soufflait qu'il était encore trop tôt. Elle venait de mettre fin à un mariage raté, et s'engager si vite dans une relation avec Julian risquait de s'avérer une erreur monumentale. « Evidemment, après le retour de Julian, son mariage n'avait plus l'ombre d'une chance… », voilà ce que diraient les gens en secouant la tête.

D'un autre côté, que lui importaient les racontars ? En

outre, il n'y avait aucun mal à *voir* Julian. Il leur fallait passer du temps ensemble.

De quoi avait-elle peur, au fond ? Par le passé, elle demandait toujours conseil à sa famille et à ses amis avant de faire quelque chose. Après avoir scandalisé les Bellamy avec sa grossesse hors mariage, elle était devenue timorée ; elle ne s'était plus jamais permis le moindre écart. Tous ses choix avaient été dictés par l'intérêt supérieur de Charlie, de manière à ce qu'il ne manque jamais de rien. Il était temps qu'elle vole de ses propres ailes.

Forcément, elle doutait de l'affection de Julian, après tous ces événements, mais cela ne devait pas l'arrêter. Pas plus que les règles ou les conventions. Il était parfaitement ridicule d'attendre une date butoir qu'elle s'imposait elle-même, telle une fébrile demoiselle victorienne en deuil. Concernant Julian, elle était sûre de ses sentiments. Ils n'avaient jamais varié. Et, aujourd'hui plus que jamais, elle brûlait d'un amour presque douloureux pour lui. Lui qui avait enduré la captivité et la torture, et qui, pourtant, n'avait jamais craqué. Lui qui avait servi son pays avec honneur sans en retirer la moindre reconnaissance, et qui était rentré chez lui plus fort et plus aimant que jamais. Alors, bonté divine, qu'attendait-elle au juste ?

Elle s'empara du téléphone, les mots déjà au bord des lèvres. « Je t'aime. Je suis complètement paumée, mais je t'aime et je veux vivre avec toi. »

Oui, bon, elle n'allait peut-être pas le formuler de cette manière...

Elle composa le numéro de Julian, qui décrocha sur-le-champ.

— Que dirais-tu de prendre un petit déjeuner à l'heure du dîner ? lui demanda-t-elle.

— Du moment que ça se mange, je suis partant.

— C'est le choix de Charlie. Ça te plairait de venir dîner à la maison ?

A l'autre bout du fil, il y eut un silence durant lequel tous les doutes qu'elle nourrissait refirent surface.

— Enfin, tu n'es pas obligé de dire oui. Je te préviens un peu à la dernière minute, je le sais bien et…
— Ça me convient tout à fait, répliqua-t-il.

Daisy se surprit à arpenter la cuisine, un saladier de pâte à pancakes sous le bras, son autre main battant le mélange beaucoup trop fort. C'était pourtant ridicule d'être nerveuse à propos de Julian, non ? C'était *Julian*, pour l'amour du ciel ! Julian, qu'elle aimait et connaissait depuis si longtemps. Il n'y avait aucune raison de se sentir nerveuse.

Elle observait Julian et Charlie par la fenêtre de la cuisine tout en préparant le repas, composé comme promis de pancakes, d'œufs brouillés et de bacon. Sur le ponton, Julian et Charlie faisaient des ricochets sur l'eau immobile. La soirée était exceptionnellement chaude pour la saison. Après leur séance de ricochets, ils s'allongèrent à plat ventre sur les planches de bois, sans doute pour observer les bancs de vairons massés dans les ombres. Par la fenêtre moustiquaire, elle entendait leur voix mais pas leurs paroles. Leur hilarité la fit sourire.

Charlie exultait en compagnie de Julian. Elle le voyait bien. L'enfant adorait son père, bien entendu, et sa présence lui manquait. Mais Charlie avait toujours su s'adapter aux situations.

Daisy n'arrêtait pas de ressasser ce qu'elle comptait dire à Julian, ce soir, une fois qu'elle aurait couché Charlie. Elle voulait lui exprimer sa volonté d'aller de l'avant. Son divorce était encore une plaie à vif, mais elle souhaitait qu'il sache que son amour pour lui était intact. Néanmoins, une telle démarche n'était pas sans risque. Elle s'exposait à une amère déconvenue : après une si longue séparation, elle ignorait si Julian éprouvait toujours les mêmes sentiments à son égard. Evidemment, si elle tenait vraiment à jouer la sécurité, il lui fallait taire ses pensées. Dans le passé, Julian et elle n'avaient jamais trouvé le moyen d'être ensemble. La vie ne cessait de leur mettre des bâtons dans les roues. A moins, peut-être, qu'ils ne soient pas faits pour vivre ensemble. Mais non ! Ces ondes de chaleur, cette tension, ce désir constant… Non, ces choses-là ne trompent pas.

Les rires de Julian et Charlie allaient crescendo — ils s'étaient lancés dans une bataille d'éclaboussures. Sur le point de leur crier un avertissement, elle se retint. Charlie n'aurait qu'à prendre un bain, tout à l'heure ; Julian était un grand garçon, et Dieu sait qu'il avait connu pire que d'être trempé de la tête aux pieds.

Munie de son appareil, elle sortit prendre quelques photos d'eux en train de jouer.

Quel dommage qu'il n'existe pas un signe quelconque, une espèce d'assistance cosmique pour lui indiquer la conduite à tenir ! Si le souhait de l'Univers était qu'elle avoue à Julian qu'elle l'aimait toujours, peut-être lui enverrait-il un signe.

Au lieu de quoi, le lac gardait son apparence calme et placide. Rien, aucun changement.

C'est alors que Charlie et Julian se levèrent. Avant qu'elle ait compris ce qui se passait, ils coururent à fond de train jusqu'au bout du ponton en se tenant la main.

— Qu'est-ce que ?…

Ils sautèrent ensemble dans l'eau, sans se lâcher, et, l'espace d'une fraction de seconde, leurs deux corps restèrent comme figés en l'air. Ils heurtèrent la surface de l'eau dans une énorme gerbe d'éclaboussures. Charlie reparut aussitôt à la surface.

— Encore ! cria-t-il. On recommence !

Daisy consulta l'écran de contrôle de son appareil. Elle les avait saisis à la seconde où ils étaient en l'air. En train de sauter du ponton, chose que Charlie avait juré de ne jamais faire.

C'est peut-être ça, le signe que tu attends, se dit-elle.

Elle les regarda encore un moment se jeter dans le lac à plusieurs reprises, et prit d'autres photos avant d'aller chercher des serviettes qu'elle leur apporta au ponton.

— Vous êtes une paire de grands malades, tous les deux,

dit-elle avec le sourire. Il ne fait pas assez chaud pour se baigner.

— Tu as vu, maman ? Tu m'as vu sauter ? hurla Charlie en trépignant dans l'eau. Julian et moi, on a sauté du ponton ! C'était comme voler dans le ciel !

— J'ai vu. Et ce que je vois maintenant, c'est que tu es au bord de l'hypothermie.

— Encore une fois, supplia Charlie. Regarde-nous encore une fois. S'il te plaît !

— D'accord, mais après, c'est fini.

Julian se hissa hors de l'eau. Elle ne pouvait détacher son regard des vêtements plaqués sur son corps, soulignant le dessin de chacun de ses muscles. Cela lui rappelait brutalement que sa nouvelle vie présentait certaines lacunes non négligeables dans des domaines essentiels.

Julian se tourna pour donner la main à Charlie.

— Prêt ! lança l'enfant. Un, deux…

— Attendez !

Daisy courut les rejoindre et saisit la main libre de son fils.

— Maintenant, on peut y aller !

Après le repas, Charlie s'endormit dès que sa tête toucha l'oreiller. Julian et Daisy allèrent s'asseoir dans le salon, elle en pyjama de jersey, lui fagoté dans un peignoir de bain beaucoup trop petit pour lui.

— C'était sympa, dit-elle. La soirée la plus agréable que j'aie passée depuis… bien longtemps.

— Ravi d'avoir pu vous rendre service, madame.

Elle tenta de chasser sa nervosité, mais le poids du moment était trop fort.

— Je n'arrive pas à te prendre au sérieux dans mon peignoir rose.

— Ce peignoir est sensass !

Elle caressa le revers du col châle.

— Il est en tissu chenille. C'est mon peignoir préféré.

— Le mien aussi, répliqua Julian en dénouant la ceinture.

Et, brusquement, Daisy sentit sa nervosité s'envoler.

— Tu es ici, dit-elle. Tu es ici.

Elle toucha ses bras, ses épaules. Son cou, ses pommettes et son menton. Elle le toucha partout, avec émerveillement. Il était ici. Il était *ici*.

Cette fois, ils firent l'amour différemment : ils avaient changé, ils n'étaient plus de jeunes adultes à l'orée de leur avenir, mais des rescapés, chacun à sa manière. Toutes les caresses de Julian l'embrasaient d'émotions nouvelles — d'amour et d'allégresse, certes, mais traversées aussi d'éclairs de désespoir. Lorsqu'il s'allongea sur elle, elle l'étreignit avec une ardeur farouche. Il plongea en elle et la prit rapidement, avec une intensité frôlant la violence, et c'était exactement ce dont elle avait besoin, comme pour sceller leur amour qui avait survécu à l'inconcevable. Elle fut submergée par une extase qui lui fit verser des larmes de joie et de détresse.

— Calme-toi, murmura-t-il. Tout va bien, maintenant. Tout va bien.

— Oui, acquiesça-t-elle, avant de se reprendre. Non ! Tu m'as brisé le cœur, Julian Gastineaux. J'en souffre encore, tu comprends ça ? Je ne me remettrai jamais de l'horreur de t'avoir perdu. Jamais.

— Si, tu t'en remettras, affirma-t-il en se laissant choir à son côté, la pressant de toute la longueur de son corps. Nous nous en remettrons tous les deux. Je te le jure.

— Promets-moi, Julian. Promets-moi que plus jamais tu ne me feras revivre une telle épreuve.

Il effaça ses larmes d'un baiser.

— Quelles sont les probabilités pour qu'une chose pareille se reproduise ? Oui, je te le promets.

34

Julian considérait fixement la lettre qu'il tenait à la main. C'était écrit là, noir sur blanc : il était admis à la formation de pilote. Cela représentait l'apothéose d'un rêve qui avait pris naissance tout en haut d'un figuier de La Nouvelle-Orléans, dans le cœur d'un enfant qui avait découvert que le danger ressemblait à l'amour.

Une formation de pilote. A son retour de Colombie, il s'était de nouveau consacré à l'accomplissement de son rêve. Et, enfin, les plus hautes instances de l'armée lui donnaient le feu vert. Il allait passer cinquante-quatre semaines à réaliser son ambition, à apprendre à piloter un supersonique qui l'emmènerait bien plus près du paradis que la plupart des vivants ne peuvent l'espérer.

Le seul hic de cette formation, c'était l'endroit où elle se déroulait. La base aérienne militaire de Vance se situait dans l'Oklahoma. Personnellement, il n'avait rien contre l'Oklahoma mais, une fois de plus, ses aspirations professionnelles l'éloignaient de Daisy, et cela au plus mauvais moment. A peine sortie de l'échec de son mariage, elle n'était ni en état de se lancer dans une nouvelle histoire ni capable de prendre des engagements, surtout quand ceux-ci impliquaient qu'elle parte à des milliers de kilomètres de sa famille. Il n'avait aucun droit d'exiger autant de sacrifices d'elle.

Dans un monde parfait, il aurait eu le temps de la courtiser, de retrouver le chemin de son cœur en instaurant une nouvelle intimité entre eux, il aurait pu laisser filer les heures en se contentant de la tenir dans ses bras, de lui parler, de lui faire l'amour… Des choses aussi simples n'auraient pas dû être aussi inaccessibles, mais son monde à lui n'était pas parfait. Il ne l'avait jamais été. Julian avait des défis à relever. Des obligations à honorer.

Des rêves à réaliser.

Néanmoins, il ne s'agissait pas seulement d'un problème de timing, il en était bien conscient. La première fois qu'il l'avait demandée en mariage, le caractère périlleux de son métier lui paraissait abstrait. Evidemment, ses camarades et lui s'étaient pliés à la routine militaire : ils avaient écrit des lettres à leurs proches et complété des formulaires administratifs. Lui-même se souvenait à peine d'avoir signé sa demande de pension, tant cette éventualité lui paraissait lointaine. Ce n'était qu'un formulaire de plus qu'il avait rempli.

Mais, par la suite, sa capture et l'annonce de sa mort avaient donné à Daisy un clair aperçu du chemin où elle s'engageait.

Pouvait-il lui demander de reprendre ce risque ?

Daisy faisait défiler sur son téléphone portable ses quelques appels reçus en absence. Elle rentrait chez elle après avoir rencontré ses clients, Brian et Andrea Hubble, afin de leur montrer la série de portraits qu'elle avait faite de leur nouveau-né. Leur *second* enfant. Elle avait du mal à croire que presque une année s'était écoulée depuis que la séance avec leur premier-né avait été interrompue par l'ahurissante annonce du retour de Julian. Depuis ce jour-là, sa vie avait pris des courbes et des virages qu'elle n'aurait jamais pu imaginer.

Restait à espérer que les Hubble n'aient pas remarqué sa distraction. Car son esprit était en effervescence. Elle ne pensait pas coucher avec Julian le soir où il était venu dîner à la maison. Elle en avait rêvé, peut-être. Mais elle n'avait certainement pas envisagé un tel scénario. Se lancer à corps perdu dans une liaison avec Julian défiait tout bon sens et, en même temps, cela lui semblait tout à fait dans la logique des choses. Dans le tourbillon des derniers événements, elle avait oublié l'effet que cela faisait, de se laisser guider par son cœur.

Arrivée à l'indicatif régional 212, elle cessa de faire défiler les numéros et se gara sur le bas-côté de la route. Il ne s'agissait pas de Sonnet, mais de… Son cœur s'affola au fur et à mesure qu'elle prenait connaissance du message.

« Ici M. Jamieson, du programme des Artistes émergents du musée d'Art moderne. Je voulais vous faire savoir que votre travail a été sélectionné pour figurer dans l'exposition de cette année… »

Enfin! songea-t-elle. *Enfin!* Après des années de tentatives infructueuses, sa candidature avait enfin été retenue. Elle éteignit son portable et contempla le lac par la vitre de la voiture. Depuis le bas-côté de la route, elle jouissait d'une vue sur le lac et sur la petite ville d'Avalon, mais le panorama se brouilla sous l'effet de larmes intempestives. *Enfin*, songea-t-elle de nouveau.

C'était un signe. Forcément. C'était Julian qui l'avait poussée à s'accrocher, lui qui, mieux que quiconque, comprenait l'importance que ce concours revêtait pour elle. Elle saisit son téléphone pour l'appeler, puis se ravisa. Elle voulait lui annoncer la bonne nouvelle en personne.

Elle roula jusqu'à la maison de Connor en chantant avec la radio — une vieille chanson de Cream, *I feel Free*.

Chaque rue d'Avalon, chaque bâtiment lui était familier : les boutiques, les restaurants, le cabinet d'assurances de Logan, la station de radio et la bibliothèque. C'était un lieu où tout paraissait immuable. Tout, sauf… Elle attendait que le feu passe au vert, quand elle aperçut Logan sortant de son agence. Il avait l'air d'aller bien, mieux qu'il ne l'avait été depuis longtemps. Il s'avançait avec une grâce athlétique vers une femme qui avait garé sa voiture devant son cabinet d'assurances.

Daisy ne put s'empêcher de les regarder. Logan passa un bras autour de la femme. Daphné McDaniel ! pensa Daisy avec un tressaillement de surprise. Logan sortait avec

Daphné McDaniel… Alors, ça, c'était un scoop ! Un scoop tout à fait surprenant. Cette fille adepte de l'art corporel, des couleurs de cheveux introuvables dans la nature, des collants déchirés et des Doc Martens était à l'opposé de Logan. En tant que couple, ils avaient l'air bizarre. Mais bizarrement compatibles, peut-être ? Ils descendirent le trottoir d'un pas nonchalant, main dans la main.

Daisy tenta d'analyser ce qu'elle éprouvait. Logan avait tourné la page. Il voyait quelqu'un. Cela semblait… de circonstance, finalement.

Le conducteur qui la suivait lui signala d'un coup d'avertisseur que le feu était passé au vert. Elle démarra et, dans le rétroviseur, vit Logan serrer Daphné contre lui tandis qu'ils marchaient en riant. Daisy n'avait pas souvenir de s'être jamais promenée ainsi avec lui, bras dessus bras dessous, comme deux amoureux seuls au monde.

Elle s'engagea sur la route du lac et orienta ses pensées vers Julian. Elle avait hâte de lui annoncer la nouvelle.

Julian sortit de la maison alors qu'elle descendait de voiture après s'être garée dans l'allée. Dieu qu'il était beau ! Le souvenir de la nuit passée la submergea.

— Grande nouvelle ! s'écria-t-elle en montant à toute vitesse les marches de la véranda.

Elle se jeta à son cou. La réminiscence du plaisir de la veille s'intensifia.

— Mon travail va être exposé au MoMA !

Julian la souleva de terre et la fit tournoyer dans ses bras ; Daisy riait de bonheur. Puis il la reposa avec un baiser.

— Bien sûr qu'il va être exposé. Tes photos sont extraordinaires, il est temps qu'on s'en aperçoive ! Je suis vraiment fier de toi, Daze.

— Tu es le premier à qui je le dis. Oh ! Julian, j'étais à deux doigts de jeter l'éponge, je l'aurais sûrement fait si tu ne m'avais pas encouragée…

— Ah oui ?

Il l'attira à lui.

— Mais oui, répliqua-t-elle contre sa bouche, avant de l'embrasser.

Et, tout naturellement, le sentiment de gêne qu'ils avaient pu éprouver au sujet de leur coup de tête de la nuit dernière s'estompa.

— Il va falloir que je réfléchisse aux moyens de te remercier.

Sur ces mots, elle prit son élan et enroula ses jambes autour de sa taille. Il la tenait comme si elle pesait moins qu'une plume. Se dévissant le cou, elle scruta l'embrasure de la porte ouverte.

— Tu es seul?
— Oui, madame.
— Alors peut-être que...

Elle n'acheva pas sa phrase et se détacha brutalement de lui.

— Julian, qu'est-ce que c'est que tout ça?

Mais elle connaissait déjà la réponse, avant même qu'il lui fournisse une explication. Son sac de paquetage était posé à l'intérieur de l'embrasure. Sur la table de l'entrée, il y avait plusieurs épaisses enveloppes portant le cachet du ministère de la Défense. Toute son allégresse reflua, cédant la place à la glaciale réalité.

— Mon ordre de mission est arrivé.

Une boule glacée se forma dans son estomac.

— Je vois.
— J'ai à peine eu le temps de me retourner. C'est l'armée, ça.
— Où? s'enquit-elle en s'efforçant de garder une voix ferme.
— Base aérienne de Vance. Ça se trouve à Enid, Oklahoma.

Daisy se laissa tomber dans la balancelle. L'Oklahoma! Julian prit place à côté d'elle et exhala un profond soupir.

— Bon sang, tu vas tellement me manquer...
— Alors...

Alors, ne pars pas. Mais elle ne s'autoriserait pas à prononcer ces mots. C'était le rêve de Julian, son engagement, sa vie. Il devait partir. Pourtant, elle ne pouvait chasser de son esprit l'idée que leurs modes de vie respectifs ne coïncideraient jamais.

— Nous n'y arriverons jamais, murmura-t-elle, luttant contre les larmes. N'est-ce pas ?

Il lui prit la joue et passa son pouce sur ses lèvres.

— La balle est dans notre camp.

Elle s'écarta de lui, incapable de supporter sa caresse, et croisa les bras.

— La première fois que tu m'as demandée en mariage, je ne connaissais pas le monstre qui m'attendait au tournant. Maintenant, si. Tu m'avais dit que tu reviendrais et tu ne l'as pas fait. Jamais je n'oublierai ce jour-là, Julian. Jamais. Je n'arrive toujours pas à entrer dans la boutique de mariage où je me trouvais quand j'ai appris la nouvelle de ta mort. Pardonne-moi, mais je refuse d'avoir de nouveau le cœur brisé.

— Ce qui s'est passé nous a détruits tous les deux, Daisy. J'ai passé l'année dernière à y réfléchir. Mais nous avons remonté la pente. Nous avons survécu au pire, nous nous sommes perdus, puis retrouvés... Ensemble, nous pouvons y arriver. Je le sais. Je t'en prie... Dis-moi que tu m'aimes suffisamment pour essayer.

L'aimer suffisamment... En était-elle capable ? L'aimait-elle suffisamment ?

— Pourquoi faut-il que tout soit toujours compliqué ? Pourquoi est-ce que rien n'est jamais simple pour nous ?

— Parce que nous ne restons jamais sur nos acquis. Cette attitude ne nous correspond pas. Regarde-toi. Ton travail va être exposé au musée d'Art moderne. Ça ne s'est pas fait tout seul, Daisy ! C'est toi qui as provoqué ta réussite en osant te lancer. Et moi, je... je dois suivre cette formation. Je te demande de respecter mon choix. C'est mon rêve, mais il ne s'accomplira pas si nous ne le bâtissons pas ensemble.

— Pourquoi ai-je l'impression que tu me lances un ultimatum ?

— Ça n'en est pas un. C'est simplement moi qui te dis : je t'aime. Moi qui te demande de faire un acte de foi. Une fois de plus, Daisy.

Elle mit la main dans la sienne.

— Je veux que nous soyons réunis.

C'était la chose la plus sincère qui lui était venue à l'esprit.

— C'est ce que je souhaite, moi aussi. Mais, écoute : j'ai tiré au moins une leçon de tous ces événements, c'est que tu mérites de savoir dans quoi tu t'engages en acceptant de me suivre. Soldat, ce n'est pas qu'un métier, c'est mon identité. Je pensais te l'avoir clairement fait comprendre, mais peut-être que je n'ai pas su m'y prendre. Ce n'est pas mon fort, et je te demande pardon.

— Je sais qui tu es, Julian. Je l'ai toujours su.

Il prit sa main dans la sienne et la porta à sa bouche.

— Pourquoi persiste-t-on à tout gâcher ? lui demanda-t-elle en retirant sa main. Pourquoi n'arrive-t-on pas à vivre ensemble ?

— Nous sommes chacun dans une situation bien distincte. L'épreuve que tu as endurée quand tu as cru que j'étais mort, ça fait partie des risques de ce métier, et je trouve injuste de te demander de nouveau de prendre ce risque.

Daisy se tourna vers lui. La brise qui soufflait du lac faisait voler ses cheveux, apportant la senteur de l'automne.

— Julian, je te le dis maintenant : demande-le-moi.

— Quoi ?

— Tu m'as très bien entendue. *Demande-le-moi*.

Un sourire brilla dans ses yeux. Il glissa les bras autour de sa taille, l'attira tout contre lui, posa ses lèvres sur son front et prit une profonde inspiration.

— Je te le demande. Epouse-moi, Daisy Bellamy.

Epilogue

Le marié était si beau qu'à sa vue Daisy Bellamy se sentit à deux doigts de fondre.

S'il vous plaît, supplia-t-elle intérieurement. *Oh ! s'il vous plaît, faites que cette fois soit la bonne...*

Il lui adressa un petit sourire nerveux.

Coiffure impeccable et en grand uniforme, le marié avait tout du prince charmant ; tout son être irradiait l'adoration. Plongeant un regard intense dans celui de Daisy, il lui déclara d'une voix étranglée par la sincérité :

— Je t'aime.

A cet instant, elle fut submergée par une certitude : cette fois, ça allait marcher. Le mariage d'automne avait lieu à Avalon, sur les terres du camp Kioga, là où Charles et Jane Bellamy s'étaient mariés plus d'un demi-siècle auparavant. La famille de Daisy n'aurait pas accepté qu'il en soit autrement. La journée était claire et lumineuse, animée par une brise réconfortante qui caressait doucement le lac, créant des tourbillons de couleurs dans les feuilles mortes.

Cette fois, il ne s'agissait pas d'une cérémonie impulsive dans une ville qui n'était pas la bonne, dans une robe qui n'était pas la bonne, avec un homme qui n'était pas le bon. Cette fois, elle était la mariée qu'elle avait toujours rêvé d'être, dans la robe de bal étincelante qu'elle avait choisie depuis si longtemps, et coiffée du vaporeux voile de tulle offert par Julian. Elle n'était plus cette jeune fille naïve et pleine d'espoir, et Julian n'était plus ce jeune officier idéaliste. La vie leur avait imposé des combats qui dépassaient l'imagination, mais une chose n'avait pas changé : l'amour profond et inébranlable qu'elle éprouvait pour Julian depuis leur premier été passé ensemble au lac des Saules. Et à présent, au terme de cette émouvante cérémonie, elle ressentait dans toute son âme l'écho des mots qu'il lui chuchotait, et son cœur était si plein d'amour qu'elle craignait qu'il n'éclate.

Leur baiser suscita des soupirs au sein de l'assistance féminine : Sonnet, Olivia, Dare et Ivy. Daisy et Julian se retournèrent, triomphants, vers leurs familles et leurs amis, et une pluie de pétales blancs s'abattit sur eux comme autant de confettis.

A travers une brume de bonheur, Daisy vit sa mère porter la main à son cœur et son père lui envoyer un baiser. Charlie, son beau petit garçon, leur adressa un sourire radieux. Puis il se mit à rire de joie, agitant frénétiquement la main vers eux tandis qu'ils remontaient l'allée. Charlie aurait deux papas et deux maisons, à présent, sans oublier des défis personnels à affronter, mais Daisy, Julian et Logan étaient tous — tous ! — fermement décidés à être les meilleurs parents possibles pour ce trésor d'enfant. Daisy partait avec Julian et Charlie pour l'Oklahoma, et après, nul ne savait. Une certitude demeurait : elle reviendrait toujours à Avalon et au lac des Saules, qui faisaient partie intégrante de la femme qu'elle était devenue. Mais, pour le moment, la vie l'entraînait ailleurs, et elle avait placé son cœur entre les mains fortes et sûres de son mari.

Main dans la main, ils baissèrent la tête pour passer sous l'arche cérémonieuse que formaient les épées brandies par les porteurs de sabres en uniforme de l'armée de l'air, et ils ressortirent de l'autre côté, prêts à empoigner la vie à bras-le-corps.

REMERCIEMENTS

J'adresse un remerciement tout particulier aux véritables Brian et Andrea Hubble, ainsi qu'à Kay Fritchman et à sa famille à quatre pattes pour leurs généreuses contributions.

Pour certains livres, l'auteur a besoin d'une équipe de « mécanos littéraires » afin que l'écriture avance en bon ordre jusqu'à la ligne d'arrivée. Pour celui-ci, l'équipe se composait (de façon non exhaustive) de mes amies et compagnes d'écriture : Anjali Banerjee, Kate Breslin, Sheila Roberts et Elsa Watson ; Margaret O'Neill Marbury et Adam Wilson de MIRA Books ; Meg Ruley et Annelise Robey de la Jane Rotrosen Agency.

A paraître le 1er septembre

Best-Sellers n°615 • suspense

Les secrets d'Asher Falls - Amanda Stevens

Depuis son arrivée à Asher Falls, en Caroline du Sud – une petite bourgade ramassée sur les contreforts des Blue Ridge Mountains dont elle doit restaurer le vieux cimetière – Amelia ne peut se départir d'un oppressant sentiment de malaise. Comme si sa venue ici suscitait la défiance des habitants... Pourquoi, en effet, ceux-ci s'enferment-ils dans le mutisme dès qu'elle évoque le cimetière de Bell Lake, englouti cinquante ans plus tôt sous les eaux profondes et insondables d'un lac artificiel ? A qui appartient la tombe qu'elle a découverte cachée au cœur de la forêt et dont personne, apparemment, ne sait rien ? Et, surtout, qui a tenté à plusieurs reprises de la tuer ? Si elle veut trouver la réponse à toutes ces questions, Amelia le sait : elle devra sonder l'âme de cette ville mystérieuse et en exhumer tous les secrets...

Best-Sellers n°616 • suspense

Mortel Eden - Heather Graham

Au milieu des eaux turquoises du sud de la Floride, l'île de Calliope Key est un véritable paradis terrestre à la végétation luxuriante, d'une beauté à couper le souffle. Rares sont ceux qui résistent à son charme – mais plus rares encore sont ceux qui connaissent ses secrets...

Lorsque Beth, venue passer quelques jours de vacances sur l'île, découvre un crâne humain à moitié caché dans le sable, elle comprend immédiatement qu'elle est en danger. Car deux plaisanciers ont déjà disparu, alors qu'ils naviguaient dans les eaux calmes de Calliope Key... comme s'ils menaçaient de troubler un secret bien gardé. Prise de panique, Beth dissimule en toute hâte le crâne. Mais ne peut échapper aux questions de Keith, un inconnu qui semble très intéressé par sa macabre découverte... Très vite, Keith se mêle – mais dans quel but ? – au petit groupe des vacanciers. Beth ne parvient pas à lui faire confiance. Pourtant, lorsqu'elle s'aperçoit que le crâne a disparu, et que de mystérieuses ombres envahissent la plage, la nuit, et rôdent autour de sa tente, elle comprend qu'elle va avoir besoin de son aide – et que, pour tous les vacanciers de l'île, le temps de l'insouciance est désormais révolu...

Best-Sellers n°617 • suspense

L'étau du mal - Virna DePaul

Lorsque le cadavre d'une adolescente est découvert enterré dans les environs de Plainville, l'agent spécial Liam McKenzie comprend tout de suite qu'il va devoir s'attaquer à une affaire beaucoup plus complexe qu'elle n'y paraît au premier abord. Et quand, quelques jours plus tard, une photographe de renom, Natalie Jones, est agressée chez elle, non loin de la scène de crime, il est aussitôt convaincu qu'il existe un lien entre les deux affaires. Qu'a vu la jeune femme, qui a poussé le tueur à sortir de sa cachette et à commettre une imprudence ? La clé de l'enquête se trouve-t-elle sur les photos qu'elle a prises deux mois plus tôt à Plainville ?
Pour élucider ce meurtre, et pour protéger Natalie, Liam McKenzie va non seulement devoir donner le meilleur de lui-même, mais aussi résister au désir fou que cette dernière lui a inspiré au premier regard. Car il ne peut se laisser distraire : chaque jour qui passe, le danger se rapproche d'elle...

BestSellers

Best-Sellers n°618 • roman
Amoureuse et un peu plus - Pamela Morsi
Diriger la bibliothèque de Verdant dans le Kansas ? Dorothy (D.J. pour les intimes) a l'impression de vivre un rêve aussi improbable que merveilleux. Et pas question de se laisser décourager parce que la bibliothèque n'a en réalité rien du pimpant établissement qu'elle avait imaginé, mais tout du tombeau lugubre. Pas question non plus de se laisser abattre parce que les membres de sa nouvelle équipe se montrent pour le moins étranges et peu sociables : elle saura les apprivoiser. Mais son enthousiasme et sa détermination flanchent sérieusement quand on lui présente Scott Sanderson, le pharmacien de la petite ville. Là, D.J. doit définitivement se rendre à l'évidence : elle est vraiment très, très loin du paradis dont elle avait rêvé. Car Scott n'est autre que le séduisant inconnu qu'elle a rencontré six ans plus tôt à South Padre et avec lequel elle a commis l'irréparable avant de fuir, éperdue de honte, au petit matin… Heureusement, elle ne ressemble en rien à la jeune femme libérée et passionnée qu'elle s'était alors amusée à jouer le temps d'une soirée entre copines : avec son chignon, ses lunettes et ses tenues strictes, elle est sûre que Scott n'a aucun moyen de la reconnaître.

Best-Sellers n°619 • historique
Envoûtée par le duc - Kasey Michaels
Paris, Londres, 1814
Lorsqu'il apprend qu'il doit succéder à son oncle, Rafael est sous le choc. Rien ne l'avait préparé à devenir duc un jour. Comment lui, un capitaine qui vient de passer six ans sur les champs de bataille, pourrait diriger le domaine familial ? Heureusement, il sait qu'il peut compter sur le soutien de Charlotte, sa chère amie d'enfance, à qui il a pensé avec tendresse toutes ces années. Elle qui chaperonne aujourd'hui ses sœurs à Ashurst Hall pourra le guider dans ses nouveaux devoirs. Mais lorsqu'il revient au domaine, c'est pour découvrir que l'adolescente maladroite qu'il avait laissée a disparu. A sa place, c'est une séduisante jeune femme, fière et sûre d'elle, qui l'accueille. Rafael est sous le charme… Mais autre chose en elle a changé. Si elle lui offre généreusement ses conseils, comme il l'espérait, Charlotte se dérobe avec gêne dès qu'il essaie d'en savoir plus sur elle. Pourquoi a-t-il l'impression qu'un terrible secret l'éloigne irrémédiablement de lui ?

Best-Sellers n°620 • historique
Audacieuse marquise - Nicola Cornick
Angleterre, 1816
Lorsqu'un aristocrate sans vergogne tente de la faire chanter, Tess comprend qu'il est temps d'assurer ses arrières. Elle avait cru pouvoir camoufler ses activités politiques sous une réputation de coquette mondaine et frivole, mais hélas, une femme seule est toujours vulnérable. Si elle veut continuer à œuvrer dans l'ombre contre la pauvreté et l'injustice, il lui faut une couverture honorable. Et qui pourrait mieux l'aider en cela que le vicomte Rothbury, mandaté pour arrêter les opposants au régime ? Elle a souvent croisé chez son beau-frère cet Américain franc et viril, anobli pour services rendus à la Couronne : elle sait qu'il ne sera jamais vraiment accepté dans la haute société tant qu'il n'aura pas épousé une aristocrate. Une riche marquise, par exemple… Tess frissonne en considérant les dangers d'une telle alliance mais, à n'en pas douter, ce mariage la placerait au-dessus de tout soupçon. Seulement, il lui reste encore à convaincre le vicomte, qu'on dit très méfiant à l'égard des femmes du monde…

www.harlequin.fr

OFFRE DE BIENVENUE

2 romans Best-Sellers gratuits et 2 cadeaux surprise !

Vous êtes fan de la collection Best-Sellers ? Pour prolonger le plaisir, recevez gratuitement **2 romans Best-Sellers et 2 cadeaux surprise !**

Une fois votre colis de bienvenue reçu, si vous souhaitez continuer à recevoir nos romans Best-Sellers, cela se fera automatiquement. Vous recevrez alors tous les deux mois 4 romans inédits de cette collection au prix avantageux de 6,84€ le volume (au lieu de 7,20€) auxquels viendront s'ajouter 2,99€* de participation aux frais d'envoi.

*5,00€ pour la Belgique

▶ **Vous n'avez aucune obligation d'achat et cette offre est sans engagement de durée !**

Les bonnes raisons de s'abonner :

- Aucun engagement de durée ni de minimum d'achat.
- Vos romans en avant-première.
- - 5% de réduction systématique sur vos romans.
- La livraison à domicile.

Et aussi des avantages exclusifs :

- Des cadeaux tout au long de l'année qui récompensent votre fidélité.
- Des réductions sur vos romans par le biais de nombreuses promotions.
- Des romans exclusivement réédités pour nos abonné(e)s notamment des sagas à succès.
- L'abonnement systématique à notre magazine d'actu ROMANCE.
- Des points cadeaux pouvant être échangés contre des livres ou des cadeaux.

Rejoignez-nous vite en complétant et en nous renvoyant le bulletin !

N° d'abonnée (si vous en avez un) |_|_|_|_|_|_|_|_|_|

EZ4F09
EZ4FB1

Mme ☐ Mlle ☐ Nom : .... Prénom : ....

Adresse : ....

CP : |_|_|_|_|_| Ville : ....

Pays : .... Téléphone : |_|_|_|_|_|_|_|_|_|_|

E-mail : ....

Date de naissance : ....

☐ Oui, je souhaite être tenue informée par e-mail de l'actualité des éditions Harlequin.
☐ Oui, je souhaite bénéficier par e-mail des offres promotionnelles des partenaires des éditions Harlequin.

Renvoyez cette page à : Service Lectrices Harlequin – BP 20008 – 59718 Lille Cedex 9 - France

Date limite : **31 décembre 2014**. Vous recevrez votre colis environ 20 jours après réception de ce bon. Offre soumise à acceptation et réservée aux personnes majeures, résidant en France métropolitaine et Belgique. Prix susceptibles de modification en cours d'année. Conformément à la loi Informatique et libertés du 6 janvier 1978, vous disposez d'un droit d'accès et de rectification aux données personnelles vous concernant. Il vous suffit de nous écrire en nous indiquant vos nom, prénom et adresse à : Service Lectrices Harlequin - BP 20008 - 59718 LILLE Cedex 9. Harlequin® est une marque déposée du groupe Harlequin. Harlequin SA – 83/85, Bd Vincent Auriol – 75646 Paris cedex 13. SA au capital de 1 120 000€ - R.C. Paris. Siret 31867159100069/APE5811Z

www.harlequin.fr

Recevez notre Newsletter

**Nouvelles parutions, offres promotionnelles...
Pour être informée de toute l'actualité
des éditions Harlequin, inscrivez-vous sur**

www.harlequin.fr

Composé et édité par HARLEQUIN

Achevé d'imprimer en juin 2014

La Flèche
Dépôt légal : juillet 2014

Pour l'éditeur, le principe est d'utiliser des papiers
composés de fibres naturelles, renouvelables, recyclables,
et fabriquées à partir de bois issus de forêts qui adoptent
un système d'aménagement durable. En outre, l'éditeur attend
de ses fournisseurs de papier qu'ils s'inscrivent dans
une démarche de certification environnementale reconnue.

Imprimé en France